1 MONTH OF
FREE
READING

at

www.ForgottenBooks.com

By purchasing this book you are eligible for one month membership to ForgottenBooks.com, giving you unlimited access to our entire collection of over 1,000,000 titles via our web site and mobile apps.

To claim your free month visit:
www.forgottenbooks.com/free810731

ISBN 978-0-365-38786-2
PIBN 10810731

For support please visit www.forgottenbooks.com

OEUVRES COMPLÈTES DE BALZAC

LA

LA FEMME DE TRENTE ANS

H. DE

SCÊNES DE LA

DE

LA FEMME ABANDONNÉE — LA GRENADIÈ
LE MESSAGE — GOBSECK

POISSY. — TYP. ARBIEU, LEJAY ET CIE.

H. DE BALZAC

ŒUVRES COMPLÈTES

SCÈNES DE LA VIE PRIVÉE

LA FEMME

DE TRENTE ANS

LA FEMME ABANDONNÉE — LA GRENADIÈRE
LE MESSAGE — GOBSECK

PARIS

MICHEL LÉVY FRÈRES, LIBRAIRES ÉDITEURS

RUE VIVIENNE, 2 BIS, ET BOULEVARD DES ITALIENS, 15

A LA LIBRAIRIE NOUVELLE

1868

qui verse le sang d'un homme pour sauver tout un peuple,
et Jean-le-Parricide. Devenue humble, pieuse et recueillie,
Hélène ne souhaitait plus d'aller au bal. Jamais elle n'avait
été si caressante pour son père, surtout quand la marquise
n'était pas témoin de ses cajoleries de jeune fille. Néanmoins, s'il existait du refroidissement dans l'affection d'Hélène pour sa mère, il était si finement exprimé, que le général ne devait pas s'en apercevoir, quelque jaloux qu'il pût
être de l'union qui régnait dans sa famille. Nul homme
n'aurait eu l'œil assez perspicace pour sonder la profondeur
de ces deux cœurs féminins : l'un jeune et généreux, l'autre
sensible et fier ; le premier, trésor d'indulgence ; le second,
plein de finesse et d'amour. Si la mère contristait sa fille
par un adroit despotisme de femme, il n'était sensible qu'aux
yeux de la victime. Au reste, l'événement seulement fit
naître ces conjectures toutes insolubles. Jusqu'à cette nuit,
aucune lumière accusatrice ne s'était échappée de ces deux
âmes ; mais entre elles et Dieu certainement il s'élevait
quelque sinistre mystère.

— Allons, Abel, s'écria la marquise en saisissant un moment où silencieux et fatigués Moïna et son frère restaient
immobiles ; allons, venez, mon fils, il faut vous coucher...
Et, lui lançant un regard impérieux, elle le prit vivement
sur ses genoux.

— Comment, dit le général, il est dix heures et demie, et
pas un de nos domestiques n'est rentré ? Ah ! les compères.
Gustave, ajouta-t-il en se tournant vers son fils, je ne t'ai
donné ce livre qu'à la condition de le quitter à dix heures ;
tu aurais dû le fermer toi-même à l'heure dite et t'aller coucher comme tu me l'avais promis. Si tu veux être un homme
remarquable, il faut faire de ta parole une seconde religion,
et y tenir comme à ton honneur. Fox, un des plus grands
orateurs de l'Angleterre, était surtout remarquable par la
beauté de son caractère. La fidélité aux engagements pris
est la principale de ses qualités. Dans son enfance, son père,
un Anglais de vieille roche, lui avait donné une leçon assez
vigoureuse pour faire une éternelle impression sur l'esprit
d'un jeune enfant. A ton âge, Fox venait, pendant les va-

ŒUVRES COMPLÈTES DE BALZAC

LA

LA FEMME DE TRENTE ANS

POISSY. — TYP. ARBIEU, LEJAY ET CIE.

Honoré

H. DE BALZAC

ŒUVRES COMPLÈTES

SCÈNES DE LA VIE PRIVÉE

LA FEMME

DE TRENTE ANS

LA FEMME ABANDONNÉE — LA GRENADIÈRE
LE MESSAGE — GOBSECK

PARIS

MICHEL LÉVY FRÈRES, LIBRAIRES ÉDITEURS
RUE VIVIENNE, 2 BIS, ET BOULEVARD DES ITALIENS,
A LA LIBRAIRIE NOUVELLE

—

1868

LA
FEMME DE TRENTE ANS

A LOUIS BOULANGER

I

Premières fautes.

Au commencement du mois d'avril 1813, il y eut un dimanche dont la matinée promettait un de ces beaux jours
où les Parisiens voient pour la première fois de l'année
leurs pavés sans boue et leur ciel sans nuages. Avant midi,
un cabriolet à pompe attelé de deux chevaux fringants dé-
boucha dans la rue de Rivoli par la rue Castiglione, et s'arrêta derrière plusieurs équipages stationnés à la grille nouvellement ouverte au milieu de la terrasse des Feuillants.
Cette leste voiture était conduite par un homme en apparence soucieux et maladif; des cheveux grisonnants couvraient à peine son crâne jaune et le faisaient vieux avant
le temps; il jeta les rênes au laquais à cheval qui suivait sa
voiture, et descendit pour prendre dans ses bras une jeune
fille dont la beauté mignonne attira l'attention des oisifs en
promenade sur la terrasse. La petite personne se laissa complaisamment saisir par la taille quand elle fut debout sur le
bord de la voiture, et passa ses bras autour du cou de son
guide, qui la posa sur le trottoir, sans avoir chiffonné la
garniture de sa robe en reps vert. Un amant n'aurait pas eu
tant de soin. L'inconnu devait être le père de cette enfant
qui, sans le remercier, lui prit familièrement le bras et l'en-

traîna brusquement dans le jardin. Le vieux père remarqua
les regards émerveillés de quelques jeunes gens, et la tristesse empreinte sur son visage s'effaça pour un moment.
Quoiqu'il fût arrivé depuis longtemps à l'âge où les hommes
doivent se résigner aux trompeuses jouissances que la vanité
leur laisse pour dernière pâture, il se mit à sourire.

— On te croit ma femme, dit-il à l'oreille de la jeune
personne en se redressant et marchant avec une lenteur qui
la désespéra.

Il semblait avoir de la coquetterie pour sa fille, et jouissait peut-être plus qu'elle des œillades que les curieux lançaient sur ses petits pieds chaussés de brodequins en pru-
nelle puce, sur une taille délicieuse dessinée par une robe à
guimpe, et sur le cou frais qu'une collerette brodée ne cachait pas entièrement. Les mouvements de la marche relevaient par instants la robe de la jeune fille, et permettaient
de voir, au-dessus des brodequins, la rondeur d'une jambe
finement moulée par un bas de soie à jour. Aussi, plus d'un
promeneur dépassa-t-il le couple pour admirer ou pour revoir la jeune figure autour de laquelle se jouaient quelques
rouleaux de cheveux bruns, et dont la blancheur et l'incar-
nat étaient rehaussés autant par les reflets du taffetas rose
qui doublait une élégante capote que par le désir et l'impatience qui pétillaient dans tous les traits de cette jolie personne. Une douce malice animait ses beaux yeux noirs, fen-
dus en amande, surmontés de sourcils bien arqués, bordés
de longs cils et qui nageaient dans un fluide pur. La vie et
la jeunesse étalaient leurs trésors sur ce visage mutin et sur
un buste charmant et gracieux en dépit de la ceinture alors
placée sous le sein. Insensible aux hommages, la jeune fille
regardait avec une espèce d'anxiété le château des Tuileries,
sans doute le but de sa pétulante promenade. Il était midi
moins un quart. Quelque matinale que fût cette heure, plusieurs femmes, qui toutes avaient voulu se montrer en toilette, revenaient du château, non sans retourner la tête d'un
air boudeur, comme si elles se repentaient d'être venues
trop tard pour jouir d'un spectacle désiré. Quelques mots
échappés à la mauvaise humeur de ces belles promeneuses

désappointées et saisis au vol par la jolie inconnue, l'avaient singulièrement inquiétée. Le vieillard épiait d'un œil plus curieux que moqueur les signes d'impatience et de crainte qui se jouaient sur le charmant visage de sa compagne, et l'observait peut-être avec trop de soin pour ne pas avoir quelque arrière-pensée paternelle.

Ce dimanche était le treizième de l'année 1813. Le surlendemain, Napoléon partait pour cette fatale campagne pendant laquelle il allait perdre successivement Bessières et Duroc, gagner les mémorables batailles de Lutzen et de Bautzen, se voir trahi par l'Autriche, la Saxe, la Bavière, par Bernadotte, et disputer la terrible bataille de Leipsick. La magnifique parade commandée par l'empereur devait être la dernière de celles qui excitèrent si longtemps l'admiration des Parisiens et des étrangers. La vieille garde allait exécuter pour la dernière fois les savantes manœuvres dont la pompe et la précision étonnèrent quelquefois jusqu'à ce géant lui-même, qui s'apprêtait alors à son duel avec l'Europe. Un sentiment triste amenait aux Tuileries une brillante et curieuse population. Chacun semblait deviner l'avenir, et pressentait peut-être que plus d'une fois l'imagination aurait à retracer le tableau de cette scène, quand ces temps héroïques de la France contracteraient, comme aujourd'hui, des teintes presque fabuleuses.

— Allons donc plus vite, mon père, disait la jeune fille avec un air de lutinerie en entraînant le vieillard. J'entends les tambours.

— Ce sont les troupes qui entrent aux Tuileries, répondit-il.

— Ou qui défilent, tout le monde revient ! répliqua-t-elle avec une enfantine amertume qui fit sourire le vieillard.

— La parade ne commence qu'à midi et demi, dit le père qui marchait presque en arrière de son impétueuse fille.

A voir le mouvement qu'elle imprimait à son bras droit, vous eussiez dit qu'elle s'en aidait pour courir. Sa petite main, bien gantée, froissait impatiemment un mouchoir, et ressemblait à la rame d'une barque qui fend les ondes. Le vieillard souriait par moments; mais parfois aussi des expressions soucieuses attristaient passagèrement sa figure desséchée. Son amour pour cette charmante créature lui faisait autant admirer le présent que craindre l'avenir. Il semblait se dire : — Elle est heureuse aujourd'hui, le sera-t-elle toujours? Car les vieillards sont assez enclins à doter de leurs chagrins l'avenir des jeunes gens.

Quand le père et la fille arrivèrent sous le péristyle du pavillon au sommet duquel flottait le drapeau tricolore, et par où les promeneurs vont et viennent du jardin des Tuileries dans le Carrousel, les factionnaires leur crièrent d'une voix grave : — On ne passe plus! L'enfant se haussa sur la pointe des pieds, et put entrevoir une foule de femmes parées qui encombraient les deux côtés de la vieille arcade en marbre par où l'empereur devait sortir. — Tu le vois bien, mon père, nous sommes partis trop tard. — Sa petite moue chagrine trahissait l'importance qu'elle avait mise à se trouver à cette revue. — Eh bien! Julie, allons-nous-en, tu n'aimes pas à être foulée. — Restons, mon père. D'ici je puis encore apercevoir l'empereur. S'il périssait pendant la campagne, je ne l'aurais jamais vu. — Le père tressaillit en entendant ces paroles, car sa fille avait des larmes dans la voix; il la regarda, et crut remarquer sous ses paupières abaissées quelques pleurs causés moins par le dépit que par un de ces premiers chagrins dont le secret est facile à deviner pour un vieux père. Tout à coup Julie rougit, et jeta une exclamation dont le sens ne fut compris ni par les sentinelles ni par le vieillard. A ce cri, un officier qui s'élançait de la cour vers l'escalier se retourna vivement, s'avança jusqu'à l'arcade du jardin, reconnut la jeune personne un moment cachée par les gros bonnets à poil des grenadiers, et fit fléchir aussitôt, pour elle et pour son père, la consigne qu'il avait donnée lui-même; puis, sans se mettre en peine des murmures de la foule élégante qui assiégeait l'arcade, il attira doucement à lui l'enfant enchantée. — Je ne m'étonne plus de sa colère ni de son empressement, puisque tu étais de service, dit le vieillard à l'officier d'un air aussi sérieux que railleur. — Monsieur, répondit le jeune homme, si vous voulez être bien placés, ne nous amusons point à

lier inquiet de son maître, le vieillard lui répondit même par
un sourire de gaieté bienveillante; mais son œil perçant
avait suivi l'officier jusque sous l'arcade, et aucun événement
de cette scène rapide ne lui avait échappé.

— Quel beau spectacle! dit Julie à voix basse en pressant la main de son père. L'aspect pittoresque et grandiose
que présentait en ce moment le Carrousel faisait prononcer
cette exclamation par des milliers de spectateurs dont toutes les figures étaient béantes d'admiration. Une autre rangée de monde, tout aussi pressée que celle où le vieillard et
sa fille se tenaient, occupait, sur une ligne parallèle au
château, l'espace étroit et pavé qui longe la grille du Carrousel. Cette foule achevait de dessiner fortement, par la
variété des toilettes de femmes, l'immense carré long que
forment les bâtiments des Tuileries et cette grille alors nouvellement posée. Les régiments de la vieille garde qui
allaient être passés en revue remplissaient ce vaste terrain,
où ils figuraient en face du palais d'imposantes lignes
bleues de dix rangs de profondeur. Au delà de l'enceinte,
et dans le Carrousel, se trouvaient, sur d'autres lignes pa-
rallèles, plusieurs régiments d'infanterie et de cavalerie prêts
à défiler sous l'arc triomphal qui orne le milieu de la grille,
et sur le faîte duquel se voyaient, à cette époque, les magnifiques chevaux de Venise. La musique des régiments, placée au bas des galeries du Louvre, était masquée par les
lanciers polonais de service. Une grande partie du carré sa-
blé restait vide comme une arène préparée pour les mouvements de ces corps silencieux dont les masses, disposées
avec la symétrie de l'art militaire, réfléchissaient les rayons
du soleil dans les feux triangulaires de dix mille baïon-
nettes. L'air, en agitant les plumets des soldats, les faisait
ondoyer comme les arbres d'une forêt courbés sous un vent
impétueux. Ces vieilles bandes, muettes et brillantes, offraient mille contrastes de couleurs dus à la diversité des
uniformes, des parements, des armes et des aiguillettes. Cet
immense tableau, miniature d'un champ de bataille avant le
combat, était poétiquement encadré, avec tous ses accessoires
et ses accidents bizarres, par les hauts bâtiments ma-

jestueux dont l'immobilité semblait imitée par les chefs et les soldats. Le spectateur comparait involontairement ces murs d'hommes à ces murs de pierre. Le soleil du printemps, qui jetait profusément sa lumière sur les murs blancs bâtis de la veille et sur les murs séculaires, éclairait pleinement ces innombrables figures basanées qui toutes racontaient des périls passés et attendaient gravement les périls à venir. Les colonels de chaque régiment allaient et venaient seuls devant les fronts que formaient ces hommes héroïques. Puis, derrière les masses de ces troupes bariolées d'argent, d'azur, de pourpre et d'or, les curieux pouvaient apercevoir les banderoles tricolores attachées aux lances de six infatigables cavaliers polonais, qui, semblables aux chiens conduisant un troupeau le long d'un champ, voltigeaient sans cesse entre les troupes et les curieux, pour empêcher ces derniers de dépasser le petit espace de terrain qui leur était concédé auprès de la grille impériale. A ces mouvements près, on aurait pu se croire dans le palais de .a Belle au bois dormant. La brise du printemps, qui passait sur les bonnets à longs poils des grenadiers, attestait l'immobilité des soldats, de même que le sourd murmure de la foule accusait leur silence. Parfois seulement le retentissement d'un chapeau chinois, ou quelque léger coup frappé par inadvertance sur une grosse caisse et répété par les échos du palais impérial, ressemblait à ces coups de tonnerre lointains qui annoncent un orage. Un enthousiasme indescriptible éclatait dans l'attente de la multitude. La France allait faire ses adieux à Napoléon, à la veille d'une campagne dont les dangers étaient prévus par le moindre citoyen. Il s'agissait, cette fois, pour l'empire français, d'être ou de ne pas être. Cette pensée semblait animer la population citadine et la population armée qui se pressaient également silencieuses dans l'enceinte où planaient l'aigle et le génie de Napoléon. Ces soldats, espoir de la France, ces soldats, sa dernière goutte de sang, entraient aussi pour beaucoup dans l'inquiète curiosité des spectateurs. Entre la plupart des assistants et des militaires, il se disait des adieux peut-être éternels ; mais tous les cœurs, même les plus hostiles à l'empereur, adressaient a" ciel des vœux ardents pour la gloire de la patrie. Les hommes les plus fatigués de la lutte commencée entre l'Europe et la France avaient tous déposé leurs haines en passant sous l'arc de triomphe, comprenant qu'au jour du danger Napoléon était toute la France. L'horloge du château sonna une demi-heure. En ce moment les bourdonnements de la foule cessèrent, et le silence devint si profond, que l'on eût entendu la parole d'un enfant. Le vieillard et sa fille, qui semblaient ne vivre que par les yeux, distinguèrent alors un bruit d'éperons et un cliquetis d'épées qui retentirent sous le sonore péristyle du château.

Un petit homme assez gras, vêtu d'un uniforme vert, d'une culotte blanche, et chaussé de bottes à l'écuyère, parut tout à coup en gardant sur sa tête un chapeau à trois cornes aussi prestigieux que l'homme lui-même ; le large ruban rouge de la Légion d'honneur flottait sur sa poitrine, une petite épée était à son côté. L'homme fut aperçu par tous les yeux, et à la fois, de tous les points dans la place. Aussitôt les tambours battirent aux champs, les deux orchestres débutèrent par une phrase dont l'expression guerrière fut répétée sur tous les instruments, depuis la plus douce des flûtes jusqu'à la grosse caisse. A ce belliqueux appel, les âmes tressaillirent, les drapeaux saluèrent, les soldats présentèrent les armes par un mouvement unanime et régulier qui agita les fusils depuis le premier rang jusqu'au dernier dans le Carrousel. Des mots de commandement s'élancèrent de rang en rang comme des échos. Des cris de Vive l'Empereur ! furent poussés par la multitude enthousiasmée. Enfin tout frissonna, tout remua, tout s'ébranla. Napoléon était monté à cheval. Ce mouvement avait imprimé la vie à ces masses silencieuses, avait donné une voix aux instruments, un élan aux aigles et aux drapeaux, une émotion à toutes les figures. Les murs des hautes galeries de ce vieux palais semblaient crier aussi : Vive l'Empereur ! Ce ne fut pas quelque chose d'humain, ce fut une magie, un simulacre de la puissance divine, ou mieux une fugitive ige de ce règne si fugitif. L'homme entouré de tant d'aur, d'enthousiasme, de dévouement, de vœux, pour qui le soleil avait chassé les nuages du ciel, resta sur son cheval, à trois pas en avant du petit escadron doré qui le suivait, ayant le grand maréchal à sa gauche, le maréchal de service à sa droite. Au sein de tant d'émotions excitées par lui, aucun trait de son visage ne parut s'émouvoir.

— Oh ! mon Dieu, oui. A Wagram au milieu du feu, à la Moskowa parmi les morts, il est toujours tranquille comme Baptiste, *lui!*

Cette réponse à de nombreuses interrogations était faite par le grenadier qui se trouvait auprès de la jeune fille. Julie fut pendant un moment absorbée par la contemplation de cette figure dont le calme indiquait une si grande sécurité de puissance. L'Empereur aperçut mademoiselle de Chatillonest et se pencha vers Duroc, pour lui dire une phrase courte qui fit sourire le grand maréchal. Les manœuvres commencèrent. Si jusqu'alors la jeune personne avait partagé son attention entre la figure impassible de Napoléon et les lignes bleues, vertes et rouges des troupes, en ce moment elle s'occupa presque exclusivement, au milieu des mouvements rapides et réguliers exécutés par ces vieux soldats, d'un jeune officier qui courait à cheval parmi les lignes mouvantes, et revenait avec une infatigable activité vers le groupe à la tête duquel brillait le simple Napoléon. Cet officier montait un superbe cheval noir, et se faisait distinguer, au sein de cette multitude chamarrée, par le bel uniforme bleu de ciel des officiers d'ordonnance de l'empereur. Ses broderies petillaient si vivement au soleil, et l'aigrette de son shako étroit et long en recevait de si fortes lueurs, que les spectateurs durent le comparer à un feu follet, à une âme invisible chargée par l'empereur d'animer, de conduire ces bataillons dont les armes ondoyantes jetaient des flammes, quand, sur un seul signe de ses yeux, ils se brisaient, se rassemblaient, tournoyaient comme les ondes d'un gouffre, ou passaient devant lui comme ces lames longues, droites et hautes que l'Océan courroucé dirige sur ses rivages.

Quand les manœuvres furent terminées, l'officier d'ordonnance accourut à bride abattue, et s'arrêta devant l'empereur pour en attendre les ordres. En ce moment, il était à vingt pas de Julie, en face du groupe impérial, dans une attitude assez semblable à celle que Gérard a donnée au général Rapp dans le tableau de la Bataille d'Austerlitz. Il fut permis alors à la jeune fille d'admirer son amant dans toute sa splendeur militaire. Le colonel Victor d'Aiglemont, à peine âgé de trente ans, était grand, bien fait, svelte, et ses heureuses proportions ne ressortaient jamais mieux que quand il employait sa force à gouverner un cheval dont le dos élégant et souple paraissait plier sous lui. Sa figure mâle et brune possédait ce charme puissant, irrésistible, qu'une parfaite régularité de traits communique à de jeunes visages. Son front était large et haut. Ses yeux de feu, ombragés de sourcils épais et bordés de longs cils, se dessinaient comme deux ovales blancs entre deux lignes noires. Son nez offrait la gracieuse courbure d'un bec d'aigle. La pourpre de ses lèvres était rehaussée par les sinuosités de l'inévitable moustache noire. Ses joues larges et fortement colorées offraient des tons bruns et jaunes qui dénotaient une vigueur extraordinaire. Sa figure, une de celles que la bravoure a marquées de son cachet, offrait le type que cherche aujourd'hui l'artiste quand il songe à représenter un des héros de la France impériale. Le cheval trempé de sueur, et dont la tête agitée exprimait une extrême impatience, les deux pieds de devant écartés et arrêtés sur une même ligne sans que l'un dépassât l'autre, faisait flotter les longs crins de sa queue fournie ; et son dévouement offrait une matérielle image de celui que son maître avait pour l'empereur. En voyant son amant si occupé de saisir les regards de Napoléon, Julie éprouva un moment de jalousie en pensant qu'il ne l'avait pas encore regardée. Tout à coup un mot est prononcé par le souverain, Victor presse les flancs de son cheval et part au galop ; mais l'ombre d'une borne projetée sur le sable effraye l'animal qui s'effarouche, recule, se dresse, et si brusquement que le cavalier semble en danger. Julie jette un cri, elle pâlit ; chacun la regarde avec curiosité, elle ne voit personne ; ses yeux sont attachés sur ce cheval trop fougueux que l'officier flatte tout en courant re-

votre mort. J'étais si gaie ! Voulez-vous bien chasser vos
vilaines idées noires.

— Ah ! s'écria le père en poussant un soupir, enfant gâté !
les meilleurs cœurs sont quelquefois bien cruels. Vous consacrer notre vie, ne penser qu'à vous, préparer votre bien-
être, sacrifier nos goûts à vos fantaisies, vous adorer, vous
donner même notre sang, ce n'est donc rien ? Hélas ! oui,
vous acceptez tout avec insouciance. Pour toujours obtenir
vos sourires et votre dédaigneux amour, il faudrait avoir la
puissance de Dieu. Puis enfin un autre arrive ! un amant,
un mari nous ravissent vos cœurs.

Julie étonnée regarda son père qui marchait lentement, et
qui jetait sur elle des regards sans lueur.

— Vous vous cachez même de nous, reprit-il, mais peut-
être aussi de vous-même...

— Que dites-vous donc, mon père ?

— Je pense, Julie, que vous avez des secrets pour moi.
Tu aimes, reprit vivement le vieillard en s'apercevant
que sa fille venait de rougir. Ah ! j'espérais te voir fidèle à
ton vieux père jusqu'à sa mort, j'espérais te conserver près
de moi heureuse et brillante ! t'admirer comme tu étais encore naguère. En ignorant ton sort, j'aurais pu croire à un
avenir tranquille pour toi ; mais maintenant il est impossible
que j'emporte une espérance de bonheur pour ta vie, car tu
aimes encore plus le colonel que tu n'aimes le cousin. Je
n'en puis plus douter.

— Pourquoi me serait-il interdit de l'aimer ? s'écria-t-elle
avec une vive expression de curiosité.

— Ah ! ma Julie, tu ne me comprendrais pas, répondit le
père en soupirant.

— Dites toujours, reprit-elle en laissant échapper un
mouvement de mutinerie.

— Eh bien ! mon enfant, écoute-moi. Les jeunes filles se
créent souvent de nobles, de ravissantes images, des figures
tout idéales, et se forgent des idées chimériques sur les
hommes, sur les sentiments, sur le monde ; puis elles attri-
buent innocemment à un caractère les perfections qu'elles
ont rêvées, et s'y confient ; elles aiment dans l'homme de

leur choix cette créature imaginaire ; mais plus tard, quand
il n'est plus temps de s'affranchir du malheur, la trompeuse
apparence qu'elles ont embellie, leur première idole enfin,
se change en un squelette odieux. Julie, j'aimerais mieux
te savoir amoureuse d'un vieillard que de te voir aimant le
colonel. Ah ! si tu pouvais te placer à dix ans d'ici dans la
vie, tu rendrais justice à mon expérience. Je connais Victor :
sa gaieté est une gaieté sans esprit, une gaieté de caserne,
il est sans talent et dépensier. C'est un de ces hommes que
le ciel a créés pour prendre et digérer quatre repas par
jour, dormir, aimer la première venue et se battre. Il n'entend pas la vie. Son bon cœur, car il a bon cœur, l'entraî-
nera peut-être à donner sa bourse à un malheureux, à un
camarade ; mais il est insouciant, mais il n'est pas doué de
cette délicatesse de cœur qui nous rend esclaves du bonheur d'une femme ; mais il est ignorant, égoïste... Il y a
beaucoup de *mais*.

— Cependant, mon père, il faut bien qu'il ait de l'esprit
et des moyens pour avoir été fait colonel...

— Ma chère, Victor restera colonel toute sa vie. Je n'ai
encore vu personne qui m'ait paru digne de toi, reprit le
vieux père avec une sorte d'enthousiasme. Il s'arrêta un moment, contempla sa fille, et ajouta : — Mais, ma pauvre
Julie, tu es encore trop jeune, trop faible, trop délicate pour
supporter les chagrins et les tracas du mariage. D'Aiglemont a été gâté par ses parents, de même que tu l'as été
par ta mère et par moi. Comment espérer que vous pourrez
vous entendre tous deux avec des volontés différentes dont
les tyrannies seront inconciliables ? Tu seras ou victime ou
tyran. L'une ou l'autre alternative apporte une égale somme
de malheurs dans la vie d'une femme. Mais tu es douce et
modeste, tu plieras d'abord. Enfin tu as, dit-il d'une voix
altérée, une grâce de sentiment qui sera méconnue, et alors...
— Il n'acheva pas, les larmes le gagnèrent. — Victor, reprit-il après une pause, blessera les naïves qualités de ta
jeune âme. Je connais les militaires, ma Julie ; j'ai vécu aux
armées. Il est rare que le cœur de ces gens-là puisse triompher des habitudes produites ou par les malheurs au sein

desquels ils vivent, ou par les hasards de leur vie aventurière.

— Vous voulez donc, mon père, répliqua Julie d'un ton qui tenait le milieu entre le sérieux et la plaisanterie, contrarier mes sentiments, me marier pour vous et non pour moi ?

— Te marier pour moi ! s'écria le père avec un mouvement de surprise, pour moi, ma fille, de qui tu n'entendras bientôt plus la voix si amicalement grondeuse. J'ai toujours vu les enfants attribuant à un sentiment personnel les sacrifices que leur font les parents ! Épouse Victor, ma Julie. Un jour tu déploreras amèrement sa nullité, son défaut d'ordre, son égoïsme, son indélicatesse, son ineptie en amour, et mille autres chagrins qui te viendront par lui. Alors, souviens-toi que, sous ces arbres, la voix prophétique de ton vieux père a retenti vainement à tes oreilles !

Le vieillard se tut, il avait surpris sa fille agitant la tête d'une manière mutine. Tous deux firent quelques pas vers la grille où leur voiture était arrêtée. Pendant cette marche silencieuse, la jeune fille examina furtivement le visage de son père et quitta par degrés sa mine boudeuse. La profonde douleur gravée sur ce front penché vers la terre lui fit une vive impression.

— Je vous promets, mon père, dit-elle d'une voix douce et altérée, de ne pas vous parler de Victor avant que vous ne soyez revenu de vos préventions contre lui.

Le vieillard regarda sa fille avec étonnement. Deux larmes qui roulaient dans ses yeux tombèrent le long de ses joues ridées. Il ne put embrasser Julie devant la foule qui les environnait. mais il lui pressa tendrement la main. Quand il remonta en voiture, toutes les pensées soucieuses qui s'étaient amassées sur son front avaient complétement disparu. L'attitude un peu triste de sa fille l'inquiétait alors bien moins que la joie innocente dont le secret avait échappé pendant la revue à Julie.

Dans les premiers jours du mois de mars 1814, un peu moins d'un an après cette revue de l'empereur, une calèche roulait sur la route d'Amboise à Tours. En quittant le dôme vert des noyers sous lesquels se cachait la poste de la Frilière, cette voiture fut entraînée avec une telle rapidité, qu'en un moment elle arriva au pont bâti sur la Cise, à l'embouchure de cette rivière dans la Loire, et s'y arrêta. Un trait venait de se briser par suite du mouvement impétueux que, sur l'ordre de son maître, un jeune postillon avait imprimé à quatre des plus vigoureux chevaux du relais. Ainsi, par un effet du hasard, les deux personnes qui se trouvaient dans la calèche eurent le loisir de contempler à leur réveil un des plus beaux sites que puissent présenter les séduisantes rives de la Loire. À sa droite, le voyageur embrasse d'un regard toutes les sinuosités de la Cise, qui se roule, comme un serpent argenté, dans l'herbe des prairies auxquelles les premières pousses du printemps donnaient alors les couleurs de l'émeraude. A gauche, la Loire apparaît dans toute sa magnificence. Les innombrables facettes de quelques roulées, produites par une brise matinale un peu froide, réfléchissaient les scintillements du soleil sur les vastes nappes que déploie cette majestueuse rivière. Çà et là des îles verdoyantes se succèdent dans l'étendue des eaux, comme les chatons d'un collier d'émeraudes. De l'autre côté du fleuve, les plus belles campagnes de la Touraine déroulent leurs trésors à perte de vue. Dans le lointain, l'œil ne rencontre d'autres bornes que les collines du Cher, dont les cimes dessinaient en ce moment des lignes lumineuses sur le transparent azur du ciel. A travers le tendre feuillage des îles, au fond du tableau, Tours semble, comme Venise, sortir du sein des eaux. Les campaniles de sa vieille cathédrale s'élancent dans les airs, où ils se confondaient alors avec les créations fantastiques de quelques nuages blanchâtres. Au delà du pont sur lequel la voiture était arrêtée, les voyageurs aperçurent devant eux, le long de la Loire jusqu'à Tours, une chaîne de rochers qui, par une fantaisie de la nature, paraît avoir été posée pour encaisser le fleuve dont les flots minent incessamment la pierre. Le village de Vouvray se trouve comme niché dans les gorges et les éboulements de ces roches, qui commencent à décrire un coude devant le pont de la Cise. Puis, de

Vouvray jusqu'à Tours, les effrayantes anfractuosités de cett
colline déchirée sont habitées par une population de vigne
rons. En plus d'un endroit, il existe trois étages de maisons
creusées dans le roc et réunies par de dangereux escaliers
taillés à même la pierre. Au sommet d'un toit, une jeune
fille en jupon rouge court à son jardin. La fumée d'une cheminée s'élève entre les sarments et le pampre naissant d'une
vigne. Des closiers labourent des champs perpendiculaires.
Une vieille femme, tranquille sur un quartier de roche ébou-
lée, tourne son rouet sous les fleurs d'un amandier, et regarde passer les voyageurs à ses pieds en souriant de leur
effroi. Elle ne s'inquiète pas plus des crevasses du sol que
de la ruine pendante d'un vieux mur dont les assises ne
sont plus retenues que par les tortueuses racines d'un lierre
s'étalant comme un tapis vivace, sur les pierres disjointes
de la vieille muraille. Le marteau des tonneliers fait retentir les voûtes des caves aériennes. Enfin, la terre est partout cultivée et partout féconde, là même où la nature a
refusé de la terre à l'industrie humaine. Le triple tableau
de cette scène, dont les aspects sont à peine indiqués, pro-
cure à l'âme un de ces spectacles qu'elle inscrit à jamais
dans son souvenir; et, quand un poëte en a joui, ses rêves
viennent sans cesse lui en reconstruire les effets romantiques.

Au moment où la voiture parvint sur le pont de la Cise,
plusieurs voiles blanches débouchèrent entre les îles de la
Loire, et donnèrent une nouvelle harmonie à ce site harmo-
ieux. La senteur des saules qui bordent le fleuve ajoutait
ses pénétrants parfums à ceux de la brise humide, les oiseaux faisaient entendre leurs amoureux concerts, le chant
monotone d'un gardeur de chèvres y joignait sa sauvage
mélancolie, tandis que les cris des mariniers annonçaien
une agitation lointaine. De molles vapeurs, capricieusement
arrêtées autour des arbres épars dans ce vaste paysage, y
imprimaient une dernière grâce. C'était la Touraine dans
toute sa gloire, le printemps dans toute sa splendeur. Cette
partie de la France, la seule que les armées étrangères ne
devaient point troubler, était en ce moment la seule qui fût
tranquille, et l'on eût dit qu'elle défiait l'invasion.

Le galop d'un cheval retentit soudain. Victor d'Aiglemont laissa la main de sa femme, et tourna la tête vers le coude que la route fait en cet endroit. Au moment où Julie ne fut plus vue par le colonel, l'expression de gaieté qu'elle avait imprimée à son pâle visage disparut comme si quelque lueur eût cessé de l'éclairer. N'éprouvant ni le désir de revoir le paysage, ni la curiosité de savoir quel était le cavalier dont le cheval galopait si furieusement, elle se replaça dans le coin de la calèche, et ses yeux se fixèrent sur la croupe des chevaux sans trahir aucune espèce de sentiment. Elle eut un air aussi stupide que peut l'être celui d'un paysan breton écoutant le prône de son curé. Un jeune homme, monté sur un cheval de prix, sortit tout d'un coup d'un bosquet de peupliers et d'aubépines en fleurs.

— C'est un Anglais, dit le colonel.

— Oh! mon Dieu oui, mon général, répliqua le postillon. Il est de la race des gars qui veulent, dit-on, manger la France.

L'inconnu était un de ces voyageurs qui se trouvèrent sur le continent lorsque Napoléon arrêta tous les Anglais en représailles de l'attentat commis envers le droit des gens par le cabinet de Saint-James lors de la rupture du traité d'Amiens. Soumis au caprice du pouvoir impérial, ces prisonniers ne restèrent pas tous dans les résidences où ils furent saisis, ni dans celles qu'ils eurent d'abord la liberté de choisir. La plupart de ceux qui habitaient en ce moment la Touraine y furent transférés de divers points de l'empire, où leur séjour avait paru compromettre les intérêts de la politique continentale. Le jeune captif qui promenait en ce moment son ennui matinal était une victime de la puissance bureaucratique. Depuis deux ans, un ordre parti du ministère des relations extérieures l'avait arraché au climat de Montpellier, où la rupture de la paix le surprit autrefois cherchant à se guérir d'une affection de poitrine. Du moment où ce jeune homme reconnut un militaire dans la personne du comte d'Aiglemont, il s'empressa d'en éviter les regards en tournant assez brusquement la tête vers les prairies de la Cise.

— Tous ces Anglais sont insolents comme si le globe

leur appartenait, dit le colonel en murmurant. Heureusement Soult va leur donner les étrivières.

Quand le prisonnier passa devant la calèche, il y jeta les yeux. Malgré la brièveté de son regard, il put alors admirer l'expression de mélancolie qui donnait à la figure pensive de la comtesse un attrait indéfinissable. Il y a beaucoup d'hommes dont le cœur est puissamment ému par la seule apparence de la souffrance chez une femme; pour eux la douleur semble être une promesse de constance ou d'amour. Entièrement absorbée dans la contemplation d'un coussin de sa calèche, Julie ne fit attention ni au cheval ni au cavalier. Le trait avait été solidement et promptement rajusté. Le comte remonta en voiture. Le postillon s'efforça de regagner le temps perdu, et mena rapidement les deux voyageurs sur la partie de la levée que bordent les rochers suspendus au sein desquels mûrissent les vins de Vouvray, d'où s'élancent tant de jolies maisons, où apparaissent dans le lointain les ruines de cette si célèbre abbaye de Marmoutiers, la retraite de saint Martin.

— Que nous veut donc ce milord diaphane ? s'écria le colonel en tournant la tête pour s'assurer que le cavalier qui depuis le pont de la Cise suivait sa voiture était le jeune Anglais.

Comme l'inconnu ne violait aucune convenance de politesse en se promenant sur la berne de la levée, le colonel se remit dans le coin de sa calèche après avoir jeté un regard menaçant sur l'Anglais. Mais il ne put, malgré son involontaire inimitié, s'empêcher de remarquer la beauté du cheval et la grâce du cavalier. Le jeune homme avait une de ces figures britanniques dont le teint est si fin, la peau si douce et si blanche, qu'on est quelquefois tenté de supposer qu'elles appartiennent au corps délicat d'une jeune fille. Il était blond, mince et grand. Son costume avait ce caractère de recherche et de propreté qui distingue les fashionables de la prude Angleterre. On eût dit qu'il rougissait plus par pudeur que par plaisir à l'aspect de la comtesse. Une seule fois Julie leva les yeux sur l'étranger; mais elle y fut en quelque sorte obligée par son mari qui voulait

lui faire admirer les jambes d'un cheval de race pure. Les
yeux de Julie rencontrèrent alors ceux du timide Anglais.
Dès ce moment le gentilhomme, au lieu de faire marcher
son cheval près de la calèche, la suivit à quelques pas de
distance. A peine la comtesse regarda-t-elle l'inconnu. Elle
n'aperçut aucune des perfections humaines et chevalines
qui lui étaient signalées, et se rejeta au fond de la voiture
après avoir laissé échapper un léger mouvement de sourcils
comme pour approuver son mari. Le colonel se rendormit,
et les deux époux arrivèrent à Tours sans s'être dit une
seule parole, et sans que les ravissants paysages de la changeante scène au sein de laquelle ils voyageaient attirassent
une seule fois l'attention de Julie. Quand son mari som-
meilla, madame d'Aiglemont le contempla à plusieurs reprises. Au dernier regard qu'elle lui jeta, un cahot fit tomber sur les genoux de la jeune femme un médaillon
suspendu à son cou par une chaîne de deuil, et le portrait
de son père lui apparut soudain. A cet aspect, des larmes,
jusque-là réprimées, roulèrent dans ses yeux. L'Anglais vit
peut-être les traces humides et brillantes que ces pleurs
laissèrent un moment sur les joues pâles de la comtesse,
mais que l'air sécha promptement. Chargé par l'empereur
de porter des ordres au maréchal Soult, qui avait à défendre la France de l'invasion faite par les Anglais dans le
Béarn, le colonel d'Aiglemont profitait de sa mission pour
soustraire sa femme aux dangers qui menaçaient alors Paris,
et la conduisait à Tours chez une vieille parente à lui. Bientôt la voiture roula sur le pavé de Tours, sur le pont, dans
la Grande-Rue, et s'arrêta devant l'hôtel antique où demeurait la ci-devant comtesse de Listomère-Landon.

La comtesse de Listomère-Landon était une de ces belles
vieilles femmes au teint pâle, à cheveux blancs, qui ont un
sourire fin, qui semblent porter des paniers, et sont coiffées
d'un bonnet dont la mode est inconnue. Portraits septuagé-
naires du siècle de Louis XV, ces femmes sont presque
toujours caressantes, comme si elles aimaient encore; moins
pieuses que dévotes, et moins dévotes qu'elles n'en ont l'air;
toujours exhalant la poudre à la maréchale, contant bien,

causant mieux, et riant plus d'un souvenir que d'une plaisanterie. L'actualité leur déplaît. Quand une vieille femme
de chambre vint annoncer à la comtesse (car elle devait
bientôt reprendre son titre) la visite d'un neveu qu'elle
n'avait pas vu depuis le commencement de la guerre d'Espagne, elle ôta vivement ses lunettes, ferma la *Galerie de
l'ancienne cour*, son livre favori; puis elle retrouva une sorte
d'agilité pour arriver sur son perron au moment où les deux
époux en montaient les marches.

La tante et la nièce se jetèrent un rapide coup d'œil.

— Bonjour, ma chère tante, s'écria le colonel en saisissant la vieille femme et l'embrassant avec précipitation. Je
vous amène une jeune personne à garder. Je viens vous
confier mon trésor. Ma Julie n'est ni coquette ni jalouse;
elle a une douceur d'ange... Mais elle ne se gâtera pas ici,
j'espère, dit-il en s'interrompant.

— Mauvais sujet! répondit la comtesse, en lui lançant un
regard moqueur.

Elle s'offrit, la première, avec une certaine grâce aima-
ble, à embrasser Julie qui restait pensive et paraissait plus
embarrassée que curieuse.

— Nous allons donc faire connaissance, mon cher cœur?
reprit la comtesse. Ne vous effrayez pas trop de moi, je
tâche de n'être jamais vieille avec les jeunes gens.

Avant d'arriver au salon, la marquise avait déjà, suivant
l'habitude des provinces, commandé à déjeuner pour ses
deux hôtes; mais le comte arrêta l'éloquence de sa tante en
lui disant d'un ton sérieux qu'il ne pouvait pas lui donner
plus de temps que la poste n'en mettrait à relayer. Les trois
parents entrèrent donc au plus vite dans le salon, et le colonel eut à peine le temps de raconter à sa grand'tante les
événements politiques et militaires qui l'obligeaient à lui
demander un asile pour sa jeune femme. Pendant ce récit
la tante regardait alternativement et son neveu qui parlait
sans être interrompu, et sa nièce dont la pâleur et la tristesse lui parurent causées par cette séparation forcée. Elle
avait l'air de se dire: — Hé! hé! ces jeunes gens-là s'aiment.

En ce moment, des claquements de fouet retentirent dans la vieille cour silencieuse dont les pavés étaient dessinés par des bouquets d'herbe. Victor embrassa derechef la comtesse, et s'élança hors du logis.

— Adieu, ma chère, dit-il en embrassant sa femme qui l'avait suivi jusqu'à la voiture.

— Oh ! Victor, laisse-moi t'accompagner plus loin encore, dit-elle d'une voix caressante; je ne voudrais pas te quitter...

— Y penses-tu?

— Eh bien! répliqua Julie, adieu, puisque tu le veux.

La voiture disparut.

— Vous aimez donc bien mon pauvre Victor? demanda la comtesse à sa nièce en l'interrogeant par un de ces savants regards que les vieilles femmes jettent aux jeunes.

— Hélas! madame, répondit Julie, ne faut-il pas bien aimer un homme pour l'épouser?

Cette dernière phrase fut accentuée par un ton de naïveté qui trahissait tout à la fois un cœur pur ou de profonds mystères. Or, il était bien difficile à une femme amie de Duclos et du maréchal de Richelieu de ne pas chercher à deviner le secret de ce jeune ménage. La tante et la nièce étaient en ce moment sur le seuil de la porte cochère, occupées à regarder la calèche qui fuyait. Les yeux de la comtesse n'exprimaient pas l'amour comme la marquise le comprenait. La bonne dame était Provençale, et ses passions avaient été vives.

— Vous vous êtes donc laissé prendre par mon vaurien de neveu? demanda-t-elle à sa nièce.

La comtesse tressaillit involontairement, car l'accent et le regard de cette vieille coquette semblèrent lui annoncer une connaissance du caractère de Victor plus approfondie peut-être que ne l'était la sienne. Madame d'Aiglemont, inquiète, s'enveloppa donc dans cette dissimulation maladroite, premier refuge des cœurs naïfs et souffrants. Madame de Listomère se contenta des réponses de Julie; mais elle pensa joyeusement que sa solitude allait être réjouie par quelque secret d'amour, car sa nièce lui parut avoir quelque intrigue amusante à conduire. Quand madame d'Aiglemont se trouva dans un grand salon, tendu de tapisseries encadrées par des baguettes dorées, qu'elle fut assise devant un grand feu, abritée des bises *fenestrales* par un paravent chinois, sa tristesse ne put guère se dissiper. Il était difficile que la gaieté naquît sous de si vieux lambris, entre des meubles séculaires. Néanmoins, la jeune Parisienne prit une sorte de plaisir à entrer dans cette solitude profonde, et dans le silence solennel de la province. Après avoir échangé quelques mots avec cette tante, à laquelle elle avait écrit naguère une lettre de nouvelle mariée, elle resta silencieuse comme si elle eût écouté la musique d'un opéra. Ce ne fut qu'après deux heures d'un calme digne de la Trappe qu'elle s'aperçut de son impolitesse envers sa tante; elle se souvint de ne lui avoir fait que de froides réponses. La vieille femme avait respecté le caprice de sa nièce par cet instinct plein de grâce qui caractérise les gens de l'ancien temps. En ce moment la douairière tricotait. Elle s'était, à la vérité, absentée plusieurs fois pour s'occuper d'une certaine chambre *verte* où devait coucher la comtesse et où les gens de la maison plaçaient les bagages; mais alors elle avait repris sa place dans un grand fauteuil, et regardait la jeune femme à la dérobée. Honteuse de s'être abandonnée à son irrésistible méditation, Julie essaya de se la faire pardonner en s'en moquant.

— Ma chère petite, nous connaissons la douleur des veuves, répondit la tante.

Il fallait avoir quarante ans pour deviner l'ironie qu'exprimèrent les lèvres de la vieille dame. Le lendemain, la comtesse fut beaucoup mieux; elle causa. Madame de Listomère ne désespéra plus d'apprivoiser cette nouvelle mariée, qu'elle avait d'abord jugée comme un être sauvage et stupide; elle l'entretint des joies du pays, des bals et des maisons où elles pouvaient aller. Toutes les questions de la marquise furent, pendant cette journée, autant de pièges que, par une ancienne habitude de cour, elle ne put s'empêcher de tendre à sa nièce pour en deviner le caractère. Julie résista à toutes les instances qui lui furent faites pen-

dant quelques jours d'aller chercher des distractions au dehors. Aussi, malgré l'envie qu'avait la vieille dame de promener orgueilleusement sa jolie nièce, finit-elle par renoncer
à vouloir la mener dans le monde. La comtesse avait trouvé
un prétexte à sa solitude et à sa tristesse dans le chagrin que
lui avait causé la mort de son père, de qui elle portait encore le deuil. Au bout de huit jours, la douairière admira la
douceur angélique, les grâces modestes, l'esprit indulgent
de Julie, et s'intéressa, dès lors, prodigieusement à la mystérieuse mélancolie qui rongeait ce jeune cœur. La comtesse
était une de ces femmes nées pour être aimables, et qui semblent apporter avec elles le bonheur. Sa société devint si
douce et si précieuse à madame de Listomère, qu'elle s'af-
fola de sa nièce et désira ne plus la quitter. Un mois suffit
pour établir entre elles une éternelle amitié. La vieille dame
remarqua, non sans surprise, les changements qui se firent
dans la physionomie de madame d'Aiglemont. Les couleurs
vives qui embrasaient le teint s'éteignirent insensiblement,
et la figure prit des tons mats et pâles. En perdant son éclat
primitif, Julie devenait moins triste. Parfois la douairière
réveillait chez sa jeune parente des élans de gaieté ou des
rires folâtres bientôt réprimés par une pensée importune.
Elle devina que ni le souvenir paternel, ni l'absence de Victor, n'étaient la cause de la mélancolie profonde qui jetait un
voile sur la vie de sa nièce; puis elle eut tant de mauvais
soupçons qu'il lui fut difficile de s'arrêter à la véritable
cause du mal, car nous ne rencontrons peut-être le vrai que
par hasard. Un jour, enfin, Julie fit briller aux yeux de sa
tante étonnée un oubli complet du mariage, une folie de
jeune fille étourdie, une candeur d'esprit, un enfantillage
digne du premier âge, tout cet esprit délicat, et parfois si
profond, qui distingue les jeunes personnes en France. Madame de Listomère résolut alors de sonder les mystères de
cette âme dont le naturel extrême équivalait à une impénétrable dissimulation. La nuit approchait, les deux dames
étaient assises devant une croisée qui donnait sur la rue.
Julie avait repris un air pensif, un homme à cheval vint à
passer.

— Voilà une de vos victimes, dit la vieille dame.

Madame d'Aiglemont regarda sa tante en manifestant un étonnement mêlé d'inquiétude.

— C'est un jeune Anglais, un gentilhomme, l'honorable Arthur Ormond, fils aîné de lord Grenville. Son histoire est intéressante. Il est venu à Montpellier en 1802, espérant que l'air de ce pays, où il était envoyé par les médecins, le guérirait d'une maladie de poitrine à laquelle il devait succomber. Comme tous ses compatriotes, il a été arrêté par Bonaparte lors de la guerre, car ce monstre-là ne peut se passer de guerroyer. Comme distraction, le jeune Anglais s'est donné le plaisir d'étudier sa maladie, que l'on croyait mortelle. Insensiblement, il a pris goût à l'anatomie, à la médecine; il s'est passionné pour ces sortes d'arts, ce qui est fort extraordinaire chez un homme de qualité, mais le Régent s'est bien occupé de chimie! Bref, monsieur Arthur a fait des progrès étonnants, même pour les professeurs de Montpellier; l'étude l'a consolé de sa captivité, et en même temps il s'est radicalement guéri. On prétend qu'il est resté deux ans sans parler, respirant rarement, demeurant couché dans une étable, buvant du lait d'une vache venue de Suisse, et vivant de cresson. Depuis qu'il est à Tours, il n'a vu personne, il est fier comme un paon, mais vous avez certainement fait sa conquête, car ce n'est probablement pas pour moi qu'il passe sous nos fenêtres deux fois par jour depuis que vous êtes ici... Certes, il vous aime.

Ces derniers mots réveillèrent la comtesse comme par magie. Elle laissa échapper un geste et un sourire qui surprirent la marquise. Loin de témoigner cette satisfaction instinctive ressentie même par la femme la plus sévère quand elle apprend qu'elle fait un malheureux, le regard de Julie fut terne et froid. Son visage indiquait un sentiment de répulsion voisin de l'horreur. Cette proscription n'était pas celle qu'une femme aimante frappe sur le monde entier au profit d'un seul être; elle sait alors rire et plaisanter; non, Julie était en ce moment comme une personne à qui le souvenir d'un danger trop vivement présent en fait ressentir encore la douleur. La tante, bien convaincue que sa nièce

n'aimait pas son neveu, fut stupéfaite en découvrant qu'elle
n'aimait personne. Elle trembla d'avoir à reconnaître en
Julie un cœur désenchanté, une jeune femme à qui l'expérience d'un jour, d'une nuit peut-être, avait suffi pour apprécier la nullité de Victor.

— Si elle le connaît, tout est dit, pensa-t-elle, mon neveu subira bientôt les inconvénients du mariage.

Elle se proposait alors de convertir Julie aux doctrines
monarchiques du siècle de Louis XV; mais, quelques heures
plus tard, elle apprit, ou plutôt elle devina la situation assez
commune dans le monde à laquelle la comtesse devait sa
mélancolie. Julie, devenue tout à coup pensive, se retira
chez elle plus tôt que de coutume. Quand sa femme de chambre l'eut déshabillée et l'eut laissée prête à se coucher, elle
resta devant le feu, plongée dans une duchesse de velours
jaune, meuble antique, aussi favorable aux affligés qu'aux
gens heureux; elle pleura, elle soupira, elle pensa; puis elle
prit une petite table, chercha du papier, et se mit à écrire.
Les heures passèrent rapidement, la confidence que Julie
faisait dans cette lettre paraissait lui coûter beaucoup, chaque phrase amenait de longues rêveries; tout à coup la
jeune femme fondit en larmes et s'arrêta. En ce moment les
horloges sonnèrent deux heures. Sa tête, aussi lourde que
celle d'une mourante, s'inclina sur son sein; puis, quand
elle la releva, Julie vit sa tante surgir tout à coup, comme
un personnage qui se serait détaché de la tapisserie tendue
sur les murs.

— Qu'avez-vous donc, ma petite? lui dit sa tante. Pourquoi veiller si tard, et surtout pourquoi pleurer seule, à
votre âge?

Elle s'assit sans autre cérémonie près de sa nièce et dévora des yeux la lettre commencée.

— Vous écriviez à votre mari?

— Sais-je où il est? reprit la comtesse.

La tante prit le papier et le lut. Elle avait apporté ses lunettes, il y avait préméditation. L'innocente créature laissa
prendre la lettre sans faire la moindre observation. Ce n'é-
tait ni un défaut de dignité, ni quelque sentiment de culpa-

bilité secrète qui lui ôtait ainsi toute énergie; non, sa tante se rencontra là dans un de ces moments de crise où l'âme est sans ressort, où tout est indifférent, le bien comme le mal, le silence aussi bien que la confiance. Semblable à une jeune fille vertueuse qui accable un amant de dédains, mais qui, le soir, se trouve si triste, si abandonnée, qu'elle le désire, et veut un cœur où déposer ses souffrances, Julie laissa violer sans mot dire le cachet que la délicatesse prime à une lettre ouverte, et resta pensive pendant que la marquise lisait

« Ma chère Louisa, pourquoi demander tant de fois l'accomplissement de la plus imprudente promesse que puissent se faire deux jeunes filles ignorantes ? Tu te demandes souvent, m'écris-tu, pourquoi je n'ai pas répondu depuis six mois à tes interrogations. Si tu n'as pas compris mon silence, aujourd'hui tu en devineras peut-être la raison en apprenant les mystères que je vais trahir. Je les aurais à jamais ensevelis dans le fond de mon cœur, si tu ne m'avertissais de ton prochain mariage. Tu vas te marier, Louisa.
pensée me fait frémir. Pauvre petite, marie-toi; puis, dans quelques mois, un de tes plus poignants regrets viendra du souvenir de ce que nous étions naguère, quand un soir, à Écouen, parvenues toutes deux sous les plus grands chênes de la montagne, nous contemplâmes la belle vallée que nous avions à nos pieds, et que nous y admirâmes les rayons du soleil couchant dont les reflets nous enveloppaient. Nous nous assîmes sur un quartier de roche, et tombâmes dans un ravissement auquel succéda la plus douce mélancolie. Tu trouvas la première que ce soleil lointain nous parlait d'avenir. Nous étions bien curieuses et bien folles alors ! Te souviens-tu de toutes nos extravagances ? Nous nous embrassâmes comme deux amants, disions-nous. Nous nous jurâmes que la première mariée de nous deux raconterait fidèlement à l'autre ces secrets d'hyménée, ces joies que nos âmes enfantines nous peignaient si délicieuses. Cette soirée fera ton désespoir, Louisa. Dans ce temps, tu étais jeune, belle, insouciante, sinon heureuse; un mari rendra, en peu de jours, ce que je suis déjà, laide, souf-

frante et vieille. Te dire combien j'étais fière, vaine et joyeuse d'épouser le colonel Victor d'Aiglemont, ce serait une folie! Et même comment te le dirais-je? je ne me souviens plus de moi-même. En peu d'instants mon enfance est devenue comme un songe. Ma contenance pendant la journée solennelle qui consacrait un lien dont l'étendue m'était cachée n'a pas été exempte de reproches. Mon père a plus d'une fois tâché de réprimer ma gaieté, car je témoignais des joies qu'on trouvait inconvenantes, et mes discours révélaient de la malice, justement parce qu'ils étaient sans malice. Je faisais mille enfantillages avec ce voile nuptial, avec cette robe et ces fleurs. Restée seule, le soir, dans la chambre où j'avais été conduite avec apparat, je méditai quelque espièglerie pour intriguer Victor; et, en attendant qu'il vînt, j'avais des palpitations de cœur semblables à celles qui me saisissaient autrefois en ces jours solennels du 31 décembre, quand, sans être aperçue, je me glissais dans le salon où les étrennes étaient entassées. Lorsque mon mari entra, qu'il me chercha, le rire étouffé que je fis entendre sous les mousselines qui m'enveloppaient a été le dernier éclat de cette gaieté douce qui anima les jeux de notre enfance... »

Quand la douairière eut achevé de lire cette lettre, qui, commençant ainsi, devait contenir de bien tristes observations, elle posa lentement ses lunettes sur la table, y remit aussitôt la lettre, et arrêta sur sa nièce deux yeux verts dont le feu n'était pas encore affaibli par son âge.

— Ma petite, dit-elle, une femme mariée ne saurait écrire ainsi à une jeune personne sans manquer aux convenances...

— C'est ce que je pensais, répondit Julie en interrompant sa tante; et j'avais honte de moi pendant que vous la lisiez...

— Si à table un mets ne vous semble pas bon, il n'en faut dégoûter personne, mon enfant, reprit la vieille avec bonhomie, surtout lorsque, depuis Ève jusqu'à nous, le mariage a paru chose si excellente... — Vous n'avez plus de mère? dit la vieille femme.

La comtesse tressaillit; puis elle leva doucement la tête

et dit : — J'ai déjà regretté plus d'une fois ma mère depuis un an ; mais j'ai eu tort de ne pas avoir écouté la répugnanc. de mon père qui ne voulait pas de Victor pour gendre.

Elle regarda sa tante, et un frisson de joie sécha ses larmes quand elle aperçut l'air de bonté qui animait cette vieille figure. Elle tendit sa jeune main à la marquise qui semblait la solliciter ; et quand leurs doigts se pressèrent, ces deux femmes achevèrent de se comprendre.

— Pauvre orpheline ! ajouta la marquise.

Ce mot fut un dernier trait de lumière pour Julie. Elle crut entendre encore la voix prophétique de son père.

— Vous avez les mains brûlantes ! Sont-elles toujours ainsi ? demanda la vieille femme.

— La fièvre ne m'a quittée que depuis sept ou huit jours, répondit-elle.

— Vous aviez la fièvre et vous me le cachiez ?

— Je l'ai depuis un an, dit Julie avec une sorte d'anxiété pudique.

— Ainsi, mon bon petit ange, reprit sa tante, le mariage n'a été jusqu'à présent pour vous qu'une longue douleur ?

La jeune femme n'osa répondre ; mais elle fit un geste affirmatif qui trahissait toutes ses souffrances.

— Vous êtes donc malheureuse ?

— Oh ! non, ma tante. Victor m'aime à l'idolâtrie, et je l'adore, il est si bon !

— Oui, vous l'aimez ; mais vous le fuyez, n'est-ce pas ?

— Oui... quelquefois... il me cherche trop souvent.

— N'êtes-vous pas souvent troublée dans la solitude par la crainte qu'il ne vienne vous y surprendre ?

— Hélas ! oui, ma tante. Mais je l'aime bien, je vou' assure.

— Ne vous accusez-vous pas en secret vous-même de ne pas avoir ou de ne pouvoir partager ses plaisirs ? Parfois ne pensez-vous point que l'amour légitime est plus dur à porter que ne le serait une passion criminelle ?

— Oh ! c'est cela, dit-elle en pleurant. Vous devinez donc tout, là où tout est énigme pour moi. Mes sens sont engourdis, je suis sans idées, enfin je vis difficilement. Mon âme est oppressée par une indéfinissable appréhension qui glace mes sentiments et me jette dans une torpeur continuelle. Je suis sans voix pour me plaindre et sans paroles pour exprimer ma peine. Je souffre, et j'ai honte de souffrir en voyant Victor heureux de ce qui me tue.

— Enfantillages, niaiseries que tout cela ! s'écria la tante dont le visage desséché s'anima tout à coup par un gai sourire, reflet des joies de son jeune âge.

— Et vous aussi vous riez ! dit avec désespoir la jeune femme.

— J'ai été ainsi, reprit promptement la marquise. Maintenant que Victor vous a laissée seule, n'êtes-vous pas redevenue jeune fille, tranquille; sans plaisirs, mais sans souffrances?

Julie ouvrit de grands yeux hébétés.

— Enfin, mon ange, vous adorez Victor, n'est-ce pas? mais vous aimeriez mieux être sa sœur que sa femme, et le mariage enfin ne vous réussit point.

— Hé bien! oui, ma tante. Mais pourquoi sourire?

— Oh! vous avez raison, ma pauvre enfant. Il n'y a, dans tout ceci, rien de bien gai. Votre avenir serait gros de plus d'un malheur si je ne vous prenais sous ma protection, et si ma vieille expérience ne savait pas deviner la cause bien innocente de vos chagrins. Mon neveu ne méritait pas son bonheur, le sot! Sous le règne de notre bien-aimé Louis XV, une jeune femme qui se serait trouvée dans la situation où vous êtes aurait bientôt puni son mari de se conduire en vrai lansquenet. L'égoïste! Les militaires de ce tyran impérial sont tous de vilains ignorants. Ils prennent la brutalité pour de la galanterie, ils ne connaissent pas plus les femmes qu'ils ne savent aimer ; ils croient que l'aller à la mort le lendemain les dispense d'avoir, la veille, des égards et des attentions pour nous. Autrefois, on savait aussi bien aimer que mourir à propos. Ma nièce, je vous le formerai. Je mettrai fin au triste désaccord, assez naturel, qui vous conduirait à vous haïr l'un et l'autre, à vous souhaiter un divorce, si toutefois vous n'étiez pas morte avant d'en venir au désespoir.

Julie écoutait sa tante avec autant d'étonnement que de stupeur, surprise d'entendre des paroles dont la sagesse était plutôt pressentie que comprise par elle, et très-effrayée de retrouver dans la bouche d'une parente pleine d'expérience, mais sous une forme plus douce, l'arrêt porté par son père sur Victor. Elle eut peut-être une vive intuition de son avenir, et sentit sans doute le poids des malheurs qui devaient l'accabler, car elle fondit en larmes, et se jeta dans les bras de la vieille dame en lui disant : — Soyez ma mère! La tante ne pleura pas, car la Révolution a laissé aux femmes de l'ancienne monarchie peu de larmes dans les yeux. Autrefois l'amour et plus tard la Terreur les ont familiarisées avec les plus poignantes péripéties, en sorte qu'elles conservent au milieu des dangers de la vie une dignité froide, une affection sincère, mais sans expansion, qui leur permet d'être toujours fidèles à l'étiquette et à une noblesse de maintien que les mœurs nouvelles ont eu le grand tort de répudier. La douairière prit la jeune femme dans ses bras, la baisa au front avec une tendresse et une grâce qui souvent se trouvent plus dans les manières et les habitudes de ces femmes que dans leur cœur ; elle cajola sa nièce par de douces paroles, lui promit un heureux avenir, la berça par des promesses d'amour en l'aidant à se coucher, comme si elle eût été sa fille, une fille chérie dont l'espoir et les chagrins devenaient les siens propres ; elle se revoyait jeune, et se retrouvait inexpériente et jolie en sa nièce. La comtesse s'endormit heureuse d'avoir rencontré une amie, une mère à qui désormais elle pourrait tout dire. Le lendemain matin, au moment où la tante et la nièce s'embrassaient avec cette cordialité profonde et cet air d'intelligence qui prouvent un progrès dans le sentiment, une cohésion plus parfaite entre deux âmes, elles entendirent le pas d'un cheval, tournèrent la tête en même temps, et virent le jeune Anglais qui passait lentement, selon son habitude. Il paraissait avoir fait une certaine étude de la vie que menaient ces deux femmes solitaires, et ne manquait jamais à se trouver à leur déjeuner ou à leur dîner. Son cheval ralentissait le pas sans avoir besoin d'être averti ; puis, pendant le temps qu'il mettait à franchir l'es-

pace pris par les deux fenêtres de la salle à manger, Arthur
y jetait un regard mélancolique, la plupart du temps dédai-
gné par la comtesse, qui n'y faisait aucune attention. Mais
accoutumée à ces curiosités mesquines qui s'attachent aux
plus petites choses afin d'animer la vie de province, et dont se
garantissent difficilement les esprits supérieurs, la marquise
s'amusait de l'amour timide et sérieux, si tacitement exprimé par l'Anglais. Ces regards périodiques étaient devenus comme une habitude pour elle, et chaque jour elle si-
gnalait le passage d'Arthur par de nouvelles plaisanteries.
En se mettant à table, les deux femmes regardèrent simul-
tanément l'insulaire. Les yeux de Julie et d'Arthur se rencontrèrent cette fois avec une telle précision de sentiment,
que la jeune femme rougit. Aussitôt l'Anglais pressa son
cheval et partit au galop.

— Mais, madame, dit Julie à sa tante, que faut-il faire ?
Il doit être constant pour les gens qui voient passer cet Anglais que je suis...

— Oui, répondit la tante en l'interrompant.

— Hé bien ! ne pourrais-je pas lui dire de ne pas se promener ainsi ?

— Ne serait-ce pas lui donner à penser qu'il est dangereux ? Et d'ailleurs pouvez-vous empêcher un homme d'aller
et venir où bon lui semble ? Demain nous ne mangerons
plus dans cette salle ; quand il ne nous y verra plus, le jeune
gentilhomme discontinuera de vous aimer par la fenêtre.
Voilà, ma chère enfant, comment se comporte une femme
qui a l'usage du monde.

Mais le malheur de Julie devait être complet. A peine les
deux femmes se levaient-elles de table, que le valet de chambre de Victor arriva soudain. Il venait de Bourges à franc
étrier, par des chemins détournés, et apportait à la comtesse
une lettre de son mari. Victor, qui avait quitté l'empereur,
annonçait à sa femme la chute du régime impérial, la prise
de Paris, et l'enthousiasme qui éclatait en faveur des Bourbons sur tous les points de la France ; mais ne sachant comment pénétrer jusqu'à Tours, il la priait de venir en toute
hâte à Orléans où il espérait se trouver avec des passe-ports

pour elle. Ce valet de chambre, ancien militaire, devait accompagner Julie de Tours à Orléans, route que Victor croyait libre encore.

— Madame, vous n'avez pas un instant à perdre, dit le valet de chambre; les Prussiens, les Autrichiens et les Anglais vont faire leur jonction à Blois ou à Orléans...

En quelques heures la jeune femme fut prête, et partit dans une vieille voiture de voyage que lui prêta sa tante.

— Pourquoi ne viendriez-vous pas à Paris avec nous? dit-elle en embrassant sa tante. Maintenant que les Bourbons se rétablissent, vous y trouveriez...

— Sans ce retour inespéré j'y serais encore allée, ma pauvre petite, car mes conseils vous sont trop nécessaires, et à Victor et à vous. Aussi vais-je faire toutes mes dispositions pour vous y rejoindre.

Julie partit accompagnée de sa femme de chambre et du vieux militaire, qui galopait à côté de la chaise en veillant à la sécurité de sa maîtresse. A la nuit, en arrivant à un relais en avant de Blois, Julie, inquiète d'entendre une voiture qui marchait derrière la sienne et ne l'avait pas quittée depuis Amboise, se mit à la portière afin de voir quels étaient ses compagnons de voyage. Le clair de lune lui permit d'apercevoir Arthur, debout, à trois pas d'elle, les yeux attachés sur sa chaise. Leurs regards se rencontrèrent. La comtesse se rejeta vivement au fond de sa voiture, mais avec un sentiment de peur qui la fit palpiter. Comme la plupart des jeunes femmes réellement innocentes et sans expérience, elle voyait une faute dans un amour involontairement inspiré à homme. Elle ressentait une terreur instinctive, que lui donnait peut-être la conscience de sa faiblesse devant une audacieuse agression. Une des plus fortes armes de l'homme est ce pouvoir terrible d'occuper de lui-même une femme dont l'imagination naturellement mobile s'effraye ou s'offense d'une poursuite. La comtesse se souvint du conseil de sa tante, et résolut de rester pendant le voyage au fond de sa chaise de poste, sans en sortir. Mais à chaque relais elle entendait l'Anglais qui se promenait autour des deux voitures; puis sur la route, le bruit importun de sa calèche retentissait

incessamment aux oreilles de Julie. La jeune femme pensa
bientôt qu'une fois réunie à son mari, Victor saurait la défendre contre cette singulière persécution.

— Mais si ce jeune homme ne m'aimait pas cependant ?

Cette réflexion fut la dernière de toutes celles qu'elle fit.
En arrivant à Orléans, sa chaise de poste fut arrêtée par les
Prussiens, conduite dans la cour d'une auberge, et gardée
par des soldats. La résistance était impossible. Les étrangers
expliquèrent aux trois voyageurs, par des signes impératifs,
qu'ils avaient reçu la consigne de ne laisser sortir personne
de la voiture. La comtesse resta pleurant pendant deux heures environ, prisonnière au milieu des soldats qui fumaient,
riaient, et parfois la regardaient avec une insolente curiosité;
mais enfin elle les vit s'écartant de la voiture avec une sorte
de respect en entendant le bruit de plusieurs chevaux.
Bientôt une troupe d'officiers supérieurs étrangers, à la tête
desquels était un général autrichien, entoura la chaise de
poste.

— Madame, lui dit le général, agréez nos excuses; il y a
eu erreur, vous pouvez continuer sans crainte votre voyage,
et voici un passe-port qui vous évitera désormais toute espèce d'avanie...

La comtesse prit le papier en tremblant, et balbutia de
vagues paroles. Elle voyait près du général et en costume
d'officier anglais, Arthur à qui sans doute elle devait sa
prompte délivrance. Tout à la fois joyeux et mélancolique,
le jeune Anglais détourna la tête, et n'osa regarder Julie
qu'à la dérobée. Grâce au passe-port, madame d'Aiglemont
parvint à Paris sans aventure fâcheuse. Elle y retrouva son
mari, qui, délié de son serment de fidélité à l'empereur,
avait reçu le plus flatteur accueil du comte d'Artois nommé
lieutenant général du royaume par son frère Louis XVIII.
Victor eut dans les gardes du corps un grade éminent qui
lui donna le rang de général. Cependant, au milieu des fêtes
qui marquèrent le retour des Bourbons, un malheur bien
profond, et qui devait influer sur sa vie, assaillit la pauvre
Julie; elle perdit la comtesse de Listomère-Landon. La vieille

dame mourut de joie et d'une goutte remontée au cœur, en revoyant à Tours le duc d'Angoulême. Ainsi, la personne à laquelle son âge donnait le droit d'éclairer Victor, la seule qui, par d'adroits conseils, pouvait rendre l'accord de la femme et du mari plus parfait, cette personne était morte. Julie sentit toute l'étendue de cette perte. Il n'y avait plus qu'elle-même entre elle et son mari. Mais, jeune et timide, lle devait préférer d'abord la souffrance à la plainte. La perfection même de son caractère s'opposait à ce qu'elle osât se soustraire à ses devoirs, ou tenter de rechercher la cause de ses douleurs; car les faire cesser eût été chose trop délicate; Julie aurait craint d'offenser sa pudeur de jeune fille.

Un mot sur les destinées de monsieur d'Aiglemont sous la restauration.

Ne se rencontre-t-il pas beaucoup d'hommes dont la nullité profonde est un secret pour la plupart des gens qui les connaissent? Un haut rang, une illustre naissance, d'importantes fonctions, un certain vernis de politesse, une grande réserve dans la conduite, ou les prestiges de la fortune sont, pour eux, comme des gardes qui empêchent les critiques de pénétrer jusqu'à leur intime existence. Ces gens ressemblent aux rois dont la véritable taille, le caractère et les mœurs ne peuvent jamais être ni bien connus ni justement appréciés, parce qu'ils sont vus de trop loin ou de trop près. Ces personnages à mérite factice interrogent au lieu de parler, ont l'art de mettre les autres en scène pour éviter de poser devant eux; puis, avec une heureuse adresse, ils tirent chacun par le fil de ses passions ou de ses intérêts, et se jouent ainsi des hommes qui leur sont réellement supérieurs, en font des marionnettes et les croient petits pour les avoir rabaissés jusqu'à eux. Ils obtiennent alors le triomphe naturel d'une pensée mesquine, mais fixe, sur la mobilité des grandes pensées. Aussi pour juger ces têtes vides, et peser leurs valeurs négatives, l'observateur doit-il posséder un esprit plus subtil que supérieur, plus de patience que de portée dans la vue, plus de finesse et de tact que d'élévation et de grandeur dans les idées. Néanmoins, quelque habileté que déploient

ces usurpateurs en défendant leurs côtés faibles, il leur est
bien difficile de tromper leurs femmes, leurs mères, leurs
enfants ou l'ami de la maison; mais ces personnes leur gardent presque toujours le secret sur une chose qui touche, er
quelque sorte, à l'honneur commun; et souvent même elles
.es aident à en imposer au monde. Si, grâce à ces conspira-
tions domestiques, beaucoup de niais passent pour des hommes
supérieurs, ils compensent le nombre d'hommes supérieurs
qui passent pour des niais, en sorte que l'état social a toujours la même masse de capacités apparentes. Songez maintenant au rôle que doit jouer une femme d'esprit et de
sentiment en présence d'un mari de ce genre, n'apercevez-
vous pas des existences pleines de douleurs et de dévouement
dont rien ici-bas ne saurait récompenser certains cœurs
pleins d'amour et de délicatesse? Qu'il se rencontre une
femme forte dans cette horrible situation, elle en sort par
un crime, comme fit Catherine II, néanmoins nommée *la
Grande*. Mais comme toutes les femmes ne sont pas assises
sur un trône, elles se vouent, la plupart, à des malheurs
domestiques qui, pour être obscurs, n'en sont pas moins
terribles. Celles qui cherchent ici-bas des consolations im-
médiates à leurs maux, ne font souvent que changer de peines
lorsqu'elles veulent rester fidèles à leurs devoirs, ou commettent des fautes si elles violent les lois au profit de leurs
plaisirs. Ces réflexions sont toutes applicables à l'histoire
secrète de Julie. Tant que Napoléon resta debout, le comte
d'Aiglemont, colonel comme tant d'autres, bon officier d'ordonnance, excellant à remplir une mission dangereuse, mais
incapable d'un commandement de quelque importance,
n'excita nulle envie, passa pour un des braves que favori-
sait l'empereur, et fut ce que les militaires nomment vul-
gairement *un bon enfant*. La restauration, qui lui rendit le
titre de marquis, ne le trouva pas ingrat; il suivit les Bourbons à Gand. Cet acte de logique et de fidélité fit mentir
l'horoscope que jadis tirait son beau-père en disant de son
gendre qu'il resterait colonel. Au second retour, nommé
lieutenant général et redevenu marquis, monsieur d'Aiglemont eut l'ambition d'arriver à la pairie, il adopta les ma-

ximes et la politique du *Conservateur*, s'enveloppa d'une dissimulation qui ne cachait rien, devint grave, interrogateur,
peu parleur, et fut pris pour un homme profond. Retranché
sans cesse dans les formes de la politesse muni de formules,
retenant et prodiguant les phrases toutes faites qui se frap-
pent régulièrement à Paris pour donner en petite monnaie
aux sots le sens des grandes idées ou des faits, les gens du
monde le réputèrent homme de goût et de savoir. Entêté
dans ses opinions aristocratiques, il fut cité comme ayant
un beau caractère. Si, par hasard, il devenait insouciant ou
gai comme il l'était jadis, l'insignifiance et la niaiserie de
ses propos avaient pour les autres des sous-entendus diplo-
matiques.

— Oh ! il ne dit que ce qu'il veut dire, pensaient de très-
honnêtes gens.

Il était aussi bien servi par ses qualités que par ses défauts. Sa bravoure lui valait une haute réputation militaire
que rien ne démentait, parce qu'il n'avait jamais commandé
en chef. Sa figure mâle et noble exprimait des pensées larges, et sa physionomie n'était une imposture que pour sa
femme. En entendant tout le monde rendre justice à ses talents postiches, le marquis d'Aiglemont finit par se persuader à lui-même qu'il était un des hommes les plus remarquables de la cour où, grâce à ses dehors, il sut plaire, et
où ses différentes valeurs furent acceptées sans protêt.

Néanmoins monsieur d'Aiglemont était modeste au logis,
il y sentait instinctivement la supériorité de sa femme, quelque jeune qu'elle fût ; et, de ce respect involontaire, naquit
un pouvoir occulte que la marquise se trouva forcée d'accepter, malgré tous ses efforts pour en repousser le fardeau.
Conseil de son mari, elle en dirigea les actions et la fortune.
Cette influence contre nature fut pour elle une espèce d'humiliation et la source de bien des peines qu'elle ensevelissait
dans son cœur. D'abord, son instinct si délicatement féminin lui disait qu'il est bien plus beau d'obéir à un homme
de talent que de conduire un sot, et qu'une jeune épouse,
obligée de penser et d'agir en homme, n'est ni femme ni
homme, abdique toutes les grâces de son sexe en en pe

dant les malheurs, et n'acquiert aucun des priviléges que
nos lois ont remis aux plus forts. Son existence cachait une
bien amère dérision. N'était-elle pas obligée d'honorer une
idole creuse, de protéger son protecteur, pauvre être qui,
pour salaire d'un dévouement continu, lui jetait l'amour
égoïste des maris, ne voyait en elle que la femme, ne daignait ou ne savait pas, injure tout aussi profonde, s'inquiéter
de ses plaisirs, ni d'où venaient sa tristesse et son dépéris-
sement? Comme la plupart des maris qui sentent le joug
d'un esprit supérieur, le marquis sauvait son amour-propre
en concluant de la faiblesse physique à la faiblesse morale
de Julie, qu'il se plaisait à plaindre en demandant compte
au sort de lui avoir donné pour épouse une jeune fille ma-
ladive. Enfin, il se faisait la victime tandis qu'il était le
bourreau. La marquise, chargée de tous les malheurs de
cette triste existence, devait sourire encore à son maître
imbécile, parer de fleurs une maison de deuil, et afficher le
bonheur sur un visage pâli par de secrets supplices. Cette
responsabilité d'honneur, cette abnégation magnifique donnèrent insensiblement à la jeune marquise une dignité de
femme, une conscience de vertu qui lui servirent de sauvegarde contre les dangers du monde. Puis, pour sonder ce
cœur à fond, peut-être le malheur intime et caché par lequel
son premier, son naïf amour de jeune fille était couronné,
lui fit-il prendre en horreur les passions; peut-être n'en
conçut-elle ni l'entraînement, ni les joies illicites, mais déli-
rantes, qui font oublier à certaines femmes les lois de sagesse,
les principes de vertu sur lesquels la société repose. Renonçant, comme à un songe, aux douceurs, à la tendre
harmonie que la vieille expérience de madame de Listomère-
Landon lui avait promise, elle attendit avec résignation la
fin de ses peines en espérant mourir jeune. Depuis son retour de Touraine, sa santé s'était chaque jour affaiblie, et la
vie semblait lui être mesurée par la souffrance; souffrance
élégante d'ailleurs, maladie presque voluptueuse en apparence, et qui pouvait passer aux yeux des gens superficiels
pour une fantaisie de petite-maîtresse. Les médecins avaient
condamné la marquise à rester couchée sur un divan, où

elle s'étiolait au milieu des fleurs qui l'entouraient, en se
fanant comme elles. Sa faiblesse lui interdisait la marche et
le grand air; elle ne sortait qu'en voiture fermée. Sans cesse
environnée de toutes les merveilles de notre luxe et de notre industrie modernes, elle ressemblait moins à une malade
qu'à une reine indolente. Quelques amis, amoureux peut-
être de son malheur et de sa faiblesse, sûrs de toujours la
trouver chez elle, et spéculant sans doute aussi sur sa bonne
santé future, venaient lui apporter les nouvelles et l'instruire de ces mille petits événements qui rendent à Paris
l'existence si variée. Sa mélancolie, quoique grave et profonde, était donc la mélancolie de l'opulence. La marquise
d'Aiglemont ressemblait à une belle fleur dont la racine est
rongée par un insecte noir. Elle allait parfois dans le monde,
non par goût, mais pour obéir aux exigences de la position
à laquelle aspirait son mari. Sa voix et la perfection de son
chant pouvaient lui permettre d'y recueillir des applaudissements qui flattent presque toujours une jeune femme;
mais à quoi lui servaient des succès qu'elle ne rapportait ni
à des sentiments ni à des espérances? Son mari n'aimait
pas la musique. Enfin, elle se trouvait presque toujours gênée
dans les salons où sa beauté lui attirait des hommages inté-
ressés. Sa situation y excitait une sorte de compassion
cruelle, une curiosité triste. Elle était atteinte d'une inflam-
mation assez ordinairement mortelle, que les femmes se
confient à l'oreille, et à laquelle notre néologie n'a pas encore su trouver de nom. Malgré le silence au sein duquel
sa vie s'écoulait, la cause de sa souffrance n'était un secret
pour personne. Toujours jeune fille, en dépit du mariage,
les moindres regards la rendaient honteuse. Aussi, pour
éviter de rougir, n'apparaissait-elle jamais que riante, gaie;
elle affectait une fausse joie, se disait toujours bien portante,
ou prévenait les questions sur sa santé par de pudiques
mensonges. Cependant, en 1817, un événement contribua
beaucoup à modifier l'état déplorable dans lequel Julie avait
été plongée jusqu'alors. Elle eut une fille, et voulut la nour-
rir. Pendant deux années, les vives distractions et les inquiets plaisirs que donnent les soins maternels lui firent une

vie moins malheureuse. Elle se sépara nécessairement de
son mari. Les médecins lui pronostiquèrent une meilleure
santé; mais la marquise ne crut point à ces présages hypo-
thétiques. Comme toutes les personnes pour lesquelles la vie
n'a plus de douceur, peut-être voyait-elle dans la mort un
heureux dénoûment.

Au commencement de l'année 1819, la vie lui fut plus
cruelle que jamais. Au moment où elle s'applaudissait du
bonheur négatif qu'elle avait su conquérir, elle entrevit d'effroyables abîmes; son mari s'était, par degrés, déshabitué
d'elle. Ce refroidissement d'une affection déjà si tiède et
tout égoïste, pouvait amener plus d'un malheur que son tact
fin et sa prudence lui faisaient prévoir. Quoiqu'elle fût certaine de conserver un grand empire sur Victor et d'avoir
obtenu son estime pour toujours, elle craignait l'influence
des passions sur un homme si nul et si vaniteusement irré-
fléchi. Souvent ses amis surprenaient Julie livrée à de longues méditations; les moins clairvoyants lui en demandaient
le secret en plaisantant, comme si une jeune femme pouvait
ne songer qu'à des frivolités, comme s'il n'existait pas presque toujours un sens profond dans les pensées d'une mère
de famille. D'ailleurs, le malheur aussi bien que le bonheur
vrai nous mène à la rêverie. Parfois, en jouant avec son
Hélène, Julie la regardait d'un œil sombre, et cessait de répondre à ces interrogations enfantines qui font tant de plaisir
aux mères, pour demander compte de sa destinée au présent et à l'avenir. Ses yeux se mouillaient alors de larmes,
quand soudain quelque souvenir lui rappelait la scène de la
revue aux Tuileries. Les prévoyantes paroles de son père
retentissaient derechef à son oreille, et sa conscience lui
reprochait d'en avoir méconnu la sagesse. De cette désobéissance folle venaient tous ses malheurs; et souvent elle ne
savait, entre tous, lequel était le plus difficile à porter. Non
seulement les doux trésors de son âme restaient ignorés
mais elle ne pouvait jamais parvenir à se faire comprendre
de son mari, même dans les choses les plus ordinaires de
la vie. Au moment où la faculté d'aimer se développait en
elle plus forte et plus active, l'amour permis, l'amour con-

jugal s'évanouissait au milieu de graves souffrances physiques et morales. Puis elle avait pour son mari cette compassion voisine du mépris qui flétrit à la longue tous les sentiments. Enfin, si ses conversations avec quelques amis, si les exemples, ou si certaines aventures du grand monde ne lui eussent pas appris que l'amour apportait d'immenses bonheurs, ses blessures lui auraient fait deviner les plaisirs profonds et purs qui doivent unir des âmes fraternelles. Dans le tableau que sa mémoire lui traçait du passé, la candide figure d'Arthur s'y dessinait chaque jour plus pure et plus belle, mais rapidement; car elle n'osait s'arrêter à ce souvenir. Le silencieux et timide amour du jeune Anglais était le seul événement qui, depuis le mariage, eût laissé quelques doux vestiges dans ce cœur sombre et solitaire. Peut-être toutes les espérances trompées, tous les désirs avortés qui, graduellement, attristaient l'esprit de Julie, se reportaient-ils, par un jeu naturel de l'imagination, sur cet homme, dont les manières, les sentiments et le caractère paraissaient offrir tant de sympathies avec les siens. Mais cette pensée avait toujours l'apparence d'un caprice, d'un songe. Après ce rêve impossible, toujours clos par des soupirs, Julie se réveillait plus malheureuse, et sentait encore mieux ses douleurs latentes quand elle les avait endormies sous les ailes d'un bonheur imaginaire. Parfois, ses plaintes prenaient un caractère de folie et d'audace, elle voulait des plaisirs à tout prix; mais, plus souvent encore, elle restait en proie à je ne sais quel engourdissement stupide, écoutait sans comprendre, ou concevait des pensées si vagues, si indécises, qu'elle n'eût pas trouvé de langage pour les rendre. Froissée dans ses plus intimes volontés, dans les mœurs que, jeune fille, elle avait rêvées jadis, elle était obligée de dévorer ses larmes. A qui se serait-elle plainte? de qui pouvait-elle être entendue? Puis, elle avait cette extrême délicatesse de la femme, cette ravissante pudeur de sentiment qui consiste à taire une plainte inutile, à ne pas prendre un avantage quand le triomphe doit humilier le vainqueur et le vaincu. Julie essayait de donner sa capacité, ses propres vertus à monsieur d'Aiglemont, et se

vantait de goûter le bonheur qui lui manquait. Toute sa
finesse de femme était employée en pure perte à des ménagements ignorés de celui-là même dont ils perpétuaient le
despotisme. Par moments, elle était ivre de malheur, sans
idée, sans frein ; mais, heureusement, une piété vraie la ra-
menait toujours à une espérance suprême ; elle se réfugiait
dans la vie future, admirable croyance qui lui faisait accepter
de nouveau sa tâche douloureuse. Ces combats si terribles,
ces déchirements intérieurs étaient sans gloire, ces longues
mélancolies étaient inconnues ; nulle créature ne recueillait
ses regards ternes, ses larmes amères jetées au hasard et
dans la solitude.

Les dangers de la situation critique à laquelle la marquise
était insensiblement arrivée par la force des circonstances
se révélèrent à elle dans toute leur gravité pendant une
soirée du mois de janvier 1820. Quand deux époux se connaissent parfaitement et ont pris une longue habitude d'eux-
mêmes, lorsqu'une femme sait interpréter les moindres
gestes d'un homme et peut pénétrer les sentiments ou les
choses qu'il lui cache, alors des lumières soudaines éclatent
souvent après des réflexions ou des remarques précédentes,
dues au hasard, ou primitivement faites avec insouciance.
Une femme se réveille souvent tout à coup sur le bord ou
au fond d'un abîme. Ainsi la marquise, heureuse d'être seule
depuis quelques jours, devina le secret de sa solitude. In-
constant ou lassé, généreux ou plein de pitié pour elle, son
mari ne lui appartenait plus. En ce moment, elle ne pensa
plus à elle, ni à ses souffrances, ni à ses sacrifices ; elle ne
fut plus que mère, et vit la fortune, l'avenir, le bonheur
de sa fille ; sa fille, le seul être d'où lui vînt quelque félicité, son Hélène, seul bien qui l'attachât à la vie. Maintenant Julie voulait vivre pour préserver son enfant du joug
effroyable sous lequel une marâtre pouvait étouffer la vie de
cette chère créature. A cette nouvelle prévision d'un sinistre
avenir, elle tomba dans une de ces méditations ardentes qui
dévorent des années entières. Entre elle et son mari, désormais, il devait se trouver tout un monde de pensées, dont
le poids porterait sur elle seule. Jusqu'alors, sûre d'être

rizy était la femme qui lui avait enlevé le cœur de soi
Elle s'engourdit dans une rêverie de désespoir, et par
occupée à regarder le feu. Victor faisait tourner
dans ses doigts avec l'air ennuyé d'un homme qui
avoir été heureux ailleurs, apporte chez lui la fati
bonheur. Quand il eut bâillé plusieurs fois, il prit ui
beau d'une main, de l'autre alla chercher languis
le cou de sa femme, et voulut l'embrasser; mais J
baissa, lui .présenta son front, et y reçut le baiser d
ce baiser machinal, sans amour, espèce de grimace
parut alors odieuse. Quand Victor eut fermé la porte,
quise tomba sur un siége; ses jambes chancelèrent, ell
en larmes. Il faut avoir subi le supplice de quelque
analogue pour comprendre tout ce que celle-ci ca
douleurs; pour deviner les longs et terribles drame
quels elle donne lieu. Ces simples et niaises parol
silences entre les deux époux, les gestes, les re|
manière dont le marquis s'était assis devant le feu, i ε
qu'il eut en cherchant à baiser le cou de sa femm
avait servi à faire, de cette heure, un tragique dénoû
la vie solitaire et douloureuse menée par Julie. Dans
lie, elle se mit à genoux devant son divan, s'y ploi
visage pour ne rien voir, et pria le ciel, en donna
paroles habituelles de son oraison un accent intim
signification nouvelle qui eussent déchiré le cœur
mari, s'il l'eût entendue. Elle demeura pendant hui
préoccupée de son avenir, en proie à son malheur,
étudiait en cherchant les moyens de ne pas menti
cœur, de regagner son empire sur le marquis, et d
assez longtemps pour veiller au bonheur de sa fille.]
solut alors de lutter avec sa rivale, de reparaître (
monde, d'y briller; de feindre pour son mari un
qu'elle ne pouvait plus éprouver, de le séduire; puis
que par ses artifices elle l'aurait soumis à son pouvoir.
coquette avec lui comme le sont ces capricieuses mai
qui se font un plaisir de tourmenter leurs amants. (
nége odieux était le seul remède possible à ses maux.
elle deviendrait maitresse de ses souffrances, elle l

donnerait selon son bon plaisir, et les rendrait plus rares
tout en subjuguant son mari, tout en le domptant sous un
despotisme terrible. Elle n'eut plus aucun remords de lui
imposer une vie difficile. D'un seul bond, elle s'élança dans
les froids calculs de l'indifférence. Pour sauver sa fille, elle
devina tout à coup les perfidies, les mensonges des créatures
qui n'aiment pas, les tromperies de la coquetterie, et ces
ruses atroces qui font haïr si profondément la femme chez
qui les hommes supposent alors des corruptions innées. A
l'insu de Julie, sa vanité féminine, son intérêt et un vague
désir de vengeance s'accordèrent avec son amour maternel
pour la faire entrer dans une voie où de nouvelles douleurs
l'attendaient. Mais elle avait l'âme trop belle, l'esprit trop
délicat, et surtout trop de franchise pour être longtemps
complice de ces fraudes. Habituée à lire en elle-même, au
premier pas dans le vice, car ceci était du vice, le cri de sa
conscience devait étouffer celui des passions et de l'égoïsme.
En effet, chez une jeune femme dont le cœur est encore pur,
et où l'amour est resté vierge, le sentiment de la maternité
même est soumis à la voix de la pudeur. La pudeur n'est-
elle pas toute la femme ? Mais Julie ne voulut apercevoir
aucun danger, aucune faute dans sa nouvelle vie. Elle vint
chez madame de Sérizy. Sa rivale comptait voir une femme
pâle, languissante ; la marquise avait mis du rouge, et se
présenta dans tout l'éclat d'une parure qui rehaussait encore sa beauté.

Madame la comtesse de Sérizy était une de ces femmes
qui prétendent exercer à Paris une sorte d'empire sur la
mode et sur le monde ; elle dictait des arrêts qui, reçus
dans le cercle où elle régnait, lui semblaient universelle-
ment adoptés ; elle avait la prétention de faire des mots ;
elle était souverainement *jugeuse*. Littérature, politique,
hommes et femmes, tout subissait sa censure ; et madame
Sérizy semblait défier celle des autres. Sa maison était,
en toute chose, un modèle de bon goût. Au milieu de ces
salons remplis de femmes élégantes et belles, Julie triom-
pha de la comtesse. Spirituelle, vive, sémillante, elle eut
autour d'elle les hommes les plus distingués de la soirée.

Pour le désespoir des femmes, sa toilette était irréprochable, et toutes lui envièrent une coupe de robe, une forme de corsage dont l'effet fut attribué généralement à quelque génie de couturière inconnue, car les femmes aiment mieux croire à la science des chiffons qu'à la grâce et à la perfection de celles qui sont faites de manière à les bien porter. Lorsque Julie se leva pour aller au piano chanter la romance de Desdémone, les hommes accoururent de tous les salons pour entendre cette célèbre voix, muette depuis si longtemps, et il se fit un profond silence. La marquise éprouva de vives émotions en voyant les têtes pressées aux portes et tous les regards attachés sur elle. Elle chercha son mari, lui lança une œillade pleine de coquetterie, et vit avec plaisir qu'en ce moment son amour-propre était extraordinairement flatté. Heureuse de ce triomphe, elle ravit l'assemblée dans la première partie d'*Assis' ai pie d'un salice.* Jamais ni la Malibran ni la Pasta n'avaient fait entendre des chants si parfaits de sentiment et d'intonation, mais, au moment de la reprise, elle regarda dans les groupes et aperçut Arthur dont le regard fixe ne la quittait pas. Elle tressaillit vivement, et sa voix s'altéra. Madame de Sérizy s'élança de sa place vers la marquise.

— Qu'avez-vous, ma chère? Oh! pauvre petite, elle est si souffrante! je tremblais en lui voyant entreprendre une chose au-dessus de ses forces...

La romance fut interrompue. Julie, dépitée ne se sentit plus le courage de continuer et subit la compassion perfide de sa rivale. Toutes les femmes chuchotèrent; puis, à force de discuter cet incident, elles devinèrent la lutte commencée entre la marquise et madame de Sérizy, qu'elles n'épargnèrent pas dans leurs médisances. Les bizarres pressentiments qui avaient si souvent agité Julie se trouvaient tout à coup réalisés. En s'occupant d'Arthur, elle s'était complu à croire qu'un homme en apparence si doux, si délicat, devait être resté fidèle à son premier amour. Parfois elle s'était flattée d'être l'objet de cette belle passion, la passion pure et vraie d'un jeune homme, dont toutes les pensées appartiennent à sa bien-aimée, dont tous les moments lui sont consacrés, qui n'a point de détours, qui rougit de ce qui fait rougir une femme, pense comme une femme, ne lui donne point de rivales, et se livre à elle sans songer à l'ambition, ni à la gloire, ni à la fortune. Elle avait rêvé tout cela d'Arthur, par folie, par distraction ; puis tout à coup elle crut voir son rêve accompli. Elle lut sur le visage presque féminin du jeune Anglais les pensées profondes, les mélancolies douces, les résignations douloureuses dont elle-même était la victime. Elle se reconnut en lui Le malheur et la mélancolie sont les interprètes les plus éloquents de l'amour, et correspondent entre deux êtres souffrants avec une incroyable rapidité. La vue intime et l'intussusception des choses ou des idées sont chez eux complètes et justes. Aussi la violence du choc que reçut la marquise lui révéla-t-elle tous les dangers de l'avenir. Trop heureuse de trouver un prétexte à son trouble dans son état habituel de souffrance, elle se laissa volontiers accabler par l'ingénieuse pitié de madame de Sérizy. L'interruption de la romance était un événement dont s'entretenaient assez diversement plusieurs personnes. Les unes déploraient le sort de Julie, et se plaignaient de ce qu'une femme si remarquable fût perdue pour le monde ; les autres voulaient savoir la cause de ses souffrances et de la solitude dans laquelle elle vivait.

— Eh bien ! mon cher Ronquerolles, disait le marquis au frère de madame de Sérizy, tu enviais mon bonheur en voyant madame d'Aiglemont, et tu me reprochais de lui être infidèle ? Ya, tu trouverais mon sort bien peu désirable, si tu restais comme moi en présence d'une jolie femme pendant une ou deux années, sans oser lui baiser la main, de peur de la briser. Ne t'embarrasse jamais de ces bijoux délicats, bons seulement à mettre sous verre, et que leur fragilité, leur cherté, nous obligent à toujours respecter. Sors-tu souvent ton beau cheval pour lequel tu crains, m'a-t-on dit, les averses et la neige ? Voilà mon histoire. Il est vrai que je suis sûr de la vertu de ma femme ; mais mon mariage est une chose de luxe ; et si tu me crois marié, tu te trompes. Aussi mes infidélités sont-elles en quelque sorte

légitimes. Je voudrais bien savoir comment vous feriez à
ma place, messieurs les rieurs? Beaucoup d'hommes auraient
moins de ménagements que je n'en ai pour ma femme. Je
suis sûr, ajouta-t-il à voix basse, que madame d'Aiglemont
ne se doute de rien. Aussi, certes, aurais-je grand tort de me
plaindre, je suis très-heureux... Seulement, rien n'est plu⁻
ennuyeux pour un homme sensible, que de voir souffrir un⁽
pauvre créature à laquelle on est attaché...

— Tu as donc beaucoup de sensibilité? répondit monsieur
de Ronquerolles, car tu es rarement chez toi.

Cette amicale épigramme fit rire les auditeurs; mais Arthur resta froid et imperturbable, en gentleman qui a pris la
gravité pour base de son caractère. Les étranges paroles de
ce mari firent sans doute concevoir quelques espérances au
jeune Anglais, qui attendit avec patience le moment où il
pourrait se trouver seul avec monsieur d'Aiglemont, et l'occasion s'en présenta bientôt.

— Monsieur, lui dit-il, je vois avec une peine infinie
l'état de madame la marquise, et si vous saviez que, faute
d'un régime particulier, elle doit mourir misérablement, je
pense que vous ne plaisanteriez pas sur ses souffrances. Si
je vous parle ainsi, j'y suis en quelque sorte autorisé par la
certitude que j'ai de sauver madame d'Aiglemont, et de la
rendre à la vie et au bonheur. Il est peu naturel qu'un
homme de mon rang soit médecin; et, néanmoins, le hasard
a voulu que j'étudiasse la médecine. Or, je m'ennuie assez,
dit-il en affectant un froid égoïsme qui devait servir ses desseins, pour qu'il me soit indifférent de dépenser mon temps
et mes voyages au profit d'un être souffrant, au lieu de satisfaire quelques sottes fantaisies. Les guérisons de ces sortes
de maladies sont rares, parce qu'elles exigent beaucoup de
soins, de temps et de patience; il faut surtout avoir de la
fortune, voyager, suivre scrupuleusement des prescriptions
qui varient chaque jour, et n'ont rien de désagréable. Nous
sommes deux gentilshommes, dit-il en donnant à ce mot
l'acception du mot anglais *gentleman*, et nous pouvons nous
entendre. Je vous préviens que si vous acceptez ma proposition, vous serez à tout moment le juge de ma conduite.

Je n'entreprendrai rien sans vous avoir pour conseil, pour surveillant, et je vous réponds du succès si vous consentez à m'obéir. Oui, si vous voulez ne pas être pendant longtemp le mari de madame d'Aiglemont, lui dit-il à l'oreille.

— Il est sûr, milord, dit le marquis en riant, qu'un An glais pouvait seul me faire une proposition si bizarre. Per mettez-moi de ne pas la repousser et de ne pas l'accueillir, 'y songerai. Puis, avant tout, elle doit être soumise à ma femme.

En ce moment, Julie avait reparu au piano. Elle chanta l'air de Sémiramide, *Son regina, son guerriera*. Des applaudissements unanimes, mais des applaudissements sourds, pour ainsi dire, les acclamations polies du faubourg Saint-Germain, témoignèrent de l'enthousiasme qu'elle excita.

Lorsque d'Aiglemont ramena sa femme à son hôtel, Julie vit avec une sorte de plaisir inquiet le prompt succès de ses tentatives. Son mari, réveillé par le rôle qu'elle venait de jouer, voulut l'honorer d'une fantaisie, et la prit en goût, comme il eût fait d'une actrice. Julie trouva plaisant d'être traitée ainsi, elle vertueuse et mariée ; elle essaya de jouer avec son pouvoir, et dans cette première lutte, sa bonté la fit succomber encore une fois, mais ce fut la plus terrible de toutes les leçons que lui gardait le sort. Vers deux ou trois heures du matin, Julie était sur son séant, sombre et rêveuse, dans le lit conjugal ; une lampe à lueur incertaine éclairait faiblement la chambre, le silence le plus profond y régnait ; et, depuis une heure environ, la marquise, livrée à de poignants remords, versait des larmes dont l'amertume ne peut être comprise que des femmes qui se sont trouvées dans la même situation. Il fallait avoir l'âme de Julie pour sentir comme elle l'horreur d'une caresse calculée, pour se trouver autant froissée par un baiser froid ; apostasie du cœur encore aggravée par une douloureuse prostitution. Elle se mésestimait elle-même, elle maudissait le mariage, elle aurait voulu être morte ; et, sans un cri jeté par sa fille, elle se serait peut-être précipitée par la fenêtre sur le pavé. Monsieur d'Aiglemont dormait paisible-
nt près d'elle, sans être réveillé par les larmes chaudes

que sa femme laissait tomber sur lui. Le lendemain, Julie
sut être gaie. Elle trouva des forces pour paraître heureuse
et cacher, non plus sa mélancolie, mais une invincible horreur. De ce jour elle ne se regarda plus comme une femme
irréprochable. Ne s'était-elle pas menti à elle-même, dès
lors n'était-elle pas capable de dissimulation, et ne pouvait-
elle pas plus tard déployer une profondeur étonnante dans
les délits conjugaux? Son mariage était la cause de cette
perversité *à priori* qui ne s'exerçait encore sur rien. Cependant elle s'était déjà demandé pourquoi résister à un amant
aimé quand elle se donnait, contre son cœur et contre le
vœu de la nature, à un mari qu'elle n'aimait plus. Toutes
les fautes, et les crimes peut-être, ont pour principe un
mauvais raisonnement ou quelque excès d'égoïsme. La société ne peut exister que par les sacrifices individuels
qu'exigent les lois. En accepter les avantages, n'est-ce pas
s'engager à maintenir les conditions qui la font subsister?
Or les malheureux sans pain, obligés de respecter la propriété, ne sont pas moins à plaindre que les femmes bles-
sées dans les vœux et la délicatesse de leur nature. Quelques jours après cette scène, dont les secrets furent
ensevelis dans le lit conjugal, d'Aiglemont présenta lord
Grenville à sa femme. Julie reçut Arthur avec une politesse
froide qui faisait honneur à sa dissimulation. Elle imposa
silence à son cœur, voila ses regards, donna de la fermeté
à sa voix, et put ainsi rester maîtresse de son avenir. Puis,
après avoir reconnu par ces moyens, innés pour ainsi dire
chez les femmes, toute l'étendue de l'amour qu'elle avait
inspiré, madame d'Aiglemont sourit à l'espoir d'une prompte
guérison, et n'opposa plus de résistance à la volonté de son
mari, qui la violentait pour lui faire accepter les soins du
jeune docteur. Néanmoins, elle ne voulut se fier à lord
Grenville qu'après en avoir assez étudié les paroles et les
manières pour être sûre qu'il aurait la générosité de souffrir en silence. Elle avait sur lui le plus absolu pouvoir, elle
en abusait déjà : n'était-elle pas femme?

Montcontour est un ancien manoir situé sur un de ces
blonds rochers au bas desquels passe la Loire, non loin

fant, la mettait dans le meilleur chemin, lui faisait éviter les
pierres, lui montrait une échappée de vue ou l'amenait devant une fleur, toujours mû par un perpétuel sentiment de
bonté, par une intention délicate, par une connaissance intime du bien-être de cette femme, sentiments qui semblaient
être innés en lui, autant et plus peut-être que le mouvement
nécessaire à sa propre existence. La malade et son médecin
marchaient du même pas sans être étonnés d'un accord qui
paraissait avoir existé dès le premier jour où ils marchèrent ensemble; ils obéissaient à une même volonté, s'arrêtaient, impressionnés par les mêmes sensations ; leurs regards, leurs paroles correspondaient à des pensées mutuelles.
Parvenus tous deux en haut d'une vigne, ils voulurent aller
se reposer sur une de ces longues pierres blanches que l'on
extrait continuellement des caves pratiquées dans le rocher;
mais avant de s'y asseoir, Julie contempla le site.

— Le beau pays ! s'écria-t-elle. Dressons une tente et vivons ici. Victor, cria-t-elle, venez donc, venez donc !

Monsieur d'Aiglemont répondit d'en bas par un cri de
chasseur, mais sans hâter sa marche; seulement il regardait
sa femme de temps en temps lorsque les sinuosités du sentier le lui permettaient. Julie aspira l'air avec plaisir en levant la tête et en jetant à Arthur un de ces coups d'œil fins
par lesquels une femme d'esprit dit toute sa pensée.

— Oh ! reprit-elle, je voudrais rester toujours ici. Peut-on
jamais se lasser d'admirer cette belle vallée ? Savez-vous le
nom de cette jolie rivière, milord ?

— C'est la Cise.

— La Cise, répéta-t-elle. Et là-bas, devant nous, qu'est-ce ?

— Ce sont les coteaux du Cher, dit-il.

— Et sur la droite ? Ah ! c'est Tours. Mais voyez le bel
effet que produisent dans le lointain les clochers de la cathédrale.

Elle se fit muette, et laissa tomber sur la main d'Arthur
la main qu'elle avait étendue vers la ville. Tous deux, ils
admirèrent en silence le paysage et les beautés de cette nature harmonieuse. Le murmure des eaux, la pureté de l'air

et du ciel, tout s'accordait avec les pensées qui vinrent en
foule dans leurs cœurs aimants et jeunes.

— Oh! mon Dieu, combien j'aime ce pays, répéta Julie
avec un enthousiasme croissant et naïf. Vous l'avez habité
longtemps? reprit-elle après une pause.

A ces mots, lord Grenville tressaillit.

— C'est là, répondit-il avec mélancolie, en montrant un
bouquet de noyer sur la route, là que prisonnier je vous vis
pour la première fois...

— Oui, mais j'étais déjà bien triste; cette nature me sembla sauvage, et maintenant...

Elle s'arrêta, lord Grenville n'osa pas la regarder.

— C'est à vous, dit enfin Julie après un long silence, que
je dois ce plaisir. Ne faut-il pas être vivante pour éprouver
les joies de la vie, et jusqu'à présent n'étais-je pas morte à
tout? Vous m'avez donné plus que la santé, vous m'avez
appris à en sentir tout le prix...

Les femmes ont un inimitable talent pour exprimer leurs
sentiments sans employer de trop vives paroles; leur éloquence est surtout dans l'accent, dans le geste, l'attitude et
les regards. Lord Grenville se cacha la tête dans ses mains,
car des larmes roulaient dans ses yeux. Ce remercîment
était le premier que Julie lui fît depuis leur départ de Paris.
Pendant une année entière, il avait soigné la marquise avec
le dévouement le plus entier. Secondé par d'Aiglemont, il
l'avait conduite aux eaux d'Aix, puis sur les bords de la
mer à la Rochelle. Épiant à tout moment les changements
que ses savantes et simples prescriptions produisaient sur
la constitution délabrée de Julie, il l'avait cultivée comme
une fleur rare peut l'être par un horticulteur passionné. La
marquise avait parti recevoir les soins intelligents d'Arthur
avec tout l'égoïsme d'une Parisienne habituée aux hommages, ou avec l'insouciance d'une courtisane qui ne sait ni le
coût des choses ni la valeur des hommes, et les prise au degré d'utilité dont ils lui sont. L'influence exercée sur l'âme
par les lieux est une chose digne de remarque. Si la mélancolie nous gagne infailliblement lorsque nous sommes au
bord des eaux, une autre loi de notre nature impressible fait

que, sur les montagnes, nos sentiments s'épurent; la passion
y gagne en profondeur ce qu'elle paraît perdre en vivacité.
L'aspect du vaste bassin de la Loire, l'élévation de la jolie
colline où les deux amants s'étaient assis, causaient peut-
être le calme délicieux dans lequel ils savourèrent d'abord
le bonheur qu'on goûte à deviner l'étendue d'une passion
cachée sous des paroles insignifiantes en apparence. Au moment où Julie achevait la phrase qui avait si vivement ému
lord Grenville, une brise caressante agita la cime des arbres, répandit la fraîcheur des eaux dans l'air; quelques
nuages couvrirent le soleil, et des ombres molles laissèrent
voir toutes les beautés de cette exquise nature. Julie détourna
la tête pour dérober au jeune lord la vue des larmes qu'elle
réussit à retenir et à sécher, car l'attendrissement d'Arthur
l'avait promptement gagnée. Elle n'osa lever les yeux sur lui
dans la crainte qu'il ne lût trop de joie dans ce regard. Son
instinct de femme lui faisait sentir qu'à cette heure dangereuse elle devait ensevelir son amour au fond de son cœur.
Cependant le silence pouvait être également redoutable. En
s'apercevant que lord Grenville était hors d'état de prononcer une parole, Julie reprit d'une voix douce : — Vous
êtes touché de ce que je vous ai dit, milord. Peut-être cette
vive expansion est-elle la manière que prend une âme gracieuse et bonne comme l'est la vôtre, pour revenir sur un
faux jugement. Vous m'aurez crue ingrate en me trouvant
froide et réservée, ou moqueuse et insensible pendant ce
voyage qui heureusement va bientôt se terminer. Je n'aurais
pas été digne de recevoir vos soins, si je n'avais su les apprécier. Milord, je n'ai rien oublié. Hélas! je n'oublierai
rien, ni la sollicitude qui vous faisait veiller sur moi comme
une mère veille sur son enfant, ni surtout la noble confiance de nos entretiens fraternels, la délicatesse de vos procédés; séductions contre lesquelles nous sommes toutes
sans armes. Milord, il est hors de mon pouvoir de vous
récompenser...

A ce mot, Julie s'éloigna vivement, et lord Grenville ne
fit aucun mouvement pour l'arrêter, la marquise alla sur
une roche à une faible distance, et y resta immobile; leurs

émotions furent un secret pour eux-mêmes, sans doute ils pleurèrent en silence; les chants des oiseaux, si gais, si prodigues d'expressions tendres au coucher du soleil, durent augmenter la violente commotion qui les avait forcés de se séparer; la nature se chargeait de leur exprimer un amour dont ils n'osaient parler.

— Eh bien! Milord, reprit Julie en se mettant devant lui dans une attitude pleine de dignité qui lui permit de prendre la main d'Arthur, je vous demanderai de rendre pure et sainte la vie que vous m'avez restituée. Ici, nous nous quitterons. Je sais, ajouta-t-elle en voyant pâlir lord Grenville, que, pour prix de votre dévouement, je vais exiger de vous un sacrifice encore plus grand que ceux dont l'étendue devrait être mieux reconnue par moi... Mais il le faut... vous ne resterez pas en France. Vous le commander, n'est-ce pas vous donner des droits qui seront sacrés? ajouta-t-elle en mettant la main du jeune homme sur son cœur palpitant.

— Oui, dit Arthur en se levant.

En ce moment il montra d'Aiglemont qui tenait sa fille dans ses bras, et qui parut de l'autre côté d'un chemin creux sur la balustrade du château. Il y avait grimpé pour y faire sauter sa petite Hélène.

— Julie, je ne vous parlerai point de mon amour, nos âmes se comprennent trop bien. Quelque profonds, quelque secrets que fussent mes plaisirs de cœur, vous les avez tous partagés. Je le sens, je le sais, je le vois. Maintenant, j'acquiers la délicieuse preuve de la constante sympathie de nos cœurs, mais je fuirai... J'ai plusieurs fois calculé trop habilement les moyens de tuer cet homme pour pouvoir y toujours résister, si je restais près de vous.

— J'ai eu la même pensée, dit-elle en laissant paraître sur sa figure troublée les marques d'une surprise douloureuse.

Mais il y avait tant de vertu, tant de certitude d'elle-même et tant de victoires secrètement remportées sur l'amour dan l'accent et le geste qui échappèrent à Julie, que lord Grenville demeura pénétré d'admiration. L'ombre même du crim s'était évanouie dans cette naïve conscience. Le sentiment

religieux qui dominait sur ce beau front devait toujours en
hasser les mauvaises pensées involontaires que notre im-
parfaite nature engendre, mais qui montrent tout à la fois
la grandeur et les périls de notre destinée.

— Alors, reprit-elle, j'aurais encouru votre mépris, et il
m'aurait sauvée, reprit-elle en baissant les yeux. Perdre
votre estime, n'était-ce pas mourir?

Ces deux héroïques amants restèrent encore un moment
silencieux, occupés à dévorer leurs peines ; bonnes et mauvaises, leurs pensées étaient fidèlement les mêmes, et ils
s'entendaient aussi bien dans leurs intimes plaisirs que dans
eurs douleurs les plus cachées.

— Je ne dois pas murmurer, le malheur de ma vie est
mon ouvrage, ajouta-t-elle en levant au ciel des yeux pleins
de larmes.

— Milord, s'écria le général de sa place en faisant un
geste, nous nous sommes rencontrés ici pour la première
fois. Vous ne vous en souvenez peut-être pas. Tenez, là-bas,
près de ces peupliers.

L'Anglais répondit par une brusque inclination de tête.

— Je devais mourir jeune et malheureuse, répondit Julie. Oui, ne croyez pas que je vive. Le chagrin sera tout
aussi mortel que pourrait l'être la terrible maladie de laquelle
vous m'avez guérie. Je ne me crois pas coupable. Non, les
sentiments que j'ai conçus pour vous sont irrésistibles, éternels, mais bien involontaires, et je veux rester vertueuse.
Cependant je serai tout à la fois fidèle à ma conscience d'é-
pouse, à mes devoirs de mère et aux vœux de mon cœur.
Écoutez, lui dit-elle d'une voix altérée; je n'appartiendrai
plus à cet homme, jamais. Et, par un geste effrayant d'horreur et de vérité, Julie montra son mari: — Les lois du
monde, reprit-elle, exigent que je lui rende l'existence heureuse, j'y obéirai ; je serai sa servante ; mon dévouement
pour lui sera sans bornes, mais d'aujourd'hui je suis veuve.
Je ne veux être une prostituée ni à mes yeux ni à ceux du
monde ; si je ne suis point à monsieur d'Aiglemont, je ne
serai jamais à un autre. Vous n'aurez de moi que ce que
vous m'avez arraché. Voilà l'arrêt que j'ai porté sur moi-

même, dit-elle en regardant Arthur avec fierté. Il est irré-
vocable, milord. Maintenant, apprenez que si vous cédiez à
une pensée criminelle, la veuve de monsieur d'Aiglemont
entrerait dans un cloître, soit en Italie, soit en Espagne. Le
malheur a voulu que nous ayons parlé de notre amour. Ces
aveux étaient inévitables peut-être ; mais que ce soit pour
la dernière fois que nos cœurs aient si fortement vibré. Demain, vous feindrez de recevoir une lettre qui vous appelle
en Angleterre, et nous nous quitterons pour ne plus nous
revoir.

Cependant Julie, épuisée par cet effort, sentit ses genoux
fléchir, un froid mortel la saisit, et par une pensée bien féminine, elle s'assit pour ne pas tomber dans les bras d'Arthur.

— Julie ! cria lord Grenville.

Ce cri perçant retentit comme un éclat de tonnerre. Cette
déchirante clameur exprima tout ce que l'amant, jusque-là
muet, n'avait pu dire.

— Hé bien ! qu'a-t-elle donc ? demanda le général.

En entendant ce cri, le marquis avait hâté le pas, et se
trouva soudain devant les deux amants.

— Ce ne sera rien, dit Julie avec cet admirable sang-froid
que la finesse naturelle aux femmes leur permet d'avoir
assez souvent dans les grandes crises de la vie. La fraîcheur
de ce noyer a failli me faire perdre connaissance, et mon
docteur a dû en frémir de peur. Ne suis-je pas pour lui
comme une œuvre d'art qui n'est pas encore achevée ? Il a
peut-être tremblé de la voir détruite...

Elle prit audacieusement le bras de lord Grenville, sourit à son mari, regarda le paysage avant de quitter le sommet des rochers, et entraîna son compagnon de voyage en
lui prenant la main.

— Voici, certes, le plus beau site que nous ayons vu,
dit-elle ; je ne l'oublierai jamais. Voyez donc, Victor, quels
lointains, quelle étendue et quelle variété. Ce pays fait concevoir l'amour.

Riant d'un rire presque convulsif, mais riant de manière

à tromper son mari, elle sauta gaiement dans les chemins creux, et disparut.

— Eh quoi! sitôt?... dit-elle quand elle se trouva loin de monsieur d'Aiglemont. Eh quoi ! mon ami, dans un instant nous ne pourrons plus être, et ne serons plus jamais nous-nêmes; enfin nous ne vivrons plus...

— Allons lentement, répondit lord Grenville, les voitures sont encore loin. Nous marcherons ensemble, et s'il nous est permis de mettre des paroles dans nos regards, nos cœurs vivront un moment de plus.

Ils se promenèrent sur la levée, au bord des eaux, aux dernières lueurs du soir, presque silencieusement, disant de vagues paroles, douces comme le murmure de la Loire, mais qui remuaient l'âme. Le soleil, au moment de sa chute, les enveloppa de ses reflets rouges avant de disparaître, image mélancolique de leur fatal amour. Très-inquiet de ne pas retrouver sa voiture à l'endroit où il s'était arrêté, le général suivait ou devançait les deux amants sans se mêler de la conversation. La noble et délicate conduite que lord Grenville tenait pendant ce voyage avait détruit les soupçons du marquis, et depuis quelque temps il laissait sa femme libre, en se confiant à la foi punique du lord-docteur. Arthur et Julie marchèrent encore dans le triste et doulou-reux accord de leurs cœurs flétris. Naguère, en montant à travers les escarpements de Moncontour, ils avaient tous deux une vague espérance, un inquiet bonheur dont ils n'osaient pas se demander compte ; mais en descendant le long de la levée, ils avaient renversé le frêle édifice con-struit dans leur imagination, et sur lequel ils n'osaient res-pirer, semblables aux enfants qui prévoient la chute des châteaux de cartes qu'ils ont bâtis. Ils étaient sans espé-rance. Le soir même, lord Grenville partit. Le dernier re-gard qu'il jeta sur Julie prouva malheureusement que de-puis le moment où la sympathie leur avait révélé l'étendue d'une passion si forte, il avait eu raison de se défier de lui-même.

Quand monsieur d'Aiglemont et sa femme se trouvèrent le lendemain assis au fond de leur voiture, sans leur com-

pagnon ce voyage, et qu'ils parcoururent avec rapidité la
route, jadis faite en 1814 par la marquise, alors ignorante
de l'amour et qui croyait avoir des raisons pour en maudire
presque la constance, elle retrouva mille impressions ou-
bliées. Le cœur a sa mémoire à lui. Telle femme incapable
de se rappeler les événements les plus graves, se souvien-
dra pendant toute sa vie des choses qui importent à ses
sentiments. Aussi, Julie eut-elle une parfaite souvenance des
détails même frivoles ; elle reconnut avec bonheur les
plus légers accidents de son premier voyage, et jusqu'à des
pensées qui lui étaient venues à certains endroits de la
route. Victor, redevenu passionnément amoureux de sa
femme depuis qu'elle avait recouvré la fraîcheur de la jeunesse et toute sa beauté, se serra près d'elle à la façon des
amants. Lorsqu'il essaya de la prendre dans ses bras, elle
se dégagea doucement, et trouva je ne sais quel prétexte
pour éviter cette innocente caresse. Puis, bientôt, elle eut
horreur du contact de Victor de qui elle sentait et partageait la chaleur, par la manière dont ils étaient assis. Elle
voulut se mettre seule sur le devant de la voiture ; mais
son mari lui fit la grâce de la laisser au fond. Elle le remercia de cette attention par un soupir auquel il se méprit,
et cet ancien séducteur de garnison, interprétant à son avantage la mélancolie de sa femme, la mit à la fin du jour dans
l'obligation de lui parler avec une fermeté qui lui imposa.

— Mon ami, lui dit-elle, vous avez déjà failli me tuer ;
vous le savez. Si j'étais encore une jeune fille sans expérience, je pourrais recommencer le sacrifice de ma vie ;
mais je suis mère, j'ai une fille à élever, et je me dois
tant à elle qu'à vous. Subissons un malheur qui nous atteint
également. Vous êtes le moins à plaindre. N'avez-vous pas
su trouver des consolations que mon devoir, notre honneur
commun, et, mieux que tout cela, la nature m'interdisent.
Tenez, ajouta-t-elle, vous avez étourdiment oublié dans un
tiroir trois lettres de madame de Sérizy ; les voici. Mon silence vous prouve que vous avez en moi une femme pleine
d'indulgence, et qui n'exige pas de vous les sacrifices auxquels les lois la condamnent ; mais j'ai assez réfléchi pour

savoir que nos rôles ne sont pas les mêmes, et que la femme seule est prédestinée au malheur. Ma vertu repose sur des principes arrêtés et fixes. Je saurai vivre irréprochable ; mais laissez-moi vivre.

Le marquis, abasourdi par la logique que les femmes savent étudier aux clartés de l'amour, fut subjugué par l'espèce de dignité qui leur est naturelle dans ces sortes de crises. La répulsion instinctive que Julie manifestait pour tout ce qui froissait son amour et les vœux de son cœur est une des plus belles choses de la femme, et vient peut-être d'une vertu naturelle que ni les lois ni la civilisation ne feront taire. Mais qui donc oserait blâmer les femmes ? Quand elles ont imposé silence au sentiment exclusif qui ne leur permet pas d'appartenir à deux hommes, ne sont-elles pas comme des prêtres sans croyance ? Si quelques esprits rigides blâment l'espèce de transaction conclue par Julie entre ses devoirs et son amour, les âmes passionnées lui en feront un crime. Cette réprobation générale accuse ou le malheur qui attend les désobéissances aux lois, ou de bien tristes imperfections dans les institutions sur lesquelles repose la société européenne.

Deux ans se passèrent, pendant lesquels monsieur et madame d'Aiglemont menèrent la vie des gens du monde, allant chacun de leur côté, se rencontrant dans les salons plus souvent que chez eux ; élégant divorce par lequel se terminent beaucoup de mariages dans le grand monde. Un soir, par extraordinaire, les deux époux se trouvaient réunis dans leur salon. Madame d'Aiglemont avait eu à dîner l'une de ses amies. Le général, qui dînait toujours en ville, était resté chez lui.

— Vous allez être bien heureuse, madame la marquise. dit monsieur d'Aiglemont en posant sur une table la tasse dans laquelle il venait de boire son café. Le marquis regarda madame de Wimphen d'un air moitié malicieux, moitié chagrin, et ajouta : — Je pars pour une longue chasse, où je vais avec le grand veneur. Vous serez au moins pendant huit jours absolument veuve, et c'est ce que vous désirez, je crois... .

— Mais ton pauvre mari est vraiment bien bon, s'écria Louisa quand les deux femmes se trouvèrent seules. Il t'aime.

— Oh ! n'ajoute pas une syllabe à ce dernier mot. Le nom que je porte me fait horreur...

— Oui, mais Victor t'obéit entièrement, dit Louisa.

— Son obéissance, répondit Julie, est en partie fondée sur la grande estime que je lui ai inspirée. Je suis une femme très-vertueuse selon les lois ; je lui rends sa maison agréable, je ferme les yeux sur ses intrigues, je ne prends rien sur sa fortune ; il peut en gaspiller les revenus à son gré ; j'ai soin seulement d'en conserver le capital. A ce prix, j'ai la paix. Il ne s'explique pas, ou ne veut pas s'expliquer mon existence. Mais si je mène ainsi mon mari, ce n'est pas sans redouter les effets de son caractère. Je suis comme un conducteur d'ours qui tremble qu'un jour la muselière ne se brise. Si Victor croyait avoir le droit de ne plus m'estimer, je n'ose prévoir ce qui pourrait arriver ; car il est violent, plein d'amour-propre, de vanité surtout. S'il n'a pas l'esprit assez subtil pour prendre un parti sage dans une circonstance délicate où ses passions mauvaises seront mises en jeu ; il est faible de caractère, et me tuerait peut-être provisoirement, quitte à mourir de chagrin le lendemain. Mais ce fatal bonheur n'est pas à craindre...

Il y eut un moment de silence, pendant lequel les pensées des deux amies se portèrent sur la cause secrète de cette situation.

— J'ai été bien cruellement obéie, reprit Julie en lançant un regard d'intelligence à Louisa. Cependant je ne *lui* avais pas interdit de m'écrire. Ah ! *il* m'a oubliée, et a eu raison. Il serait par trop funeste que sa destinée fût brisée ! n'est-ce pas assez de la mienne ? Croirais-tu, ma chère, que je lis les journaux anglais, dans le seul espoir de voir son nom imprimé. Eh bien ! il n'a pas encore paru à la chambre des lords.

— Tu sais donc l'anglais ?

— Je ne te l'ai pas dit ! je l'ai appris.

— Pauvre petite, s'écria Louisa en saisissant la main de Julie, mais comment peux-tu vivre encore ?

— Ceci est un secret, répondit la marquise en laissant
échapper un geste de naïveté presque enfantine. Écoute. Je
prends de l'opium. L'histoire de la duchesse de..., à Londres,
m'en a donné l'idée. Tu sais, Mathurin en a fait un roman.
Mes gouttes de laudanum sont très-faibles. Je dors. Je n'ai
guère que sept heures de veille, et je les donne à ma fille.

Louisa regarda le feu, sans oser contempler son amie dont
toutes les misères se développaient à ses yeux pour la première fois.

— Louisa, garde-moi le secret, dit Julie après un moment
de silence.

Tout à coup un valet apporta une lettre à la marquise.

— Ah! s'écria-t-elle en pâlissant.

— Je ne demanderai pas de qui, lui dit madame de
Wimphen.

La marquise lisait et n'entendait plus rien, son amie vit
les sentiments les plus actifs, l'exaltation la plus dangereuse,
se peindre sur le visage de madame d'Aiglemont qui rougissait et pâlissait tour à tour. Enfin Julie jeta le papier dans
le feu.

— Cette lettre est incendiaire! Oh! mon cœur m'étouffe.
Elle se leva, marcha; ses yeux brûlaient.

— Il n'a pas quitté Paris! s'écria-t-elle.

Son discours saccadé, que madame de Wimphen n'osa pas
interrompre, fut scandé par des pauses effrayantes. A chaque interruption, les phrases étaient prononcées d'un accent
de plus en plus profond. Les derniers mots eurent quelque
chose de terrible.

— Il n'a pas cessé de me voir, à mon insu. Un de mes
regards surpris chaque jour l'aide à vivre. Tu ne sais pas,
Louisa! il meurt et demande à me dire adieu, il sait que
mon mari s'est absenté ce soir pour plusieurs jours, et va
venir dans un moment. Oh! j'y périrai. Je suis perdue.
Écoute! reste avec moi. Devant deux femmes il n'osera pas!
Oh! demeure, je me crains.

— Mais mon mari sait que j'ai dîné chez toi, répondit
madame de Wimphen, et doit venir me chercher.

— Eh bien! avant ton départ, je l'aurai renvoyé. Je serai notre bourreau à tous deux. Hélas ! il croira que je ne l'aime plus. Et cette lettre ! ma chère, elle contenait des phrases que je vois écrites en traits de feu.

Une voiture roula sous la porte.

— Ah ! s'écria la marquise avec une sorte de joie, il vient publiquement et sans mystère.

— Lord Grenville ! cria le valet.

La marquise resta debout, immobile. En voyant Arthur pâle, maigre et hâve, il n'y avait plus de sévérité possible. Quoique lord Grenville fût violemment contrarié de ne pas trouver Julie seule, il parut calme et froid. Mais pour ces deux femmes initiées aux mystères de son amour, sa contenance, le son de sa voix, l'expression de ses regards, eurent un peu de la puissance attribuée à la torpille. La marquise et madame de Wimphen restèrent comme engourdies par la vive communication d'une douleur horrible. Le son de la voix de lord Grenville faisait palpiter si cruellement madame d'Aiglemont, qu'elle n'osait lui répondre de peur de lui révéler l'étendue du pouvoir qu'il exerçait sur elle ; lord Grenville n'osait regarder Julie, en sorte que madame de Wimphen fit presque à elle seule les frais d'une conversation sans intérêt ; lui jetant un regard empreint d'une touchante reconnaissance, Julie la remercia du secours qu'elle lui donnait. Alors les deux amants imposèrent silence à leurs sentiments, et durent se tenir dans les bornes prescrites par le devoir et les convenances. Mais bientôt on annonça monsieur de Wimphen ; en le voyant entrer, les deux amies se lancèrent un regard, et comprirent, sans se parler, les nouvelles difficultés de la situation. Il était impossible mettre monsieur de Wimphen dans le secret de ce dr et Louisa n'avait pas de raisons valables à donner à mari, en lui demandant à rester chez son amie. Lors madame de Wimphen mit son châle, Julie se leva co pour aider Louisa à l'attacher, et dit à voix basse : — J's du courage. S'il est venu publiquement chez moi, que je craindre ? Mais, sans toi, dans le premier moment, en m voyant si changé, je serais tombée à ses pieds.

— Eh bien ! Arthur, vous ne m'avez pas obéi,

dame d'Aiglemont d'une voix tremblante en revenant prendre sa place sur une causeuse où lord Grenville n'osa venir s'asseoir.

— Je n'ai pu résister plus longtemps au plaisir d'entendre votre voix, d'être auprès de vous. C'était une folie, un délire. Je ne suis plus maître de moi. Je me suis bien consulté, je suis trop faible. Je dois mourir. Mais mourir sans vous avoir vue, sans avoir écouté le frémissement de votre robe, sans avoir recueilli vos pleurs, quelle mort !

Il voulut s'éloigner de Julie, mais son brusque mouvement fit tomber un pistolet de sa poche. La marquise regarda cette arme d'un œil qui n'exprimait plus ni passion ni pensée. Lord Grenville ramassa le pistolet et parut violemment contrarié d'un accident qui pouvait passer pour une spéculation d'amoureux.

— Arthur ! demanda Julie.

— Madame, répondit-il en baissant les yeux, j'étais venu plein de désespoir, je voulais...

Il s'arrêta.

— Vous vouliez vous tuer chez moi ! s'écria-t-elle.

— Non pas seul, dit-il d'une voix douce.

— Eh quoi ! mon mari, peut-être ?

— Non, non, s'écria-t-il d'une voix étouffée. Mais rassurez-vous, reprit-il, mon fatal projet s'est évanoui. Lorsque je suis entré, quand je vous ai vue, alors je me suis senti le courage de me taire, de mourir seul.

Julie se leva, se jeta dans les bras d'Arthur qui, malgré les sanglots de sa maîtresse, distingua deux paroles pleines de passion.

— Connaître le bonheur et mourir, dit-elle. Eh bien ! oui !

Toute l'histoire de Julie était dans ce cri profond, cri de nature et d'amour auquel les femmes sans religion succombent ; Arthur la saisit et la porta sur le canapé par un mouvement empreint de toute la violence que donne un bonheur inespéré. Mais tout à coup la marquise s'arracha des bras de son amant, lui jeta le regard fixe d'une femme au désespoir, le prit par la main, saisit un flambeau, l'entraîna dans sa chambre à coucher : puis, parvenue au lit où dormait Hélène,

5

elle repoussa doucement les rideaux et découvrit son enfant
en mettant une main devant la bougie, afin que la clarté
n'offensât pas les paupières transparentes et à peine fermées
de la petite fille. Hélène avait les bras ouverts, et souriait en
dormant. Julie montra par un regard son enfant à lord Grenville. Ce regard disait tout.

Un mari, nous pouvons l'abandonner même quand il
nous aime. Un homme est un être fort, il a des consolations.
Nous pouvons mépriser les lois du monde. Mais un enfant
sans mère !

Toutes ces pensées et mille autres plus attendrissantes
encore étaient dans ce regard.

— Nous pouvons l'emporter, dit l'Anglais en murmurant,
je l'aimerai bien...

— Maman ! dit Hélène en s'éveillant.

A ce mot, Julie fondit en larmes. Lord Grenville s'assit et
resta les bras croisés, muet et sombre.

« Maman! » Cette jolie, cette naïve interpellation réveilla
tant de sentiments nobles et tant d'irrésistibles sympathies,
que l'amour fut un moment écrasé sous la voix puissante de
la maternité. Julie ne fut plus femme, elle fut mère. Lord
Grenville ne résista pas longtemps, les larmes de Julie le
gagnèrent. En ce moment, une porte ouverte avec violence
fit un grand bruit, et ces mots : — Madame d'Aiglemont,
es-tu par ici? retentirent comme un éclat de tonnerre au
cœur des deux amants. Le marquis était revenu. Avant que
Julie eût pu retrouver son sang-froid, le général se dirigeait
de sa chambre dans celle de sa femme. Ces deux pièces
étaient contiguës. Heureusement, Julie fit un signe à lord
Grenville qui alla se jeter dans un cabinet de toilette dont la
porte fut vivement fermée par la marquise.

— Eh bien ! ma femme, lui dit Victor, me voici. La chasse
n'a pas lieu. Je vais me coucher.

— Bonsoir, lui dit-elle, je vais en faire autant. Ainsi laissez-moi me déshabiller.

— Vous êtes bien revêche ce soir. Je vous obéis, madame
la marquise.

Le général rentra dans sa chambre, Julie l'accompagna

les déjà trois fois, il n'est pas venu. Vous êtes donc sans votre femme de chambre ? Sonnez-la, je voudrais avoir cette nuit une couverture de plus à mon lit.

— Pauline est sortie, répondit sèchement la marquise.

— A minuit ! dit le général.

— Je lui ai permis d'aller à l'Opéra.

— Cela est singulier ! reprit le mari tout en se déshabillant, j'ai cru la voir en montant l'escalier.

— Elle est alors sans doute rentrée, dit Julie en affectant de l'impatience.

Puis, pour n'éveiller aucun soupçon chez son mari, la marquise tira le cordon de la sonnette, mais faiblement.

Les événements de cette nuit n'ont pas été tous parfaitement connus ; mais tous durent être aussi simples, aussi horribles que le sont les incidents vulgaires et domestiques qui précèdent. Le lendemain, la marquise d'Aiglemont se mit au lit pour plusieurs jours.

— Qu'est-il donc arrivé de si extraordinaire chez toi, pour que tout le monde parle de ta femme ? demanda monsieur de Ronquerolles à monsieur d'Aiglemont quelques jours après cette nuit de catastrophes.

— Crois-moi, reste garçon, dit d'Aiglemont. Le feu a pris aux rideaux du lit où couchait Hélène ; ma femme a eu un tel saisissement que la voilà malade pour un an, dit le médecin. Vous épousez une jolie femme, elle enlaidit ; vous épousez une jeune fille pleine de santé, elle devient malingre ; vous la croyez passionnée, elle est froide ; ou bien, froide en apparence, elle est réellement si passionnée qu'elle vous tue ou vous déshonore. Tantôt la créature la plus douce est quinteuse, et jamais les quinteuses ne deviennent douces ; tantôt l'enfant que vous avez eue niaise et faible, déploie contre vous une volonté de fer, un esprit de démon. Je suis las du mariage.

— Ou de ta femme.

— Cela serait difficile. A propos, veux-tu venir à Saint-Thomas d'Aquin avec moi voir l'enterrement de lord Gren-ville?

meurt, où la tristesse naît infailliblement, où l'âme est incessamment fatiguée par une solitude sans voix, par un horizon monotone, beautés négatives, mais favorables aux
souffrances qui ne veulent pas de consolations.

Une jeune femme, célèbre à Paris par sa grâce, par sa
figure, par son esprit, et dont la position sociale, dont la
fortune étaient en harmonie avec sa haute célébrité, vint, au
grand étonnement du petit village, situé à un mille environ
de Saint-Lange, s'y établir vers la fin de l'année 1820. Les
fermiers et les paysans n'avaient point vu de maîtres au château depuis un temps immémorial. Quoique d'un produit
considérable, la terre était abandonnée aux soins d'un régisseur et gardée par d'anciens serviteurs. Aussi le voyage
de madame la marquise causa-t-il une sorte d'émoi dans le
pays. Plusieurs personnes étaient groupées au bout du village, dans la cour d'une méchante auberge, sise à l'embran-
chement des routes de Nemours et de Moret, pour voir
passer une calèche qui allait assez lentement, car la marquise était venue de Paris avec ses chevaux. Sur le devant
de la voiture, la femme de chambre tenait une petite fille
plus songeuse que rieuse. La mère gisait au fond, comme
un moribond envoyé par les médecins à la campagne. La
physionomie abattue de cette jeune femme délicate contenta
fort peu les politiques du village, auxquels son arrivée à
Saint-Lange avait fait concevoir l'espérance d'un mouvement
quelconque dans la commune. Certes, toute espèce de mouvement était visiblement antipathique à cette femme endo-
lorie.

La plus forte tête du village de Saint-Lange déclara le
soir au cabaret, dans la chambre où buvaient les notables,
que, d'après la tristesse empreinte sur les traits de madame
la marquise, elle devait être ruinée. En l'absence de monsieur le marquis, que les journaux désignaient comme devant accompagner le duc d'Angoulême en Espagne, elle
allait économiser à Saint-Lange les sommes nécessaires à
l'acquittement des différences dues par suite de fausses spéculations faites à la Bourse. Le marquis était un des plus
gros joueurs. Peut-être la terre serait-elle vendue par petits

lots. Il y aurait alors de bons coups à faire. Chacun devait songer à compter ses écus, les tirer de leur cachette, énumérer ses ressources, afin d'avoir sa part dans l'abatis de Saint-Lange. Cet avenir parut si beau que chaque notable, impatient de savoir s'il était fondé, pensa aux moyens d'apprendre la vérité par les gens du château; mais aucun d'eux ne put donner de lumières sur la catastrophe qui amenait leur maîtresse, au commencement de l'hiver, dans son vieux château de Saint-Lange, tandis qu'elle possédait d'autres terres renommées par la gaieté des aspects et la beauté des jardins. Monsieur le maire vint pour présenter ses hommages à madame; mais il ne fut pas reçu. Après le maire, le régisseur se présenta sans plus de succès.

Madame la marquise ne sortait de sa chambre que pour la laisser arranger, et demeurait, pendant ce temps, dans un petit salon voisin où elle dînait, si l'on peut appeler dîner se mettre à une table, y regarder les mets avec dégoût, et en prendre précisément la dose nécessaire pour ne pas mourir de faim. Puis elle revenait aussitôt à la bergère antique où, dès le matin, elle s'asseyait dans l'embrasure de la seule fenêtre qui éclairât sa chambre. Elle ne voyait sa fille que pendant le peu d'instants employés par son triste repas, et encore paraissait-elle la souffrir avec peine. Ne fallait-il pas des douleurs inouïes pour faire taire, chez une jeune femme, le sentiment maternel? Aucun de ses gens n'avait accès auprès d'elle. Sa femme de chambre était la seule personne dont les services lui plaisaient. Elle exigea un silence absolu dans le château, sa fille dut aller jouer loin d'elle. Il lui était si difficile de supporter le moindre bruit que toute voix humaine, même celle de son enfant, l'affectait désagréablement. Les gens du pays s'occupèrent beaucoup de ces singularités ; puis, quand toutes les suppositions possibles furent faites, ni les petites villes environnantes, ni les paysans ne songèrent plus à cette femme malade.

La marquise, laissée à elle-même, put donc rester parfaitement silencieuse au milieu du silence qu'elle avait établi autour d'elle, et n'eut aucune occasion de quitter la chambre tendue de tapisseries où mourut sa grand'mère, et

où elle était venue pour y mourir doucement, sans témoins,
sans importunités, sans subir·les fausses démonstrations des
égoïsmes fardés d'affection qui, dans les villes, donnent aux
mourants une double agonie. Cette femme avait vingt-six
ans. A cet âge, une âme encore pleine de poétiques illusions aime à savourer la mort, quand elle lui semble bien-
faisante. Mais la mort a de la coquetterie pour les jeunes
gens ; pour eux, elle s'avance et se retire, se montre et se
cache ; sa lenteur les désenchante d'elle, et l'incertitude que
leur cause son lendemain finit par les rejeter dans le monde
où ils rencontreront la douleur, qui, plus impitoyable que
ne l'est la mort, les frappera sans se laisser attendre. Or,
cette femme qui se refusait à vivre allait éprouver l'amertume de ces retardements au fond de sa solitude, et y faire,
dans une agonie morale que la mort ne terminerait pas, un
terrible apprentissage d'égoïsme qui devait lui déflorer le
cœur et le façonner au monde.

Ce cruel et triste enseignement est toujours le fruit de
nos premières douleurs. La marquise souffrait véritablement
pour la première et pour la seule fois de sa vie peut-être.
En effet, ne serait-ce pas une erreur de croire que les sentiments se reproduisent ? Une fois éclos, n'existent-ils pas
toujours au fond du cœur ? Ils s'y apaisent et s'y réveillent
au gré des accidents de la vie ; mais ils y restent, et leur
séjour modifie nécessairement l'âme. Ainsi, tout sentiment
n'aurait qu'un grand jour, le jour plus ou moins long de sa
première tempête. Ainsi, la douleur, le plus constant de
nos sentiments, ne serait vive qu'à sa première irruption ;
et ses autres atteintes iraient en s'affaiblissant, soit par notre
accoutumance à ses crises, soit par une loi de notre nature
qui, pour se maintenir vivante, oppose à cette force destruc-
tive une force égale mais inerte, prise dans les calculs de
l'égoïsme. Mais, entre toutes les souffrances, à laquelle appartiendra ce nom de douleur ? La perte des parents est un
chagrin auquel la nature a préparé les hommes ; le mal physique est passager, n'embrasse pas l'âme ; et s'il persiste,
ce n'est plus un mal, c'est la mort. Qu'une jeune femme
perde un nouveau-né, l'amour conjugal lui a bientôt donné

un successeur. Cette affliction est passagère aussi. Enfin, ces peines et beaucoup d'autres semblables sont, en quelque sorte, des coups, des blessures ; mais aucune n'affecte la vitalité dans son essence, et il faut qu'elles se succèdent étrangement pour tuer le sentiment qui nous porte à chercher le bonheur. La grande, la vraie douleur serait donc un mal assez meurtrier pour étreindre à la fois le passé, le présent et l'avenir, ne laisser aucune partie de la vie dans son intégrité, dénaturer à jamais la pensée, s'inscrire inaltérablement sur les lèvres et sur le front, briser ou détendre les ressorts du plaisir, en mettant dans l'âme un principe de dégoût pour toute chose de ce monde. Encore, pour être immense, pour ainsi peser sur l'âme et sur le corps, ce mal devrait arriver en un moment de la vie où toutes les forces de l'âme et du corps sont jeunes, et foudroyer un cœur bien vivant. Le mal fait alors une large plaie ; grande est la souffrance ; et nul être ne peut sortir de cette maladie sans quelque poétique changement ; ou il prend la route du ciel, ou, s'il demeure ici-bas, il rentre dans le monde pour mentir au monde, pour y jouer un rôle ; il connaît dès lors la coulisse où l'on se retire pour calculer, pleurer, plaisanter. Après cette crise solennelle, il n'existe plus de mystères dans la vie sociale qui dès lors est irrévocablement jugée. Chez les jeunes femmes qui ont l'âge de la marquise, cette première, cette plus poignante de toutes les douleurs, est toujours causée par le même fait. La femme, et surtout la jeune femme, aussi grande par l'âme qu'elle l'est par la beauté, ne manque jamais à mettre sa vie là où la nature, le sentiment et la société la poussent à la jeter tout entière. Si cette vie vient à lui faillir et si elle reste sur terre, elle y expérimente les plus cruelles souffrances, par la raison qui rend le premier amour le plus beau de tous les sentiments. Pourquoi ce malheur n'a-t-il jamais eu ni peintre ni poëte ? Mais peut-il se peindre, peut-il se chanter ? Non, la nature des douleurs qu'il engendre se refuse à l'analyse et aux couleurs de l'art. D'ailleurs, ces souffrances ne sont jamais confiées, pour en consoler une femme, il faut savoir les deviner, car bien que religieusement ressenties, elles sont tombées dans

l'âme comme une de ces avalanches qui dégradent tout
dans une vallée avant de s'y faire une place.

La marquise était alors en proie à ces souffrances qui resteront longtemps inconnues, parce que tout dans le monde
les condamne; tandis que le sentiment les caresse, et que
la conscience d'une femme vraie les lui justifie toujours. Il
en est de ces douleurs comme de ces enfants infailliblement
repoussés de la vie, et qui tiennent au cœur des mères
par des liens plus forts que ceux des enfants heureusement
doués. Jamais peut-être cette épouvantable catastrophe
qui tue tout ce qu'il y a de vie en dehors de nous n'avait
été aussi vive, aussi complète, aussi cruellement agrandie
par les circonstances qu'elle venait de l'être pour la marquise. Un homme aimé, jeune et généreux, de qui elle n'a-
vait jamais exaucé les désirs afin d'obéir aux lois du monde,
était mort pour lui sauver ce que la société nomme l'*honneur d'une femme*. A qui pouvait-elle dire : Je souffre ! Ses
larmes auraient offensé son mari, cause première de la catastrophe. Les lois, les mœurs, proscrivaient ses plaintes;
une amie en eût joui, un homme en eût spéculé. Non, cette
pauvre affligée ne pouvait pleurer à son aise que dans un
désert, y dévorer sa souffrance ou être dévorée par elle,
mourir ou tuer quelque chose en elle, sa conscience peut-
être. Depuis quelques jours, elle restait les yeux attachés
sur un horizon plat où, comme dans sa vie à venir, il n'y
avait rien à chercher, rien à espérer, où tout se voyait d'un
seul coup d'œil, et où elle rencontrait les images de la
froide désolation qui lui déchirait incessamment le cœur.
Les matinées de brouillard, un ciel d'une clarté faible, des
nuées courant près la terre sous un dais grisâtre, conve-
naient aux phases de sa maladie morale. Son cœur ne se
serrait pas, n'était pas plus ou moins flétri; non, sa nature
fraîche et fleurie se pétrifiait par la lente action d'une douleur intolérable parce qu'elle était sans but. Elle souffrait
par elle et pour elle. Souffrir ainsi n'est-ce pas mettre le
pied dans l'égoïsme ? Aussi d'horribles pensées lui traver-
saient-elles la conscience en la lui blessant. Elle s'interro-
; avec bonne foi et se trouvait double. Il y avait en elle

échange de l'amour qui l'avait aidée à vivre et qu'elle avait
perdu. Elle se demandait si dans ses amours évanouis, si
chastes et si purs, la pensée n'avait pas été plus criminelle
que l'action. Elle se faisait coupable à plaisir pour insulter
au monde et pour se consoler de ne pas avoir eu avec celui
qu'elle pleurait cette communication parfaite qui, en super-
posant les âmes l'une à l'autre, amoindrit la douleur de celle
qui reste par la certitude d'avoir entièrement joui du bonheur, d'avoir su pleinement le donner, et de garder en soi
une empreinte de l'âme qui n'est plus. Elle était mécontente
comme une actrice qui a manqué son rôle, car cette douleur
lui attaquait toutes les fibres, le cœur et la tête. Si la nature
était froissée dans ses vœux les plus intimes, la vanité n'é-
tait pas moins blessée que la bonté qui porte la femme à se
sacrifier. Puis, en soulevant toutes les questions, en remuant
tous les ressorts des différentes existences que nous donnent
les natures sociale, morale et physique, elle relâchait si
bien les forces de son intelligence, qu'au milieu des réflexions
les plus contradictoires elle ne pouvait rien saisir. Aussi parfois, quand le brouillard tombait, ouvrait-elle sa fenêtre,
en y restant sans pensée, occupée à respirer machinalement
l'odeur humide et terreuse épandue dans les airs, debout,
immobile, idiote en apparence, car les bourdonnements de
sa douleur la rendaient également sourde aux harmonies de
la nature et aux charmes de la pensée.

Un jour, vers midi, moment où le soleil avait éclairci le
temps, sa femme de chambre entra sans ordre et lui dit : —
Voici la quatrième fois que monsieur le curé vient pour voir
madame la marquise ; et il insiste aujourd'hui si résolûment,
que nous ne savons plus que lui répondre.

— Il veut sans doute quelque argent pour les pauvres de
la commune ; prenez vingt-cinq louis et portez-les-lui de
ma part.

— Madame, dit la femme de chambre en revenant un
moment après, monsieur le curé refuse de prendre l'argent
et désire vous parler.

— Qu'il vienne donc ! répondit la marquise, en laissant
échapper un geste d'humeur qui pronostiquait une triste ré-

ception au prêtre de qui elle voulait sans doute éviter les
persécutions par une explication courte et franche.

La marquise avait perdu sa mère en bas âge, et son éducation fut naturellement influencée par le relâchement qui,
pendant la révolution, dénoua les liens religieux en France.
La piété est une vertu de femme que les femmes seules se
transmettent bien, et la marquise était un enfant du dix-
huitième siècle dont les croyances philosophiques furent celles
de son père. Elle ne suivait aucune pratique religieuse. Pour
elle, un prêtre était un fonctionnaire public dont l'utilité
lui paraissait contestable. Dans la situation où elle se trouvait,
la voix de la religion ne pouvait qu'envenimer ses maux;
puis, elle ne croyait guère aux curés de village, ni à leurs
lumières; elle résolut donc de mettre le sien à sa place,
sans aigreur, et de s'en débarrasser à la manière des riches,
par un bienfait. Le curé vint, et son aspect ne changea pas
les idées de la marquise. Elle vit un gros petit homme à
ventre saillant, à figure rougeaude, mais vieille et ridée, qui
affectait de sourire et qui souriait mal; son crâne chauve et
transversalement sillonné de rides nombreuses retombait en
quart de cercle sur son visage et le rapetissait; quelques
cheveux blancs garnissaient le bas de la tête au-dessus de
la nuque et revenaient en avant vers les oreilles. Néanmoins, la physionomie de ce prêtre avait été celle d'un
homme naturellement gai. Ses grosses lèvres, son nez légèrement retroussé, son menton, qui disparaissait dans un
double pli de rides, témoignaient d'un heureux caractère.
La marquise n'aperçut d'abord que ces traits principaux;
mais, à la première parole que lui dit le prêtre, elle fut
frappée par la douceur de cette voix; elle le regarda plus
attentivement, et remarqua sous ses sourcils grisonnants des
yeux qui avaient pleuré; puis le contour de sa joue, vue de
profil, donnait à sa tête une si auguste expression de douleur, que la marquise trouva un homme dans ce curé.

— Madame la marquise, les riches ne nous appartiennent
que quand ils souffrent; et les souffrances d'une femme mariée, jeune, belle, riche, qui n'a perdu ni enfants ni parents
se devinent et sont causées par des blessures dont les élan-

cements ne peuvent être adoucis que par la religion. Votre
âme est en danger, madame. Je ne vous parle pas en ce
moment de l'autre vie qui nous attend ! Non, je ne suis pas
au confessionnal. Mais n'est-il pas de mon devoir de vous
éclairer sur l'avenir de votre existence sociale ? Vous par-
donnerez donc à un vieillard une importunité dont l'objet
est votre bonheur.

— Le bonheur, monsieur, il n'en est plus pour moi. Je
vous appartiendrai bientôt, comme vous le dites, mais pour
toujours.

— Non, madame, vous ne mourrez pas de la douleur qui
vous oppresse et se peint dans vos traits. Si vous aviez dû
en mourir, vous ne seriez pas à Saint-Lange. Nous péris-
sons moins par les effets d'un regret certain que par ceux des
espérances trompées. J'ai connu de plus intolérables, de plus
terribles douleurs qui n'ont pas donné la mort.

La marquise fit un signe d'incrédulité.

— Madame, je sais un homme dont le malheur fut si
grand, que vos peines vous sembleraient légères si vous les
compariez aux siennes.

Soit que sa longue solitude commençât à lui peser, soit
qu'elle fût intéressée par la perspective de pouvoir épan-
cher dans un cœur ami ses pensées douloureuses, elle regarda le curé d'un air interrogatif auquel il était impossible
de se méprendre.

— Madame, reprit le prêtre, cet homme était un père qui,
d'une famille autrefois nombreuse, n'avait plus que trois enfants. Il avait successivement perdu ses parents, puis une fille
et une femme, toutes deux bien aimées. Il restait seul, au fond
d'une province, dans un petit domaine où il avait été longtemps heureux. Ses trois fils étaient à l'armée, et chacun
d'eux avait un grade proportionné à son temps de service.
Dans les Cent-Jours, l'aîné passa dans la garde, et devint
colonel ; le jeune était chef de bataillon dans l'artillerie, et
le cadet avait le grade de chef d'escadron dans les dragons.
Madame, ces trois enfants aimaient leur père autant qu'ils
étaient aimés par lui. Si vous connaissiez bien l'insouciance
des jeunes gens qui, emportés par leurs passions, n'ont ja-

mais de temps à donner aux affections de la famille, vous
comprendriez par un seul fait la vivacité de leur affection
pour un pauvre vieillard isolé qui ne vivait plus que par eux
et pour eux. Il ne se passait pas de semaine qu'il ne reçût
une lettre de l'un de ses enfants. Mais aussi n'avait-il jamais été pour eux ni faible, ce qui diminue le respect des
enfants; ni injustement sévère, ce qui les froisse; ni avare
de sacrifices, ce qui les détache. Non, il avait été plus qu'un
père, il s'était fait leur frère, leur ami. Enfin, il alla leur
dire adieu à Paris lors de leur départ pour la Belgique; il
voulait voir s'ils avaient de bons chevaux, si rien ne leur
manquait. Les voilà partis, le père revient chez lui. La guerre
commence, il reçoit des lettres écrites de Fleurus, de Ligny,
tout allait bien. La bataille de Waterloo se livre, vous en
connaissez le résultat. La France fut mise en deuil d'un seul
coup. Toutes les familles étaient dans la plus profonde
anxiété. Lui, vous comprenez, madame, il attendait; il n'a-
vait ni trêve, ni repos; il lisait les gazettes, il allait tous les
jours à la poste lui-même. Un soir, on lui annonce le domestique de son fils le colonel. Il voit cet homme monté sur
le cheval de son maître, il n'y eut pas de question à faire :
le colonel était mort, coupé en deux par un boulet. Vers la
fin de la soirée, arrive à pied le domestique du plus jeune;
le plus jeune était mort le lendemain de la bataille. Enfin,
à minuit, un artilleur vint lui annoncer la mort du dernier
enfant sur la tête duquel, en si peu de temps, ce pauvre
père avait placé toute sa vie. Oui, madame, ils étaient tous
tombés! — Après une pause, le prêtre ayant vaincu ses
émotions, ajouta ces paroles d'une voix douce : — Et le
père est resté vivant, madame. Il a compris que si Dieu le
laissait sur la terre, il devait continuer d'y souffrir, et il y
souffre; mais il s'est jeté dans le sein de la religion. Que
pouvait-il être? — La marquise leva les yeux sur le visage
de ce curé, devenu sublime de tristesse et de résignation,
et attendit ce mot qui lui arracha des pleurs : — Prêtre!
madame : il était sacré par les larmes avant de l'être au pied
des autels.

Le silence régna pendant un moment. La marquise et le

curé regardèrent par la fenêtre l'horizon brumeux, comme s'ils pouvaient y voir ceux qui n'étaient plus.

— Non pas prêtre dans une ville, mais simple curé, reprit-il.

— A Saint-Lange, dit-elle en s'essuyant les yeux.

— Oui, madame.

Jamais la majesté de la douleur ne s'était montrée plus grande à Julie ; et ce *oui, madame*, lui tombait à même le cœur comme le poids d'une douleur infinie. Cette voix qui résonnait doucement à l'oreille troublait les entrailles. Ah ! c'était bien la voix du malheur, cette voix pleine, grave, et qui semble charrier de pénétrants fluides.

— Monsieur, dit presque respectueusement la marquise, et si je ne meurs pas, que deviendrai-je donc ?

— Madame, n'avez-vous pas un enfant ?

— Oui, dit-elle froidement.

Le curé jeta sur cette femme un regard semblable à celui que lance un médecin sur un malade en danger, et résolut de faire tous ses efforts pour la disputer au génie du mal qui étendait déjà la main sur elle.

— Vous le voyez, madame, nous devons vivre avec nos douleurs, et la religion seule nous offre des consolations vraies. Me permettrez-vous de revenir vous faire entendre la voix d'un homme qui sait sympathiser avec toutes les peines, et qui, je le crois, n'a rien de bien effrayant ?

— Oui, monsieur, venez. Je vous remercie d'avoir pensé à moi.

— Eh bien ! madame, à bientôt.

Cette visite détendit pour ainsi dire l'âme de la marquise, dont les forces avaient été trop violemment excitées par le chagrin et par la solitude. Le prêtre lui laissa dans le cœur un parfum balsamique et le salutaire retentissement des paroles religieuses. Puis elle éprouva cette espèce de satisfaction qui réjouit le prisonnier quand, après avoir reconnu la profondeur de sa solitude et la pesanteur de ses chaînes, il rencontre un voisin qui frappe à la muraille en lui faisant rendre un son par lequel s'expriment des pensées communes. Elle avait un confident inespéré. Mais elle retomba bientôt dans ses amèʀᵉˢ contemplations, et se dit, comme le prisonnier, qu'un compagnon de douleur n'allégerait ni ses liens ni son avenir. Le curé n'avait pas voulu trop effaroucher dans une première visite une douleur tout égoïste; mais il espéra, grâce son art, pouvoir faire faire des progrès à la religion dans une seconde entrevue. Le surlendemain, il vint en effet, et l'accueil de la marquise lui prouva que sa visite était désirée.

— Eh bien! madame la marquise, dit le vieillard, avez-vous un peu songé à la masse des souffrances humaines? avez-vous élevé les yeux vers le ciel? y avez-vous vu cette immensité de mondes qui, en diminuant notre importance, en écrasant nos vanités, amoindrit nos douleurs?...

— Non, monsieur, dit-elle. Les lois sociales me pèsent trop sur le cœur et me le déchirent trop vivement pour que je puisse m'élever dans les cieux. Mais les lois ne sont peut-être pas aussi cruelles que le sont les usages du monde. Oh! le monde!

— Nous devons, madame, obéir aux uns et aux autres: la loi est la parole, et les usages sont les actions de la société.

— Obéir à la société?... reprit la marquise en laissant échapper un geste d'horreur. Eh! monsieur, tous nos maux viennent de là. Dieu n'a pas fait une seule loi de malheur; mais en se réunissant les hommes ont faussé son œuvre. Nous sommes, nous femmes, plus maltraitées par la civilisation que nous ne le serions par la nature. La nature nous impose des peines physiques que vous n'avez pas adoucies, et la civilisation a développé des sentiments que vous trompez incessamment. La nature étouffe les êtres faibles, vous les condamnez à vivre pour les livrer à un constant malheur. Le mariage, institution sur laquelle s'appuie aujourd'hui la société, nous en fait sentir à nous seules tout le poids; pour l'homme la liberté, pour la femme des devoirs. Nous vous devons toute notre vie, vous ne nous devez de la vôtre que de rares instants. Enfin l'homme fait un choix là où nous nous soumettons aveuglément. Oh! monsieur, à vous je puis tout dire. Eh bien! le mariage, tel qu'il se pratique aujour-

d'hui, me semble être une prostitution légale. De là sont
nées mes souffrances. Mais moi seule parmi les malheureuses
créatures si fatalement accouplées je dois garder le silence,
moi seule suis l'auteur du mal, j'ai voulu mon mariage.

Elle s'arrêta, versa des pleurs amers et resta silencieuse.

— Dans cette profonde misère, au milieu de cet océan de
douleur, reprit-elle, j'avais trouvé quelques sables où je po-
sais les pieds, où je souffrais à mon aise; un ouragan a tout
emporté. Me voilà seule, sans appui, trop faible contre les
orages.

— Nous ne sommes jamais faibles quand Dieu est avec
nous, dit le prêtre. D'ailleurs, si vous n'avez pas d'affections
à satisfaire ici-bas, n'y avez-vous pas des devoirs à remplir?

— Toujours des devoirs! s'écria-t-elle avec une sorte
d'impatience. Mais où sont pour moi les sentiments qui nous
donnent la force de les accomplir? Monsieur, rien de rien
ou rien pour rien est une des plus justes lois de la nature
et morale et physique. Voudriez-vous que ces arbres pro-
duisissent leurs feuillages sans la séve qui les fait éclore!
L'âme a sa séve aussi! Chez moi la séve est tarie pour toujours.

— Je ne vous parlerai pas des sentiments religieux qui
engendrent la résignation, dit le curé; mais la maternité,
madame, n'est-elle donc pas...

— Arrêtez, monsieur! dit la marquise. Avec vous je serai
vraie. Hélas! je ne puis l'être désormais avec personne, je
suis condamnée à la fausseté; le monde exige de continuelles
grimaces, et sous peine d'opprobre nous ordonne d'obéir à ses
conventions. Il existe deux maternités, monsieur. J'ignorais
jadis de telles distinctions; aujourd'hui je les sais. Je ne suis
mère qu'à moitié, mieux vaudrait ne pas l'être du tout. Hélène n'est pas de *lui*! Oh! ne frémissez pas! Saint-Lange
est un abîme où se sont engloutis bien des sentiments faux,
d'où se sont élancées de sinistres lueurs, où se sont écrou-
lés les frêles édifices des lois antinaturelles. J'ai un enfant,
cela suffit; je suis mère, ainsi le veut la loi. Mais vous,
monsieur, qui avez une âme si délicatement compatissante,
peut être comprendrez-vous les cris d'une pauvre femme

qui n'a laissé pénétrer dans son cœur aucun sentiment factice. Dieu me jugera, mais je ne crois pas manquer à ses
lois en cédant aux affections qu'il a mises dans mon âme, et
voici ce que j'y ai trouvé. Un enfant, monsieur, n'est-il pas
l'image de deux êtres, le fruit de deux sentiments librement
confondus ? S'il ne tient pas à toutes les fibres du corps
comme à toutes les tendresses du cœur ; s'il ne rappelle pas
de délicieuses amours, les temps, les lieux où ces deux êtres
furent heureux, et leur langage plein de musiques humaines, et leurs suaves idées, cet enfant est une création man-
quée. Oui, pour eux, il doit être une ravissante miniature
où se retrouvent les poëmes de leur double vie secrète; il
doit leur offrir une source d'émotions fécondes, être à la
fois tout leur passé, tout leur avenir. Ma pauvre petite
Hélène est l'enfant de son père, l'enfant du devoir et du
hasard ; elle ne rencontre en moi que l'instinct de la
femme, la loi qui nous pousse irrésistiblement à protéger là
créature née dans nos flancs. Je suis irréprochable, socialement parlant. Ne lui ai-je pas sacrifié ma vie et mon bonheur? Ses cris émeuvent mes entrailles; si elle tombait à
l'eau, je m'y précipiterais pour l'aller reprendre. Mais elle
n'est pas dans mon cœur. Ah ! l'amour m'a fait rêver une
maternité plus grande, plus complète ; j'ai caressé dans un
songe évanoui l'enfant que les désirs ont conçu avant qu'il
ne fût engendré, enfin cette délicieuse fleur née dans l'âme
avant de naître au jour. Je suis pour Hélène ce que, dans
l'ordre naturel, une mère doit être pour sa progéniture.
Quand elle n'aura plus besoin de moi, tout sera dit . la cause
éteinte, les effets cesseront. Si la femme a l'adorable privilége d'étendre sa maternité sur toute la vie de son enfant,
n'est-ce pas aux rayonnements de sa conception morale
qu'il faut attribuer cette divine persistance du sentiment?
Quand l'enfant n'a pas eu l'âme de sa mère pour première enveloppe, la maternité cesse donc alors dans son cœur, comme
elle cesse chez les animaux ? Cela est vrai, je le sens : à
mesure que ma pauvre petite grandit, mon cœur se res-
serre. Les sacrifices que je lui ai faits m'ont déjà détachée
d'elle, tandis que pour un autre enfant mon cœur aurait été.

je le sens, inépuisable; pour cet autre, rien n'aurait été sacrifice, tout eût été plaisir. Ici, monsieur, la raison, la religion, tout en moi se trouve sans force contre mes sentiments.
A-t-elle tort de vouloir mourir la femme qui n'est ni mère
ni épouse, et qui, pour son malheur, a entrevu l'amour dans
ses beautés infinies, la maternité dans ses joies illimitées?
Que peut-elle devenir? Je vous dirai, moi, ce qu'elle
éprouve! Cent fois durant le jour, cent fois durant la nuit,
un frisson ébranle ma tête, mon cœur et mon corps, quand
quelque souvenir trop faiblement combattu m'apporte les
images d'un bonheur que je suppose plus grand qu'il n'est.
Ces cruelles fantaisies font pâlir mes sentiments, et je me
dis : — Qu'aurait donc été ma vie *si*... ? — Elle se cacha le
visage dans ses mains et fondit en larmes. — Voilà le fond
de mon cœur! reprit-elle. Un enfant de *lui* m'aurait fait
accepter les plus horribles malheurs. Le Dieu qui mourut
chargé de toutes les fautes de la terre me pardonnera cette
pensée mortelle pour moi; mais, je le sais, le monde est
implacable : pour lui, mes paroles sont des blasphèmes, j'in-
sulte à toutes ses lois. Ah! je voudrais faire la guerre à ce
monde pour en renouveler les lois et e usages, pour les
briser! Ne m'a t-il pas blessée dans toutes mes idées, dans
toutes mes fibres, dans tous mes sentiments, dans tous mes
désirs, dans toutes mes espérances, dans l'avenir, dans
le présent, dans le passé? Pour moi, le jour est plein
de ténèbres, la pensée est un glaive, mon cœur est une
plaie, mon enfant est une négation. Oui, quand Hélène me
parle, je lui voudrais une autre voix; quand elle me regarde,
je lui voudrais d'autres yeux. Elle est là pour m'attester
tout ce qui devrait être et tout ce qui n'est pas. Elle m'es
insupportable! Je lui souris, je tâche de la dédommager
des sentiments que je lui vole. Je souffre! oh! monsieur je
souffre trop pour pouvoir vivre. Et je passerai pour être une
femme vertueuse! et je n'ai pas commis de fautes! et l'on
m'honorera! J'ai combattu l'amour involontaire auquel je
ne devais pas céder; mais, si j'ai gardé ma foi physique,
ai-je conservé mon cœur? Ceci, dit-elle, en appuyant la
main droite sur son sein, n'a jamais été qu'à une seule créa-

ture. Aussi mon enfant ne s'y trompe-t-il pas. Il existe des regards, une voix, des gestes de mère dont la force pétrit l'âme des enfants; et ma pauvre petite ne sent pas mon bras frémir, ma voix trembler, mes yeux s'amollir quand je la regarde, quand je lui parle ou quand je la prends. Elle me lance des regards accusateurs que je ne soutiens pas! Parfois je tremble de trouver en elle un tribunal où je serai condamnée sans être entendue. Fasse le ciel que la haine ne se mette pas un jour entre nous ! Grand Dieu! ouvrez-moi plutôt la tombe, laissez-moi finir à Saint-Lange! Je veux aller dans le monde où je retrouverai mon autre âme, où je serai tout à fait mère ! Oh ! pardon, monsieur, je suis folle. Ces paroles m'étouffaient, je les ai dites. Ah! vous pleurez aussi! vous ne me mépriserez pas. — Hélène ! Hélène! ma fille, viens! s'écria-t-elle avec une sorte de désespoir, en entendant son enfant qui revenait de sa promenade.

La petite vint en riant et en criant ; elle apportait un papillon qu'elle avait pris, mais, en voyant sa mère en pleurs, elle se tut, se mit près d'elle et se laissa baiser au front.

— Elle sera bien belle, dit le prêtre.

— Elle est tout son père, répondit la marquise en embrassant sa fille avec une chaleureuse expression, comme pour s'acquitter d'une dette ou pour effacer un remords.

— Vous avez chaud, maman.

— Va, laisse-nous, mon ange, répondit la marquise.

L'enfant s'en alla sans regret, sans regarder sa mère, heureuse presque de fuir un visage triste, et comprenant déjà que les sentiments qui s'y exprimaient lui étaient contraires. Le sourire est l'apanage, la langue, l'expression de la maternité. La marquise ne pouvait pas sourire. Elle rougit en regardant le prêtre; elle avait espéré se montrer mère, mais ni elle ni son enfant n'avaient su mentir. En effet, les baisers d'une femme sincère ont un miel divin qui semble mettre dans cette caresse une âme, un feu subtil par lequel le cœur est pénétré Les baisers dénués de cette onction savoureuse sont âpres et secs. Le prêtre avait senti cette différence: il put sonder l'abîme qui se trouve entre la maternité de la chair et la maternité du cœur. Aussi,

après avoir jeté sur cette femme un regard inquisiteur : —
Vous avez raison, madame, il vaudrait mieux pour vous
être morte...

— Ah ! vous comprenez mes souffrances, je le vois, répondit-elle, puisque vous, prêtre chrétien, devinez et approu-
vez les funestes résolutions qu'elles m'ont inspirées. Oui,
j'ai voulu me donner la mort ; mais j'ai manqué du courage
nécessaire pour accomplir mon dessein. Mon corps a été
lâche quand mon âme était forte, et quand ma main ne
tremblait plus, mon âme vacillait ! J'ignore le secret de ces
combats et de ces alternatives. Je suis sans doute bien tristement femme, sans persistance dans mes vouloirs, forte
seulement pour aimer. Je me méprise ! Le soir, quand mes
gens dormaient, j'allais à la pièce d'eau courageusement ;
arrivée au bord, ma frêle nature avait horreur de la destruction. Je vous confesse mes faiblesses. Lorsque je me retrou-
vais au lit, j'avais honte de moi, je redevenais courageuse.
Dans un de ces moments, j'ai pris du laudanum ; mais j'ai
souffert et ne suis pas morte. J'avais cru boire tout ce que
contenait le flacon, et je m'étais arrêtée à moitié.

— Vous êtes perdue, madame, dit le curé gravement et
d'une voix pleine de larmes. Vous rentrerez dans le monde et
vous tromperez le monde ; vous y chercherez, vous y trouverez
ce que vous regardez comme une compensation à vos maux ;
puis vous porterez un jour la peine de vos plaisirs...

— Moi ! s'écria-t-elle, j'irais livrer au premier fourbe qui
saura jouer la comédie d'une passion les dernières, les plus
précieuses richesses de mon cœur, et corrompre ma vie pour
un moment de douteux plaisirs ! Non ! mon âme sera consumée par une flamme pure. Monsieur, tous les hommes
ont les sens de leur sexe ; mais celui qui en a l'âme et qui
satisfait ainsi à toutes les exigences de notre nature, dont
la mélodieuse harmonie ne s'émeut jamais que sous la pression des sentiments, celui-là ne se rencontre pas deux fois
dans notre existence. Mon avenir est horrible, je le sais : la
beauté n'est rien sans le plaisir ; mais le monde ne réprou-
verait-il pas mon bonheur, s'il se présentait encore à moi ?
Je dois à ma fille une mère honorée. Ah ! je suis jetée dans

un cercle de fer d'où je ne puis sortir sans ignominie. Les
devoirs de famille, accomplis sans récompense, m'ennuie-
ront ; je maudirai la vie ; mais ma fille aura du moins un
beau semblant de mère. Je lui rendrai des trésors de vertu,
pour remplacer les trésors d'affection dont je l'aurai frustrée.
Je ne désire même pas vivre pour goûter les jouissances que
donne aux mères le bonheur de leurs enfants. Je ne crois
pas au bonheur. Quel sera le sort d'Hélène? Le mien sans
doute. Quels moyens ont les mères d'assurer à leurs filles
que l'homme auquel elles les livrent sera un époux selon
leur cœur? Vous honnissez de pauvres créatures qui se ven-
dent pour quelques écus à un homme qui passe : la faim et le
besoin absolvent ces unions éphémères; tandis que la société
tolère, encourage l'union immédiate, bien autrement horrible, d'une jeune fille candide et d'un homme qu'elle n'a
pas vu trois mois durant; elle est vendue pour toute sa vie.
Il est vrai que le prix est élevé! Si, en ne lui permettant
aucune compensation à ses douleurs, vous l'honoriez; mais
non, le monde calomnie les plus vertueuses d'entre nous !
Telle est notre destinée, vue sous ses deux faces : une prostitution publique et la honte, une prostitution secrète et le
malheur. Quant aux pauvres filles sans dot, elles deviennent
folles, elles meurent ; pour elles, aucune pitié! La beauté,
les vertus ne sont pas des valeurs dans votre bazar humain,
et vous nommez société ce repaire d'égoïsme. Mais exhérédez les femmes ! au moins accomplirez-vous ainsi une loi de
nature en choisissant vos compagnes, en les épousant au
gré des vœux du cœur.

— Madame, vos discours me prouvent que ni l'esprit de
famille ni l'esprit religieux ne vous touchent. Aussi n'hési-
terez-vous pas entre l'égoïsme social qui vous blesse et
l'égoïsme de la créature qui vous fera souhaiter des jouissances...

— La famille, monsieur, existe-t-elle? Je nie la famille
dans une société qui, à la mort du père ou de la mère,
partage les biens et dit à chacun d'aller de son côté. La famille est une association temporaire et fortuite que dissout
promptement la mort. Nos lois ont brisé les maisons, les

héritages, la pérennité des exemples et des traditions. Je ne vois que décombres autour de moi.

— Madame, vous ne reviendrez à Dieu que quand sa main s'appesantira sur vous, et je souhaite que vous ayez assez de temps pour faire votre paix avec lui. Vous cherchez vos consolations en baissant les yeux sur la terre, au lieu de les lever vers les cieux. Le philosophisme et l'intérêt personnel ont attaqué votre cœur; vous êtes sourde à la voix de la religion, comme le sont les enfants de ce siècle sans croyance! Les plaisirs du monde n'engendrent que des souffrances. Vous allez changer de douleurs, voilà tout.

— Je ferai mentir votre prophétie, dit-elle en souriant avec amertume, je serai fidèle à celui qui mourut pour moi.

— La douleur, répondit-il, n'est viable que dans les âmes préparées par la religion.

Il baissa respectueusement les yeux pour ne pas laisser voir les doutes qui pouvaient se peindre dans son regard. L'énergie des plaintes échappées à la marquise l'avait contristé. En reconnaissant le *moi* humain sous ses mille formes, il désespéra de ramollir ce cœur que le mal avait desséché au lieu de l'attendrir, et où le grain du Semeur céleste ne devait pas germer, puisque sa voix douce y était étouffée par la grande et terrible clameur de l'égoïsme Néanmoins il déploya la constance de l'apôtre, et revint à plusieurs reprises, toujours ramené par l'espoir de tourner à Dieu cette âme si ravagée et si fière; mais il perdit courage le jour où il s'aperçut que la marquise n'aimait à causer avec lui que parce qu'elle trouvait de la douceur à parler de celui qui n'était plus. Il ne voulut pas ravaler son ministère en se faisant le complaisant d'une passion; il cessa ses entretiens, et revint par degrés aux formules et aux lieux communs de la conversation. Le printemps arriva. La marquise trouva des distractions à sa profonde tristesse, et s'occupa par désœuvrement de sa terre, où elle se plut à ordonner quelques travaux. Au mois d'octobre, elle quitta son vieux château de Saint-Lange, où elle était redevenue fraîche et belle dans l'oisiveté d'une douleur qui, d'abord comme un disque lancé vigoureusement, avait fini

par s'amortir dans la mélancolie, comme s'arrête le disque
après des oscillations graduellement plus faibles. La mélancolie se compose d'une suite de semblables oscillations
morales dont la première touche au désespoir et la dernière
au plaisir; dans la jeunesse elle est le crépuscule du matin,
dans la vieillesse, celui du soir.

Quand sa calèche passa par le village, la marquise reçut
le salut du curé qui revenait de l'église à son presbytère;
mais en y répondant, elle baissa les yeux et détourna la tête
pour ne pas le revoir. Le prêtre avait trop raison contre
cette pauvre Artémise d'Éphèse.

III

À trente ans.

Un jeune homme de haute espérance, et qui appartenait
à l'une de ces maisons historiques dont les noms seront toujours, en dépit même des lois, intimement liés à la gloire
de la France, se trouvait au bal chez madame Firmiani.
Cette dame lui avait donné quelques lettres de recommandation pour deux ou trois de ses amies à Naples. Monsieur
Charles de Vandenesse, ainsi se nommait le jeune homme,
venait l'en remercier et prendre congé. Après avoir accompli plusieurs missions avec talent, Vandenesse avait été
récemment attaché à l'un de nos ministres plénipotentiaires
envoyés au congrès de Laybach, et voulait profiter de son
voyage pour étudier l'Italie. Cette fête était donc une espèce d'adieu aux jouissances de Paris, à cette vie rapide, à
ce tourbillon de pensées et de plaisirs que l'on calomnie
assez souvent, mais auquel il est si doux de s'abandonner.
Habitué depuis trois ans à saluer les capitales européennes,
et à les déserter au gré des caprices de sa destinée diplomatique, Charles de Vandenesse avait cependant peu de
chose à regretter en quittant Paris. Les femmes ne produisaient plus aucune impression sur lui, soit qu'il regardât
une passion vraie comme tenant trop de place dans la vie
d'un homme politique, soit que les mesquines occupations

d'une galanterie superficielle lui parussent trop vides pour
une âme forte. Nous avons tous de grandes prétentions à
la force d'âme. En France, nul homme, fût-il médiocre, ne
consent à passer pour simplement spirituel. Ainsi, Charles,
quoique jeune (à peine avait-il trente ans), s'était déjà philosophiquement accoutumé à voir des idées, des résultats,
des moyens, là où les hommes de son âge aperçoivent des
sentiments, des plaisirs et des illusions. Il refoulait la chaleur et l'exaltation naturelle aux jeunes gens dans les profondeurs de son âme que la nature avait créée généreuse.
Il travaillait à se faire froid calculateur, à mettre en manières, en formes aimables, en artifices de séduction, les
richesses morales qu'il tenait du hasard ; véritable tâche
d'ambitieux, rôle triste, entrepris dans le but d'atteindre à
ce que nous nommons aujourd'hui une *belle position*. Il jetait
un dernier coup d'œil sur les salons où l'on dansait. Avant
de quitter le bal, il voulait sans doute en emporter l'image,
comme un spectateur ne sort pas de sa loge à l'Opéra sans
regarder le tableau final. Mais aussi, par une fantaisie facile à comprendre, monsieur de Vandenesse étudiait l'action
toute française, l'éclat et les riantes figures de cette fête
parisienne, en les rapprochant par la pensée des physionomies nouvelles, des scènes pittoresques qui l'attendaient à
Naples, où il se proposait de passer quelques jours avant de
se rendre à son poste. Il semblait comparer la France si
changeante et sitôt étudiée à un pays dont les mœurs et les
sites ne lui étaient connus que par des ouï-dire contradictoires, ou par des livres, pour la plupart mal faits. Quelques réflexions assez poétiques, mais devenues aujourd'hui
très-vulgaires, lui passèrent alors par la tête, et répondirent, à son insu peut-être, aux vœux secrets de son cœur,
plus exigeant que blasé, plus inoccupé que flétri.

— Voici, se disait-il, les femmes les plus élégantes, les
plus riches, les plus titrées de Paris. Ici sont les célébrités
du jour, renommées de tribune, renommées aristocratiques
et littéraires ; là, des artistes ; là, des hommes de pouvoir.
cependant je ne vois que de petites intrigues, des amours
rt-nés, des sourires qui ne disent rien, des dédains sans

cause, des regards sans flamme, beaucoup d'esprit, mais
prodigué sans but. Tous ces visages blancs et roses cherchent moins le plaisir que des distractions. Nulle émotion
n'est vraie. Si vous voulez seulement des plumes bien posées, des gazes fraîches, de jolies toilettes, des femmes
frêles ; si pour vous la vie n'est qu'une surface à effleurer,
voici votre monde. Contentez-vous de ces phrases insignifiantes, de ces ravissantes grimaces, et ne demandez pas un
sentiment dans les cœurs. Pour moi, j'ai horreur de ces
plates intrigues qui finiront par des mariages, des sous-pré-
fectures, des recettes générales, ou, s'il s'agit d'amour, par
des arrangements secrets, tant l'on a honte d'un semblant
de passion. Je ne vois pas un seul de ces visages éloquents qui
vous annonce une âme abandonnée à une idée comme à un
remords. Ici, le regret ou le malheur se cachent honteuse-
ment sous des plaisanteries. Je n'aperçois aucune de ces
femmes avec lesquelles j'aimerais à lutter, et qui vous entraînent dans un abîme. Où trouver de l'énergie à Paris ? Un
poignard est une curiosité que l'on y suspend à un clou
doré, que l'on pare d'une jolie gaîne. Femmes, idées, sentiments, tout se ressemble. Il n'y existe plus de passions,
parce que les individualités ont disparu. Les rangs, les
esprits, les fortunes ont été nivelés, et nous avons tous pris
l'habit noir comme pour nous mettre en deuil de la France
morte. Nous n'aimons pas nos égaux. Entre deux amants, il
faut des différences à effacer, des distances à combler. Ce
charme de l'amour s'est évanoui en 1789 ! Notre ennui, nos
mœurs fades sont le résultat du système politique. Au moins,
en Italie, tout y est tranché. Les femmes y sont encore des
animaux malfaisants, des sirènes dangereuses, sans raison,
sans logique autre que celle de leurs goûts, de leurs appé-
tits, et desquelles il faut se défier comme on se défie des
tigres...

Madame Firmiani vint interrompre ce monologue dont les
mille pensées contradictoires, inachevées, confuses, sont
intraduisibles. Le mérite d'une rêverie est tout entier dans
son vague, n'est-elle pas une sorte de vapeur intellectuelle ?

— Je veux, lui dit-elle en le prenant par le bras, vous

présenter à une femme qui a le plus grand désir de vous
connaître d'après ce qu'elle entend dire de vous.

Elle le conduisit dans un salon voisin, où elle lui montra,
par un geste, un sourire et un regard véritablement parisiens, une femme assise au coin de la cheminée.

—Qui est-elle ? demanda vivement le comte de Vandenesse.

— Une femme de qui vous vous êtes, certes, entretenu
plus d'une fois pour la louer ou pour en médire, une femme
qui vit dans la solitude, un vrai mystère.

— Si vous avez jamais été clémente dans votre vie, de
grâce, dites-moi son nom?

. — La marquise d'Aiglemont.

— Je vais aller prendre des leçons près d'elle ; elle a su
faire d'un mari bien médiocre un pair de France, d'un
homme nul une capacité politique. Mais, dites-moi, croyez-
vous que lord Grenville soit mort pour elle, comme quelques
femmes l'ont prétendu?

—Peut-être. Depuis cette aventure, fausse ou vraie, la
pauvre femme est bien changée. Elle n'est pas encore allée
dans le monde. C'est quelque chose, à Paris, qu'une constance de quatre ans. Si vous la voyez ici... Madame Firmiani
s'arrêta ; puis elle ajouta d'un air fin : — J'oublie que je dois
me taire. Allez causer avec elle.

Charles resta pendant un moment immobile, le dos légèrement appuyé sur le chambranle de la porte, et tout occupé
à examiner une femme devenue célèbre sans que personne
pût rendre compte des motifs sur lesquels se fondait sa renommée. Le monde offre beaucoup de ces anomalies curieuses. La réputation de madame d'Aiglemont n'était pas,
certes, plus extraordinaire que celle de certains hommes
toujours en travail d'une œuvre inconnue ; statisticiens
tenus pour profonds sur la foi de calculs qu'ils se gardent
bien de publier, politiques qui vivent sur un article de journal, auteurs ou artistes dont l'œuvre reste toujours en portefeuille, gens savants avec ceux qui ne connaissent rien à la
science, comme Sganarelle est latiniste avec ceux qui ne
savent pas le latin ; hommes auxquels on accorde une

capacité convenue sur un point, soit la direction des arts,
soit une mission importante. Cet admirable mot : *c'est une
spécialité*, semble avoir été créé pour ces espèces d'acéphales
politiques ou littéraires. Charles demeura plus longtemps en
contemplation qu'il ne le voulait, et fut mécontent d'être si
fortement préoccupé par une femme ; mais aussi la présence
de cette femme réfutait les pensées qu'un instant auparavant
le jeune diplomate avait conçues à l'aspect du bal.

La marquise, alors âgée de trente ans, était belle quoique
frêle de formes et d'une excessive délicatesse. Son plus
grand charme venait d'une physionomie dont le calme trahissait une étonnante profondeur dans l'âme. Son œil plein
d'éclat, mais qui semblait voilé par une pensée constante,
accusait une vie fiévreuse et la résignation la plus étendue.
Ses paupières, presque toujours chastement baissées vers la
terre, se relevaient rarement. Si elle jetait des regards autour d'elle, c'était par un mouvement triste, et vous eussiez
dit qu'elle réservait le feu de ses yeux pour d'occultes contemplations. Aussi tout homme supérieur se sentait-il cu-
rieusement attiré vers cette femme douce et silencieuse. Si
l'esprit cherchait à deviner les mystères de la perpétuelle
réaction qui se faisait en elle du présent vers le passé, du
monde à sa solitude, l'âme n'était pas moins intéressée à
s'initier aux secrets d'un cœur en quelque sorte orgueilleux
de ses souffrances. En elle, rien d'ailleurs ne démentait les
idées qu'elle inspirait tout d'abord. Comme presque toutes
les femmes qui ont de très-longs cheveux, elle était pâle et
parfaitement blanche. Sa peau, d'une finesse prodigieuse,
symptôme rarement trompeur, annonçait une vraie sensibilité, justifiée par la nature de ses traits qui avaient ce fini
merveilleux que les peintres chinois répandent sur leurs figures fantastiques. Son cou était un peu long peut-être ;
mais ces sortes de cous sont les plus gracieux, et donnent
aux têtes de femmes de vagues affinités avec les magnéti-
ques ondulations du serpent. S'il n'existait pas un seul des
indices par lesquels les caractères les plus dissimulés se révèlent à l'observateur, il lui suffirait d'examiner attentivement les gestes de la tête et les torsions du cou, si variées,

si expressives, pour juger une femme. Chez madame d'Aiglemont, la mise était en harmonie avec la pensée qui dominait sa personne. Les nattes de sa chevelure largement
tressée formaient au-dessus de sa tête une haute couronne à
laquelle ne se mêlait aucun ornement, car elle semblait
avoir dit adieu pour toujours aux recherches de la toilette.
Aussi ne surprenait-on jamais en elle ces petits calculs de coquetterie qui gâtent beaucoup de femmes. Seulement, quelque modeste que fût son corsage, il ne cachait pas entièrement l'élégance de sa taille. Puis le luxe de sa longue robe
consistait dans une coupe extrêmement distinguée ; et, s'il
est permis de chercher des idées dans l'arrangement d'une
étoffe, on pourrait dire que les plis nombreux et simples de
sa robe lui communiquaient une grande noblesse. Néanmoins, peut-être trahissait-elle les indélébiles faiblesses de
la femme par les soins minutieux qu'elle prenait de sa main
et de son pied ; mais si elle les montrait avec quelque plaisir, il eût été difficile à la plus malicieuse rivale de trouver
ses gestes affectés, tant ils paraissaient involontaires, ou dus
à d'enfantines habitudes. Ce reste de coquetterie se faisait
même excuser par une gracieuse nonchalance. Cette masse
de traits, cet ensemble de petites choses qui font une femme
laide ou jolie, attrayante ou désagréable, ne peuvent être
qu'indiqués, surtout lorsque, comme chez madame d'Aiglemont, l'âme est le lien de tous les détails, et leur imprime
une délicieuse unité. Aussi son maintien s'accordait-il parfaitement avec le caractère de sa figure et de sa mise. A un
certain âge seulement, certaines femmes choisies savent
seules donner un langage à leur attitude. Est-ce le chagrin, est-ce le bonheur qui prête à la femme de trente ans,
à la femme heureuse ou malheureuse, le secret de cette contenance éloquente? Ce sera toujours une vivante énigme
que chacun interprète au gré de ses désirs, de ses espérances ou de son système. La manière dont la marquise tenait
ses deux coudes appuyés sur les bras de son fauteuil, et
joignait les extrémités des doigts de chaque main en ayant
l'air de jouer ; la courbure de son cou, le laisser-aller de
son corps fatigué mais souple, qui paraissait élégamment

brisé dans le fauteuil, l'abandon de ses jambes, l'insouciance de sa pose, ses mouvements pleins de lassitude, tout révélait une femme sans intérêt dans la vie, qui n'a point connu les plaisirs de l'amour, mais qui les a rêvés, et qui se courbe sous les fardeaux dont l'accable sa mémoire; une femme qui depuis longtemps a désespéré de l'avenir ou d'elle-même, une femme inoccupée qui prend le vide pour le néant. Charles de Vandenesse admira ce magnifique tableau, mais comme le produit d'un *faire* plus habile que ne l'est celui des femmes ordinaires. Il connaissait d'Aiglemont. Au premier regard jeté sur cette femme, qu'il n'avait pas encore vue, le jeune diplomate reconnut alors des disproportions, des incompatibilités, employons le mot légal, trop fortes entre ces deux personnes pour qu'il fût possible à la marquise d'aimer son mari. Cependant madame d'Aiglemont tenait une conduite irréprochable, et sa vertu donnait encore un plus haut prix à tous les mystères qu'un observateur pouvait pressentir en elle. Lorsque son premier mouvement de surprise fut passé, Vandenesse chercha la meilleure manière d'aborder madame d'Aiglemont, et, par une ruse de diplomatie assez vulgaire, il se proposa de l'embarrasser pour savoir comment elle accueillerait une sottise.

— Madame, dit-il en s'asseyant près d'elle, une heureuse indiscrétion m'a fait savoir que j'ai, je ne sais à quel titre, le bonheur d'être distingué par vous. Je vous dois d'autant plus de remercîments que je n'ai jamais été l'objet d'une semblable faveur. Aussi serez-vous comptable d'un de mes défauts. Désormais, je ne veux plus être modeste...

— Vous aurez tort, monsieur, dit-elle en riant, il faut laisser la vanité à ceux qui n'ont pas autre chose à mettre en avant.

Une conversation s'établit alors entre la marquise et le jeune homme, qui, suivant l'usage, abordèrent en un moment une multitude de sujets : la peinture, la musique, la littérature, la politique, les hommes, les événements et les choses. Puis ils arrivèrent par une pente insensible au sujet éternel des causeries françaises et étrangères, à l'amour, aux sentiments et aux femmes.

— Nous sommes esclaves.

— Vous êtes reines.

Les phrases plus ou moins spirituelles dites par Charles et la marquise pouvaient se réduire à cette simple expression de tous les discours présents et à venir tenus sur cette matière. Ces deux phrases ne voudront-elles pas toujours dire dans un temps donné : — Aimez-moi. — Je vous aimerai.

— Madame, s'écria doucement Charles de Vandenesse, vous me faites bien vivement regretter de quitter Paris. Je ne retrouverai certes pas en Italie des heures aussi spirituelles que l'a été celle-ci.

— Vous rencontrerez peut-être le bonheur, monsieur, et il vaut mieux que toutes les pensées brillantes, vraies ou fausses, qui se disent chaque soir à Paris.

Avant de saluer la marquise, Charles obtint la permission d'aller lui faire ses adieux. Il s'estima très-heureux d'avoir donné à sa requête les formes de la sincérité, lorsque le soir, en se couchant, et le lendemain, pendant toute la journée, il lui fut impossible de chasser le souvenir de cette femme. Tantôt il se demandait pourquoi la marquise l'avait distingué ; quelles pouvaient être ses intentions en demandant à le revoir ; et il fit d'intarissables commentaires. Tantôt il croyait trouver les motifs de cette curiosité, il s'enivrait alors d'espérance, ou se refroidissait, suivant les interprétations par lesquelles il s'expliquait ce souhait poli, si vulgaire à Paris. Tantôt c'était tout, tantôt ce n'était rien. Enfin, il voulut résister au penchant qui l'entraînait vers madame d'Aiglemont ; mais il alla chez elle. Il existe des pensées auxquelles nous obéissons sans les connaître ; elles sont en nous à notre insu. Quoique cette réflexion puisse paraître plus paradoxale que vraie, chaque personne de bonne foi en trouvera mille preuves dans sa vie. En se rendant chez la marquise, Charles obéissait à l'un de ces textes préexistants dont notre expérience et les conquêtes de notre esprit ne sont, plus tard, que les développements sensibles.

Une femme de trente ans a d'irrésistibles attraits pour un

de mieux préétabli que les attachements profonds dont tant
d'exemples nous sont offerts dans le monde entre une femme
comme la marquise et un jeune homme tel que Vandenesse.
En effet, une jeune fille a trop d'illusions, trop d'inexpérience, et le sexe est trop complice de son amour, pour
qu'un jeune homme puisse en être flatté, tandis qu'une
femme connaît toute l'étendue des sacrifices à faire. Là où
l'une est entraînée par la curiosité, par des séductions étrangères à celles de l'amour, l'autre obéit à un sentiment
consciencieux. L'une cède, l'autre choisit. Ce choix n'est-il
pas déjà une immense flatterie ? Armée d'un savoir presque
toujours chèrement payé par des malheurs, en se donnant,
la femme expérimentée semble donner plus qu'elle-même;
tandis que la jeune fille, ignorante et crédule, ne sachant
rien, ne peut rien comparer, rien apprécier; elle accepte
l'amour et l'étudie. L'une nous instruit, nous conseille à un
âge où l'on aime à se laisser guider, où l'obéissance est un
plaisir; l'autre veut tout apprendre et se montre naïve là où
l'autre est tendre. Celle-là ne vous présente qu'un seul
triomphe, celle-ci vous oblige à des combats perpétuels. La
première n'a que des larmes et des plaisirs; la seconde a
des voluptés et des remords. Pour qu'une jeune fille soit la
maîtresse, elle doit être trop corrompue, et on l'abandonne
alors avec horreur; tandis qu'une femme a mille moyens de
conserver tout à la fois son pouvoir et sa dignité. L'une,
trop soumise, vous offre les tristes sécurités du repos; l'autre
perd trop pour ne pas demander à l'amour ses mille méta-
morphoses. L'une se déshonore toute seule; l'autre tue à
votre profit une famille entière. La jeune fille n'a qu'une
coquetterie, et croit avoir tout dit quand elle a quitté son
vêtement; mais la femme en a d'innombrables et se cache
sous mille voiles; enfin elle caresse toutes les vanités, et la
novice n'en flatte qu'une. Il s'émeut d'ailleurs des indéci-
sions, des terreurs, des craintes, des troubles et des orages
chez la femme de trente ans, qui ne se rencontrent jamais
dans l'amour d'une jeune fille. Arrivée à cet âge, la femme
demande à un jeune homme de lui restituer l'estime qu'elle

lui a sacrifiée ; elle ne vit que pour lui, s'occupe de son
avenir, lui veut une belle vie, la lui ordonne glorieuse ; elle
obéit, elle prie et commande, s'abaisse et s'élève, et sait
consoler en mille occasions, où la jeune fille ne sait que gémir. Enfin, outre tous les avantages de sa position, la femme
de trente ans peut se faire jeune fille, jouer tous les rôles,
être pudique, et s'embellir même d'un malheur. Entre elles
deux se trouve l'incommensurable différence du prévu à
l'imprévu, de la force à la faiblesse. La femme de trente
ans satisfait tout, et la jeune fille, sous peine de ne pas être,
doit ne rien satisfaire. Ces idées se développent au cœur
d'un jeune homme, et composent chez lui la plus forte des
passions, car elle réunit les sentiments factices créés par les
mœurs, aux sentiments réels de la nature.

La démarche la plus capitale et la plus décisive dans la vie
des femmes est précisément celle qu'une femme regarde
toujours comme la plus insignifiante. Mariée, elle ne s'appartient plus, elle est la reine et l'esclave du foyer domestique. La sainteté des femmes est inconciliable avec les
devoirs et les libertés du monde. Émanciper les femmes,
c'est les corrompre. En accordant à un étranger le droit
d'entrer dans le sanctuaire du ménage, n'est-ce pas se mettre
à sa merci ? mais qu'une femme l'y attire, n'est-ce pas une
faute, ou, pour être plus exact, le commencement d'une
faute ? Il faut accepter cette théorie dans toute sa rigueur,
ou absoudre les passions. Jusqu'à présent, en France, la
société a su prendre un *mezzo termine* : elle se moque des
malheurs. Comme les Spartiates qui ne punissaient que la
maladresse, elle semble admettre le vol. Mais peut-être ce
système est-il très-sage. Le mépris général constitue le plus
affreux de tous les châtiments, en ce qu'il atteint la femme
au cœur. Les femmes tiennent et doivent toujours tenir à
être honorées, car sans l'estime elles n'existent plus. Aussi
est-ce le premier sentiment qu'elles demandent à l'amour.
La plus corrompue d'entre elles exige, même avant tout,
une absolution pour le passé, en vendant son avenir, et
tâche de faire comprendre à son amant qu'elle échange,
contre d'irrésistibles félicités, les honneurs que le monde lui

refusera. Il n'est pas de femme qui, en recevant chez elle, pour la première fois, un jeune homme, et en se trouvant seule avec lui, ne conçoive une de ces réflexions, surtout si, comme Charles de Vandeness, il est bien fait ou spirituel. Pareillement, peu de jeunes gens manquent de fonder quelques vœux secrets sur une des mille idées qui justifient leur amour inné pour les femmes belles, spirituelles et malheureuses comme l'était madame d'Aiglemont. Aussi la marquise, en entendant annoncer monsieur de Vandenesse, fut-elle troublée ; et lui, fut-il presque honteux, malgré l'assurance qui, chez les diplomates, est en quelque sorte de costume. Mais la marquise prit bientôt cet air affectueux sous lequel les femmes s'abritent contre les interprétations de la vanité. Cette contenance exclut toute arrière-pensée, et fait pour ainsi dire la part au sentiment en le tempérant par les formes de la politesse. Les femmes se tiennent alors aussi longtemps qu'elles le veulent dans cette position équivoque, comme dans un carrefour qui mène également au respect, à l'indifférence, à l'étonnement ou à la passion. A trente ans seulement une femme peut connaître les ressources de cette situation. Elle y sait rire, plaisanter, s'attendrir sans se compromettre. Elle possède alors le tact nécessaire pour attaquer chez un homme toutes les cordes sensibles et pour étudier ses sons qu'elle en tire. Son silence est aussi dangereux que sa parole. Vous ne devinez jamais si, à cet âge, elle est franche ou fausse, si elle se moque ou si elle est de bonne foi dans ses aveux. Après vous avoir donné le droit de lutter avec elle, tout à coup, par un mot, par un regard, par un de ces gestes dont la puissance leur est connue, elles ferment le combat, vous abandonnent, et restent maîtresses de votre secret, libres de vous immoler par une plaisanterie, libres de s'occuper de vous, également protégées par votre faiblesse et par votre force. Quoique la marquise se plaçât, pendant cette première visite, sur ce terrain neutre, elle sut y conserver une haute dignité de femme. Ses douleurs secrètes planèrent toujours sur sa gaieté factice comme un léger nuage qui dérobe imparfaitement le soleil. Vandenesse sortit après avoir éprouvé dans

cette conversation des délices inconnues; mais il demeura
convaincu que la marquise était de ces femmes dont la
conquête coûte trop cher pour qu'on puisse entreprendre de
les aimer.

— Ce serait, dit-il en s'en allant, du sentiment à perte de
vue, une correspondance à fatiguer un sous-chef ambitieux!
Cependant, si je voulais bien... Ce fatal — *Si je voulais bien!*
a constamment perdu les entêtés. En France, l'amour-propre
mène à la passion. Charles revint chez madame d'Aiglemont
et crut s'apercevoir qu'elle prenait plaisir à sa conversation.
Au lieu de se livrer avec naïveté au bonheur d'aimer, il
voulut alors jouer un double rôle. Il essaya de paraître
passionné, puis d'analyser froidement la marche de cette
intrigue, d'être amant et diplomate ; mais il était généreux
et jeune, cet examen devait le conduire à un amour sans
bornes ; car, artificieuse ou naturelle, la marquise était toujours plus forte que lui. Chaque fois qu'il sortait de chez
madame d'Aiglemont, Charles persistait dans sa méfiance et
soumettait les situations progressives par lesquelles passait
son âme à une sévère analyse, qui tuait ses propres émotions.

— Aujourd'hui, se disait-il à la troisième visite, elle m'a
fait comprendre qu'elle était très-malheureuse et seule dans
la vie, que sans sa fille elle désirerait ardemment la mort.
Elle a été d'une résignation parfaite. Or, je ne suis ni son
frère ni son confesseur, pourquoi m'a-t-elle confié ses chagrins? Elle m'aime.

Deux jours après, en s'en allant, il apostrophait les mœurs
modernes.

— L'amour prend la couleur de chaque siècle. En 1822
il est doctrinaire. Au lieu de se prouver, comme jadis, par
des faits, on le discute, on le disserte, on le met en discours
de tribune. Les femmes en sont réduites à trois moyens ·
d'abord elles mettent en question notre passion, nous refu-
sent le pouvoir d'aimer autant qu'elles aiment. Coquetterie!
véritable défi que la marquise m'a porté ce soir. Puis elles
se font très-malheureuses pour exciter nos générosités naturelles ou notre amour-propre. Un jeune homme n'est-il pas

denesse trouva pendant cette soirée la marquise ce qu'elle
était toujours : simple et affectueuse, vraie dans sa douleur,
heureuse d'avoir un ami, fière de rencontrer une âme qui
sût entendre la sienne ; elle n'allait pas au delà, et ne sup-
posait pas qu'une femme pût se laisser deux fois séduire ;
mais elle avait connu l'amour et le gardait encore saignant
au fond de son cœur ; elle n'imaginait pas que le bonheur
pût apporter deux fois à une femme ses enivrements, car
elle ne croyait pas seulement à l'esprit, mais à l'âme ; et,
pour elle, l'amour n'était pas une séduction, il comportait
toutes les séductions nobles. En ce moment Charles redevint jeune homme, il fut subjugué par l'éclat d'un si grand
caractère, et voulut être initié dans tous les secrets de cette
existence flétrie par le hasard plus que par une faute. Madame d'Aiglemont ne jeta qu'un regard à son ami en l'entendant demander compte du surcroît de chagrin qui communiquait à sa beauté toutes les harmonies de la tristesse ;
mais ce regard profond fut comme le sceau d'un contrat
solennel.

— Ne me faites plus de questions semblables, dit-elle. Il
y a quatre ans, à pareil jour, celui qui m'aimait, le seul
homme au bonheur de qui j'eusse sacrifié jusqu'à ma propre
estime, est mort, et mort pour me sauver l'honneur. Cet
amour a cessé jeune, pur, plein d'illusions. Avant de me
livrer à une passion vers laquelle une fatalité sans exemple
me poussa, j'avais été séduite par ce qui perd tant de jeunes
filles, par un homme nul, mais de formes agréables. Le
mariage effeuilla mes espérances une à une. Aujourd'hui j'ai
perdu le bonheur légitime et ce bonheur que l'on nomme
criminel, sans avoir connu le bonheur. Il ne me reste rien.
Si je n'ai pas su mourir, je dois être au moins fidèle à mes
souvenirs.

A ces mot, elle ne pleura pas, elle baissa les yeux et se
tordit légèrement les doigts, qu'elle avait croisés par son
geste habituel. Cela fut dit simplement, mais l'accent de sa
voix était l'accent d'un désespoir aussi profond que paraissait l'être son amour, et ne laissait aucune espérance à
Charles. Cette affreuse existence traduite en trois phrases

et commentée par une torsion de main, cette forte douleur
dans une femme frêle, cet abîme dans une jolie tête, enfin
les mélancolies, les larmes d'un deuil de quatre années fasci-
nèrent Vandenesse, qui resta silencieux et petit devant cette
grande et noble femme; il n'en voyait plus les beautés
matérielles si exquises, si achevées, mais l'âme si éminemment sensible. Il rencontrait enfin cet être idéal si fantastiquement rêvé, si vigoureusement appelé par tous ceux qui
mettent la vie dans une passion, la cherchent avec ardeur,
et souvent meurent sans avoir pu jouir de tous ces trésors
rêvés.

En entendant ce langage et devant cette beauté sublime,
Charles trouva ses idées étroites. Dans l'impuissance où il
était de mesurer ses paroles à la hauteur de cette scène, tout
à la fois si simple et si élevée, il répondit par des lieux communs sur la destinée des femmes.

— Madame, il faut savoir oublier ses douleurs, ou se
creuser une tombe, dit-il.

Mais la raison est toujours mesquine auprès du sentiment,
l'une est naturellement bornée, comme tout ce qui est positif, et l'autre est infini. Raisonner là où il faut sentir est le
propre des âmes sans portée. Vandenesse garda donc le
silence, contempla longtemps madame d'Aiglemont et sortit.
En proie à des idées nouvelles qui lui grandissaient la femme,
il ressemblait à un peintre qui, après avoir pris pour types
les vulgaires modèles de son atelier, rencontrerait tout à
coup la Mnémosyne du Musée, la plus belle et la moins ap-
préciée des statues antiques. Charles fut profondément épris.
Il aima madame d'Aiglemont avec cette bonne foi de la jeunesse, avec cette ferveur qui communique aux premières
passions une grâce ineffable, une candeur que l'homme ne
retrouve plus qu'en ruines lorsque plus tard il aime encore,
délicieuses passions, presque toujours délicieusement savou-
rées par les femmes qui les font naître, parce qu'à ce bel
âge de trente ans, sommité poétique de la vie des femmes,
elles peuvent en embrasser tout le cours et voir aussi bien
dans le passé que dans l'avenir. Les femmes connaissent
alors tout le prix de l'amour et en jouissent avec la crainte

de le perdre ; alors leur âme est encore belle de la jeunesse
qui les abandonne, et leur passion va se renforçant toujours
d'un avenir qui les effraye.

— J'aime, disait cette fois Vandenesse en quittant la marquise, et pour mon malheur je trouve une femme attachée
à des souvenirs. La lutte est difficile contre un mort qui n'est
plus là, qui ne peut pas faire de sottises, ne déplaît jamais,
et de qui l'on ne voit que les belles qualités. N'est-ce pas
vouloir détrôner la perfection que d'essayer à tuer les charmes
de la mémoire et les espérances qui survivent à un amant
perdu, précisément parce qu'il n'a réveillé que des désirs, tout
ce que l'amour a de plus beau, de plus séduisant?

Cette triste réflexion, due au découragement et à la crainte
de ne pas réussir, par lesquels commencent toutes les passions vraies, fut le dernier calcul de sa diplomatie expirante.
Dès lors il n'eut plus d'arrière-pensées, devint le jouet de
son amour et se perdit dans les riens de ce bonheur inexplicable qui se repaît d'un mot, d'un silence, d'un vague
espoir. Il voulut aimer platoniquement, vint tous les jours
respirer l'air que respirait madame d'Aiglemont, s'incrusta
presque dans sa maison et l'accompagna partout avec la tyran-
nie d'une passion qui mêle son égoïsme au dévouement le
plus absolu. L'amour a son instinct, il sait trouver le chemin du cœur comme le plus faible insecte marche à sa fleur
avec une irrésistible volonté qui ne s'épouvante de rien.
Aussi, quand un sentiment est vrai, sa destinée n'est-elle
pas douteuse. N'y a-t-il pas de quoi jeter une femme dans
toutes les angoisses de la terreur, si elle vient à penser que
sa vie dépend du plus ou du moins de vérité, de force, de
persistance que son amant mettra dans ses désirs ! Or, il
est impossible à une femme, à une épouse, à une mère, de
se préserver contre l'amour d'un jeune homme ; la seule
chose qui soit en sa puissance est de ne pas continuer à le
voir au moment où elle devine ce secret du cœur qu'une
femme devine toujours. Mais ce parti semble trop décisif
pour qu'une femme puisse le prendre à un âge où le mariage pèse, ennuie et lasse, où l'affection conjugale est plus
que tiède, si déjà même son mari ne l'a pas abandonnée.

Laides, les femmes sont flattées par un amour qui les fait belles ; jeunes et charmantes, la séduction doit être à la hauteur de leurs séductions, elle est immense ; vertueuses, un sentiment terrestrement sublime les porte à trouver je ne sais quelle absolution dans la grandeur même des sacrifices qu'elles font à leur amant et de la gloire dans cette lutte difficile. Tout est piége. Aussi nulle leçon n'est-elle trop forte pour de si fortes tentations. La reclusion ordonnée autrefois à la femme en Grèce, en Orient, et qui devient de mode en Angleterre, est la seule sauvegarde de la morale domestique ; mais, sous l'empire de ce système, les agréments du monde périssent ; ni la société, ni la politesse, ni l'élégance des mœurs ne sont alors possibles. Les nations devront choisir.

Ainsi, quelques mois après sa première rencontre, madame d'Aiglemont trouva sa vie étroitement liée à celle de Vandenesse ; elle s'étonna, sans trop de confusion et presque avec un certain plaisir, d'en partager les goûts et les pensées. Avait-elle pris les idées de Vandenesse, ou Vandenesse avait-il épousé ses moindres caprices ? elle n'examina rien. Déjà saisie par le courant de la passion, cette adorable femme se dit avec la fausse bonne foi de la peur : — Oh ! non ! je serai fidèle à celui qui mourut pour moi.

Pascal a dit : « Douter de Dieu, c'est y croire. » De même, une femme ne se débat que quand elle est prise. Le jour où la marquise s'avoua qu'elle était aimée, il lui arriva de flotter entre mille sentiments contraires. Les superstitions de l'expérience parlèrent leur langage. Serait-elle heureuse ? pourrait-elle trouver le bonheur en dehors des lois dont la société fait, à tort ou à raison, sa morale ? Jusqu'alors, la vie ne lui avait versé que de l'amertume. Y avait-il un heureux dénoûment possible aux liens qui unissent deux êtres séparés par des convenances sociales ? Mais aussi le bonheur se paye-t-il jamais trop cher ? Puis ce bonheur si ardemment voulu, et qu'il est si naturel de chercher, peut-être le rencontrerait-elle enfin ! La curiosité plaide toujours la cause des amants. Au milieu de cette discussion secrète, Vandenesse arriva. Sa présence fit évanouir le fantôme métaphysique de la raison. Si telles sont les transformations successives par lesquelles passe un sentiment même rapide chez un jeune homme et chez une femme de trente ans, il est un moment où les nuances se fondent, où les raisonnements s'abolissent en un seul, en une dernière réflexion qui se confond dans un désir et qui le corrobore. Plus la résistance a été longue, plus puissante alors est la voix de l'amour. Ici donc s'arrête cette leçon ou plutôt cette étude faite sur l'*écorché*, s'il est permis d'emprunter à la peinture une de ses expressions les plus pittoresques ; car cette histoire explique les dangers et le mécanisme de l'amour plus qu'elle ne le peint. Mais dès ce moment, chaque jour ajouta des couleurs à ce squelette, le revêtit des grâces de la jeunesse, en raviva les chairs, en vivifia les mouvements, lui rendit l'éclat, la beauté, les séductions du sentiment et les attraits de la vie. Charles trouva madame d'Aiglemont pensive ; et lorsqu'il lui eut dit de ce ton pénétré que les douces magies du cœur rendirent persuasif : — Qu'avez-vous ? elle se garda bien de répondre. Cette délicieuse demande accusait une parfaite entente d'âme ; et, avec l'instinct merveilleux de la femme, la marquise comprit que des plaintes ou l'expression de son malheur intime seraient en quelque sorte des avances. Si déjà chacune de ces paroles avait une signification entendue par tous deux, dans quel abîme n'allait-elle pas mettre les pieds ? Elle lut en elle-même par un regard lucide et clair, se tut, et son silence fut imité par Vandenesse.

— Je suis souffrante, dit-elle enfin effrayée de la haute portée d'un moment où le langage des yeux suppléa complétement à l'impuissance du discours.

— Madame, répondit Charles d'une voix affectueuse mais violemment émue, âme et corps, tout se tient. Si vous étiez heureuse, vous seriez jeune et fraîche. Pourquoi refusez-vous de demander à l'amour tout ce dont l'amour vous a privée ? Vous croyez la vie terminée au moment où, pour vous, elle commence. Confiez-vous aux soins d'un ami. Il est si doux d'être aimé !

— Je suis déjà vieille, dit-elle, rien ne m'excuserait donc de ne pas continuer à souffrir comme par le passé. D'ail-

leurs, il faut aimer, dites-vous ? Eh bien ! je ne le dois ni
ne le puis. Hors vous, dont l'amitié jette quelques douceurs
sur ma vie, personne ne me plaît, personne ne saurait
effacer mes souvenirs. J'accepte un ami, je fuirais un amant.
Puis serait-il bien généreux à moi d'échanger un cœur flétri
contre un jeune cœur, d'accueillir des illusions que je ne
puis plus partager, de causer un bonheur auquel je ne croi-
rais point, ou que je tremblerais de perdre ? Je répondrais
peut-être par de l'égoïsme à son dévouement, et calculerais
quand il sentirait ; ma mémoire offenserait la vivacité de
ses plaisirs. Non, voyez-vous, un premier amour ne se remplace jamais. Enfin, quel homme voudrait à ce prix de mon
cœur ?

Ces paroles, empreintes d'une horrible coquetterie, étaient
le dernier effort de la sagesse — S'il se décourage, eh bien !
je resterai seule et fidèle. Cette pensée vint au cœur de
cette femme, et fut pour elle ce qu'est la branche de saule
trop faible que saisit un nageur avant d'être emporté par le
courant. En entendant cet arrêt, Vandenesse laissa échapper
un tressaillement involontaire qui fut plus puissant sur le
cœur de la marquise que ne l'avaient été toutes ses assi-
duités passées. Ce qui touche le plus les femmes, n'est-ce
pas de rencontrer en nous des délicatesses gracieuses, des
sentiments exquis autant que le sont les leurs ; car chez
elles la grâce et la délicatesse sont les indices du *vrai*. Le
geste de Charles révélait un véritable amour. Madame d'Aiglemont connut la force de l'affection de Vandenesse à la
force de sa douleur. Le jeune homme dit froidement : —
Vous avez peut-être raison. Nouvel amour, chagrin nouveau.
Puis, il changea de conversation, et s'entretint de choses
indifférentes, mais il était visiblement ému, regardait madame d'Aiglemont avec une attention concentrée, comme
s'il l'eût vue pour la dernière fois. Enfin, il la quitta, en lui
disant avec émotion : — Adieu, madame.

— Au revoir, dit-elle avec cette coquetterie fine dont le
secret n'appartient qu'aux femmes d'élite. Il ne répondit
pas, et sortit.

Quand Charles ne fut plus là, que sa chaise vide parla

pour lui, elle eut mille regrets, et se trouva des torts. La
passion fait un progrès énorme chez une femme au moment
où elle croit avoir agi peu généreusement, ou avoir blessé
quelque âme noble. Jamais il ne faut se défier des sentiments mauvais en amour, ils sont très-salutaires ; les femmes
ne succombent que sous le coup d'une vertu. *L'enfer est
pavé de bonnes intentions,* n'est pas un paradoxe de prédi-
cateur. Vandenesse resta pendant quelques jours sans venir. Pendant chaque soirée, à l'heure du rendez-vous habituel, la marquise l'attendit avec une impatience pleine de
remords. Écrire était un aveu ; d'ailleurs, son instinct lui
disait qu'il reviendrait. Le sixième jour, son valet de chambre
le lui annonça. Jamais elle n'entendit ce nom avec plus de
plaisir. Sa joie l'effraya.

— Vous m'avez bien punie ! lui dit-elle.

Vandenesse la regarda d'un air hébété.

— Punie ! répéta-t-il. Et de quoi ?

Charles comprenait bien la marquise ; mais il voulait se
venger des souffrances auxquelles il avait été en proie, du
moment où elle les soupçonnait.

— Pourquoi n'êtes-vous pas venu me voir ? demanda-
t-elle en souriant.

— Vous n'avez donc vu personne ? dit-il pour ne pas
faire une réponse directe.

— Monsieur de Ronquerolles et monsieur de Marsay, le
petit d'Esgrignon, sont restés ici, l'un hier, l'autre ce matin, près de deux heures. J'ai vu, je crois, aussi madame
Firmiani et votre sœur, madame de Listomère.

Autre souffrance ! Douleur incompréhensible pour ceux
qui n'aiment pas avec ce despotisme envahisseur et féroce
dont le moindre effet est une jalousie monstrueuse, un perpétuel désir de dérober l'être aimé à toute influence étrangère à l'amour.

— Quoi ! se dit en lui-même Vandenesse, elle a reçu, elle
a vu des êtres contents, elle leur a parlé, tandis que je restais solitaire, malheureux !

Il ensevelit son chagrin et jeta son amour au fond de son
̶, comme un cercueil à la mer. Ses pensées étaient de

celles qu'on n'exprime pas ; elles ont la rapidité de ces
acides qui tuent en s'évaporant. Cependant son front se cou-
vrit de nuages, et madame d'Aiglemont obéit à l'instinct de
la femme en partageant cette tristesse sans la concevoir.
Elle n'était pas complice du mal qu'elle faisait, et Vandenesse s'en aperçut. Il parla de sa situation et de sa jalousie,
comme si c'eût été l'une de ces hypothèses que les amants
se plaisent à discuter. La marquise comprit tout, et fut alors
si vivement touchée qu'elle ne put retenir ses larmes. Dès
ce moment, ils entrèrent dans les cieux de l'amour. Le ciel
et l'enfer sont deux grands poëmes qui formulent les deux
seuls points sur lesquels tourne notre existence : la joie ou
la douleur. Le ciel n'est-il pas, ne sera-t-il pas toujours une
image de l'infini de nos sentiment qui ne sera jamais peint
que dans ses détails, parce que le bonheur est un ; et l'enfer ne représente-t-il pas les tortures infinies de nos douleurs dont nous pouvons faire œuvre de poésie, parce qu'elles
sont toutes dissemblables ?

Un soir, les deux amants étaient seuls, assis l'un près de
l'autre, en silence, et occupés à contempler une des plus
belles phases du firmament, un des ciels purs dans lesquels
les derniers rayons du soleil jettent de faibles teintes d'or
et de pourpre. En ce moment de la journée, les lentes dé-
gradations de la lumière semblent réveiller les sentiments
doux ; nos passions vibrent mollement, et nous savourons
les troubles de je ne sais quelle violence au milieu du calme.
En nous montrant le bonheur par de vagues images, la nature nous invite à en jouir quand il est près de nous, ou
nous le fait regretter quand il a fui. Dans ces instants fer-
tiles en enchantements, sous le dais de cette lueur dont les
tendres harmonies s'unissent à des séductions intimes, il est
difficile de résister aux vœux du cœur qui ont alors tant de
magie ! alors le chagrin s'émousse, la joie enivre et la douleur accable. Les pompes du soir sont le signal des aveux
et les encouragent. Le silence devient plus dangereux que
la parole, en communiquant aux yeux toute la puissance de
l'infini des cieux qu'ils reflètent. Si l'on parle, le moindre
mot possède une irrésistible puissance. N'y a-t-il pas alors

de la lumière dans la voix, de la pourpre dans le regard ?
Le ciel n'est-il pas comme en nous, ou ne nous semble-t-il
pas être dans le ciel ? Cependant Vandenesse et Juliette,
car depuis quelques jours elle se laissait appeler ainsi familièrement par celui qu'elle se plaisait à nommer Charles ;
donc tous deux parlaient, mais le sujet primitif de leur conversation était bien loin d'eux ; et, s'ils ne savaient plus le
sens de leurs paroles, ils écoutaient avec délices les pensées secrètes qu'elles couvraient. La main de la marquise
était dans celle de Vandenesse, et elle la lui abandonnait
sans croire que ce fût une faveur.

Ils se penchèrent ensemble pour voir un de ces majestueux
paysages pleins de neige, de glaciers, d'ombres grises qui
teignent les flancs de montagnes fantastiques ; un de ces
tableaux remplis de brusques oppositions entre les flammes
rouges et les tons noirs qui décorent les cieux avec une
inimitable et fugace poésie ; magnifiques langes dans lesquels
renaît le soleil, beau linceul où il expire. En ce moment, les
cheveux de Juliette effleurèrent les joues de Vandenesse ; elle
sentit ce contact léger, elle en frissonna violemment, et lui
plus encore ; car tous deux étaient graduellement arrivés à
une de ces inexplicables crises où le calme communique aux
sens une perception si fine, que le plus faible choc fait
verser des larmes et déborder la tristesse si le cœur est
perdu dans ses mélancolies, ou lui donne d'ineffables plaisirs s'il est perdu dans les vertiges de l'amour. Juliette
pressa presque involontairement la main de son ami. Cette
pression persuasive donna du courage à la timidité de
l'amant. Les joies de ce moment et les espérances de
l'avenir, tout se fondit dans une émotion, celle d'une première caresse, du chaste et modeste baiser que madame
d'Aiglemont laissa prendre sur sa joue. Plus faible était la
faveur, plus puissante, plus dangereuse elle fut. Pour leur
malheur à tous deux, il n'y avait ni semblant ni fausseté. Ce
fut l'entente de deux belles âmes, séparées par tout ce qui
est loi, réunies par tout ce qui est séduction dans la nature.
En ce moment le général d'Aiglemont entra.

— Le ministère est changé, dit-il. Votre oncle fait partie

\ du nouveau cabinet. Ainsi, vous avez de bien belles chances
.)our être ambassadeur, Vandenesse.

Charles et Julie se regardèrent en rougissant. Cette pu-
leur mutuelle fut encore un lien. Tous deux, ils eurent la
même pensée, le même remords ; lien terrible et tout aussi
ort entre deux brigands qui viennent d'assassiner un
homme qu'entre deux amants coupables d'un baiser. Il fallait
une réponse au marquis.

— Je ne veux plus quitter Paris, dit Charles Vandenesse.

— Nous savons pourquoi, répliqua le général en affectant
la finesse d'un homme qui découvre un secret. Vous ne
voulez pas abandonner votre oncle, pour vous faire décla-
ter l'héritier de sa pairie.

La marquise s'enfuit dans sa chambre, en se disant sûr
son mari cet effroyable mot : — Il est aussi par trop bête !

IV

Le doigt de Dieu.

Entre la barrière d'Italie et celle de la Santé, sur le boulevard intérieur qui mène au jardin des Plantes, il existe
une perspective digne de ravir l'artiste ou le voyageur
le plus blasé sur les jouissances de la vue. Si vous atteignez
une légère éminence à partir de laquelle le boulevard, om-
bragé par de grands arbres touffus, tourne avec la grâce
d'une allée forestière verte et silencieuse; vous voyez devant
vous, à vos pieds, une vallée profonde, peuplée de fabriques
à demi villageoises, clair-semée de verdure, arrosée par les
eaux brunes de la Bièvre ou des Gobelins. Sur le versant
opposé, quelques milliers de toits, pressés comme les têtes
d'une foule, recèlent les misères du faubourg Saint-Marceau.
La magnifique coupole du Panthéon, le dôme terne et mélancolique du Val-de-Grâce dominent orgueilleusement
toute une ville en amphithéâtre dont les gradins sont bizar-
rement dessinés par des rues tortueuses. De là, les proportions des deux monuments semblent gigantesques; elles

écrasent et les demeures frêles et les plus hauts peupliers du
vallon. A gauche, l'Observatoire, à travers les fenêtres et
les galeries duquel le jour passe en produisant d'inexplicables
fantaisies, apparaît comme un spectre noir et décharné.
Puis, dans le lointain, l'élégante lanterne des Invalides
flamboie entre les masses bleuâtres du Luxembourg et les
tours grises de Saint-Sulpice. Vues de là, ces lignes archi-
tecturales sont mêlées à des feuillages, à des ombres, sont
soumises aux caprices d'un ciel qui change incessamment
de couleur, de lumière ou d'aspect. Loin de vous, les édifices meublent les airs; autour de vous, serpentent des
arbres ondoyants, des sentiers campagnards. Sur la droite,
par une large découpure de ce singulier paysage, vous
apercevez la longue nappe blanche du canal Saint-Martin,
encadré de pierres rougeâtres, paré de ses tilleuls, bordé
par les constructions vraiment romaines des Greniers d'a-
bondance. Là, sur le dernier plan, les vaporeuses collines
de Belleville, chargées de maisons et de moulins, confondent
leurs accidents avec ceux des nuages. Cependant il existe
une ville, que vous ne voyez pas, entre la rangée de toits
qui borde le vallon et cet horizon aussi vague qu'un souvenir d'enfance; immense cité, perdue comme un précipice
entre les cimes de la Pitié et le faîte du cimetière de l'Est,
entre la souffrance et la mort. Elle fait entendre un bruisse-
ment sourd semblable à celui de l'Océan qui gronde derrière
une falaise comme pour dire : —Je suis là. Si le soleil jette
ses flots de lumière sur cette face de Paris, s'il en épure,
s'il en fluidifie les lignes; s'il y allume quelques vitres, s'il
en égaye les tuiles, embrase les croix dorées, blanchit les
murs et transforme l'atmosphère en un voile de gaze; s'il
crée de riches contrastes avec les ombres fantastiques; si le
ciel est d'azur et la terre frémissante, si les cloches parlent,
alors de là vous admirerez une de ces féeries éloquentes
que l'imagination n'oublie jamais, dont vous serez idolâtre,
affolé comme d'un merveilleux aspect de Naples, de Stam-
boul ou des Florides. Nulle harmonie ne manque à ce concert. Là, murmurent le bruit du monde et la poétique paix
de la solitude, la voix d'un million d'êtres et la voix de

Dieu. Là gît une capitale couchée sous les paisibles cyprès du Père-Lachaise.

Par une matinée de printemps, au moment où le soleil faisait briller toutes les beautés de ce paysage, je les admirais appuyé sur un gros orme qui livrait au vent ses fleurs jaunes. Puis à l'aspect de ces riches et sublimes tableaux, je pensais amèrement au mépris que nous professons, jusque dans nos livres, pour notre pays d'aujourd'hui. Je maudissais ces pauvres riches qui, dégoûtés de notre belle France, vont acheter à prix d'or le droit de dédaigner leur patrie en visitant au galop, en examinant à travers un lorgnon les sites de cette Italie devenue si vulgaire. Je contemplais avec amour le Paris moderne, je rêvais, lorsque tout à coup le bruit d'un baiser troubla ma solitude et fit enfuir la philosophie. Dans la contre-allée qui couronne la pente rapide au bas de laquelle frissonnent les eaux, et en regardant au delà du pont des Gobelins, je découvris une femme qui me parut encore assez jeune, mise avec la simplicité la plus élégante, et dont la physionomie douce semblait refléter le gai bonheur du paysage. Un beau jeune homme posait à terre le plus joli petit garçon qu'il fût possible de voir, en sorte que je n'ai jamais su si le baiser avait retenti sur les joues de la mère ou sur celles de l'enfant. Une même pensée, tendre et vive, éclatait dans les yeux, dans les gestes, dans le sourire des deux jeunes gens. Ils entrelacèrent leurs bras avec une si joyeuse promptitude, et se rapprochèrent avec une si merveilleuse entente de mouvement, que, tout à eux-mêmes, ils ne s'aperçurent point de ma présence. Mais un autre enfant, mécontent, boudeur, et qui leur tournait le dos, me jeta des regards empreints d'une expression saisissante. Laissant son frère courir seul, tantôt en arrière, tantôt en avant de sa mère et du jeune homme, cet enfant, aussi beau, aussi gracieux que l'autre, mais plus doux de formes, resta muet, immobile, et dans l'attitude d'un serpent engourdi. C'était une petite fille. La promenade de la jolie femme et de son compagnon avait je ne sais quoi de machinal. Se contentant, par distraction peut-être, de parcourir le faible espace qui se trouvait entre

8

suite se retourna brusquement avec le jeune homme, arrachèrent des larmes à Hélène. Elle les dévora silencieusement, lança sur son frère un de ces regards profonds qui me semblaient inexplicables, et contempla d'abord avec une sinistre intelligence le talus sur le faîte duquel il était, puis la rivière de Bièvre, le pont, le paysage et moi.

Je craignis d'être aperçu par le couple joyeux, de qui j'aurais sans doute troublé l'entretien; je me retirai doucement, et j'allai me réfugier derrière une haie de sureau dont le feuillage me déroba complétement à tous les regards. Je m'assis tranquillement sur le haut du talus, en regardant en silence et tour à tour, soit les beautés changeantes du site, soit la petite fille sauvage qu'il m'était encore possible d'entrevoir à travers les interstices de la haie et le pied des sureaux sur lesquels ma tête reposait, presque au niveau du boulevard. En ne me voyant plus, Hélène parut inquiète; ses yeux noirs me cherchèrent dans le lointain de l'allée, derrière les arbres, avec une indéfinissable curiosité. Qu'étais-je donc pour elle? En ce moment, les rires naïfs de Charles retentirent dans le silence comme un chant d'oiseau. Le beau jeune homme, blond comme lui, le faisait danser dans ses bras, et l'embrassait en lui prodiguant ces petits mots sans suite et détournés de leur sens véritable que nous adressons machinalement aux enfants. La mère souriait à ces jeux, et, de temps à autre, disait, sans doute à voix basse, des paroles sorties du cœur; car son compagnon s'arrêtait, tout heureux, et le regardait d'un œil bleu plein de feu, plein d'idolâtrie. Leurs voix mêlées à celle de l'enfant avaient je ne sais quoi de caressant. Ils étaient charmants tous trois. Cette scène délicieuse, au milieu de ce magnifique paysage, y répandait une incroyable suavité. Une femme, belle, blanche, rieuse, un enfant d'amour, un homme ravissant de jeunesse, un ciel pur, enfin toutes les harmonies de la nature s'accordaient pour réjouir l'âme. Je me surpris à sourire, comme si ce bonheur était le mien. Le beau jeune homme entendit sonner neuf heures. Après avoir tendrement embrassé sa compagne, devenue sérieuse et presque triste, il revint alors vers son tilbury qui s'avançait lente-

avec attention, je remarquai dans les collerettes de leurs
chemises une différence assez frivole, mais qui plus tard me
révéla tout un roman dans le passé, tout un drame dans
l'avenir. Et c'était bien peu de chose. Un simple ourlet bor-
dait la collerette de la petite fille brune, tandis que de jolies
broderies ornaient celle du cadet, et trahissaient un secret
de cœur, une prédilection tacite que les enfants lisent dans
l'âme de leurs mères, comme si l'esprit de Dieu était en
eux. Insouciant et gai, le blond ressemblait à une petite
fille, tant sa peau blanche avait de fraîcheur, ses mouvements de grâce, sa physionomie de douceur ; tandis que
l'aînée, malgré sa force, malgré la beauté de ses traits et
l'éclat de son teint, ressemblait à un petit garçon maladif.
Ses yeux vifs, dénués de cette humide vapeur qui donne
tant de charme aux regards des enfants, semblaient avoir
été, comme ceux des courtisans, séchés par un feu intérieur.
Enfin, sa blancheur avait je ne sais quelle nuance mate, oli-
vâtre, symptôme d'un vigoureux caractère. A deux reprises
son jeune frère était venu lui offrir, avec une grâce touchante, avec un joli regard, avec une mine expressive qui
eût ravi Charlet, le petit cor de chasse dans lequel il soufflait par instants ; mais, chaque fois, elle n'avait répondu que
par un farouche regard à cette phrase : — Tiens, Hélène,
le veux-tu? dite d'une voix caressante. Et, sombre et terrible sous sa mine insouciante en apparence, la petite fille
tressaillait et rougissait même assez vivement lorsque son
frère approchait ; mais le cadet ne paraissait pas s'apercevoir
de l'humeur noire de sa sœur, et son insouciance, mêlée
d'intérêt, achevait de faire contraster le véritable caractère
de l'enfance avec la science soucieuse de l'homme, inscrite
déjà sur la figure de la petite fille, et qui déjà l'obscurcis-
sait de ses sombres nuages.

— Maman, Hélène ne veut pas jouer, s'écria le petit qui
saisit pour se plaindre un moment où sa mère et le jeune
homme étaient restés silencieux sur le pont des Gobelins.

— Laisse-la, Charles. Tu sais bien qu'elle est toujours
grognon.

Ces paroles, prononcées au hasard par la mère, qui ensuite se retourna brusquement avec le jeune homme, arrachèrent des larmes à Hélène. Elle les dévora silencieusement, lança sur son frère un de ces regards profonds qui me semblaient inexplicables, et contempla d'abord avec une sinistre intelligence le talus sur le faîte duquel il était, puis la rivière de Bièvre, le pont, le paysage et moi.

Je craignis d'être aperçu par le couple joyeux, de qui j'aurais sans doute troublé l'entretien ; je me retirai doucement, et j'aillai me réfugier derrière une haie de sureau dont le feuillage me déroba complétement à tous les regards. Je m'assis tranquillement sur le haut du talus, en regardant en silence et tour à tour, soit les beautés changeantes du site, soit la petite fille sauvage qu'il m'était encore possible d'entrevoir à travers les interstices de la haie et le pied des sureaux sur lesquels ma tête reposait, presque au niveau du boulevard. En ne me voyant plus, Hélène parut inquiète ; ses yeux noirs me cherchèrent dans le lointain de l'allée, derrière les arbres, avec une indéfinissable curiosité. Qu'étais-je donc pour elle ? En ce moment, les rires naïfs de Charles retentirent dans le silence comme un chant d'oiseau. Le beau jeune homme, blond comme lui, le faisait danser dans ses bras, et l'embrassait en lui prodiguant ces petits mots sans suite et détournés de leur sens véritable que nous adressons machinalement aux enfants. La mère souriait à ces jeux, et, de temps à autre, disait, sans doute à voix basse, des paroles sorties du cœur ; car son compagnon s'arrêtait, tout heureux, et le regardait d'un œil bleu plein de feu, plein d'idolâtrie. Leurs voix mêlées à celle de l'enfant avaient je ne sais quoi de caressant. Ils étaient charmants tous trois. Cette scène délicieuse, au milieu de ce magnifique paysage, y répandait une incroyable suavité. Une femme, belle, blanche, rieuse, un enfant d'amour, un homme ravissant de jeunesse, un ciel pur, enfin toutes les harmonies de la nature s'accordaient pour réjouir l'âme. Je me surpris à sourire, comme si ce bonheur était le mien. Le beau jeune homme entendit sonner neuf heures. Après avoir tendrement embrassé sa compagne, devenue sérieuse et presque triste, il revint alors vers son tilbury qui s'avançait lente-

git même le regard. La malheureuse femme ne pensait pas
encore au supplice qui l'attendait au logis. Elle regardait la
Bièvre.

Un semblable événement devait produire d'affreux reten-
tissements dans la vie d'une femme, et voici l'un des échos
les plus terribles qui de temps en temps troublèrent les
amours de Juliette.

Deux ou trois ans après, un soir, après dîner, chez le
marquis de Vandenesse alors en deuil de son père, et qui
avait une succession à régler, se trouvait un notaire. Ce notaire n'était pas le petit notaire de Sterne, mais un gros et
gras notaire de Paris, un de ces hommes estimables, qui
font une sottise avec mesure, mettent lourdement le pied
sur une plaie inconnue, et demandent pourquoi l'on se plaint.
Si, par hasard, ils apprennent le pourquoi de leur bêtise as-
sassine, ils disent : — Ma foi, je n'en savais rien! Enfin,
c'était un notaire honnêtement niais, qui ne voyait que des
actes dans la vie. Le diplomate avait près de lui madame
d'Aiglemont. Le général s'en était allé poliment avant la fin
du dîner pour conduire ses deux enfants au spectacle, sur
les boulevards, à l'Ambigu-Comique ou à la Gaîté. Quoique
les mélodrames surexcitent les sentiments, ils passent à Paris
pour être à la portée de l'enfance, et sans danger, parce
que l'innocence y triomphe toujours. Le père était donc
parti sans attendre le dessert, tant sa fille et son fils l'a-
vaient tourmenté pour arriver au spectacle avant le lever
du rideau.

Le notaire, l'imperturbable notaire, incapable de se demander pourquoi madame d'Aiglemont envoyait au spectacle ses enfants et son mari sans les y accompagner, était,
depuis le dîner, comme vissé sur sa chaise. Une discussion
avait fait traîner le dessert en longueur, et les gens tardaient
à servir le café. Ces incidents, qui dévoraient un temps sans
doute précieux, arrachaient des mouvements d'impatience
à la jolie femme : on aurait pu la comparer à un cheval de
race piaffant avant la course. Le notaire qui ne se connais-
t ni en chevaux ni en femmes, trouvait tout bonnement
uise une vive et sémillante femme. Enchanté d'être

dans la compagnie d'une femme à la mode et d'un homme politique célèbre; ce notaire faisait de l'esprit; il prenait pour une approbation le faux sourire de la marquise, qu'il impatientait considérablement, et il allait son train. Déjà le maître de la maison, de concert avec sa compagne, s'était permis de garder à plusieurs reprises le silence là où le notaire attendait une réponse élogieuse; mais, pendant ces repos significatifs, ce diable d'homme regardait le feu en cherchant des anecdotes. Puis le diplomate avait eu recours à sa montre. Enfin, la jolie femme s'était recoiffée de son chapeau pour sortir, et ne sortait pas. Le notaire ne voyait, n'entendait rien; il était ravi de lui-même, et sûr d'intéresser assez la marquise pour la clouer là. — J'aurai bien certainement cette femme-là pour cliente, se disait-il.

La marquise se tenait debout, mettait ses gants, se tordait les doigts et regardait alternativement le marquis de Vandenesse qui partageait son impatience, ou le notaire qui plombait chacun de ses traits d'esprit. A chaque pause que faisait le digne homme, le joli couple respirait en se disant la compagnie des gens aimables, dit le notaire, qui parlait tout seul depuis une heure.

Il chercha son chapeau, puis il vint se planter devant la cheminée, retint difficilement un hoquet, et dit à son client, sans voir les regards foudroyants que lui lançait la marquise :

— Résumons-nous, monsieur le marquis. Les affaires passent avant tout. Demain donc nous lancerons une assignation à monsieur votre frère pour le mettre en demeure, nous procéderons à l'inventaire, et puis après, ma foi...

Le notaire avait si mal compris les intentions de son client, qu'il en prenait l'affaire en sens inverse des instructions que celui-ci venait de lui donner. Cet incident était trop délicat pour que Vandenesse ne rectifiât pas involontairement les idées du balourd notaire, et il s'ensuivit une discussion qui prit un certain temps.

— Écoutez, dit enfin le diplomate sur un signe que lui fit la jeune femme, vous me cassez la tête, revenez demain à neuf heures avec mon avoué.

— Mais j'aurai l'honneur de vous faire observer, monsieur le marquis, que nous ne sommes pas certains de rencontrer demain monsieur Desroches, et si la mise en demeure n'est pas lancée avant midi, le délai expire, et...

En ce moment une voiture entra dans la cour, et au bruit qu'elle fit, la pauvre femme se retourna vivement pour cacher des pleurs qui lui vinrent aux yeux. Le marquis sonna pour faire dire qu'il était sorti ; mais le général, revenu comme à l'improviste de la Gaîté, précéda le valet de chambre, et parut en tenant d'une main sa fille dont les yeux étaient rouges, et de l'autre son petit garçon tout grimaud et fâché.

— Que vous est-il donc arrivé ? demanda la femme à son mari.

— Je vous dirai cela plus tard, répondit le général en se dirigeant vers un boudoir voisin dont la porte était ouverte et où il aperçut les journaux.

La marquise impatientée se jeta désespérément sur un canapé.

Le notaire, qui se crut obligé de faire le gentil avec les

— Il devait ne pas répondre, dit le père en regardant son
fils avec froideur.

La cause du brusque retour des enfants et de leur père
parut alors être bien connue du diplomate et de la marquise. La mère regarda sa fille, la vit en pleurs, et se leva
pour aller à elle ; mais alors son visage se contracta violemment et offrit les signes d'une sévérité que rien ne tem-
pérait.

— Assez, Hélène, lui dit-elle, allez sécher vos larmes
dans le boudoir.

— Qu'a-t-elle donc fait, cette pauvre petite? dit le notaire, qui voulut calmer à la fois la colère de la mère et les
pleurs de la fille. Elle est si jolie que ce doit être la plus
sage créature du monde ; je suis bien sûr, madame, qu'elle
ne vous donne que des jouissances. Pas vrai, ma petite?

Hélène regarda sa mère en tremblant, essuya ses larmes;
tâcha de se composer un visage calme, et s'enfuit dans le
boudoir.

— Et certes, disait le notaire en continuant toujours, madame, vous êtes trop bonne mère pour ne pas aimer également tous vos enfants. Vous êtes d'ailleurs trop vertueuse
pour avoir de ces tristes préférences dont les funestes effets
se révèlent plus particulièrement à nous autres notaires. La
société nous passe par les mains ; aussi en voyons-nous les
passions sous leur forme la plus hideuse, *l'intérêt*. Ici, une
mère veut déshériter les enfants de son mari au profit des
enfants qu'elle leur préfère ; tandis que, de son côté, le mari
veut quelquefois réserver sa fortune à l'enfant qui a mérité
la haine de la mère. Et c'est alors des combats, des craintes,
des actes, des contre-lettres, des ventes simulées, des *fidei-
commis*; enfin, un gâchis pitoyable, ma parole d'honneur,
pitoyable! Là, des pères passent leur vie à déshériter leurs
enfants en volant le bien de leurs femmes... Oui, *volant*
est le mot. Nous parlions de drame; ah! je vous assure que
si nous pouvions dire le secret de certaines donations, nos
auteurs pourraient en faire de terribles tragédies bour-
geoises. Je ne sais pas de quel pouvoir usent les femmes
pour faire ce qu'elles veulent; car, malgré les apparences

et leur faiblesse, c'est toujours elles qui l'emportent. Ah !
par exemple, elles ne m'attrapent pas, moi. Je devine tou-
ours la raison de ces prédilections que dans le monde on
qualifie poliment d'indéfinissables ! Mais les maris ne se
devinent jamais, c'est une justice à leur rendre. Vous me
répondrez à cela qu'il y a des grâces d'ét...

Hélène, revenue avec son père du boudoir dans le salon,
écoutait attentivement le notaire, et le comprenait si bien,
qu'elle jetta sur sa mère un coup d'œil craintif en pressentant
avec tout l'instinct du jeune âge que cette circonstance
allait redoubler la sévérité qui grondait sur elle. La marquise
pâlit en montrant au marquis, par un geste de terreur, son
mari, qui regardait pensivement les fleurs du tapis. En ce
moment, malgré son savoir-vivre, le diplomate ne se con-
tint plus, et lança sur le notaire un regard foudroyant.

— Venez par ici, monsieur, lui dit-il en se dirigeant vivement vers la pièce qui précédait le salon.

Le notaire l'y suivit en tremblant et sans achever sa
phrase.

— Monsieur, lui dit alors avec une rage concentrée le
marquis de Vandenesse, qui ferma violemment la porte du
salon où il laissait la femme et le mari, depuis le dîner vous
n'avez fait ici que des sottises et dit que des bêtises. Pour
Dieu ! allez-vous-en ; vous finiriez par causer les plus grands
malheurs. Si vous êtes un excellent notaire, restez dans
votre étude ; mais si, par hasard, vous vous trouvez dans le
monde, tâchez d'y être plus circonspect...

Puis il rentra dans le salon, en quittant le notaire sans le
saluer. Celui-ci resta pendant un moment tout ébaubi, per-
clus, sans savoir où il en était. Quand les bourdonnements
qui lui tintaient aux oreilles cessèrent, il crut entendre des
gémissements, des allées et venues dans le salon, où les sonnettes furent violemment tirées. Il eut peur de revoir le
comte, et recouvra l'usage de ses jambes pour déguerpir et
gagner l'escalier ; mais, à la porte des appartements, il se
heurta dans les valets qui s'empressaient de venir prendre
les ordres de leur maître.

— Voilà comme sont tous ces grands seigneurs, se dit-il

enfin quand il fut dans la rue à la recherche d'un cabriolet, ils vous engagent à parler, vous y invitent par des compliments ; vous croyez les amuser, point du tout ! Ils vous font des impertinences, vous mettent à distance et vous jettent même à la porte sans se gêner. Enfin, j'étais fort spirituel ; je n'ai rien dit qui ne fût censé, posé, convenable. Ma foi, il me recommande d'avoir plus de circonspections, je n'en manque pas. Hé ! diantre, je suis notaire et membre de ma chambre. Bah ! c'est une boutade d'embassadeur, rien n'est sacré pour ces gens-là. Demain il m'expliquera comment je n'ai fait chez lui que des bêtises et dit que des sottises. Je lui demanderai raison ; c'est-à-dire je lui en demanderai la raison. Au total, j'ai tort, peut-être... Ma foi, je suis bien bon de me casser la tête ! Qu'est-ce que cela me fait ?

Le notaire revint chez lui, et soumit l'énigme à sa notaresse en lui racontant de point en point les événements de la soirée.

— Mon cher Crotta, Son Excellence a eu parfaitement raison en te disant que tu n'avais fait que des sottises et dit que des bêtises.

— Pourquoi ?

— Mon cher, je te le dirais, que cela ne t'empêcherait pas de recommencer ailleurs demain. Seulement, je te recommande encore de ne jamais parler que d'affaires en société.

— Si tu ne veux pas me le dire, je le demanderai demain à...

— Mon Dieu, les gens les plus niais s'étudient à cacher ces choses-là, et tu crois qu'un ambassadeur ira te les dire ! Mais, Crottat, je ne t'ai jamais vu si dénué de sens.

— Merci, ma chère !

V

Les deux rencontres.

Un ancien officier d'ordonnance de Napoléon, que nous appelerons seulement le marquis ou le général, et qui sous la restauration fit une haute fortune, était venu passer les beaux jours à Versailles, où il habitait une maison de campagne située entre l'église et la barrière de Montreuil, sur le chemin qui conduit à l'avenue de Saint-Cloud. Son service à la cour ne lui permettait pas de s'éloigner de Paris.

Élevé jadis pour servir d'asile aux passagères amours de quelque grand seigneur, ce pavillon avait de très-vastes dépendances. Les jardins au milieu desquels il était placé l'éloignaient également à droite et à gauche des premières maisons de Montreuil et des chaumières construites aux environs de la barrière; ainsi, sans être par trop isolés, les maîtres de cette propriété jouissaient, à deux pas d'une ville, de tous les plaisirs de la solitude. Par une étrange contradiction, la façade et la porte d'entrée de la maison donnaient immédiatement sur le chemin, qui, peut être autrefois, était peu fréquenté. Cette hypothèse paraît vraisemblable si l'on vient à songer qu'il aboutit au délicieux pavillon bâti par Louis XV pour mademoiselle de Romans, et qu'avant d'y arriver, les curieux reconnaissent, çà et là, plus d'un *casino* dont l'intérieur et le décor trahissent les spirituelles débauches de nos aïeux, qui, dans la licence dont on les accuse, cherchaient l'ombre et le mystère.

Par une soirée d'hiver, le marquis, sa femme et ses enfants se trouvèrent seuls dans cette maison déserte. Leurs gens avaient obtenus la permission d'aller célébrer à Versailles la noce de l'un d'entre eux; et, présumant que la solennité de Noël, jointe à cette circonstance, leur offrirait une valable excuse auprès de leurs maîtres, ils ne faisaient pas scrupule de consacrer à la fête un peu plus de temps que ne leur en avait octroyé l'ordonnance domestique. Cependant, comme le général était connu pour un homme qui n'avait jamais manqué d'accomplir sa parole avec une inflexible probité, les réfractaires ne dansèrent pas sans quelques remords quand le moment du retour fut expiré. Onze heures venaient de sonner, et pas un domestique n'était arrivé. Le profond silence qui régnait sur la campagne, permettait d'entendre, par intervalles, la bise sifflant à travers les branches noires des arbres, mugissant autour de la maison, ou s'engouffrant dans les longs corridors. La gelée

avait si bien purifié l'air, durci la terre et saisi les pavés, que
tout avait cette sonorité sèche dont les phénomènes nous
surprennent toujours. La lourde démarche d'un buveur at-
tardé, ou le bruit d'un fiacre retournant à Paris, retentissaient plus vivement et se faisaient écouter plus loin que
de coutume. Les feuilles mortes, mises en danse par quelques tourbillons soudains, frissonnaient sur les pierres de la
cour de manière à donner une voix à la nuit, quand elle
voulait devenir muette. C'était enfin une de ces âpres soirées
qui arrachent à notre égoïsme une plainte stérile en faveur
du pauvre ou du voyageur, et nous rendent le coin du feu
si voluptueux. En ce moment, la famille réunie au salon ne
s'inquiétait ni de l'absence des domestiques, ni des gens sans
foyer, ni de la poésie dont étincelle une veillée d'hiver. Sans
philosopher hors de propos, et confiants en la protection d'un
vieux soldat, femmes et enfants se livraient aux délices
qu'engendre la vie intérieure quand les sentiments n'y sont
pas gênés, quand l'affection et la franchise animent les discours, les regards et les jeux.

Le général était assis, ou, pour mieux dire, enseveli dans
une haute et spacieuse bergère, au coin de la cheminée, où
brillait un feu nourri qui répandait cette chaleur piquante,
symptôme d'un froid excessif au dehors. Appuyée sur le dos
du siège et légèrement inclinée, la tête de ce brave père
restait dans une pose dont l'indolence peignait un calme
parfait, un doux épanouissement de joie. Ses bras, à moitié
endormis, mollement jetés hors de la bergère, achevaient
d'exprimer une pensée de bonheur. Il contemplait le plus
petit de ses enfants, un garçon à peine âgé de cinq ans, qui
demi-nu, se refusait à se laisser déshabiller par sa mère. Le
bambin fuyait la chemise ou le bonnet de nuit avec lequel
la marquise le menaçait parfois; il gardait sa collerette brodée, riait à sa mère quand elle l'appelait, en s'apercevant
qu'elle riait elle-même de cette rébellion enfantine; il se
remettait alors à jouer avec sa sœur, aussi naïve, mais plus
malicieuse, et qui parlait plus distinctement, car les vagues
paroles et les idées confuses de l'enfant mutin, étaient à
peine intelligibles pour ses parents. La petite Moïna, son

misères de la force et les priviléges de la faiblesse? Plus loin, devant une table ronde éclairée par des lampes astrales dont les vives lumières luttaient avec les lueurs pâles des bougies placées sur la cheminée, était un jeune garçon de treize ans qui tournait rapidement les pages d'un gros livre. Les cris de son frère ou de sa sœur ne lui causaient aucune distraction, et sa figure accusait la curiosité de la jeunesse. Cette profonde préoccupation était justifiée par les attachantes merveilles des *Mille et une Nuits* et par un uniforme de lycéen. Il restait immobile, dans une attitude méditative, un coude sur la table et la tête appuyée sur l'une de ses mains, dont les doigts blancs tranchaient au milieu d'une chevelure brune. La clarté tombant d'aplomb sur son visage, et le reste du corps étant dans l'obscurité, il ressemblait ainsi à ces portraits noirs où Raphaël s'est représenté lui-même attentif, penché, songeant à l'avenir. A côté de cette table, une grande et belle jeune fille travaillait, assise devant un métier à tapisserie sur lequel se penchait et d'où s'éloignait alternativement sa tête aux cheveux noirs abondants, et dont les masses artistement lissées, réfléchissaient la lumière. A elle seule Hélène était un spectacle. Sa beauté se distinguait par un rare caractère de force et d'élégance. Quoique relevée de manière à dessiner des traits vifs autour de la tête, la chevelure était si riche et si puissante que, rebelle aux dents du peigne, elle se frisait énergiquement à la naissance du cou. Ses sourcils, très-fournis et régulièrement plantés, tranchaient avec la blancheur de son front pur. Elle avait même sur la lèvre supérieure quelques signes de courage qui figuraient une légère teinte de bistre sous un nez grec dont les contours étaient d'une exquise perfection. Mais la captivante rondeur des formes, la candide expression des autres traits, la transparence d'une carnation délicate, la voluptueuse mollesse des lèvres, le fini de l'ovale décrit par le visage, et surtout la sainteté de son regard vierge, imprimaient à cette beauté vigoureuse la suavité féminine, la modestie enchanteresse que nous demandons à ces anges de paix et d'amour. Seulement il n'y avait rien de frêle dans cette jeune fille, et son

cœur devait être aussi doux, son âme aussi forte que ses
proportions étaient magnifiques et que sa figure était attrayante. Elle imitait le silence de son frère le lycéen, et
paraissait en proie à l'une de ces fatales méditations de
jeune fille, souvent impénétrables à l'observation d'un père
ou même à la sagacité des mères ; en sorte qu'il était impossible de savoir s'il fallait attribuer au jeu de la lumière
ou à des peines secrètes les ombres capricieuses qui passaient sur son visage comme de faibles nuées sur un ciel
pur.

Les deux aînés étaient en ce moment complétement ou-
bliés par le mari et par la femme. Cependant plusieurs fois
le coup d'œil interrogateur du général avait embrassé la
scène muette qui, sur le second plan, offrait une gracieuse
réalisation des espérances écrites dans les tumultes enfan-
tins placés sur le devant de ce tableau domestique. En
expliquant la vie humaine par d'insensibles gradations, ces
figures composaient une sorte de poëme vivant. Le luxe des
accessoires qui décoraient le salon, la diversité des attitudes, les oppositions dues à des vêtements tous divers de
couleur, les contrastes de ces visages si caractérisés par les
différents âges et par les contours que les lumières mettaient en saillie, répandaient sur ces pages humaines toutes
les richesses demandées aux sculpteurs, aux peintres, aux
écrivains. Enfin, le silence et l'hiver, la solitude et la nuit
prêtaient leur majesté à cette sublime et naïve composition,
délicieux effet de la nature. La vie conjugale est pleine de
ces heures sacrées dont le charme indéfinissable est dû
peut-être à quelque souvenance d'un monde meilleur. Des
rayons célestes jaillissent sans doute sur ces sortes de
scènes, destinées à payer à l'homme une partie de ses chagrins, à lui faire accepter l'existence. Il semble que l'univers soit là, devant nous, sous une forme enchanteresse,
qu'il déroule ses grandes idées d'ordre, que la loi sociale
plaide pour ses lois en parlant de l'avenir.

Cependant, malgré le regard d'attendrissement jeté par
Hélène sur Abel et Moïna quand éclatait une de leurs joies;
malgré le bonheur peint sur sa lucide figure lorsqu'elle con-

templait furtivement son père, un sentiment de profonde
mélancolie était empreint dans ses gestes, dans son attitude
et surtout dans ses yeux voilés par de longues paupières. Ses
blanches et puissantes mains, à travers lesquelles la lumière
passait en leur communiquant une rougeur diaphane et presque
fluide, eh bien ! ses mains tremblaient. Une seule fois, sans
se défier mutuellement, ses yeux et ceux de la marquise se
heurtèrent. Ces deux femmes se comprirent alors par un regard terne, froid, respectueux chez Hélène, sombre et menaçant chez la mère. Hélène baissa promptement sa vue sur
le métier, tira l'aiguille avec prestesse, et de longtemps ne
releva sa tête, qui semblait lui être devenue trop lourde à
porter. La mère était-elle trop sévère pour sa fille, et jugeait-
elle cette sévérité nécessaire? Était-elle jalouse de la beauté
d'Hélène, avec qui elle pouvait rivaliser encore, mais en dé-
ployant tous les prestiges de la toilette? Ou la fille avait-
elle surpris, comme beaucoup de filles quand elles deviennent
clairvoyantes, des secrets que cette femme, en apparence si
religieusement fidèle à ses devoirs, croyait avoir ensevelis
dans son cœur aussi profondément que dans une tombe?

Hélène était arrivée à un âge où la pureté de l'âme porte
à des rigidités qui dépassent la juste mesure dans laquelle
doivent rester les sentiments. Dans certains esprits, les fautes
prennent les proportions du crime; l'imagination réagit alors
sur la conscience; souvent alors les jeunes filles exagèrent
la punition en raison de l'étendue qu'elles donnent aux for-
faits. Hélène paraissait ne se croire digne de personne. Un
secret de sa vie antérieure, un accident peut-être, incompris
d'abord, mais développé par les susceptibilités de son intelligence sur laquelle influaient les idées religieuses, semblait l'avoir depuis peu comme dégradée romanesquement
à ses propres yeux. Ce changement dans sa conduite avait
commencé le jour où elle avait lu, dans la récente traduction
des théâtres étrangers, la belle tragédie de GUILLAUME TELL,
par Schiller. Après avoir grondé sa fille de laisser tomber le
volume, la mère avait remarqué que le ravage causé par
cette lecture dans l'âme d'Hélène venait de la scène où le
poète établit une sorte de fraternité entre Guillaume Tell

qui verse le sang d'un homme pour sauver tout un peuple,
et Jean-le-Parricide. Devenue humble, pieuse et recueillie,
Hélène ne souhaitait plus d'aller au bal. Jamais elle n'avait
été si caressante pour son père, surtout quand la marquise
n'était pas témoin de ses cajoleries de jeune fille. Néanmoins, s'il existait du refroidissement dans l'affection d'Hélène pour sa mère, il était si finement exprimé, que le général ne devait pas s'en apercevoir, quelque jaloux qu'il pût
être de l'union qui régnait dans sa famille. Nul homme
n'aurait eu l'œil assez perspicace pour sonder la profondeur
de ces deux cœurs féminins : l'un jeune et généreux, l'autre
sensible et fier ; le premier, trésor d'indulgence ; le second,
plein de finesse et d'amour. Si la mère contristait sa fille
par un adroit despotisme de femme, il n'était sensible qu'aux
yeux de la victime. Au reste, l'événement seulement fit
naître ces conjectures toutes insolubles. Jusqu'à cette nuit,
aucune lumière accusatrice ne s'était échappée de ces deux
âmes ; mais entre elles et Dieu certainement il s'élevait
quelque sinistre mystère.

— Allons, Abel, s'écria la marquise en saisissant un moment où silencieux et fatigués Moïna et son frère restaient
immobiles ; allons, venez, mon fils, il faut vous coucher...
Et, lui lançant un regard impérieux, elle le prit vivement
sur ses genoux.

— Comment, dit le général, il est dix heures et demie, et
pas un de nos domestiques n'est rentré ? Ah ! les compères.
Gustave, ajouta-t-il en se tournant vers son fils, je ne t'ai
donné ce livre qu'à la condition de le quitter à dix heures ;
tu aurais dû le fermer toi-même à l'heure dite et t'aller coucher comme tu me l'avais promis. Si tu veux être un homme
remarquable, il faut faire de ta parole une seconde religion,
et y tenir comme à ton honneur. Fox, un des plus grands
orateurs de l'Angleterre, était surtout remarquable par la
beauté de son caractère. La fidélité aux engagements pris
est la principale de ses qualités. Dans son enfance, son père,
un Anglais de vieille roche, lui avait donné une leçon assez
vigoureuse pour faire une éternelle impression sur l'esprit
d'un jeune enfant. A ton âge, Fox venait, pendant les va-

cances, chez son père, qui avait, comme tous les riches
Anglais, un parc assez considérable autour de son château.
Il se trouvait dans ce parc un vieux kiosque qui devait être
abattu et reconstruit dans un endroit où le point de vue
était magnifique. Les enfants aiment beaucoup à voir démolir. Le petit Fox voulait avoir quelques jours de vacances
de plus pour assister à la chute du pavillon; mais son père
exigeait qu'il rentrât au collége au jour fixé pour l'ouverture
des classes ; de là brouille entre le père et le fils. La mère,
comme toutes les mamans, appuya le petit Fox. Le père
promit alors solennellement à son fils qu'il attendrait aux
vacances prochaines pour démolir le kiosque. Fox retourne
au collége. Le père crut qu'un petit garçon distrait par ses
études oublierait cette circonstance, il fit abattre le kiosque
et le reconstruisit à l'autre endroit. L'entêté garçon ne songeait qu'à ce kiosque. Quand il vint chez son père, son premier soin fut d'aller voir le vieux bâtiment; mais il revint
tout triste au moment du déjeuner, et dit à son père : —
Vous m'avez trompé. Le vieux gentilhomme anglais dit avec
une confusion pleine de dignité : — C'est vrai, mon fils,
mais je réparerai ma faute. Il faut tenir à sa parole plus qu'à
sa fortune, car tenir à sa parole donne la fortune, et toutes
les fortunes n'effacent pas la tache faite à la conscience par
un manque de parole. Le père fit reconstruire le vieux pavillon comme il était; puis, après l'avoir reconstruit, il
ordonna qu'on l'abattît sous les yeux de son fils. Que ceci,
Gustave, te serve de leçon.

Gustave, qui avait attentivement écouté son père, ferma
le livre à l'instant. Il se fit un moment de silence pendant
lequel le général s'empara de Moïna, qui se débattait contre
le sommeil, et la posa doucement sur lui. La petite laissa
rouler sa tête chancelante sur la poitrine du père et s'y endormit alors tout à fait, enveloppée dans les rouleaux dorés
de sa jolie chevelure. En cet instant, des pas rapides retentirent dans la rue, sur la terre; et soudain trois coups,
frappés à la porte, réveillèrent les échos de la maison. Ces
coups prolongés eurent un accent aussi facile à comprendre
que le cri d'un homme en danger de mourir. Le chien de

garde aboya d'un ton de fureur. Hélène, Gustave, le général et sa femme tressaillirent vivement; mais Abel, que sa mère achevait de coiffer, et Moïna ne s'éveillèrent pas.

— Il est pressé, celui-là, s'écria le militaire en déposant sa fille sur la bergère.

Il sortit brusquement du salon sans avoir entendu la prière de sa femme.

— Mon ami, n'y va pas...

Le marquis passa dans sa chambre à coucher, y prit une paire de pistolets, alluma sa lanterne sourde, s'élan a vers l'escalier, descendit avec la rapidité de l'éclair, et se trouva bientôt à la porte de la maison où son fils le suivit intrépidement.

— Qui est là? demanda-t-il.

— Ouvrez, répondit une voix presque suffoquée par des respirations haletantes.

— Êtes-vous ami?

— Oui, ami.

— Êtes-vous seul?

— Oui, mais ouvrez, car *ils* viennent!

Un homme se glissa sous le porche avec la fantastique vélocité d'une ombre aussitôt que le général eut entre-bâillé la porte; et, sans qu'il pût s'y opposer, l'inconnu l'obligea de la lâcher en la repoussant par un vigoureux coup de pied, et s'y appuya résolûment comme pour empêcher de la rouvrir. Le général, qui leva soudain son pistolet et sa lanterne sur la poitrine de l'étranger afin de le tenir en respect, vit un homme de moyenne taille enveloppé dans une pelisse fourrée, vêtement de vieillard, ample et traînant, qui semblait ne pas avoir été fait pour lui. Soit prudence ou hasard, le fugitif avait le front entièrement couvert par un chapeau qui lui tombait sur les yeux.

— Monsieur, dit-il au général, abaissez le canon de vo-re pistolet. Je ne prétends pas rester chez vous sans votre consentement; mais si je sors, la mort m'attend à la barrière. Et quelle mort! vous en répondriez à Dieu. Je vous demande l'hospitalité pour deux heures. Songez-y bien, monsieur, quelque suppliant que je sois, je dois commander

avec le despotisme de la nécessité. Je veux l'hospitalité de
l'Arabie. Que je vous sois sacré : sinon, ouvrez, j'irai mourir. Il me faut le secret, un asile et de l'eau. Oh ! de l'eau ?
répéta-t-il d'une voix qui râlait.

— Qui êtes-vous ? demanda le général, surpris de la vo-
lubilité fiévreuse avec laquelle parlait l'inconnu.

— Ah ! qui je suis ? Eh bien ! ouvrez, je m'éloigne, répondit l'homme avec l'accent d'une infernale ironie.

Malgré l'adresse avec laquelle le marquis promenait les
rayons de sa lanterne, il ne pouvait voir que le bas de ce
visage, et rien n'y plaidait en faveur d'une hospitalité si
singulièrement réclamée ; les joues étaient tremblantes,
livides, et les traits horriblement contractés. Dans l'ombre
projetée par le bord du chapeau, les yeux se dessinaient
comme deux lueurs qui firent presque pâlir la faible lumière de la bougie. Cependant il fallait une réponse.

— Monsieur, dit le général, votre langage est si extraordinaire, qu'à ma place vous...

— Vous disposez de ma vie, s'écria l'étranger d'un son
de voix terrible en interrompant son hôte.

— Deux heures, dit le marquis irrésolu.

— Deux heures, répéta l'homme.

Mais tout à coup il repoussa son chapeau d'un geste de
désespoir, se découvrit le front et lança, comme s'il voulait
faire une dernière tentative, un regard dont la vive clarté
pénétra l'âme du général. Ce jet d'intelligence et de volonté
ressemblait à un éclair, et fut écrasant comme la foudre ;
car il est des moments où les hommes sont investis d'un
pouvoir inexplicable.

— Allez, qui que vous puissiez être, vous serez en sûreté
sous mon toit, reprit gravement le maître du logis, qui crut
obéir à l'un de ces mouvements instinctifs que l'homme ne
sait pas toujours expliquer.

— Dieu vous le rende, ajouta l'inconnu en laissant échapper un profond soupir.

— Êtes-vous armé ? demanda le général.

Pour toute réponse, l'étranger lui donnant à peine le
temps de jeter un coup d'œil sur sa pelisse, l'ouvrit et la

replia lestement. Il était sans armes apparentes et dans le costume d'un jeune homme qui sort du bal. Quelque rapide que fût l'examen du soupçonneux militaire, il en vit assez pour s'écrier : — Où diable avez-vous pu vous éclabousser par un temps si sec?

— Encore des questions? répondit-il avec un air de hauteur.

En ce moment le marquis aperçut son fils et se souvint de la leçon qu'il venait de lui faire sur la stricte exécution de la parole donnée; il fut si vivement contrarié de cette circonstance, qu'il lui dit, non sans un ton de colère :

— Comment, petit drôle, te trouves-tu là au lieu d'être dans ton lit?

— Parce que j'ai cru pouvoir vous être utile dans le danger, répondit Gustave.

— Allons, monte à ta chambre, dit le père adouci par la réponse de son fils. Et vous, dit-il en s'adressant à l'inconnu, suivez-moi.

Ils devinrent silencieux comme deux joueurs qui se défient l'un de l'autre. Le général commença même à concevoir de sinistres pressentiments. L'inconnu lui pesait déjà sur le cœur comme un cauchemar; mais, dominé par la foi du serment, il le conduisit à travers les corridors, les escaliers de sa maison, et le fit entrer dans une grande chambre située au second étage, précisément au-dessus du salon. Cette pièce inhabitée servait de séchoir en hiver, ne communiquait à aucun appartement, et n'avait d'autre décoration, sur ses quatre murs jaunis, qu'un méchant miroir laissé sur la cheminée par le précédent propriétaire, et une grande glace qui, s'étant trouvée sans emploi lors de l'emménagement du marquis, fut provisoirement mise en face de la cheminée. Le plancher de cette vaste mansarde n'avait jamais été balayé, l'air y était glacial, et deux vieilles chaises dépaillées en composaient tout le mobilier. Après avoir posé sa lanterne sur l'appui de la cheminée, le général dit à l'inconnu : — Votre sécurité veut que cette misérable mansarde vous serve d'asile. Et, comme vous avez ma parole pour le secret, vous me permettrez de vous y enfermer.

L'homme baissa la tête en signe d'adhésion.

— Je n'ai demandé qu'un asile, le secret et l'eau, ajouta-t-il.

— Je vais vous en apporter, répondit le marquis qui ferma la porte avec soin et descendit à tâtons dans le salon pour y venir prendre un flambeau afin d'aller chercher lui-même une carafe dans l'office.

— Eh bien! monsieur, qu'y a-t-il? demanda vivement la marquise à son mari.

— Rien, ma chère, répondit-il d'un air froid.

— Mais nous avons cependant bien écouté, vous venez de conduire quelqu'un là-haut...

—Hélène, reprit le général en regardant sa fille qui leva la tête vers lui, songez que l'honneur de votre père repose sur votre discrétion. Vous devez n'avoir rien entendu.

La jeune fille répondit par un mouvement de tête significatif. La marquise demeura tout interdite et piquée intérieurement de la manière dont s'y prenait son mari pour lui imposer silence. Le général alla prendre une carafe, un verre, et remonta dans la chambre où était son prisonnier : il le trouva debout, appuyé contre le mur, près de la cheminée, la tête nue ; il avait jeté son chapeau sur une des deux chaises. L'étranger ne s'attendait sans doute pas à se voir si vivement éclairé. Son front se plissa et sa figure devint soucieuse quand ses yeux rencontrèrent les yeux perçants du général ; mais il s'adoucit et prit une physionomie gracieuse pour remercier son protecteur. Lorsque ce dernier eut placé le verre et la carafe sur l'appui de la cheminée, l'inconnu ,après lui avoir encore jeté son regard flamboyant, rompit le silence.

— Monsieur, dit-il d'une voix douce qui n'eut plus de convulsions gutturales comme précédemment, mais qui néanmoins accusait encore un tremblement intérieur, je vais vous paraître bizarre. Excusez des caprices nécessaires. Si vous restez là, je vous prierai de ne pas me regarder quand je boirai.

Contrarié de toujours obéir à un homme qui lui déplaisait, le général se tourna brusquement. L'étranger tira de

— Monseigneur, lui dit un brigadier, n'avez-vous pas entendu tout à l'heure un homme courant vers la barrière?

— Vers la barrière? Non.

— Vous n'avez ouvert votre porte à personne?

— Ai-je donc l'habitude d'ouvrir moi-même ma porte?...

— Mais, pardon, mon général, en ce moment, il me semble que...

— Ah çà, s'écria le marquis avec un accent de colère, allez-vous me plaisanter? avez-vous le droit...

— Rien, rien, monseigneur, reprit doucement le brigadier. Vous excuserez notre zèle. Nous savons bien qu'un pair de France ne s'expose pas à recevoir un assassin à cette heure de la nuit; mais le désir d'avoir quelques renseignements...

— Un assassin! s'écria le général. Et qui donc a été...

— Monsieur le baron de Mauny vient d'être tué d'un coup de hache, reprit le gendarme. Mais l'assassin est vivement poursuivi. Nous sommes certains qu'il est dans les environs, et nous allons le traquer. Excusez, mon général.

Le gendarme parlait en remontant à cheval, en sorte qu'il ne lui fut heureusement pas possible de voir la figure du général. Habitué à tout supposer, le brigadier aurait peut-être conçu des soupçons à l'aspect de cette physionomie ouverte où se peignaient si fidèlement les mouvements de l'âme.

— Sait-on le nom du meurtrier? demanda le général.

— Non, répondit le cavalier. Il a laissé le secrétaire plein d'or et de billets de banque, sans y toucher.

— C'est une vengeance, dit le marquis.

— Ah! bah! sur un vieillard?... Non, non, ce gaillard-là n'aura pas eu le temps de faire son coup.

Et le gendarme rejoignit ses compagnons, qui galopaient déjà dans le lointain. Le général resta pendant un moment en proie à des perplexités faciles à comprendre. Bientôt il entendit ses domestiques qui revenaient en se disputant avec une sorte de chaleur, et dont les voix retentissaient dans le carrefour de Montreuil. Quand ils arrivèrent, sa colère, à laquelle il fallait un prétexte pour s'exhaler, tomba sur eux avec l'éclat de la foudre. Sa voix fit trembler les échos de la maison. Puis il s'apaisa tout à coup, lorsque le plus hardi, le plus adroit d'entre eux, son valet de chambre, excusa leur retard en lui disant qu'ils avaient été arrêtés à l'entrée de Montreuil par des gendarmes et des agents de police en quête d'un assassin. Le général se tut soudain. Puis, rappelé par ce mot aux devoirs de sa singulière position, il ordonna sèchement à tous ses gens d'aller se coucher aussitôt, en les laissant étonnés de la facilité avec laquelle il admettait le mensonge du valet de chambre.

Mais pendant que ces événements se passaient dans la cour, un incident assez léger en apparence avait changé la situation des autres personnages qui figurent dans cette histoire. A peine le marquis était-il sorti que sa femme, jetant alternativement les yeux sur la clef de la mansarde et sur Hélène, finit par dire à voix basse en se penchant vers sa fille : — Hélène, votre père a laissé la clef sur la cheminée.

La jeune fille étonnée leva la tête, et regarda timidement sa mère, dont les yeux pétillaient de curiosité.

— Eh bien ! maman ? répondit-elle d'une voix troublée.

— Je voudrais bien savoir ce qui se passe là-haut. S'il y a une personne, elle n'a pas encore bougé. Vas-y donc...

— Moi ? dit la jeune fille avec une sorte d'effroi.

— As-tu peur ?

— Non, maman, mais je crois avoir distingué le pas d'un homme.

— Si je pouvais y aller moi-même, je ne vous aurais pas priée de monter, Hélène, reprit sa mère avec un ton de dignité froide. Si votre père rentrait et ne me trouvait pas, il me chercherait peut-être, tandis qu'il ne s'apercevra pas de votre absence.

— Madame, répondit Hélène, si vous me le commandez, j'irai ; mais je perdrai l'estime de mon père...

— Comment ! dit la marquise avec un accent d'ironie. Mais puisque vous prenez au sérieux ce qui n'était qu'une plaisanterie, maintenant je vous ordonne d'aller voir qui est là-haut. Voici la clef, ma fille ! Votre père, en vous recom-

mandant le silence sur ce qui se passe en ce mome
lui, ne vous a point interdit de monter à cette ch
Allez, et sachez qu'une mère ne doit jamais être ju
sa fille...

Après avoir prononcé ces dernières paroles ave
la sévérité d'une mère offensée, la marquise prit la
la remit à Hélène, qui se leva sans dire un mot et q
salon.

— Ma mère saura toujours bien obtenir son pardo
moi je serai perdue dans l'esprit de mon père. Veut-e
me priver de la tendresse qu'il a pour moi, me cha
sa maison ?

Ces idées fermentèrent soudain dans son imaginati
dant qu'elle marchait sans lumière le long du corr
fond duquel était la porte de la chambre mystérieuse
elle y arriva, le désordre de ses pensées eut quelqu
de fatal. Cette espèce de méditation confuse servit
déborder mille sentiments contenus jusque-là dans so
Ne croyant peut-être déjà plus à un heureux ave
acheva, dans ce moment affreux, de désespérer de
Elle trembla convulsivement en approchant la clef d
rure, et son émotion devint même si forte, qu'elle
pendant un instant pour mettre la main sur son cœur,
si elle avait le pouvoir d'en calmer les battements
et sonores. Enfin elle ouvrit la porte. Le cri des gon
sans doute vainement frappé l'oreille du meurtrier.
son ouïe fût très fine, il resta presque collé sur le n
mobile et comme perdu dans ses pensées. Le c
lumière projeté par la lanterne l'éclairait faibleme
ressemblait, dans cette zone de clair-obscur, à ces
statues de chevaliers, toujours debout à l'encoig
quelque tombe noire sous les chapelles gothiqu
gouttes de sueur froide sillonnaient son front jaune
Une audace incroyable brillait sur ce visage forteme
tracté. Ses yeux de feu, fixes et secs, semblaient con
un combat dans l'obscurité qui était devant lui. Des
tumultueuses passaient rapidement sur cette face, do
pression ferme et précise indiquait une âme supérieu

corps, son attitude, ses proportions, s'accordaient avec son génie sauvage. Cet homme était tout force et tout puissance, et il envisageait les ténèbres comme une visible image de son avenir. Habitué à voir les figures énergiques des géants qui se pressaient autour de Napoléon, et préoccupé par une curiosité morale, le général n'avait pas fait attention aux singularités physiques de cet homme extraordinaire ; mais, sujette, comme toutes les femmes, aux impressions extérieures, Hélène fut saisie par le mélange de lumière et d'ombre, de grandiose et de passion, par un poétique chaos qui donnait à l'inconnu l'apparence de Lucifer se relevant de sa chute. Tout à coup la tempête peinte sur ce visage s'apaisa comme par magie, et l'indéfinissable empire dont l'étranger était, à son insu peut-être, le principe et l'effet, se répandit autour de lui avec la progressive rapidité d'une inondation. Un torrent de pensées découla de son front au moment où ses traits reprirent leurs formes naturelles. *Charmée*, soit par l'étrangeté de cette entrevue, soit par le mystère dans lequel elle pénétrait, la jeune fille put alors admirer une physionomie douce et pleine d'intérêt. Elle resta pendant quelque temps dans un prestigieux silence et en proie à des troubles jusqu'alors inconnus à sa jeune âme. Mais bientôt, soit qu'Hélène eût laissé échapper une exclamation, eût fait un mouvement ; soit que l'assassin, revenant du monde idéal au monde réel, entendît une autre respiration que la sienne, il tourna la tête vers la fille de son hôte, et aperçut indistinctement dans l'ombre la figure sublime et les formes majestueuses d'une créature qu'il dut prendre pour un ange, à la voir immobile et vague comme une apparition.

— Monsieur ! dit-elle d'une voix palpitante.

Le meurtrier tressaillit.

— Une femme ! s'écria-t-il doucement. Est-ce possible ? Éloignez-vous, reprit-il. Je ne reconnais à personne le droit de me plaindre, de m'absoudre ou de me condamner. Je dois vivre seul. Allez, mon enfant, ajouta-t-il avec un geste de souverain, je reconnaîtrais mal le service que me rend le maître de cette maison, si je laissais une seule des personnes qui l'habitent respirer le même air que moi. Il faut me soumettre aux lois du monde.

Cette dernière phrase fut prononcée à voix basse. En achevant d'embrasser par sa profonde intuition les misères que réveilla cette idée mélancolique, il jeta sur Hélène un regard de serpent, et remua dans le cœur de cette singu- lière jeune fille un monde de pensées encore endormi chez elle. Ce fut comme une lumière qui lui aurait éclairé des pays inconnus. Son âme fut terrassée, subjuguée, sans qu'elle trouvât la force de se défendre contre le pouvoir magné- tique de ce regard, quelque involontairement lancé qu'il fût. Honteuse et tremblante, elle sortit et ne revint au salon qu'un instant avant le retour de son père, en sorte qu'elle ne put rien dire à sa mère.

Le général, tout préoccupé, se promena silencieusement, les bras croisés, allant d'un pas uniforme des fenêtres qui donnaient sur la rue aux fenêtres du jardin. Sa femme gar- dait Abel endormi. Moïna, posée sur la bergère com oiseau dans son nid, sommeillait insouciante. La sœur aînée tenait une pelote de soie dans une main, dans l'autre une aiguille, et contemplait le feu. Le profond silence qui ré- gnait au salon, au dehors et dans la maison, n'était inter- rompu que par les pas traînants des domestiques, qui allèrent se coucher un à un; par quelques rires étouffés, dernier écho de leur joie et de la fête nuptiale; puis encore par les portes de leurs chambres respectives, au moment où ils les ouvrirent en se parlant les uns aux autres, et quand ils les fermèrent. Quelques bruits sourds retentirent encore auprès des lits. Une chaise tomba. La toux d'un vieux cocher résonna faiblement et se tut. Mais bientôt la sombre ma- jesté qui éclate dans la nature endormie à minuit domina partout. Les étoiles seules brillaient. Le froid avait saisi la terre. Pas un être ne parla, ne remua. Seulement le feu bruissait, comme pour faire comprendre la profondeur du silence. L'horloge de Montreuil sonna une heure. En ce moment des pas extrêmement légers retentirent faiblement dans l'étage supérieur. Le marquis et sa fille, certains d'a- voir enfermé l'assassin de monsieur de Mauny, attribuèrent ces mouvements à une des femmes, et ne furent pas étonnés d'entendre ouvrir les portes de la pièce qui précédait le salon. Tout à coup le meurtrier apparut au milieu d'eux. La stupeur dans laquelle le marquis était plongé, la vive curiosité de la mère et l'étonnement de la fille lui ayant permis d'avancer presque au milieu du salon, il dit au général d'une voix singulièrement calme et mélodieuse : — Monsieur, les deux heures vont expirer.

— Vous ici ! s'écria le général. Par quelle puissance ? Et, d'un terrible regard, il interrogea sa femme et ses enfants. Hélène devint rouge comme le feu. — Vous, reprit le militaire d'un ton pénétré, vous au milieu de nous ! Un assassin couvert de sang ici ! Vous souillez ce tableau ! Sortez ! sortez ! ajouta-t-il avec un accent de fureur.

Au mot d'assassin, la marquise jeta un cri. Quant à Hélène, ce mot sembla décider de sa vie, son visage n'accusa pas le moindre étonnement. Elle semblait avoir attendu cet homme. Ses pensées si vastes eurent un sens. La punition que le ciel réservait à ses fautes éclatant. Se croyant aussi criminelle que l'était cet homme, la jeune fille le regarda d'un œil serein ; elle était sa compagne, sa sœur. Pour elle, un commandement de Dieu se manifestait dans cette circonstance. Quelques années plus tard, la raison aurait fait justice de ses remords ; mais en ce moment ils la rendaient insensée. L'étranger resta immobile et froid. Un sourire de dédain se peignit dans ses traits et sur ses larges lèvres rouges.

— Vous reconnaissez bien mal la noblesse de mes procédés envers vous, dit-il lentement. Je n'ai pas voulu toucher de mes mains le verre dans lequel vous m'avez donné de l'eau pour apaiser ma soif. Je n'ai pas même pensé à laver mes mains sanglantes sous votre toit, et j'en sors n'y ayant laissé de *mon crime* (à ces mots ses lèvres se comprimèrent) que l'idée, en essayant de passer ici sans laisser de trace. Enfin je n'ai pas même permis à votre fille de...

— Ma fille ! s'écria le général en jetant sur Hélène un coup d'œil d'horreur. Ah ! malheureux, sors ou je te tue.

— Les deux heures ne sont pas expirées. Vous ne pou-

vez ni me tuer ni me livrer sans perdre votre estime et...
la mienne.

A ce dernier mot, le militaire essaya de contempler le
criminel; mais il fut obligé de baisser les yeux, il se sentait hors d'état de soutenir l'insupportable éclat d'un regard
qui, pour la seconde fois, lui désorganisait l'âme. Il craignit
de mollir encore en reconnaissant que sa volonté s'affaiblis-
sait déjà.

— Assassiner un vieillard! Vous n'avez donc jamais vu
de famille? dit-il en lui montrant d'un geste paternel sa
femme et ses enfants.

— Oui, un vieillard, répéta l'inconnu dont le front se
contracta légèrement.

— Fuyez! s'écria le général sans oser regarder son hôte.
Notre pacte est rompu. Je ne vous tuerai pas. Non! je ne
serai jamais le pourvoyeur de l'échafaud. Mais sortez, vous
nous faites horreur.

— Je le sais, répondit le criminel avec résignation. Il n'y
a pas de terre en France où je puisse poser mes pieds avec
sécurité; mais, si la justice savait, comme Dieu, juger les
spécialités; si elle daignait s'enquérir qui, de l'assassin ou
de la victime, est le monstre, je resterais fièrement parmi
les hommes. Ne devinez-vous pas des crimes antérieurs chez
un homme qu'on vient de hacher? Je me suis fait juge et
bourreau, j'ai remplacé la justice humaine impuissante.
Voilà mon crime. Adieu, monsieur. Malgré l'amertume
vous avez jetée dans votre hospitalité, j'en garderai le souvenir. J'aurai encore dans l'âme un sentiment de rec
sance pour un homme dans le monde, cet homme est v
Mais je vous aurais voulu plus généreux.

Il alla vers la porte. En ce moment la jeune fille se pencha vers sa mère et lui dit un mot à l'oreille.

— Ah!... Ce cri échappé à sa femme fit tressaillir le général, comme s'il eût vu Moïna morte. Hélène était del
et le meurtrier s'était instinctivement retourné, mon
sur sa figure une sorte d'inquiétude pour cette famille.

— Qu'avez-vous, ma chère? demanda le marquis.

— Hélène veut le suivre, dit-elle.

Le meurtrier rougit.

— Puisque ma mère traduit si mal une exclamation presque involontaire, dit Hélène à voix basse, je réaliserai ses vœux.

Après avoir jeté un regard de fierté presque sauvage autour d'elle, la jeune fille baissa les yeux et resta dans une admirable attitude de modestie.

— Hélène, dit le général, vous êtes allée là-haut dans la chambre où j'avais mis...?

— Oui, mon père.

— Hélène, demanda-t-il d'une voix altérée par un tremblement convulsif, est-ce la première fois que vous avez vu cet homme ?

— Oui, mon père.

— Il n'est pas alors naturel que vous ayez le dessein de...

— Si cela n'est pas naturel, au moins cela est vrai, mon père.

— Ah ! ma fille ?... dit la marquise à voix basse, mais de manière que son mari l'entendît. Hélène, vous mentez à tous les principes d'honneur, de modestie, de vertu, que j'ai tâché de développer dans votre cœur. Si vous n'avez été que mensonge jusqu'à cette heure fatale, alors vous n'êtes point regrettable. Est-ce la perfection morale de cet inconnu qui vous tente? serait-ce l'espèce de puissance nécessaire aux gens qui commettent un crime?... Je vous estime trop pour supposer...

— Oh ! supposez tout, madame, répondit Hélène d'un ton froid.

Mais, malgré la force de caractère dont elle faisait preuve en ce moment, le feu de ses yeux absorba difficilement les larmes qui roulèrent dans ses yeux. L'étranger devina le langage de la mère par les pleurs de la jeune fille, et lança son coup d'œil d'aigle sur la marquise, qui fut obligée, par un irrésistible pouvoir, de regarder ce terrible séducteur. Or, quand les yeux de cette femme rencontrèrent les yeux clairs et luisants de cet homme, elle éprouva dans l'âme un frisson semblable à la commotion qui nous saisit à l'aspect

d'un reptile, ou lorsque nous touchons à une bouteille de
Leyde.

— Mon ami, cria-t-elle à son mari, c'est le démon ! Il
devine tout...

Le général se leva pour saisir un cordon de sonnette.

— Il vous perd, dit Hélène au meurtrier.

L'inconnu sourit, fit un pas, arrêta le bras du marquis, le
força de supporter un regard qui versait la stupeur, et le
dépouilla de son énergie.

— Je vais vous payer votre hospitalité, dit-il, et nous serons quittes. Je vous épargnerai un déshonneur en me li-
vrant moi-même. Après tout, que ferais-je maintenant de
la vie ?

— Vous pouvez vous repentir, répondit Hélène en lui
adressant une de ces espérances qui ne brillent que dans
les yeux d'une jeune fille.

— Je ne me repentirai jamais, dit le meurtrier d'une voix
sonore et en levant fièrement la tête.

— Ses mains sont teintes de sang, dit le père à sa fille.

— Je les essuierai, répondit-elle.

— Mais, reprit le général, sans se hasarder à lui montrer
l'inconnu, savez-vous s'il veut de vous seulement?

Le meurtrier s'avança vers Hélène, dont la beauté, quelque
chaste et recueillie quelle fût, était comme éclairée par une
lumière intérieure dont les reflets coloraient et mettaient,
pour ainsi dire, en relief les moindres traits et les lignes
les plus délicates ; puis, après avoir jeté sur cette ravissante
créature un doux regard, dont la flamme était encore terrible, il dit en trahissant une vive émotion : — N'est-ce pas
vous aimer pour vous-même et m'acquitter des deux heures
d'existence que m'a vendues votre père, que de me refuser à
votre dévouement?

— Et vous aussi, vous me repoussez ! s'écria Hélène avec
un accent qui déchira les cœurs. Adieu donc à tous, je vais
aller mourir !

— Qu'est-ce que cela signifie ? lui dirent ensemble son
père et sa mère.

Elle resta silencieuse et baissa les yeux après avoir interrogé la marquise par un coup d'œil éloquent. Depuis le moment où le général et sa femme avaient essayé de combattre par la parole ou par l'action l'étrange privilége que l'inconnu s'arrogeait en restant au milieu d'eux, et que ce dernier leur avait lancé l'étourdissante lumière qui jaillissait de ses yeux, ils étaient soumis à une torpeur inexplicable : et leur raison engourdie les aidait mal à repousser la puissance surnaturelle sous laquelle ils succombaient. Pour eux l'air était devenu lourd, et ils respiraient difficilement, sans pouvoir accuser celui qui opprimait ainsi, quoiqu'une voix intérieure ne leur laissât pas ignorer que cet homme magique était le principe de leur impuissance. Au milieu de cette agonie morale le général devina que ses efforts devaient avoir pour objet d'influencer la raison chancelante de sa fille; il la saisit par la taille, et la transporta dans l'embrasure d'une croisée, loin du meurtrier.

— Mon enfant chérie, lui dit-il à voix basse, si quelque amour étrange était né tout à coup dans ton cœur, ta vie pleine d'innocence, ton âme pure et pieuse m'ont donné trop de preuves de caractère, pour ne pas te supposer l'énergie nécessaire à dompter un mouvement de folie. Ta conduite cache donc un mystère. Eh bien ! mon cœur est un cœur plein d'indulgence, tu peux tout lui confier ; quand même tu le déchirerais, je saurais, mon enfant, taire mes souffrances et garder à ta confession un silence fidèle. Voyons, es-tu jalouse de notre affection pour tes frères ou ta jeune sœur ? As-tu dans l'âme un chagrin d'amour ? Es-tu malheureuse ici ? Parle, explique-moi les raisons qui te poussent à laisser ta famille, à l'abandonner, à la priver de son plus grand charme, à quitter ta mère, tes frères, ta petite sœur.

— Mon père, répondit-elle, je ne suis ni jalouse ni amoureuse de personne, pas même de votre ami le diplomate, monsieur de Vandenesse.

La marquise pâlit, et sa fille, qui l'observait, s'arrêta.

— Ne dois-je pas tôt ou tard aller vivre sous la protection d'un homme ?

— Cela est vrai.

—Savons-nous jamais, dit-elle en continuant. à quel être
nous lions nos destinées? Moi, je crois en cet homme.

— Enfant, dit le général en élevant la voix, tu ne songes
pas à toutes les souffrances qui vont t'assaillir.

— Je pense aux siennes...

— Quelle vie! dit le père.

— Une vie de femme, répondit la fille en murmurant.

— Vous êtes bien savante, s'écria la marquise en retrouvant la parole.

— Madame, les demandes me dictent les réponses; mais,
si vous le désirez, je parlerai plus clairement.

— Dites tout, ma fille, je suis mère.—Ici la fille regarda
la mère, et ce regard fit faire une pause à la marquise. —
Hélène, je subirai vos reproches si vous en avez à me faire,
plutôt que de vous voir suivre un homme que tout le monde
fuit avec horreur.

— Vous voyez bien, madame, que sans moi il serait seul.

— Assez, madame, s'écria le général; nous n'avons plus
qu'une fille! et il regarda Moïna, qui dormait toujours. —
Je vous enfermerai dans un couvent, ajouta-t-il, en se tournant vers Hélène.

— Soit! mon père, répondit-elle avec un calme désespé-
rant; j'y mourrai. Vous n'êtes comptable de ma vie et de
son âme qu'à Dieu.

Un profond silence succéda soudain à ces paroles. Les
spectateurs de cette scène, où tout froissait les sentiments
vulgaires de la vie sociale, n'osaient se regarder. Tout à
coup le marquis aperçut ses pistolets, en saisit un, l'arma
lestement et le dirigea sur l'étranger. Au bruit que fit la
batterie, cet homme se retourna, jeta son regard calme et
perçant sur le général dont le bras, détendu par une invincible mollesse, tomba lourdement, et le pistolet roula sur le
tapis.

— Ma fille, dit alors le père abattu par cette lutte effroyable, vous êtes libre. Embrassez votre mère, si elle y
consent. Quant à moi, je ne veux plus ni vous voir ni vous
entendre...

— Hélène! dit la mère à la jeune fille, pensez donc que vous serez dans la misère.

Une espèce de râle, parti de la large poitrine du meurtrier, attira les regards sur lui. Une expression dédaigneuse était peinte sur sa figure.

— L'hospitalité que je vous ai donnée me coûte cher! s'écria le général en se levant. Vous n'avez tué, tout à l'heure, qu'un vieillard; ici, vous assassinez toute une famille. Quoi qu'il arrive, il y aura du malheur dans cette maison.

— Et si votre fille est heureuse? demanda le meurtrier en regardant fixement le militaire.

— Si elle est heureuse avec vous, répondit le père, en faisant un incroyable effort; je ne la regretterai pas.

Hélène s'agenouilla timidement devant son père, et lui dit d'une voix caressante : — O mon père! je vous aime et vous vénère, que vous me prodiguiez des trésors de votre bonté ou les rigueurs de la disgrâce... Mais, je vous en supplie, que vos dernières paroles ne soient pas des paroles de colère.

Le général n'osa pas contempler sa fille. En ce moment l'étranger s'avança, et jetant sur Hélène un sourire où il y avait à la fois quelque chose d'infernal et de céleste : — Vous, qu'un meurtrier n'épouvante pas, ange de miséricorde, dit-il, venez, puisque vous persistez à me confier votre destinée.

— Inconcevable! s'écria le père.

La marquise lança sur sa fille un regard extraordinaire, et lui ouvrit les bras. Hélène s'y précipita en pleurant.

— Adieu, dit-elle, adieu, ma mère!

Hélène fit hardiment un signe à l'étranger, qui tressaillit. Après avoir baisé la main de son père, embrassé précipitamment, mais sans plaisir, Moïna et le petit Abel, elle disparut avec le meurtrier.

— Par où vont-ils? s'écria le général en écoutant les pas des deux fugitifs. — Madame, reprit-il en s'adressant à sa femme, je crois rêver; cette aventure me cache un mystère. Vous devez le savoir

La marquise frissonna.

— Depuis quelque temps, répondit-elle, votre fille était devenue extraordinairement romanesque et singulièrement exaltée. Malgré mes soins à combattre cette tendance de son caractère...

— Cela n'est pas clair...

Mais, s'imaginant entendre dans le jardin les pas de sa fille et de l'étranger, le général s'interrompit pour ouvrir précipitamment la croisée.

— Hélène ! cria-t-il.

Cette voix se perdit dans la nuit comme une vaine prophétie. En prononçant ce nom, auquel rien ne répondait plus dans le monde, le général rompit, comme par enchantement, le charme auquel une puissance diabolique l'avait soumis. Une sorte d'esprit lui passa sur la face. Il vit clairement la scène qui venait de se passer, et maudit sa faiblesse qu'il ne comprenait pas. Un frisson chaud alla de son cœur à sa tête, à ses pieds ; il redevint lui-même, terrible. affamé de veangeance, et poussa un effroyable cri.

— Au secours ! au secours !...

Il courut aux cordons des sonnettes, les tira de manière à les briser, après avoir fait retentir des tintements étranges. Tous ses gens s'éveillèrent en sursaut. Pour lui, criant toujours, il ouvrit les fenêtres de la rue, appela les gendarmes, trouva ses pistolets, les tira pour accélérer la marche des cavaliers, le lever de ses gens et la venue des voisins. Les chiens reconnurent alors la voix de leur maître et aboyèrent, les chevaux hennirent et piaffèrent. Ce fut un tumulte affreux au milieu de cette nuit calme. En descendant par les escaliers pour courir après sa fille, le général vit ses gens épouvantés qui arrivaient de toutes parts.

— Ma fille ? Hélène est ...levée. Allez dans le jardin ! Gardez la rue ? Ouvrez à la gendarmerie ! A l'assassin !

Aussitôt il brisa par un effort de rage la chaîne qui retenait le gros chien de garde.

— Hélène ! Hélène ! lui dit-il.

Le chien bondit comme un lion, aboya furieusement et s'élança dans le jardin si rapidement, que le général ne put le suivre. En ce moment le galop des chevaux retentit dans la rue, et le général s'empressa d'ouvrir lui-même.

— Brigadier, s'écria-t-il, allez couper la retraite à l'assassin de monsieur de Mauny. Ils s'en vont par mes jardins. Vites, cernez les chemins de la butte de Picardie, je vais faire une battue dans toutes les terres, les parcs, les maisons. — Vous autres, dit-il à ses gens, veillez sur la rue et tenez la ligne depuis la barrière jusqu'à Versaille. En avant, tous!

Il se saisit d'un fusil que lui apporta son valet de chambre, et s'élança dans les jardins en criant au chien : — Cherche! D'affreux aboiements lui répondirent dans le lointain, et il se dirigea dans la direction d'où les râlements du chien semblaient venir.

A sept heures du matin, les recherches de la gendarmerie, du général, de ses gens et des voisins, avaient été inutiles. Le chien n'était pas revenu. Harassé de fatigue, et déjà vieilli par le chagrin, le marquis rentra dans son salon, désert pour lui, quoique ses trois autres enfants y fussent.

— Vous avez été bien froide pour votre fille, dit-il en regardant sa femme. — Voilà donc ce qui nous reste d'elle; ajouta-t-il en montrant le métier où il voyait une fleur commencée. Elle était là tout à l'heure, et maintenant perdue, perdue !

Il pleura, se cacha la tête dans ses mains, et resta un moment silencieux, n'osant plus contempler ce salon, qui naguère lui offrait le tableau le plus suave du bonheur domestique. Les lueurs de l'aurore luttaient avec les lampes expirantes; les bougies brûlaient leurs festons de papier, tout s'accordait avec le désespoir de ce père.

— Il faudra détruire ceci, dit-il après un moment de silence et en montrant le métier. Je ne pourrais plus rien voir de ce qui nous la rappelle.

La terrible nuit de Noël, pendant laquelle le marquis et sa femme eurent le malheur de perdre leur fille aînée sans avoir pu s'opposer à l'étrange domination exercée par son ravisseur involontaire, fut comme un avis que leur donna la fortune. La faillite d'un agent de change ruina le marquis

Il hypothéqua les biens de sa femme pour tenter une spéculation dont les bénéfices devaient restituer à sa famille
toute sa première fortune ; mais cette entreprise acheva de
le ruiner. Poussé par son désespoir à tout tenter, le général
s'expatria. Six ans s'étaient écoulés depuis son départ. Quoique sa famille eût rarement reçu de ses nouvelles, quelques
jours avant la reconnaissance de l'indépendance des répu-
bliques américaines par l'Espagne, il avait annoncé son
retour.

Donc, par une belle matinée, quelques négociants français,
impatients de revenir dans leur patrie avec des richesses
acquises au prix de longs travaux et de périlleux voyages
entrepris, soit au Mexique, soit dans la Colombie, se trouvaient à quelques lieues de Bordeaux, sur un brick espagnol.
Un homme, vieilli par les fatigues ou par le chagrin plus que
ne le comportaient ses années, était appuyé sur le bastingage
et paraissait insensible au spectacle qui s'offrait aux regards
des passagers groupés sur le tillac. Échappés aux dangers de
la navigation et conviés par la beauté du jour, tous étaient
montés sur le pont comme pour saluer la terre natale. La
plupart d'entre eux voulaient absolument voir, dans le lointain, les phares, les édifices de la Gascogne, la tour de
Cordouan, mêlés aux créations fantastiques de quelques
nuages blancs qui s'élevaient à l'horizon. Sans la frange
argentée qui badinait devant le brick, sans le long sillon
rapidement effacé qu'il traçait derrière lui, les voyageurs
auraient pu se croire immobiles au milieu de l'Océan, tant
la mer y était calme. Le ciel avait une pureté ravissante. La
teinte foncée de sa voûte arrivait, par d'insensibles dégra-
dations, à se confondre avec la couleur des eaux bleuâtres,
en marquant le point de sa réunion par une ligne dont la
clarté scintillait aussi vivement que celle des étoiles. Le soleil
faisait étinceler des millions de facettes dans l'immense
étendue de la mer, en sorte que les vastes plaines de l'eau
étaient plus lumineuses peut-être que les campagnes du firmament. Le brick avait toutes ses voiles gonflées par un
vent d'une merveilleuse douceur, et ces nappes aussi blanches
que la neige, ces pavillons jaunes flottants, ce dédale de

l'horizon humide, opposé à la ligne brumeuse qui annonçait la terre.

— C'est lui, dit-il ; il nous suit.

— Qu'est-ce ? s'écria le capitaine espagnol.

— Un vaisseau, reprit à voix basse le général.

— Je l'ai déjà vu hier, répondit le capitaine Gomez. Il contempla le Français comme pour l'interroger. — Il nous a toujours donné la chasse, dit-il alors à l'oreille du général.

— Et je ne sais pas pourquoi il ne nous a jamais rejoints, reprit le vieux militaire ; car il est meilleur voilier que votre *Saint-Ferdinand*.

— Il aura eu des avaries ; une voie d'eau.

— Il nous gagne, s'écria le Français.

— C'est un corsaire colombien, lui dit à l'oreille le capitaine. Nous sommes encore à six lieues de terre, et le vent faiblit.

— Il ne marche pas, il vole, comme s'il savait que dans deux heures sa proie lui aura échappé. Quelle hardiesse !

— Lui ! s'écria le capitaine. Ah ! il ne s'appelle pas l'*O-thello* sans raison. Il a dernièrement coulé bas une frégate espagnole, et n'a cependant pas plus de trente canons ! Je n'avais peur que de lui, car je n'ignorais pas qu'il croisait dans les Antilles... — Ah ! ah ! reprit-il après une pause pendant laquelle il regarda les voiles de son vaisseau ; le vent s'élève, nous arriverons. Il le faut, le Parisien serait impitoyable.

— Lui aussi arrive ! répondit le marquis.

L'*Othello* n'était plus guère qu'à trois lieues. Quoique l'équipage n'eût pas entendu la conversation du marquis et du capitaine Gomez, l'apparition de cette voile avait amené la plupart des matelots et des passagers vers l'endroit où étaient les deux interlocuteurs ; mais presque tous, prenant le brick pour un bâtiment de commerce, le voyaient venir avec intérêt, quand tout à coup un matelot s'écria dans un langage énergique : — Par saint Jacques ! nous sommes flambés ; voici le capitaine parisien.

A ce nom terrible, l'épouvante se répandit dans le brick, et ce fut une confusion que rien ne saurait exprimer. Le capitaine espagnol imprima par sa parole une énergie momentanée à ses matelots; et, dans ce danger, voulant gagner la terre à quelque prix que ce fût, il essaya de faire mettre promptement toutes ses bonnettes hautes et basses, tribord et bâbord, pour présenter au vent l'entière surface de toile qui garnissait ses vergues. Mais ce ne fut pas sans de grandes difficultés que les manœuvres s'accomplirent ; elles manquèrent naturellement de cet ensemble admirable qui séduit tant dans un vaisseau de guerre. Quoique l'*Othello* volât comme une hirondelle, grâce à l'orientement de ses voiles, il gagnait cependant si peu en apparence, que les malheureux Français se firent une douce illusion. Tout à coup, au moment où, après des efforts inouïs, le *Saint-Ferdinand* prenait un nouvel essor par suite des habiles manœuvres auxquelles Gomez avait aidé lui-même du geste et·de la voix, par un faux coup de barre, volontaire sans doute, le timonier mit le brick en travers. Les voiles, frappées de côté par le vent, *faséièrent* alors si brusquement, qu'il vint à *masquer* en grand ; les bouts-dehors se rompirent, et il fut complétement *démané*. Une rage inexprimable rendit le capitaine plus blanc que ses voiles. D'un seul bond il sauta sur le timonier, et l'atteignit si furieusement de son poignard, qu'il le manqua, mais il le précipita dans la mer; puis il saisit la barre, et tâcha de remédier au désordre épouvantable qui révolutionnait son brave et courageux navire. Des larmes de désespoir roulaient dans ses yeux ; car nous éprouvons plus de chagrin d'une trahison qui trompe un résultat dû à notre talent, que d'une mort imminente. Mais plus le capitaine jura, moins la besogne se fit. Il tira lui-même le canon d'alarme, espérant être entendu de la côte. En ce moment le corsaire, qui arrivait avec une vitesse désespérante, répondit par un coup de canon dont le boulet vint expirer à dix toises du *Saint-Ferdinand*.

— Tonnerre! s'écria le général, comme c'est pointé! Ils ont des caronades faites exprès.

—Oh! celui-là, voyez-vous, quand il parle il faut se taire, répondit un matelot. Le Parisien ne craindrait pas un seau anglais...

— Tout est dit, s'écria dans un accent de désespoir le capitaine, qui, ayant braqué sa longue-vue, ne distingua rien du côté de la terre... Nous sommes encore plus loin de la France que je ne le croyais.

— Pourquoi vous désoler? reprit le général. Tous vos passagers sont Français; ils ont frété votre bâtiment. Ce corsaire est un Parisien, dites-vous ; hé bien, hissez pavillon blanc, et...

— Et il nous coulera, répondit le capitaine. N'est-il pas, suivant les circonstances, tout ce qu'il faut être quand il veut s'emparer d'une riche proie?

— Ah! si c'est un pirate!

— Pirate! dit le matelot d'un air farouche. Ah! il est toujours en règle, ou sait s'y mettre.

— Eh bien! s'écria le général en levant les yeux au ciel, résignons-nous. Et il eut encore assez de force pour retenir ses larmes.

Comme il achevait ces mots, un second coup de canon, mieux adressé, envoya dans la coque du *Saint-Ferdinand* un boulet qui la traversa.

— Mettez en panne, dit le capitaine d'un air triste.

Et le matelot qui avait défendu l'honnêteté du Parisien aida fort intelligemment à cette manœuvre désespérée. L'équipage attendit une mortelle demi-heure en proie à la consternation la plus profonde. Le *Saint-Ferdinand* portait en piastres quatre millions, qui composaient la fortune de cinq passagers, et celle du général était de onze cent mille francs. Enfin l'*Othello*, qui se trouvait alors à dix portées de fusil, montra distinctement les gueules menaçantes de douze canons prêts à faire feu. Il semblait emporté par un vent que le diable soufflait exprès pour lui; mais l'œil d'un marin habile devinait facilement le secret de cette vitesse. Il suffisait de contempler pour un moment l'élancement du brick, sa forme allongée, son étroitesse, la hauteur de sa mâture, la coupe de sa toile, l'admirable légèreté de son gréement, et l'aisance avec laquelle son monde de matelots, unis comme un seul homme, ménageaient le parfait orientement de la surface blanche présentée par ses voiles. Tout annonçait une incroyable sécurité de puissance dans cette svelte créature de bois, aussi rapide, aussi intelligente que l'est un coursier ou un oiseau de proie. L'équipage du corsaire était silencieux et prêt, en cas de résistance, à dévorer le pauvre bâtiment marchand, qui, heureusement pour lui, se tint coi, semblable à un écolier pris en faute par son maître.

— Nous avons des canons! s'écria le général en serrant la main du capitaine espagnol.

Ce dernier lança au vieux militaire un regard plein de courage et de désespoir, en lui disant : — Et des hommes?

Le marquis regarda l'équipage du *Saint-Ferdinand* et frissonna. Les quatre négociants étaient pâles, tremblants; tandis que les matelots, groupés autour d'un d'eux, semblaient se concerter pour prendre parti sur l'*Othello*, ils regardaient le corsaire avec une curiosité cupide. Le contre-maître, le capitaine et le marquis échangeaient seuls, en s'examinant de l'œil, des pensées généreuses.

— Ah! capitaine Gomez, j'ai dit autrefois adieu à mon pays et à ma famille, le cœur mort d'amertume; faudra-t-il encore les quitter au moment où j'apporte la joie et le bonheur à mes enfants?

Le général se tourna pour jeter à la mer une larme de rage, et y aperçut le timonier nageant vers le corsaire.

—Cette fois, répondit le capitaine, vous lui direz sans doute adieu pour toujours.

Le Français épouvanta l'Espagnol par le coup d'œil stupide qu'il lui adressa. En ce moment, les deux vaisseaux étaient presque bord à bord; et à l'aspect de l'équipage ennemi le général crut à la fatale prophétie de Gomez. Trois hommes se tenaient autour de chaque pièce. A voir leur posture athlétique, leurs traits anguleux, leurs bras nus et nerveux, on les eût pris pour des statues de bronze. La mort les aurait tués sans les renverser. Les matelots, bien armés, actifs, lestes et vigoureux, restaient immobiles. Toutes ces figures énergiques étaient fortement basanées par le soleil, durcies par les travaux. Leurs yeux brillaient comme autant de pointes de feu, et annonçaient des intelligences énergiques, des joies infernales. Le profond silence régnant sur

ce tillac, noir d'hommes et de chapeaux, accusait l'implacable discipline sous laquelle une puissante volonté courbait
ces démons humains. Le chef était au pied du grand mât,
debout, les bras croisés, sans armes; seulement une hache
se trouvait à ses pieds. Il avait sur la tête, pour se garantir
du soleil, un chapeau de feutre à grands bords, dont l'ombre lui cachait le visage. Semblables à des chiens couchés
devant leurs maîtres, canonniers, soldats et matelots tour-
naient alternativement les yeux sur leur capitaine et sur le
navire marchand. Quand les deux bricks se touchèrent, la
secousse tira le corsaire de sa rêverie et il dit deux mots à
l'oreille d'un jeune officier qui se tenait à deux pas de lui.

— Les grappins d'abordage! s'écria le lieutenant.

Et le *Saint-Ferdinand* fut accroché par l'*Othello* avec
une promptitude miraculeuse. Suivant les ordres donnés à
voix basse par le corsaire, et répétés par le lieutenant, les
hommes désignés pour chaque service allèrent, comme des
séminaristes marchant à la messe, sur le tillac de la prise
lier les mains aux matelots, aux passagers, et s'emparer des
trésors. En un moment, les tonnes pleines de piastres, les
vivres et l'équipage du *Saint-Ferdinand* furent transportés
sur le pont de l'*Othello*. Le général se croyait sous la puissance d'un songe, quand il se trouva les mains liées et jeté
sur un ballot, comme s'il eût été lui-même une marchandise.
Une conférence avait lieu entre le corsaire, son lieutenant
et l'un des matelots qui paraissait remplir les fonctions de
contre-maître. Quand la discussion, qui dura peu, fut terminée, le matelot siffla ses hommes; sur un ordre qu'il leur
donna, ils sautèrent tous sur le *Saint-Ferdinand*, grimpè-
rent dans les cordages, et se mirent à le dépouiller de ses
vergues, de ses voiles, de ses agrès, avec autant de prestesse qu'un soldat déshabille sur le champ de bataille un camarade mort dont les souliers et la capote étaient l'objet de
sa convoitise.

— Nous sommes perdus, dit froidement au marquis le capitaine espagnol qui avait épié de l'œil les gestes des trois
chefs pendant la délibération et les mouvements des matelots qui procédaient au pillage de son brick.

— Comment? demanda froidement le général.

—Que voulez-vous qu'ils fassent de nous? répondit l'Espagnol. Ils viennent sans doute de reconnaître qu'ils vendraient difficilement le *Saint-Ferdinand* dans les ports de France ou d'Espagne, et ils vont le couler pour ne pas s'en embarrasser. Quant à nous, croyez-vous qu'ils puissent se charger de notre nourriture lorsqu'ils ne savent dans quel port relâcher?

A peine le capitaine avait-il achevé ces paroles, que le général entendit une horrible clameur suivie du bruit sourd causé par la chute de plusieurs corps tombant à la mer. Il se retourna, et ne vit plus que les quatre négociants. Huit canonniers à figures farouches avaient encore les bras en l'air au moment où le militaire les regardait avec terreur.

— Quand je vous le disais, lui dit froidement le capitaine espagnol.

Le marquis se releva brusquement, la mer avait déjà repris son calme, il ne put même pas voir la place où ses malheureux compagnons venaient d'être engloutis; ils roulaient en ce moment, pieds et poings liés, sous les vagues, si déjà les poissons ne les avaient dévorés. A quelques pas de lui, le perfide timonier et le matelot du *Saint-Ferdinand* qui vantait naguère la puissance du capitaine parisien, fraternisaient avec les corsaires, et leur indiquaient du doigt ceux des marins du brick qu'ils avaient reconnus dignes d'être incorporés à l'équipage de l'*Othello*; quant aux autres, deux mousses leur attachaient les pieds, malgré d'affreux juremonts. Le ohoix terminé, les huit canonniers s'emparèrent des condamnés et les lancèrent sans cérémonie à la mer. Les corsaires regardaient avec une curiosité malicieuse les différentes manières dont ces hommes tombaient, leurs grimaces, leur dernière torture; mais leurs visages ne trahissaient ni moquerie, ni étonnement, ni pitié. C'était pour eux un événement tout simple, auquel ils semblaient accoutumés. Les plus âgés contemplaient de préférence, avec un sourire sombre et arrêté, les tonneaux pleins de piastres déposés au pied du grand mât. Le général et le capitaine Gomez, assis sur un ballot, se consultaient en silence par un regard presque terne. Ils se trouvèrent bientôt les seuls qui survéeussent à l'équipage du *Saint-Ferdinand*. Les sept matelots choisis par les deux espions parmi les marins espagnols s'étaient déjà joyeusement métamorphosés en Péruviens.

— Quels atroces coquins ! s'écria tout à coup le général chez qui une loyale et généreuse indignation fit taire et la douleur et la prudence.

— Ils obéissent à la nécessité, répondit froidement Gomez. Si vous retrouviez un de ces hommes-là, ne lui passeriez-vous pas votre épée au travers du corps ?

— Capitaine, dit le lieutenant en se retournant vers l'Espagnol, le Parisien a entendu parler de vous. Vous êtes dit-il, le seul homme qui connaissiez bien les débouquements des Antilles et les côtes du Brésil. Voulez-vous...

Le capitaine interrompit le jeune lieutenant par une exclamation de mépris, et répondit : — Je mourrai en marin, en Espagnol fidèle, en chrétien. Entends-tu ?

— A la mer ! cria le jeune homme.

A cet ordre deux canonniers se saisirent de Gomez.

— Vous êtes des lâches! s'écria le général en arrêtant les deux corsaires.

— Mon vieux, lui dit le lieutenant, ne vous emportez pas trop. Si votre ruban rouge fait quelque impression sur notre capitaine, moi je m'en moque... Nous allons avoir aussi tout à l'heure notre petit bout de conversation.

En ce moment un bruit sourd, auquel nulle plainte ne se mêla, fit comprendre au général que le brave Gomez était mort en marin.

— Ma fortune ou la mort ! s'écria-t-il dans un effroyable accès de rage.

— Ah ! vous êtes raisonnable, lui répondit le corsaire en ricanant. Maintenant vous êtes sûr d'obtenir quelque chose de nous.

Puis, sur un signe du lieutenant, deux matelots s'empressèrent de lier les pieds du Français ; mais ce dernier, les frappant avec une audace imprévue, tira, par un geste auquel on ne s'attendait guère, le sabre que le lieutenant avait au côté, et se mit à en jouer lestement en vieux général de cavalerie qui sait son métier.

— Ah ! brigands, vous ne jetterez pas à l'eau comme un
huître un ancien troupier de Napoléon.

Des coups de pistolet tirés presque à bout portant sur le
Français récalcitrant, attirèrent l'attention du Parisien alors
occupé à surveiller le transport des agrès qu'il ordonnait
de prendre au *Saint-Fernand*. Sans s'émouvoir, il vint saisir par derrière le courageux général, l'enleva rapidement,
l'entraîna sur le bord et se disposait à le jeter à l'eau comme
un espars de rebut. En ce moment, le général rencontra
l'œil fauve du ravisseur de sa fille. Le père et le gendre se
reconnurent tout à coup. Le capitaine, imprimant à son élan
un mouvement contraire à celui qu'il lui avait donné, comme
si le marquis ne pesait rien, loin de le précipiter à la mer,
le plaça debout près du grand mât. Un murmure s'éleva sur
le tillac ; mais alors le corsaire lança un seul coup d'œil sur
ses gens, et le plus profond silence régna soudain.

— C'est le père d'Hélène, dit le capitaine d'une voix claire
et ferme. Malheur à qui ne le respecterait pas !

Un hourra d'acclamations joyeuses retentit sur le tillac et
monta vers le ciel comme une prière d'église, comme le
premier cri du *Te Deum*. Les mousses se balancèrent dans
les cordages, les matelots jetèrent leurs bonnets en l'air, les
canonniers trépignèrent des pieds, chacun s'agita, hurla,
siffla, jura. L'expression fanatique de cette allégresse rendit
le général inquiet et sombre. Attribuant ce sentiment à
quelque horrible mystère, son premier cri, quand il recouvra la parole, fut : — Ma fille ! où est-elle ? Le corsaire jeta
sur le général un de ces regards profonds qui, sans qu'on
en pût deviner la raison, bouleversaient toujours les âmes
les plus intrépides ; il le rendit muet, à la grande satisfaction des matelots, heureux de voir la puissance de leur chef
s'exercer sur tous les êtres, le conduisit vers un escalier, le
lui fit descendre et l'amena devant la porte d'une cabine,
qu'il poussa vivement en disant : — La voilà.

Puis il disparut en laissant le vieux militaire plongé dans
une sorte de stupeur à l'aspect du tableau qui s'offrit à ses
yeux. En entendant ouvrir la porte de la chambre avec
brusquerie, Hélène s'était levée du divan sur lequel elle

reposait ; mais elle vit le marquis et jeta un cri de surprise.
Elle était si changée, qu'il fallait les yeux d'un père pour la
reconnaître. Le soleil des tropiques avait embelli sa blanche
figure d'une teinte brune, d'un coloris merveilleux qui lui
donnaient une expression de poésie orientale, et il y respirait un air de grandeur, une fermeté majestueuse, un sentiment profond par lequel l'âme la plus grossière devait être
impressionnée. Sa longue et abondante chevelure, retom-
bant en grosses boucles sur son cou plein de noblesse, ajoutait encore une image de puissance à la fierté de ce visage.
Dans sa pose, dans son geste, Hélène laissait éclater la
conscience qu'elle avait de son pouvoir. Une satisfaction
triomphale enflait légèrement ses narines roses, et son bonheur tranquille était signé dans tous les développements de
sa beauté. Il y avait tout à la fois en elle je ne sais qu'elle
suavité de vierge et cette sorte d'orgueil particulier aux
bien-aimées. Esclave et souveraine, elle voulait obéir parce
qu'elle pouvait régner. Elle était vêtue avec une magnificence pleine de charme et d'élégance. La mousseline des
Indes faisait tous les frais de sa toilette ; mais son divan et
les coussins étaient en cachemire, mais un tapis de Perse
garnissait le plancher de la vaste cabine, mais ses quatre
enfants jouaient à ses pieds en construisant leurs châteaux
bizarres avec des colliers de perles, des bijoux précieux, des
objets de prix. Quelques vases en porcelaine de Sèvres, peints
par madame Jaquotot, contenaient des fleurs rares qui em-
baumaient : c'étaient des jasmins du Mexique, des Camélias,
parmi lesquels de petits oiseaux d'Amérique voltigeaient
apprivoisés, et semblaient être des rubis, des saphirs, de l'or
animé. Un piano était fixé dans ce salon, et sur ses murs de
bois, tapissés en soie rouge, on voyait çà et là des tableaux
d'une petite dimension, mais dus aux meilleurs peintres :
Un Coucher de soleil, d'Hippolyte Schinner, se trouvait auprès d'un Terburg ; une Vierge de Raphaël luttait de poésie
avec une esquisse de Géricault ; un Gérard Dow éclipsait
les peintres de portraits de l'empire. Sur une table en laque
de Chine se trouvait une assiette d'or pleine de fruits délicieux. Enfin Hélène semblait être la reine d'un vaste pays,

au milieu du boudoir dans lequel son amant couronné aurait rassemblé les choses les plus élégantes de la terre. Les
enfants arrêtaient sur leur aïeul des yeux d'une pénétrante
vivacité ; et, habitués qu'ils étaient de vivre au milieu des
combats, des tempêtes et du tumulte, ils ressemblaient à ces
petits Romains curieux de guerre et de sang que David a
peints dans son tableau de *Brutus*.

— Comment cela est-il possible ? s'écria Hélène en saisissant son père comme pour s'assurer de la réalité de cette
vision.

— Hélène !

— Mon père !

Ils tombèrent dans les bras l'un de l'autre, et l'étreinte du
vieillard ne fut ni la plus forte ni la plus affectueuse.

— Vous étiez sur ce vaisseau ?

— Oui, répondit-il d'un air triste en s'asseyant sur le divan et regardant les enfants qui, groupés autour de lui, le
considéraient avec une attention naïve. J'allais périr sans...

— Sans mon mari, dit-elle en l'interrompant, je devine.

— Ah ! s'écria le général, pourquoi faut-il que je te retrouve ainsi, mon Hélène, toi que j'ai tant pleurée ! Je de-
vrai donc gémir encore sur ta destinée.

— Pourquoi ? demanda-t-elle en souriant. Ne serez-vous
donc pas content d'apprendre que je suis la femme la plus
heureuse de toutes ?

— Heureuse ! s'écria-t-il en faisant un bond de surprise.

— Oui, mon bon père, reprit-elle en s'emparant de ses
mains, les embrassant, les serrant sur son sein palpitant, et
ajoutant à cette cajolerie un air de tête que ses yeux petil-
lants de plaisir rendirent encore plus significatif.

— Et comment cela ? demanda-t-il, curieux de connaître
la vie de sa fille, et oubliant tout devant cette physionomie
resplendissante.

— Écoutez, mon père, répondit-elle, j'ai pour amant
pour époux, pour serviteur, pour maître, un homme dont
l'âme est aussi vaste que cette mer sans bornes, aussi fertile en douceur que le ciel, un dieu, enfin ! Depuis sept ans,
jamais il ne lui est échappé une parole, un sentiment, un

geste qui pussent produire une dissonance avec la **divine**
harmonie de ses discours, de ses caresses et de son amour.
Il m'a toujours regardée en ayant sur les lèvres un sourire
ami et dans les yeux un rayon de joie. Là-haut sa voix
tonnante domine souvent les hurlements de la tempête ou
le tumulte des combats; mais ici elle est douce et mélodieuse comme la musique de Rossini, dont les œuvres m'arrivent. Tout ce que le caprice d'une femme peut inventer,
je l'obtiens. Mes désirs sont même parfois surpassés. Enfin,
je règne sur la mer, et j'y suis obéie comme peut l'être une
souveraine. — Oh! heureuse! reprit-elle en s'interrompant
elle-même, heureuse n'est pas un mot qui puisse exprimer
mon bonheur. J'ai la part de toutes les femmes! Sentir un
amour, un dévouement immense pour celui qu'on aime, et
rencontrer dans son cœur, *à lui*, un sentiment infini où
l'âme d'une femme se perd, et toujours! dites, est-ce un
bonheur? J'ai déjà dévoré mille existences. Ici je suis seule,
ici je commande. Jamais une créature de mon sexe n'a mis
le pied sur ce noble vaisseau, où Victor est toujours à quelques pas de moi. — Il ne peut pas aller plus loin de **moi**
que de la poupe à la proue, reprit-elle avec une fine **expres**-
sion de malice. Sept ans! un amour qui résiste pendant
sept ans à cette perpétuelle joie, à cette épreuve de **tous**
les instants, est-ce l'amour? Non! oh! non, c'est mieux **que**
tout ce que je connais de la vie... le langage humain manque pour exprimer un bonheur céleste.

Un torrent de larmes s'échappa de ses yeux enflammés.
Les quatre enfants jetèrent alors un cri plaintif, accoururent
à elle comme des poussins à leur mère, et l'aîné frappa le
général en le regardant d'un air menaçant.

— Abel, dit-elle, mon ange, je pleure de joie.

Elle le prit sur ses genoux, l'enfant la caressa familièrement en passant ses bras autour du cou majestueux d'Hélène, comme un lionceau qui veut jouer avec sa mère.

— Tu ne t'ennuies pas? s'écria le général étourdi par la
réponse exaltée de sa fille.

— Si, répondit-elle, à terre quand nous y allons; et encore ne quitté-je jamais mon mari.

—Mais tu aimes les fêtes, les bals, la musique?

— La musique, c'est sa voix ; mes fêtes, ce sont les parures que j'invente pour lui. Quand une toilette lui plaît, n'est-ce pas comme si la terre m'admirait? Voilà seulement pourquoi je ne jette pas à la mer ces diamants, ces colliers, ces diadèmes de pierreries, ces richesses, ces fleurs, ces chefs-d'œuvre des arts qu'il me prodigue en me disant : — Hélène, puisque tu ne vas pas dans le monde, je veux que le monde vienne à toi.

— Mais sur ce bord il y a des hommes, des hommes audacieux, terribles, dont les passions...

— Je vous comprends, mon père, dit-elle en souriant. Rassurez-vous. Jamais impératrice n'a été environnée de plus d'égards que l'on ne m'en prodigue. Ces gens-là sont superstitieux ; ils croient que je suis le génie tutélaire de ce vaisseau, de leurs entreprises, de leurs succès. Mais c'est *lui* qui est leur dieu ! Un jour, une seule fois, un matelot me manqua de respect... en paroles, ajouta-t-elle en riant. Avant que Victor eût pu l'apprendre, les gens de l'équipage le lancèrent à la mer malgré le pardon que je lui accordais. Ils m'aiment comme leur bon ange, je les soigne dans leurs maladies, et j'ai eu le bonheur d'en sauver quelques-uns de la mort en les veillant avec une persévérance de femme. Ces pauvres gens sont à la fois des géants et des enfants.

— Et quand il y a des combats?

— J'y suis accoutumée, répondit-elle. Je n'ai tremblé que pendant le premier... Maintenant mon âme est faite à ce péril, et même... je suis votre fille, dit-elle, je l'aime.

— Et s'il périssait?

— Je périrais.

— Et tes enfants?

— Ils sont fils de l'Océan et du danger, ils partagent la vie de leurs parents... Notre existence est une, et ne se scinde pas. Nous vivons tous de la même vie, tous inscrits sur la même page, portés par le même esquif, nous le savons.

— Tu l'aimes donc à ce point de le préférer à tout?

— A tout, répéta-t-elle. Mais ne sondons point ce mystère. Tenez! ce cher enfant, eh bien, c'est encore *lui!*

Puis, pressant Abel avec une vigueur extraordinaire, elle lui imprima de dévorants baisers sur les joues, sur les cheveux...

— Mais, s'écria le général, je ne saurais oublier qu'il vient de faire jeter à la mer neuf personnes.

— Il le fallait sans doute, répondit-elle, car il est humain et généreux. Il verse le moins de sang possible pour la conservation et les intérêts du petit monde qu'il protége et de la cause sacrée qu'il défend. Parlez-lui de ce qui vous paraît mal, et vous verrez qu'il saura vous faire changer d'avis.

— Et son crime? dit le général comme s'il se parlait à lui-même.

— Mais, répliqua-t-elle avec une dignité froide, si c'était une vertu? si la justice des hommes n'avait pu le venger?

— Se venger soi-même ! s'écria le général.

— Et qu'est-ce que l'enfer, demanda-t-elle, si ce n'est une vengeance éternelle pour quelques fautes d'un jour?

— Ah ! tu es perdue. Il t'a ensorcelée, pervertie. Tu déraisonnes.

— Restez ici un jour, mon père, et si vous voulez l'écouter, le regarder, vous l'aimerez.

— Hélène, dit gravement le général, nous sommes à quelques lieues de France...

Elle tressaillit, regarda par la croisée de la chambre, montra la mer déroulant ses immenses savanes d'eau verte.

— Voilà mon pays, répondit-elle en frappant sur le tapis du bout du pied.

— Mais ne viendras-tu pas voir ta mère, ta sœur, tes frères?

— Oh ! oui, dit-elle avec des larmes dans la voix, s'il le veut et s'il peut m'accompagner.

— Tu n'as donc plus rien, Hélène, reprit sévèrement le militaire, ni pays, ni famille?...

— Je suis sa femme, reprit-elle avec un air de fierté, avec un accent plein de noblesse. — Voici, depuis sept ans, le premier bonheur qui ne me vienne pas de lui, ajouta-t-elle en saisissant la main de son père et l'embrassant, et voici le premier reproche que j'aie entendu.

— Et ta conscience ?

— Ma conscience! mais c'est lui. En ce moment elle tressaillit violemment. — Le voici, dit-elle. Même dans un combat, entre tous les pas, je reconnais son pas sur le tillac.

Et tout à coup une rougeur empourpra ses joues, fit resplendir ses traits, briller ses yeux, et son teint devint d'un blanc mat... Il y avait du bonheur et de l'amour dans ses muscles, dans ses veines bleues, dans le tressaillement involontaire de toute sa personne. Ce mouvement de sensitive émut le général. En effet, un instant après le corsaire entra, vint s'asseoir sur un fauteuil, s'empara de son fils aîné, et se mit à jouer avec lui. Le silence régna pendant un moment ; car, pendant un moment, le général, plongé dans une rêverie comparable au sentiment vaporeux d'un rêve, contempla cette élégante cabine, semblable à un nid d'alcyons, où cette famille voguait sur l'Océan depuis sept années, entre les cieux et l'onde, sur la foi d'un homme, conduite à travers les périls de la guerre et des tempêtes, comme un ménage est guidé dans la vie par un chef au sein des malheurs sociaux... Il regardait avec admiration sa fille, image fantastique d'une déesse marine, suave de beauté, riche de bonheur, et faisant pâlir tous les trésors qui l'entouraient devant les trésors de son âme, les éclairs de ses yeux et l'indescriptible poésie exprimée dans sa personne et autour d'elle. Cette situation offrait une étrangeté qui le surprenait, une sublimité de passion et de raisonnement qui confondait les idées vulgaires. Les froides et étroites combinaisons de la société mouraient devant ce tableau. Le vieux militaire sentit toutes ces choses, et comprit aussi que sa fille n'abandonnerait jamais une vie si large, si féconde en contrastes, remplie par un amour si vrai ; puis, si elle avait une fois goûté le péril sans en être effrayée, elle ne pouvait plus revenir aux petites scènes d'un monde mesquin et borné.

— Vous gêné-je? demanda le corsaire en rompant le silence et regardant sa femme.

— Non, lui répondit le général, Hélène m'a tout dit. Je vois qu'elle est perdue pour nous...

— Non, répliqua vivement le corsaire... Encore quelques

années, et la prescription me permettra de revenir en France.
Quand la conscience est pure, et qu'en froissant vos lois
sociales un homme a obéi...

Il se tut, en dédaignant de se justifier.

— Et comment pouvez-vous, dit le général en l'interrompant, ne pas avoir des remords pour les nouveaux as-
sassinats qui se sont commis devant mes yeux?

— Nous n'avons pas de vivres, répliqua tranquillement
le corsaire.

— Mais en débarquant ces hommes sur la côte...

— Ils nous feraient couper la retraite par quelque vaisseau, et nous n'arriverions pas au Chili.

— Avant que, de France, dit le général en interrompant,
ils aient prévenu l'amirauté d'Espagne...

— Mais la France peut trouver mauvais qu'un homme,
encore sujet de ses cours d'assises, se soit emparé d'un brick
frété par des Bordelais. D'ailleurs, n'avez-vous pas quelquefois tiré, sur le champ de bataille plusieurs coups de canon
de trop?

Le général, intimidé par le regard du corsaire, se tut; et
sa fille le regarda d'un air qui exprimait autant de triomphe
que de mélancolie...

— Général, dit le corsaire d'une voix profonde, je me
suis fait une loi de ne jamais rien distraire du butin. Mais
il est hors de doute que ma part sera plus considérable que
ne l'était votre fortune. Permettez-moi de vous la restituer
en autre monnaie...

Il prit dans le tiroir du piano une masse de billets de
banque, ne compta pas les paquets, et présenta un million
au marquis.

— Vous comprenez, reprit-il, que je ne puis pas m'amuser à regarder les passants sur la route de Bordeaux... Or,
à moins que vous ne soyez séduit par les dangers de notre
vie bohémienne, par les scènes de l'Amérique méridionale,
par nos nuits des tropiques, par nos batailles, et par le plaisir de faire triompher le pavillon d'une jeune nation ou le
nom de Simon Bolivar, il faut nous quitter... Une chaloupe et des hommes dévoués vous attendent. Espérons

sne troisième rencontre plus complétement heureuse...

— Victor, je voudrais voir mon père encore un moment, dit Hélène d'un ton boudeur.

— Dix minutes de plus ou de moins peuvent nous mettre face à face avec une frégate. Soit! nous nous amuserons un peu. Nos gens s'ennuient.

— Oh! partez, mon père, s'écria la femme du marin. Et portez à ma sœur, à mes frères, à... ma mère, ajouta-t-elle, ses gages de mon souvenir.

Elle prit une poignée de pierres précieuses, de colliers, de bijoux, les enveloppa dans un cachemire, et les présenta timidement à son père.

— Et que leur dirai-je de ta part? demanda-t-il en paraissant frappé de l'hésitation que sa fille avait marquée avant de prononcer le mot de *mère*.

— Oh! pouvez-vous douter de mon âme! Je fais tous les jours des vœux pour leur bonheur.

— Hélène, reprit le vieillard en la regardant avec attention, ne dois-je plus te revoir? Ne saurai-je donc jamais à quel motif ta fuite est due?

— Ce secret ne m'appartient pas, dit-elle d'un ton grave. J'aurais le droit de vous l'apprendre, peut-être ne vous le dirais-je pas encore. J'ai souffert pendant dix ans des maux inouïs...

Elle ne continua pas et tendit à son père les cadeaux qu'elle destinait à sa famille. Le général, accoutumé par les événements de la guerre à des idées assez larges en fait de butin, accepta les présents offerts par sa fille, et se plut à penser que, sous l'inspiration d'une âme aussi pure, aussi élevée que celle d'Hélène, le capitaine parisien restait honnête homme en faisant la guerre aux Espagnols. Sa passion pour les braves l'emporta. Songeant qu'il serait ridicule de se conduire en prude, il serra vigoureusement la main du corsaire, embrassa son Hélène, sa seule fille, avec cette effusion particulière aux soldats, et laissa tomber une larme sur ce visage dont la fierté, dont l'expression mâle lui avaient plus d'une fois souri. Le marin, fortement ému, lui donna ses enfants à bénir. Enfin, tous se dirent une dernière

fois adieu par un long regard qui ne fut pas dénué d'atten
drissement.

— Soyez toujours heureux ! s'écria le grand-père en s'é-
lançant sur le tillac.

Sur mer, un singulier spectacle attendait le général. Le
Saint-Ferdinand, livré aux flammes, flambait comme un
immense feu de paille. Les matelots, occupés à couler le
brick espagnol, s'aperçurent qu'il avait à bord un charge-
ment de rhum, liqueur qui abondait sur l'*Othello*, et trouvèrent plaisant d'allumer un grand bol de punch en pleine
mer. C'était un divertissement assez pardonnable à des
gens auxquels l'apparente monotonie de la mer faisait saisir
toutes les occasions d'animer leur vie. En descendant du
brick dans la chaloupe du *Saint-Ferdinand*, montée par six
vigoureux matelots, le général partageait involontairement
son attention entre l'incendie du *Saint-Ferdinand* et sa fille
appuyée sur le corsaire, tous deux debout à l'arrière de
leur navire. En présence de tant de souvenirs, en voyant la
robe blanche d'Hélène qui flottait, légère comme une voile
de plus ; en distinguant sur l'Océan cette belle et grande
figure, assez imposante pour tout dominer, même la mer, il
oubliait, avec l'insouciance d'un militaire, qu'il voguait sur
la tombe du brave Gomez. Au-dessus de lui, une immense
colonne de fumée planait comme un nuage brun, et les
rayons du soleil, le perçant çà et là, y jetaient de poétiques
lueurs. C'était un second ciel, un dôme sombre sous lequel
brillaient des espèces de lustres, et au-dessus duquel planait
l'azur inaltérable du firmament, qui paraissait mille fois plus
beau par cette éphémère opposition. Les teintes bizarres de
cette fumée, tantôt jaune, blonde, rouge, noire, fondues va-
poreusement, couvraient le vaisseau, qui pétillait, craquait
et criait. La flamme sifflait en mordant les cordages, et courait dans le bâtiment comme une sédition populaire vole
par les rues d'une ville. Le rhum produisait des flammes
bleues qui frétillaient, comme si le génie des mers eût agité
cette liqueur furibonde, de même qu'une main d'étudiant
fait mouvoir la joyeuse *flamberie* d'un punch dans une orgie.
Mais le soleil, plus puissant de lumière, jaloux de cette

lucur insolente, laissait à peine voir dans ses rayons les couleurs de cet incendie. C'était comme un réseau, comme une écharpe qui voltigeait au milieu du torrent de ses feux. L'*Othello* saisissait, pour s'enfuir, le peu de vent qu'il pouvait pincer dans cette direction nouvelle, et s'inclinait tantôt d'un côté, tantôt de l'autre, comme un cerf-volant balancé dans les airs. Ce beau brick courait des bordées vers le sud ; et tantôt il se dérobait aux yeux du général, en disparaissant derrière la colonne droite dont l'ombre se projetait fantastiquement sur les eaux, et tantôt il se montrait, en se relevant avec grâce et fuyant. Chaque fois qu'Hélène pouvait apercevoir son père, elle agitait son mouchoir pour le saluer encore. Bientôt le *Saint-Ferdinand* coula, en produisant un bouillonnement aussitôt effacé par l'Océan. Il ne resta plus alors de toute cette scène qu'un nuage balancé par la brise. L'*Othello* était loin ; la chaloupe s'approchait de terre ; le nuage s'interposa entre cette frêle embarcation et le brick. La dernière fois que le général aperçut sa fille, ce fut à travers une crevasse de cette fumée ondoyante. Vision prophétique ! Le mouchoir blanc, la robe se détachaient seuls sur ce fonds de bistre. Entre l'eau verte et le ciel bleu, le brick ne se voyait même pas. Hélène n'était plus qu'un point imperceptible, une ligne déliée, gracieuse, un ange dans le ciel, une idée, un souvenir.

Après avoir rétabli sa fortune. le marquis mourut épuisé de fatigue. Quelques mois après sa mort, en 1835, la marquise fut obligée de mener Moïna aux eaux des Pyrénées. La capricieuse enfant voulut voir les beautés de ces montagnes. Elle revint aux Eaux, et à son retour il se passa l'horrible scène que voici.

— Mon Dieu, dit Moïna, nous avons bien mal fait, ma mère, de ne pas rester quelques jours de plus dans les montagnes ! Nous y étions bien mieux qu'ici. Avez-vous entendu les gémissements continuels de ce maudit enfant et les bavardages de cette malheureuse femme qui parle sans doute en patois, car je n'ai pas compris un seul mot de ce qu'elle disait ? Quelle espèce de gens nous a-t-on donnés pour voisins ! Cette nuit est une des plus affreuses que j'aie passées de ma vie.

— Je n'ai rien entendu, répondit la marquise ; mais, ma chère enfant, je vais voir l'hôtesse, lui demander la chambre voisine, nous serons seules dans cet appartement et n'aurons plus de bruit. Comment te trouves-tu ce matin ? Es-tu fatiguée ?

En disant ces dernières phrases, le marquise s'était levée pour venir près de Moïna.

— Voyons, lui dit-elle en cherchant la main de sa fille.

— Oh ! laisse-moi, ma mère, répondit Moïna, tu as froid.

A ces mots la jeune fille se roula dans son oreiller par un mouvement de bouderie, mais si gracieux, qu'il était difficile à une mère de s'en offenser. En ce moment, une plainte, dont l'accent doux et prolongé devait déchirer le cœur d'une femme, retentit dans la chambre voisine.

— Mais si tu as entendu cela pendant toute la nuit, pourquoi ne m'as-tu pas éveillée ? nous aurions... Un gémissement plus profond que tous les autres interrompit la marquise, qui s'écria : — Il y a quelqu'un qui se meurt ! Et elle sortit vivement.

— Envoie-moi Pauline ! cria Moïna, je vais m'habiller.

La marquise descendit promptement et trouva l'hôtesse dans la cour au milieu de quelques personnes qui paraissaient l'écouter attentivement.

— Madame, vous avez mis près de nous une personne qui paraît souffrir beaucoup...

— Ah ! ne m'en parlez pas ! s'écria la maîtresse d'hôtel, je viens d'envoyer chercher le maire. Figurez-vous que c'est une femme, une pauvre malheureuse qui y est arrivée hier au soir à pied ; elle vient d'Espagne, elle est sans passe-port et sans argent. Elle portait sur son dos un petit enfant qui se meurt. Je n'ai pas pu me dispenser de la recevoir ici. Ce matin, je suis allée moi-même la voir ; car hier, quand elle a débarqué ici, elle m'a fait une peine affreuse. Pauvre petite femme ! elle était couchée avec son enfant, et tous deux se débattaient contre mort.

— Madame, m'a-t-elle dit en tirant un anneau d'or de son doigt, je ne possède plus que cela, prenez-le pour vous payer ; ce sera suffisant, je ne ferai pas long séjour ici.

Pauvre petit! nous allons mourir ensemble, qu'elle dit en regardant son enfant. Je lui ai pris son anneau, je lui ai demandé qui elle était ; mais elle n'a jamais voulu me dire son nom... Je viens d'envoyer chercher le médecin et monsieur le maire.

— Mais, s'écria la marquise, donnez-lui les secours qui mi pourront être nécessaires. Mon Dieu! peut-être est-il encore temps de la sauver! Je vous payerai tout ce qu'elle dépensera...

— Ah! madame, elle a l'air d'être joliment fière, et je ne sais pas si elle voudra.

— Je vais aller la voir...

Et aussitôt la marquise monta chez l'inconnue sans penser au mal que sa vue pouvait faire à cette femme dans un moment où on la disait mourante, car elle était encore en deuil. La marquise pâlit à l'aspect de la mourante. Malgré les horribles souffrances qui avaient altéré la belle physionomie d'Hélène, elle reconnut sa fille aînée. A l'aspect d'une femme vêtue de noir, Hélène se dressa sur son séant, jeta un cri de terreur, et retomba sur son lit, lorsque, dans cette femme, elle retrouva sa mère.

— Ma fille! dit madame d'Aiglemont, que vous faut-il? Pauline!... Moïna!...

— Il ne me faut plus rien, répondit Hélène d'une voix affaiblie. J'espérais revoir mon père · mais votre deuil m'annonce...

Elle n'acheva pas ; elle serra son enfant sur son cœur comme pour le réchauffer, le baisa au front, et lança sur sa mère un regard où le reproche se lisait encore, quoique tempéré par le pardon. La marquise ne voulut pas voir ce reproche: elle oublia qu'Hélène était un enfant conçu jadis dans les larmes et dans le désespoir, l'enfant du devoir, un enfant qui avait été cause de ses plus grands malheurs; elle s'avança doucement vers sa fille aînée, en se souvenant seulement qu'Hélène la première lui avait fait connaître les plaisirs de la maternité. Les yeux de la mère étaient pleins de larmes ; et, en embrassant sa fille, elle s'écria : -- Hélène! ma fille...

Hélène gardait le silence. Elle venait d'aspirer le dernier soupir de son dernier enfant.

En ce moment Moïna, Pauline, sa femme de chambre, l'hôtesse et un médecin entrèrent. La marquise tenait la main glacée de sa fille dans les siennes, et la contemplait avec un désespoir vrai. Exaspérée par le malheur, la veuve du marin, qui venait d'échapper à un naufrage en ne sauvant de toute sa belle famille qu'un enfant, dit d'une voix horrible à sa mère : — Tout ceci est votre ouvrage! si vous eussiez été pour moi ce que...

— Moïna, sortez, sortez tous! cria madame d'Aiglemont en étouffant la voix d'Hélène par les éclats de la sienne.

— Par grâce, ma fille, reprit-elle, ne renouvelons pas en ce moment les tristes combats...

— Je me tairai, répondit Hélène en faisant un effort surnaturel. Je suis mère, je sais que Moïna ne dort pas. Où est mon enfant?

Moïna rentre, poussée par la curiosité.

— Ma sœur, dit cette enfant gâtée, le médecin...

— Tout est inutile, reprit Hélène. Ah! pourquoi ne suis-je pas morte à seize ans, quand je voulais me tuer ! Le bonheur ne se trouve jamais en dehors des lois!... Moïna... tu...

Elle mourut en penchant sa tête sur celle de son enfant, qu'elle avait serré convulsivement.

— Ta sœur voulait sans doute te dire, Moïna, reprit madame d'Aiglemont, lorsqu'elle fut rentrée dans sa chambre, où elle fondit en larmes, que le bonheur ne se trouve jamais, pour une fille, dans une vie romanesque, en dehors des idées reçues, et, surtout, loin de sa mère.

VI

La vieillesse d'une mère coupable.

Pendant l'un des premiers jours du mois de juin 1844, une dame d'environ cinquante ans, mais qui paraissait encore plus vieille que ne le comportait son âge véritable, se promenait au soleil, à l'heure de midi, le long d'une allée, dans le jardin d'un grand hôtel situé rue Plumet, à Paris. Après avoir fait deux ou trois fois le tour du sentier légèrement sinueux où elle restait pour ne pas perdre de vue les fenêtres d'un appartement qui semblait attirer toute son attention, ; vint s'asseoir sur un de ces fauteuils à demi champêtres qui se fabriquent avec de jeunes branches d'arbres garnies de leur écorce. De la place où se trouvait ce siége élégant, la dame pouvait embrasser par une des grilles d'enceinte et les boulevards intérieurs, au milieu desquels est posé l'admirable dôme des Invalides, qui élève sa coupole d'or parmi les têtes d'un millier d'ormes, admirable paysage, et l'aspect moins grandiose de son jardin terminé par la façade grise d'un des plus beaux hôtels du faubourg Saint-Germain. Là tout était silencieux, les jardins voisins, les boulevards, les Invalides; car, dans ce noble quartier, le jour ne commence guère qu'à midi. A moins de quelque caprice, à moins qu'une jeune dame ne veuille monter à cheval, ou qu'un vieux diplomate n'ait un protocole à refaire, à cette heure, valets et maîtres, tout dort, ou tout se réveille.

La vieille dame si matinale était la marquise d'Aiglemont, mère de madame de Saint-Héreen, à qui ce bel hôtel appartenait. La marquise s'en était privée pour sa fille, à qui elle avait donné toute sa fortune, en ne se réservant qu'une pension viagère. La comtesse Moïna de Saint-Héreen était le dernier enfant de madame d'Aiglemont. Pour lui faire épouser l'héritier d'une des plus illustres maisons de France, la marquise avait tout sacrifié. Rien n'était plus naturel : elle avait successivement perdu deux fils : l'un, Gustave, marquis d'Aiglemont, était mort du choléra ; l'autre, Abel, avait succombé devant Constantine. Gustave laissa des enfants et une veuve. Mais l'affection assez tiède que madame d'Aiglemont avait portée à ses deux fils s'était encore affaiblie en passant à ses petits-enfants. Elle se comportait poliment avec madame d'Aiglemont la jeune ; mais elle s'en tenait au sentiment superficiel que le bon goût et les convenances nous prescrivent de témoigner à nos proches. La fortune de ses enfants morts ayant été parfaitement réglée, elle avait réservé pour sa chère Moïna ses économies et ses biens propres. Moïna, belle et ravissante depuis son enfance, avait toujours

été pour madame d'Aiglemont l'objet d'une de ces prédilections innées ou involontaires chez les mères de famille;
fatales sympathies qui semblent inexplicables, ou que les
observateurs savent trop bien expliquer. La charmante figure
de Moïna, le son de voix de cette fille chérie, ses manières,
sa démarche, sa physionomie, ses gestes, tout en elle réveillait chez la marquise les émotions les plus profondes qui
puissent animer, troubler ou charmer le cœur d'une mère.
Le principe de sa vie présente, de sa vie du lendemain, de
sa vie passée, était dans le cœur de cette jeune femme, où
elle avait jeté tous ses trésors. Moïna avait heureusement
survécu à quatre enfants, ses aînés. Madame d'Aiglemont
avait en effet perdu de la manière la plus malheureuse, disaient les gens du monde, une fille charmante dont la destinée était presque inconnue, et un petit garçon enlevé à
cinq ans par une horrible catastrophe. La marquise vit sans
doute un présage du ciel dans le respect que le sort semblait
avoir pour la fille de son cœur, et n'accordait que de faibles
souvenirs à ses enfants déjà tombés selon les caprices de la
mort, et qui restaient au fond de son âme, comme ces
tombeaux élevés dans un champ de bataille, mais que les
fleurs des champs ont presque fait disparaître. Le monde
aurait pu demander à la marquise un compte sévère de cette
insouciance et de cette prédilection; mais le monde de Paris
est entraîné par un tel torrent d'événements, de modes,
d'idées nouvelles, que toute la vie de madame d'Aiglemont
devait y être en quelque sorte oubliée. Personne ne songeait
à lui faire un crime d'une froideur, d'un oubli qui n'intéres-
saient personne, tandis que sa vive tendresse pour Moïna
intéressait beaucoup de gens, et avait toute la sainteté d'un
préjugé. D'ailleurs, la marquise allait peu dans le monde; et,
pour la plupart des familles qui la connaissaient, elle paraissait bonne, douce, pieuse, indulgente. Or ne faut-il pas
avoir un intérêt bien vif pour aller au delà de ces apparences
dont se contente la société? Puis, que ne pardonne-t-on pas
aux vieillards lorsqu'ils s'effacent comme des ombres et ne
veulent plus être qu'un souvenir? Enfin, madame d'Aiglemont était un modèle complaisamment cité par les enfants à

leurs pères, par les gendres à leurs belles-mères. Elle avait, avant le temps, donné ses biens à Moïna, contente du bonheur de la jeune comtesse, et ne vivant que par elle et pour elle. Si des vieillards prudents, des oncles chagrins blâmaient cette conduite en disant : — Madame d'Aiglemont se repentira peut-être quelque jour de s'être dessaisie de sa fortune en faveur de sa fille ; car si elle connaît bien le cœur de madame de Saint-Héreen, peut-elle être aussi sûre de la moralité de son gendre ? C'était contre ces prophètes un *tolle* général, et, de toutes parts, pleuvaient des éloges pour Moïna.

— Il faut rendre cette justice à madame de Saint-Héreen, disait une jeune femme, que sa mère n'a rien trouvé de changé autour d'elle. Madame d'Aiglemont est admirablement bien logée ; elle a une voiture à ses ordres, et peut aller partout dans le monde comme auparavant.

— Excepté aux Italiens, répondait tout bas un vieux parasite, un de ces gens qui se croient en droit d'accabler leurs amis d'épigrammes sous prétexte de faire preuve d'indépendance. La douairière n'aime guère que la musique, en fait de choses étrangères à son enfant gâté. Elle a été si bonne musicienne dans son temps ! mais comme la loge de la comtesse est toujours envahie par de jeunes papillons, et qu'elle y gênerait cette petite personne, de qui l'on parle déjà comme d'une grande coquette, la pauvre mère ne va jamais aux Italiens.

— Madame de Saint-Héreen, disait une fille à marier, a pour sa mère des soirées délicieuses, un salon où va tout Paris.

— Un salon où personne ne fait attention à la marquise, répondait le parasite.

— Le fait est que madame d'Aiglemont n'est jamais seule, disait un fat en appuyant le parti des jeunes dames.

— Le matin, répondait le vieil observateur à voix basse, le matin, la chère Moïna dort. A quatre heures, la chère Moïna est au bois. Le soir, la chère Moïna va au bal ou aux Bouffes... Mais il est vrai que madame d'Aiglemont a la ressource de voir sa chère fille pendant qu'elle s'habille, ou durant le dîner lorsque la chère Moïna dîne par hasard avec sa chère mère.—Il n'y a pas encore huit jours, monsieur, dit le parasite en prenant par le bras un timide précepteur, nouveau venu dans la maison où il se trouvait, que je vis cette pauvre mère triste et seule au coin de son feu. Qu'avez-vous ? lui demandai-je. La marquise me regarda en souriant ; mais elle avait certes pleuré. — Je pensais, me disait-elle, qu'il est bien singulier de me trouver seule, après avoir eu cinq enfants ; mais cela est dans notre destinée ! Et puis, je suis heureuse quand je sais que Moïna s'amuse ! — Elle pouvait se confier à moi, qui, jadis, ai connu son mari. C'était un pauvre homme, et il a été bien heureux de l'avoir pour femme : il lui devait certes sa pairie et sa charge à la cour de Charles X.

Il se glisse tant d'erreurs dans les conversations du monde, il s'y fait avec légèreté tant de maux si profonds, que l'historien des mœurs est obligé de sagement peser les assertions insouciamment émises par tant d'insouciants. Enfin, peut-être ne doit-on jamais prononcer qui a tort ou raison de l'enfant ou de la mère. Entre ces deux cœurs, il n'y a qu'un seul juge possible. Ce juge est Dieu ! Dieu qui, souvent, assied sa vengeance au sein des familles, et se sert éternellement des enfants contre les mères, des pères contre les fils, des peuples contre les rois, des princes contre les nations, de tout contre tout ; remplaçant dans le monde moral les sentiments par les sentiments, comme les jeunes feuilles poussent les vieilles au printemps ; agissant en vue d'un ordre immuable, d'un but à lui seul connu. Sans doute, chaque chose va dans son sein, ou, mieux encore, elle y retourne.

Ces religieuses pensées, si naturelles au cœur des vieillards, flottaient éparses dans l'âme de madame d'Aiglemont ; elles y étaient à demi lumineuses, tantôt abîmées, tantôt déployées complétement, comme des fleurs tourmentées à la surface des eaux pendant une tempête. Elle s'était assise, lassée, affaiblie par une longue méditation, par une de ces rêveries au milieu desquelles toute la vie se dresse, se déroule aux yeux de ceux qui pressentent la mort.

Cette femme, vieille avant le temps, eût été, pour quelque poëte passant sur le boulevard, un tableau curieux. A la voir assise à l'ombre grêle d'un acacia, l'ombre d'un acacia à midi, tout le monde eût su lire une des mille choses écrites sur ce visage pâle et froid, même au milieu des chauds rayons du soleil. Sa figure pleine d'expression représentait quelque chose de plus grave encore que ne l'est une vie à son déclin, ou de plus profond qu'une âme affaissée par l'expérience. Elle était un de ces types qui, entre mille physionomies dédaignées parce qu'elles sont sans caractère, vous arrêtent un moment, vous font penser; comme, entre les mille tableaux d'un musée, vous êtes fortement impressionné, soit par la tête sublime où Murillo peignit la douleur maternelle, soit par le visage de Béatrix Cinci où le Guide sut peindre la plus touchante innocence au fond du plus épouvantable crime, soit par la sombre face de Philippe II où Vélasquez a pour toujours imprimé la majestueuse terreur que doit inspirer la royauté. Certaines figures humaines sont de despotiques images qui vous parlent, vous interrogent, qui répondent à vos pensées secrètes, et font même des poemes entiers. Le visage glacé de madame d'Aiglemont était une de ces poésies terribles, une de ces faces répandues par milliers dans la divine Comédie de Dante Alighieri.

Pendant la rapide saison où la femme reste en fleur, les caractères de sa beauté servent admirablement bien la dissimulation à laquelle sa faiblesse naturelle et nos lois sociales la condamnent. Sous le riche coloris de son visage frais, sous le feu de ses yeux, sous le réseau gracieux de ses traits si fins, de tant de lignes multipliées, courbes ou droites, mais pures et parfaitement arrêtées, toutes ses émotions peuvent demeurer secrètes; la rougeur alors ne révèle rien en colorant encore des couleurs déjà si vives; tous les foyers intérieurs se mêlent alors si bien à la lumière de ces yeux flamboyants de vie, que la flamme passagère d'une souffrance n'y apparaît que comme une grâce de plus. Aussi rien n'est-il si discret qu'un jeune visage, parce que rien n'est plus immobile. La figure d'une jeune femme a le calme, le poli, la fraîcheur de la surface d'un lac. La physionomie

des femmes ne commence qu'à trente ans. Jusqu'à cet âge,
le peintre ne trouve dans leurs visages que du rose et du
blanc, des sourires et des expressions qui répètent une
même pensée, pensée de jeunesse et d'amour, pensée uniforme et sans profondeur; mais, dans la vieillesse, tout chez
la femme a parlé, les passions se sont incrustées sur son
visage; elle a été amante, épouse, mère; les expressions les
plus violentes de la joie et de la douleur ont fini par gri-
mer, torturer ses traits, par s'y empreindre en mille rides,
qui toutes ont un langage; et une tête de femme devient
alors sublime d'horreur, belle de mélancolie, ou magnifique
de calme; s'il est permis de poursuivre cette étrange mé-
taphore, le lac désséché laisse voir alors les traces de tous
les torrents qui l'ont produit; une tête de vieille femme
n'appartient plus alors ni au monde qui, frivole, est effrayé
d'y apercevoir la destruction de toutes les idées d'élégance
auxquelles il est habitué, ni aux artistes vulgaires qui n'y
découvrent rien; mais aux vrais poëtes, à ceux qui ont le
sentiment d'un beau indépendant de toutes les conventions
sur lesquelles reposent tant de préjugés en fait d'art et de
beauté.

Quoique madame d'Aiglemont portât sur sa tête une capote à la mode, il était facile de voir que sa chevelure, jadis
noire, avait été blanchie par de cruelles émotions; mais la
manière dont elle la séparait en deux bandeaux trahissait
son bon goût, révélait ses gracieuses habitudes de la femme
élégante, et dessinait parfaitement son front flétri, ridé, dans
la forme duquel se retrouvaient quelques traces de son ancien éclat. La coupe de sa figure, la régularité de ses traits
donnaient une idée, faible à la vérité, de la beauté dont
elle avait dû être orgueilleuse; mais ces indices accusaient
encore mieux les douleurs, qui avaient été assez aiguës
pour creuser ce visage, pour en dessécher les tempes, en
rentrer les joues, en meurtrir les paupières et les dégarnir
de cils, cette grâce du regard. Tout était silencieux en cette
femme; sa démarche et ses mouvements avaient cette
lenteur grave et recueillie qui imprime le respect. Sa
modestie, changée en timidité, semblait être le résultat de

l'habitude, qu'elle avait prise depuis quelques années, de s'effacer devant sa fille ; puis sa parole était rare, douce, comme celle de toutes les personnes forcées de réfléchir, de se concentrer, de vivre en elles-mêmes. Cette attitude et cette contenance inspiraient un sentiment indéfinissable, qui n'était ni la crainte ni la compassion, mais dans lequel se fondaient mystérieusement toutes les idées que recueillent ces diverses affections. Enfin la nature de ses rides, la manière dont son visage était plissé, la pâleur de son regard endolori, tout témoignait éloquemment de ces larmes qui, dévorées par le cœur, ne tombent jamais à terre. Les malheureux accoutumés à contempler le ciel pour en appeler à lui des maux de leur vie eussent facilement reconnu dans les yeux de cette mère les cruelles habitudes d'une prière faite à chaque instant du jour, et les légers vestiges de ces meurtrissures secrètes qui finissent par détruire les fleurs de l'âme et jusqu'au sentiment de la maternité. Les peintres ont des couleurs pour ces portraits, mais les idées et les paroles sont impuissantes pour les traduire fidèlement ; il s'y rencontre, dans les tons du teint, dans l'air de la figure, des phénomènes inexplicables que l'âme saisit par la vue, mais le récit des événements auxquels sont dus de si terribles bouleversements de physionomie est la seule ressource qui reste au poëte pour les faire comprendre. Cette figure annonçait un orage calme et froid, un secret combat entre l'héroïsme de la douleur maternelle et l'infirmité de nos sentiments, qui sont finis comme nous-mêmes et où rien ne se trouve d'infini. Ces souffrances sans cesse refoulées avaient produit à la longue je ne sais quoi de morbide en cette femme. Sans doute quelques émotions trop violentes avaient physiquement altéré ce cœur maternel, et quelque maladie, un anévrisme peut-être, menaçait lentement cette femme à son insu. Les peines vraies sont en apparence si tranquilles dans le lit profond qu'elles se sont fait, où elles semblent dormir, mais où elles continuent à corroder l'âme comme cet épouvantable acide qui perce le cristal ! En ce moment deux larmes sillonnèrent les joues de la marquise, et elle se leva comme si quelque réflexi⁰

plus poignante que toutes les autres l'eût vivement blessée. Elle avait sans doute jugé l'avenir de Moïna. Or,
en prévoyant les douleurs qui attendaient sa fille, tous
les malheurs de sa propre vie lui étaient retombés sur le
cœur.

La situation de cette mère sera comprise en expliquant
celle de sa fille.

Le comte de Saint-Héreen était parti depuis environ six
mois pour accomplir une mission politique. Pendant cette
absence, Moïna, qui à toutes les vanités de la petite-maîtresse joignait les capricieux vouloirs de l'enfant gâté, s'était
amusée, par étourderie ou pour obéir aux mille coquetteries de la femme, et peut-être pour en essayer le pouvoir,
à jouer avec la passion d'un homme habile, mais sans cœur,
se disant ivre d'amour, de cet amour avec lequel se com-
binent toutes les petites ambitions sociales et vaniteuses du
fat. Madame d'Aiglemont, à laquelle une longue expérience
avait appris à connaître la vie, à juger les hommes, à redouter le monde, avait observé les progrès de cette intrigue
et pressentait la perte de sa fille en la voyant tombée entre
les mains d'un homme à qui rien n'était sacré. N'y avait-il
pas pour elle quelque chose d'épouvantable à rencontrer
un roué dans l'homme que Moïna écoutait avec plaisir?
Son enfant chérie se trouvait donc au bord d'un abîme.
Elle en avait une horrible certitude, et n'osait l'arrêter, car
elle tremblait devant la comtesse. Elle savait d'avance que
Moïna n'écouterait aucun de ses sages avertissements ; elle
n'avait aucun pouvoir sur cette âme, de fer pour elle et
toute moelleuse pour les autres. Sa tendresse l'eût portée à
s'intéresser aux malheurs d'une passion justifiée par les
nobles qualités du séducteur, mais sa fille suivait un mouvement de coquetterie; et la marquise méprisait le comte
Alfred de Vandenesse, sachant qu'il était homme à consi-
dérer sa lutte avec Moïna comme une partie d'échecs
Quoique Alfred de Vandenesse fît horreur à cette malheureuse mère, elle était obligée d'ensevelir dans le pli le plus
profond de son cœur les raisons suprêmes de son aversion.
Elle était intimement liée avec le marquis de Vandenesse

père d'Alfred, et cette amitié, respectable aux yeux du monde, autorisait le jeune homme à venir familièrement chez madame de Saint-Héreen, pour laquelle il feignait une passion conçue dès l'enfance. D'ailleurs, en vain madame d'Aiglemont se serait-elle décidée à jeter entre sa fille et Alfred de Vandenesse une terrible parole qui les eût séparés; elle était certaine de n'y pas réussir, malgré la puissance de cette parole, qui l'eût déshonorée aux yeux de sa fille. Alfred avait trop de corruption, Moïna trop d'esprit pour croire à cette révélation, et la jeune vicomtesse l'eût éludée en la traitant de ruse maternelle. Madame d'Aiglemont avait bâti son cachot de ses propres mains et s'y était murée elle-même pour y mourir en voyant se perdre la belle vie de Moïna, cette vie devenue sa gloire, son bonheur et sa consolation, une existence pour elle mille fois plus chère que la sienne. Horribles souffrances, incroyables, sans langage! abîme sans fond!

Elle attendait impatiemment le lever de sa fille, et néanmoins elle le redoutait, semblable au malheureux condamné à mort qui voudrait en avoir fini avec la vie, et qui cependant a froid en pensant au bourreau. La marquise avait résolu de tenter un dernier effort; mais elle craignait peut-être moins d'échouer dans sa tentative que de recevoir encore une de ces blessures si douloureuses à son cœur qu'elles avaient épuisé tout son courage. Son amour de mère en était arrivé là : aimer sa fille, la redouter, appréhender un coup de poignard et aller au-devant. Le sentiment maternel est si large dans les cœurs aimants qu'avant d'arriver à l'indifférence une mère doit mourir en s'appuyant sur quelque grande puissance, la religion ou l'amour. Depuis son lever, la fatale mémoire de la marquise lui avait retracé plusieurs de ces faits, petits en apparence, mais qui dans la vie morale sont de grands événements. En effet, parfois un geste développe tout un drame, l'accent d'une parole déchire toute une vie, l'indifférence d'un regard tue la plus heureuse passion. La marquise d'Aiglemont avait malheureusement trop vu ces gestes, entendu trop ces paroles, reçu trop de ces regards affreux à l'âme, pour que ses souvenirs pussent

lui donner des espérances. Tout lui prouvait qu'Alfred l'avait
perdue dans le cœur de sa fille, où elle restait, elle, la mère,
moins comme un plaisir que comme un devoir. Mille choses,
des riens lui attestaient la conduite détestable de la comtesse envers elle, ingratitude que la marquise regardait
peut-être comme une punition. Elle cherchait des excuses à
sa fille dans les desseins de la Providence, afin de pouvoir
encore adorer la main qui la frappait. Pendant cette matinée,
elle se souvint de tout, et tout la frappa de nouveau si vivement au cœur, que sa coupe, remplie de chagrins, devait
déborder si la plus légère peine y était jetée. Un regard froid
pouvait tuer la marquise. Il est difficile de peindre ces faits
domestiques, mais quelques-uns suffiront peut-être à les indiquer tous. Ainsi la marquise, étant devenue un peu sourde,
n'avait jamais pu obtenir de Moïna qu'elle élevât la voix pour
elle ; et le jour où, dans la naïveté de l'être souffrant, elle
pria sa fille de répéter une phrase dont elle n'avait rien
saisi, la comtesse obéit, mais avec un air de mauvaise grâce
qui ne permit pas à madame d'Aiglemont de réitérer sa modeste prière. Depuis ce jour, quand Moïna racontait un événement ou parlait, la marquise avait soin de s'approcher
d'elle ; mais souvent la comtesse paraissait ennuyée de l'infirmité qu'elle reprochait étourdiment à sa mère. Cet exemple, pris entre mille, ne pouvait frapper que le cœur d'une
mère. Toutes ces choses eussent échappé peut-être à un observateur, car c'était des nuances insensibles pour d'autres
yeux que ceux d'une femme. Ainsi madame d'Aiglemont
ayant un jour dit à sa fille que la princesse de Cadignan
était venue la voir, Moïna s'écria simplement : — Comment !
elle est venue pour vous ! L'air dont ces paroles furent dites,
l'accent que la comtesse y mit, peignaient par de légères
teintes un étonnement, un mépris élégant qui feraient trouver aux cœurs toujours jeunes et tendres de la philanthropie
dans la coutume en vertu de laquelle les sauvages tuent
leurs vieillards quand ils ne peuvent plus se tenir à la branche d'un arbre fortement secoué. Madame d'Aiglemont se
leva, sourit, et alla pleurer en secret. Les gens bien élevés,
et les femmes surtout, ne trahissent leurs sentiments que

par des touches imperceptibles, mais qui n'en font pas moins
deviner les vibrations de leurs cœurs à ceux qui peuvent
retrouver dans leur vie des situations analogues à celle de
cette mère meurtrie. Accablée par ses souvenirs, madame
d'Aiglemont retrouva l'un de ces faits microscopiques si pi-
quants, si cruels, où elle n'avait jamais mieux vu qu'en ce
moment le mépris atroce caché sous des sourires. Mais ses
larmes se séchèrent quand elle entendit ouvrir les persiennes
de la chambre où reposait sa fille. Elle accourut en se dirigeant vers les fenêtres par le sentier qui passait le long de la
grille devant laquelle elle était naguère assise. Tout en marchant, elle remarqua le soin particulier que le jardinier avait
mis à ratisser le sable de cette allée, assez mal tenue depuis
peu de temps. Quand madame d'Aiglemont arriva sous les fenêtres de sa fille, les persiennes se refermèrent brusquement.

— Moïna, dit-elle.

Point de réponse.

— Madame la comtesse est dans le petit salon, dit la
femme de chambre de Moïna quand la marquise rentrée au
logis demanda si sa fille était levée.

Madame d'Aiglemont avait le cœur trop plein et la tête
trop fortement préoccupée pour réfléchir en ce moment sur
des circonstances si légères; elle passa promptement dans
un petit salon où elle trouva la comtesse en peignoir, un
bonnet négligemment jeté sur une chevelure en désordre,
les pieds dans ses pantoufles, ayant la clef de sa chambre
dans sa ceinture, le visage empreint de pensées presque orageuses et des couleurs animées. Elle était assise sur un divan, et paraissait réfléchir.

— Pourquoi vient-on? dit-elle d'une voix dure. Ah! c'est
vous, ma mère, reprit-elle d'un air distrait après s'être interrompue elle-même.

— Oui, mon enfant, c'est ta mère...

L'accent avec lequel madame d'Aiglemont prononça ces
paroles peignit une effusion de cœur et une émotion intime,
dont il serait difficile de donner une idée sans employer le
mot de sainteté. Elle avait en effet si bien revêtu le caractère sacré d'une mère, que sa fille en fut frappée, et se tourna

vers elle par un mouvement qui exprimait à la fois le respect, l'inquiétude et le remords. La marquise ferma la porte
de ce salon, où personne ne pouvait entrer sans faire du
bruit dans les pièces précédentes. Cet éloignement garantissait de toute indiscrétion.

— Ma fille, dit la marquise, il est de mon devoir de t'é-
clairer sur une des crises les plus importantes dans notre
vie de femme, et dans laquelle tu te trouves à ton insu peut-
être, mais dont je viens te parler moins en mère qu'en
amie. En te mariant tu es devenue libre de tes actions, tu
n'en dois compte qu'à ton mari ; mais je t'ai si peu fait
sentir l'autorité maternelle (et ce fut un tort peut-être), que
je me crois en droit de me faire écouter de toi, une fois
au moins, dans la situation grave où tu dois avoir besoin
de conseil. Songe, Moïna, que je t'ai mariée à un homme
d'une haute capacité, de qui tu peux être fière, que...

— Ma mère, s'écria Moïna d'un air mutin et en l'interrompant, je sais ce que vous venez me dire. Vous allez me
prêcher au sujet d'Alfred...

— Vous ne devineriez pas si bien, Moïna, reprit gravement la marquise en essayant de retenir ses larmes, si vous
ne sentiez pas...

— Quoi? dit-elle d'un air presque hautain. Mais, ma mère,
en vérité...

— Moïna, s'écria madame d'Aiglemont en faisant un
effort extraordinaire, il faut que vous entendiez attentivement ce que je dois vous dire...

— J'écoute, dit la comtesse en se croisant les bras et
affectant une impertinente soumission. Permettez-moi, ma
mère, dit-elle avec un sang-froid incroyable, de sonner
Pauline pour la renvoyer...

Elle sonna.

— Ma chère enfant, Pauline ne peut pas entendre...

— Maman, reprit la comtesse d'un air sérieux, et qui aurait dû paraître extraordinaire à la mère, je dois... Elle
s'arrêta, la femme de chambre arrivait. — Pauline, allez
vous-même chez Baudran savoir pourquoi je n'ai pas encore
mon chapeau...

Elle se rassit et regarda sa mère avec attention. La marquise, dont le cœur était gonflé, les yeux secs et qui ressentait alors une de ces émotions dont la douleur ne peut être comprise que par les mères, prit la parole pour instruire Moïna du danger qu'elle courait. Mais, soit que la comtesse se trouvât blessée des soupçons que sa mère concevait sur le fils du marquis de Vandenesse, soit qu'elle fût en proie à l'une de ces folies incompréhensibles dont le secret est dans l'inexpérience de toutes les jeunesses, elle profita d'une pause faite par sa mère pour lui dire en riant d'un rire forcé : — Maman, je ne te croyais jalouse que du père...

A ce mot, madame d'Aiglemont ferma les yeux, baissa la tête et poussa le plus léger de tous les soupirs. Elle jeta son regard en l'air, comme pour obéir au sentiment invincible qui nous fait invoquer Dieu dans les grandes crises de la vie ; puis, elle dirigea sur sa fille ses yeux pleins d'une majesté terrible et empreints aussi d'une profonde douleur.

— Ma fille, dit-elle d'une voix gravement altérée, vous avez été plus impitoyable envers votre mère que ne le fut l'homme offensé par elle, plus que ne le sera Dieu peut-être.

Madame d'Aiglemont se leva ; mais arrivée à la porte, elle se retourna, ne vit que de la surprise dans les yeux de sa fille, sortit et put aller jusque dans le jardin, où ses forces l'abandonnèrent. Là, ressentant au cœur de fortes douleurs, elle tomba sur un banc. Ses yeux, qui erraient sur le sable, y aperçurent la récente empreinte d'un pas d'homme dont les bottes avaient laissé des marques très-reconnaissables. Sans aucun doute, sa fille était perdue, elle crut comprendre alors le motif de la commission donnée à Pauline. Cette idée cruelle fut accompagnée d'une révélation plus odieuse que ne l'était tout le reste. Elle supposa que le fils du marquis de Vandenesse avait détruit dans le cœur de Moïna ce respect dû par une fille à sa mère. Sa souffrance s'accrut, elle s'évanouit insensiblement, et demeura comme endormie. La jeune comtesse trouva que sa mère s'était permis de lui donner *un coup de boutoir* un peu sec, et pensa que le soir une caresse ou quelques attentions feraient les frais du raccommodement. Entendant

un cri de femme dans le jardin, elle se pencha négligemment au moment où Pauline, qui n'était pas encore sortie,
appelait au secours et tenait la marquise dans ses bras.

— N'effrayez pas ma fille! fut le dernier mot que prononça cette mère.

Moïna vit transporter sa mère, pâle, inanimée, respirant
avec difficulté, mais agitant les bras comme si elle voulait
ou lutter ou parler. Atterrée par ce spectacle, Moïna suivit
sa mère, aida silencieusement à la coucher sur son lit et à la
déshabiller. Sa faute l'accabla. En ce moment suprême, elle
connut sa mère, et ne pouvait plus rien réparer. Elle voulut
être seule avec elle, et quand il n'y eut plus personne dans
la chambre, qu'elle sentit le froid de cette main pour elle
toujours caressante, elle fondit en larmes. Réveillée par ses
pleurs, la marquise put encore regarder sa chère Moïna;
puis, au bruit de ses sanglots, qui semblaient vouloir briser
ce sein délicat et en désordre, elle contempla sa fille en souriant. Ce sourire prouvait à cette jeune parricide que le cœur
d'une mère est un abîme au fond duquel se trouve toujours
un pardon. Aussitôt que l'état de la marquise fut connu, des
gens à cheval avaient été expédiés pour aller chercher le
médecin, le chirurgien et les petits-enfants de madame d'Aiglemont. La jeune marquise et ses enfants arrivèrent en
même temps que les gens de l'art et formèrent une assemblée
assez imposante, silencieuse, inquiète, à laquelle se mêlèrent
les domestiques. La jeune marquise, qui n'entendait aucun
bruit, vint frapper doucement à la porte de la chambre. A ce
signal, Moïna, réveillée sans doute dans sa douleur, poussa
brusquement les deux battants, jeta des yeux hagards sur
cette assemblée de famille et se montra dans un désordre
qui parlait plus haut que le langage. A l'aspect de ce désordre vivant chacun resta muet. Il était facile d'apercevoir
les pieds de la marquise roides et tendus convulsivement
sur le lit de mort. Moïna s'appuya sur la porte, regarda ses
parents, et dit d'une voix creuse : — *J'ai perdu ma mère!*

Paris, 1828-1844.

C'était d'abord la famille dont la noblesse, inconnue à cinquante lieues plus loin, passe, dans le département, pour incontestable et de la plus haute antiquité. Cette espèce de *famille royale* au petit pied effleure par ses alliances, sans que personne s'en doute, les Navarreins, les Grandlieu, touche aux Cadignan, et s'accroche aux Blamont-Chauvry. Le chef de cette race illustre est toujours un chasseur déterminé. Homme sans manières, il accable tout le monde de sa supériorité nominale; tolère le sous-préfet, comme il souffre l'impôt; n'admet aucune des puissances nouvelles créées par le dix-neuvième siècle, et fait observer, comme une monstruosité politique, que le premier ministre n'est pas gentilhomme. Sa femme a le ton tranchant, parle haut, a eu des adorateurs, mais fait régulièrement ses pâques; elle élève mal ses filles, et pense qu'elles seront toujours assez riches de leur nom. La femme et le mari n'ont d'ailleurs aucune idée du luxe actuel; ils gardent les livrées du théâtre, tiennent aux anciennes formes pour l'argenterie, les meubles, les voitures, comme pour les mœurs et le langage. Ce vieux faste s'allie d'ailleurs assez bien avec l'économie des provinces. Enfin c'est les gentilshommes d'autrefois, moins les lods en vente, moins la meute et les habits galonnés; tous pleins d'honneur entre eux, tous dévoués à des princes qu'ils ne voient qu'à distance. Cette maison historique *incognito* conserve l'originalité d'une antique tapisric de haute-lice. Dans la famille végète infailliblement un oncle ou un frère, lieutenant général, cordon rouge, homme de cour, qui est allé en Hanovre avec le maréchal de Richelieu, et que vous retrouverez là comme le feuillet égaré d'un vieux pamphlet du temps de Louis XV.

A cette famille fossile s'oppose une famille riche, mais de noblesse moins ancienne. Le mari et la femme vont passer deux mois d'hiver à Paris, ils en rapportent le ton fugitif et les passions éphémères. Madame est élégante, mais un peu guindée et toujours en retard avec les modes. Cependant elle se moque de l'ignorance affectée par ses voisins; son argenterie est moderne; elle a des grooms, des nègres, un valet de chambre. Son fils aîné a tilbury, ne fait rien, il a un majorat ; le cadet est auditeurs au conseil d'État. Le père , très au fait des intrigues du ministère, raconte des anecdotes sur Louis XVIII et madame du Cayla : il place dans le *cinq pour cent*, évite la conversation sur les cidres, mais tombe encore parfois dans la manie de rectifier le chiffre des fortunes départementales; il est membre du conseil général, se fait habiller à Paris, et porte la croix de la Légion d'honneur. Enfin ce gentilhomme a compris la restauration, et bat monnaie à la Chambre ; mais son royalisme est moins pur que celui de la famille avec laquelle il rivalise. Il reçoit la *Gazette* et les *Débats*. L'autre famille ne lit que la *Quotidienne*.

Monseigneur l'évêque, ancien vicaire général, flotte entre ces deux puissances qui lui rendent les honneurs dus à la religion, mais en lui faisant sentir parfois la morale que le bon La Fontaine a mise à la fin de l'*Ane chargé de reliques*. Le bonhomme est roturier.

Puis viennent les astres secondaires, les gentilshommes qui jouissent de dix à douze mille livres de rente, et qui ont été capitaines de vaisseau ou capitaines de cavalerie, ou rien du tout. A cheval par les chemins, ils tiennent le milieu, entre le curé portant les sacrements et le contrôleur des contributions en tournée. Presque tous ont été dans les pages ou dans les mousquetaires, et achèvent paisiblement leurs jours dans une *faisance-valoir*, plus occupés d'une coupe de bois ou de leur cidre que de la monarchie. Cependant ils parlent de la charte et des libéraux entre deux *rubbers* de whist ou pendant une partie de trictrac, après avoir calculé des dots et arrangé des mariages en rapport avec les généalogies qu'ils savent par cœur. Leurs femmes font les fières et prennent les airs de la cour dans leurs cabriolets d'osier ; elles croient être parées quand elles sont affublées d'un châle et d'un bonnet ; elles achètent annuellement deux chapeau, mais après de mûres délibérations, et se les font apporter de Paris par occasion ; elles sont généralement vertueuses et bavardes.

Autour de ces éléments principaux de la gent aristocratique se groupent deux ou trois vieilles filles de qualité qui

ont résolu le problème de l'immobilisation de la cré
humaine. Elles semblent être scellées dans les maisoi
vous les voyez ; leurs figures, leurs toilettes font par
l'immeuble, de la ville, de la province ; elles en sc
tradition, la mémoire, l'esprit. Toutes ont quelques
de roide et de monumental ; elles savent sourire ou h
la tête à propos, et, de temps en temps, disent des
qui passent pour spirituels.

Quelques riches bourgeois se sont glissés dans ce
faubourg Saint-Germain, grâce à leurs opinions arist
tiques ou à leurs fortunes. Mais, en dépit de leurs
rante ans, là chacun dit d'eux : — Ce petit *un tel* pense
Et l'on en fait des députés. Généralement ils sont pro
par les vieilles filles, mais on en cause.

Puis enfin deux ou trois ecclésiastiques sont reçus
cette société d'élite, pour leur étole, ou parce qu'ils o
l'esprit, et que ces nobles personnes, s'ennuyant entre
introduisent l'élément bourgeois dans leurs salons c
un boulanger met de la levure dans sa pâte.

La somme d'intelligence amassée dans toutes ces té
compose d'une certaine quantité d'idées anciennes, auxq
se mêlent quelques pensées nouvelles qui se brassent en
mun tous les soirs. Semblables à l'eau d'une petite ans
phrases qui représentent ces idées ont leur flux et reflux
tidien, leur remous perpétuel, exactement pareil ; q
entend aujourd'hui le vide retentissement l'entendra de
dans un an, toujours. Leurs arrêts immuablement port
les choses d'ici-bas forment une science traditionnelle
quelle il n'est au pouvoir de personne d'ajouter une é
d'esprit. La vie de ces routinières personnes gravite
une sphère d'habitudes aussi incommutables que le
leurs opinions religieuses, politiques, morales et littér
Un étranger est-il admis dans ce cénacle, chacun lui
non sans une sorte d'ironie : — Vous ne trouverez pas
brillant de votre monde parisien ! et chacun condar
l'existence de ses voisins en cherchant à faire croire
est une exception dans cette société, qu'il a tenté sans
cès de la rénover. Mais si, par malheur, l'étranger fe

par quelque remarque l'opinion que ces gens ont mutuellement d'eux-mêmes, il passe aussitôt pour un homme méchant, sans foi ni loi, pour un Parisien corrompu, *comme le sont en général tous les Parisiens.*

Quand Gaston de Nueil apparut dans ce petit monde, où l'étiquette était parfaitement observée, où chaque chose de la vie s'harmoniait, où tout se trouvait mis à jour, où les valeurs nobiliaires et territoriales étaient cotées comme le sont les fonds de la Bourse à la dernière page des journaux, il avait été pesé d'avance dans les balances infaillibles de l'opinion bayeusaine. Déjà sa cousine madame de Sainte-Sevère avait dit le chiffre de sa fortune, celui de ses espérances, exhibé son arbre généalogique, vanté ses connaissances, sa politesse et sa modestie. Il reçut l'accueil auquel il devait strictement prétendre, fut accepté comme un bon gentilhomme, sans façon, parce qu'il n'avait que vingt-trois ans; mais certaines jeunes personnes et quelques mères lui firent les yeux doux. Il possédait dix-huit mille livres de rente dans la vallée d'Auge, et son père devait tôt ou tard lui laisser le château de Manerville avec toutes ses dépendances. Quant à son instruction, à son avenir politique, à sa valeur personnelle, à ses talents, il n'en fut pas seulement question. Ses terres étaient bonnes et les fermages bien assurés; d'excellentes plantations y avaient été faites; les réparations et les impôts étaient à la charge des fermiers; les pommiers avaient trente-huit ans; enfin son père était en marché pour acheter deux cents arpents de bois contigus à son parc, qu'il voulait entourer de murs; aucune espérance ministérielle, aucune célébrité humaine ne pouvait lutter contre de tels avantages. Soit malice, soit calcul, madame de Sainte-Sevère n'avait pas parlé du frère aîné de Gaston, et Gaston n'en dit pas un mot. Mais ce frère était poitrinaire, et paraissait devoir être bientôt enseveli, pleuré, oublié. Gaston de Nueil commença par s'amuser de ces personnages; il en dessina, pour ainsi dire, les figures sur son album dans la sapide vérité de leurs physionomies anguleuses, crochues, ridées, dans la plaisante originalité de leurs costumes et de leurs tics; il se délecta des *normanismes* de leur idiome, du fruste

do leurs idées et de leurs caractères. Mais, après avoir épousé
pendant un moment cette existence semblable à celle des
écureuils occupés à tourner leur cage, il sentit l'absence des
oppositions dans une vie arrêtée d'avance, comme celle des
religieux au fond des cloîtres, et tomba dans une crise qui
n'est encore ni l'ennui, ni le dégoût, mais qui en comporte
presque tous les effets. Après les légères souffrances de cette
transition, s'accomplit pour l'individu le phénomène de sa
transplantation dans un terrain qui lui est contraire, où il
doit s'atrophier et mener une vie rachitique. En effet, si rien
ne le tire de ce monde, il en adopte insensiblement les
usages, et se fait à son vide qui le gagne et l'annule. Déjà
les poumons de Gaston s'habituaient à cette atmosphère.
Prêt à reconnaître une sorte de bonheur végétal dans ces
journées passées sans soins et sans idées, il commençait à
perdre le souvenir de ce mouvement de séve, de cette fruc-
tification constante des esprits qu'il avait si ardemment
épousée dans la sphère parisienne, et allait se pétrifier parmi
ces pétrifications, y demeurer pour toujours, comme les
compagnons d'Ulysse, content de sa grasse enveloppe. Un
soir, Gaston de Nueil se trouvait assis entre une vieille dame
et l'un des vicaires généraux du diocèse, dans un salon à
boiseries peintes en gris, carrelé en grands carreaux de terre
blancs, décoré de quelques portraits de famille, garni de
quatre tables de jeu, autour desquelles seize personnes ba-
billaient en jouant au whist. Là, ne pensant à rien, mais
digérant un de ces dîners exquis, l'avenir de la journée en
province, il se surprit à justifier les usages du pays. Il concevait pourquoi ces gens-là continuaient à se servir des cartes
de la veille, à les battre sur des tapis usés, et comment ils
arrivaient à ne plus s'habiller ni pour eux-mêmes ni pour
les autres. Il devinait je ne sais quelle philosophie dans le
mouvement uniforme de cette vie circulaire, dans le calme
de ces habitudes logiques et dans l'ignorance des choses
élégantes. Enfin il comprenait presque l'inutilité du luxe. La
ville de Paris, avec ses passions, ses orages et ses plaisirs,
n'était déjà plus dans son esprit que comme un souvenir
d'enfance. Il admirait de bonne foi les mains rouges, l'air

modeste et craintif d'une jeune personne dont, à la première vue, la figure lui avait paru niaise, les manières sans grâces, l'ensemble repoussant et la mine souverainement ridicule. C'était fait de lui. Venu de la province à Paris, il allait retomber de l'existence inflammatoire de Paris dans la froide vie de province, sans une phrase qui frappa son oreille et lui apporta soudain une émotion semblable à celle que lui aurait causée quelque motif original parmi les accompagnements d'un opéra ennuyeux.

— N'êtes-vous pas allé voir hier madame de Beauséant? dit une vieille femme au chef de la maison princière du pays.

— J'y suis allé ce matin, répondit-il. Je l'ai trouvée bien triste et si souffrante que je n'ai pas pu la décider à venir dîner demain avec nous.

— Avec madame de Champignelles? s'écria la douairière en manifestant une sorte de surprise,

— Avec ma femme, dit tranquillement le gentilhomme. Madame de Beauséant n'est-elle pas de la maison de Bourgogne? Par les femmes, il est vrai; mais enfin ce nom-là blanchit tout. Ma femme aime beaucoup la vicomtesse, et la pauvre dame est depuis si longtemps seule, que...

En disant ces derniers mots, le marquis de Champignelles regarda d'un air calme et froid les personnes qui l'écoutaient en l'examinant; mais il fut presque impossible de deviner s'il faisait une concession au malheur ou à la noblesse de madame de Beauséant, s'il était flatté de la recevoir, ou s'il voulait forcer par orgueil les gentilshommes du pays et leurs femmes à la voir.

Toutes les dames parurent se consulter en se jetant le même coup d'œil; et alors, le silence le plus profond ayant tout à coup régné dans le salon, leur attitude fut prise comme un indice d'improbation.

— Cette madame de Beauséant est-elle par hasard celle dont l'aventure avec monsieur d'Ajuda-Pinto a fait tant de bruit? demanda Gaston à la personne près de laquelle il était.

— Parfaitement la même, lui répondit-on. Elle est venue

habiter Courcelles après le mariage du marquis d'Ajuda,
personne ici ne la reçoit. Elle a d'ailleurs beaucoup trop
d'esprit pour ne pas avoir senti la fausseté de sa position ;
aussi n'a-t-elle cherché à voir personne. M. de Champignelles
et quelques hommes se sont présentés chez elle, mais elle
n'a reçu que monsieur de Champignelles à cause peut-être
de leur parenté ; ils sont alliés par les Beauséant. Le marquis de Beauséant le père a épousé une Champignelles de la
branche aînée. Quoique la vicomtesse de Beauséant passe
pour descendre de la maison de Bourgogne, vous comprenez
que nous ne pouvions pas admettre ici une femme séparée
de son mari. C'est de vieilles idées auxquelles nous avons
encore la bêtise de tenir. La vicomtesse a eu d'autant plus
de tort dans ses escapades que monsieur de Beauséant est un
galant homme, un homme de cour ; il aurait très-bien entendu raison. Mais sa femme est une tête folle...

Monsieur de Nueil, tout en entendant la voix de son in-
terlocutrice, ne l'écoutait plus. Il était absorbé par mille
fantaisies. Existe-t-il d'autre mot pour exprimer les attraits
d'une aventure au moment où elle sourit à l'imagination
au moment où l'âme conçoit de vagues espérances, pressent
d'inexplicables félicités, des craintes, des événements, sans
que rien encore n'alimente ni ne fixe les caprices de ce mi-
rage ? L'esprit voltige alors, enfante des projets impossibles
et donne en germe les bonheurs d'une passion. Mais peut-
être le germe de la passion la contient-il entièrement,
comme une graine contient une belle fleur avec ses parfums
et ses riches couleurs. Monsieur de Nueil ignorait que madame de Beauséant se fût réfugiée en Normandie après un
éclat que la plupart des femmes envient et condamnent,
surtout lorsque les séductions de la jeunesse et de la beauté
justifient presque la faute qui l'a causé. Il existe un prestige
inconcevable dans toute espèce de célébrité, à quelque titre
qu'elle soit due. Il semble que, pour les femmes comme jadis pour les familles, la gloire d'un crime en efface la honte.
De même que telle maison s'enorgueillit de ses têtes tran-
chées, une jolie jeune femme devient plus attrayante par la
fatale renommée d'un amour heureux ou d'une affreuse

trahison. Plus elle est à plaindre, plus elle excite de sympathies. Nous ne sommes impitoyables que pour les choses,
pour les sentiments et les aventures vulgaires. En attirant
les regards, nous paraissons grands. Ne faut-il pas en effet
s'élever au-dessus des autres pour en être vu ? Or, la foule
éprouve involontairement un sentiment de respect pour tout
ce qui s'est grandi, sans trop demander compte des moyens.
En ce moment, Gaston de Nueil se sentait poussé vers madame de Beauséant par la secrète influence de ces raisons,
ou peut-être par la curiosité, par le besoin de mettre un intérêt dans sa vie actuelle, enfin par cette foule de motifs
impossibles à dire, et que le mot *fatalité* sert souvent à exprimer. La vicomtesse de Beauséant avait surgi devant lui
tout à coup, accompagnée d'une foule d'images gracieuses ;
elle était un monde nouveau ; près d'elle sans doute il y avait
à craindre, à espérer, à combattre, à vaincre. Elle devait
contraster avec les personnes que Gaston voyait dans ce
salon mesquin ; enfin c'était une femme, et il n'avait point
encore rencontré de femme dans ce monde froid où les calculs remplaçaient les sentiments, où la politesse n'était plus
que des devoirs, et où les idées les plus simples avaient quelque chose de trop blessant pour être acceptées ou émises.
Madame de Beauséant réveillait en son âme le souvenir de
ses rêves de jeune homme et ses plus vives passions, un
moment endormies. Gaston de Nueil devint distrait pendant
le reste de la soirée. Il pensait aux moyens de s'introduire
chez madame de Beauséant, et certes il n'en existait guère.
Elle passait pour être éminemment spirituelle. Mais, si les
personnes d'esprit peuvent se laisser séduire par les choses
originales ou fines, elles sont exigeantes, savent tout deviner ; auprès d'elles il y a donc autant de chances pour se
perdre que pour réussir dans la difficile entreprise de plaire.
Puis la vicomtesse devait joindre à l'orgueil de sa situation
la dignité que son nom lui commandait. La solitude profonde
dans laquelle elle vivait semblait être la moindre des barrières élevées entre elle et le monde. Il était donc presque
impossible à un inconnu, de quelque bonne famille qu'il fût,
de se faire admettre chez elle. Cependant, le lendemain ma-

tin, monsieur de Nueil dirigea sa promenade vers le pavillon
de Courcelles, et fit plusieurs fois le tour de l'enclos qui en
dépendait. Dupé par les illusions auxquelles il est si naturel
de croire à son âge, il regardait à travers les brèches ou
par-dessus les murs, restait en contemplation devant les
persiennes fermées ou examinait celles qui étaient ouvertes.
Il espérait un hasard romanesque, il en combinait les effets
sans s'apercevoir de leur impossibilité, pour s'introduire
auprès de l'inconnue. Il se promena pendant plusieurs matinées fort infructueusement; mais à chaque promenade,
cette femme, placée en dehors du monde, victime de l'amour,
ensevelie dans la solitude, grandissait dans sa pensée et se
logeait dans son âme. Aussi le cœur de Gaston battait-il
d'espérance et de joie si par hasard, en longeant les murs
de Courcelles, il venait à entendre le pas pesant de quelque
jardinier.

Il pensait bien à écrire à madame de Beauséant; mais
que dire à une femme que l'on n'a pas vue et qui ne nous
connaît pas? D'ailleurs Gaston se défiait de lui-même; puis,
semblable aux jeunes gens encore pleins d'illusions, il craignait plus que la mort les terribles dédains du silence, et
frissonnait en songeant à toutes les chances que pouvait
avoir sa première prose amoureuse d'être jetée au feu. Il
était en proie à mille idées contraires qui se combattaient.
Mais enfin, à force d'enfanter des chimères, de composer
des romans et de se creuser la cervelle, il trouva l'un de
ces heureux stratagèmes qui finissent par se rencontrer dans
le grand nombre de ceux que l'on rêve, et qui révèlent à
la femme la plus innocente l'étendue de la passion avec laquelle un homme s'est occupé d'elle. Souvent les bizarreries
sociales créent autant d'obstacles réels entre une femme et
son amant, que les poëtes orientaux en ont mis dans les
délicieuses fictions de leurs contes, et leurs images les plus
fantastiques sont rarement exagérées. Aussi, dans la nature
comme dans le monde des idées, la femme doit-elle toujours
appartenir à celui qui sait arriver à elle et la délivrer de la
situation où elle languit. Le plus pauvre des calanders, tombant amoureux de la fille d'un calife, n'en était pas certes

séparé par une distance plus grande que celle qui se trouvait entre Gaston et madame de Beauséant. La vicomtesse vivait dans une ignorance absolue des circonvallations tracées autour d'elle par monsieur de Nueil, dont l'amour s'accroissait de toute la grandeur des obstacles à franchir, et qui donnaient à sa maîtresse improvisée les attraits que possède toute chose lointaine.

Un jour, se fiant à son inspiration, il espéra tout de l'amour qui devait jaillir de ses yeux. Croyant la parole plus éloquente que ne l'est la lettre la plus passionnée, et spéculant aussi sur la curiosité naturelle à la femme, il alla chez monsieur de Champignelles en se proposant de l'employer à la réussite de son entreprise. Il dit au gentilhomme qu'il avait à s'acquitter d'une commission importante et délicate auprès de madame de Beauséant; mais, ne sachant point si elle lisait les lettres d'une écriture inconnue ou si elle accorderait sa confiance à un étranger, il le priait de demander à la vicomtesse, lors de sa première visite, si elle daignerait le recevoir. Tout en invitant le marquis à garder le secret en cas de refus, il l'engagea fort spirituellement à ne point taire à madame de Beauséant les raisons qui pouvaient le faire admettre chez elle. N'était-il pas homme d'honneur, loyal et incapable de se prêter à une chose de mauvais goût ou même malséante! Le hautain gentilhomme, dont les petites vanités avaient été flattées, fut complétement dupé par cette diplomatie de l'amour qui prête à un jeune homme l'aplomb et la haute dissimulation d'un vieil ambassadeur. Il essaya bien de pénétrer les secrets de Gaston; mais celui-ci, fort embarrassé de les lui dire, opposa des phrases normandes aux adroites interrogations de monsieur de Champignelles, qui, en chevalier français, le complimenta sur sa discrétion.

Aussitôt le marquis courut à Courcelles avec cet empressement que les gens d'un certain âge mettent à rendre service aux jolies femmes. Dans la situation où se trouvait la vicomtesse de Beauséant, un message de cette espèce était de nature à l'intriguer. Aussi, quoiqu'elle ne vît, en consultant ses souvenirs, aucune raison qui pût amener chez elle

monsieur de Nueil, n'aperçut-elle aucun inconvénient à le
recevoir, après toutefois s'être prudemment enquise de sa
position dans le monde. Elle avait cependant commencé par
refuser; puis elle avait discuté ce point de convenance avec
monsieur de Champignelles, en l'interrogeant pour tâcher de
deviner s'il savait le motif de cette visite ; puis elle était revenue sur son refus. La discussion et la discrétion forcée du
marquis avaient irrité sa curiosité.

Monsieur de Champignelles, ne voulant point paraître
ridicule, prétendait, en homme instruit, mais discret, que la
vicomtesse devait parfaitement bien connaître l'objet de
cette visite, quoiqu'elle le cherchât de bien bonne foi sans
le trouver. Madame de Beauséant créait des liaisons entre
Gaston et des gens qu'il ne connaissait pas, se perdait
dans d'absurdes suppositions, et se demandait à elle-même
si elle avait jamais vu monsieur de Nueil. La lettre d'amour
la plus vraie ou la plus habile n'eût certes pas produit autant d'effet que cette espèce d'énigme sans mot de laquelle
madame de Beauséant fut occupée à plusieurs reprises.

Quand Gaston apprit qu'il pouvait voir la vicomtesse, il
fut tout à la fois dans le ravissement d'obtenir si promptement un bonheur ardemment souhaité et singulièrement embarrassé de donner un dénoûment à sa ruse. — Bah ! *la
voir*, répétait-il en s'habillant, *la voir, c'est tout* ! Puis il
espérait, en franchissant la porte de Courcelles rencontrer
un expédient pour dénouer le nœud gordien qu'il avait serré
lui-même. Gaston était du nombre de ceux qui, croyant à
la toute-puissance de la nécessité, vont toujours; et, au
............ht, arrivés en face du danger, ils s'en inspirent
.... des forces pour le vaincre. Il mit un soin parti-
.... toilette. Il s'imaginait, comme les jeunes gens,
.... boucle bien ou mal placée, dépendait son succès,
.... qu'au jeune âge tout est charme et attrait. D'ail-
.... femmes de choix qui ressemblent à madame de
.... ne ...... séduire que par les grâces de l'es-
.... rité du caractère. Un grand caractère
.... promet une grande passion et paraît
.... exigences de leur cœur. L'esprit les

amuse, répond aux finesses de leur nature, et elles se croient comprises. Or, que veulent toutes les femmes, si ce n'est d'être amusées, comprises ou adorées? Mais il faut avoir bien réfléchi sur les choses de la vie pour deviner la haute coquetterie que comportent la négligence du costume et la réserve de l'esprit dans une première entrevue. Quand nous devenons assez rusés pour être d'habiles politiques, nous sommes trop vieux pour profiter de notre expérience. Tandis que Gaston se défiait assez de son esprit pour emprunter des séductions à son vêtement, madame de Beauséant elle-même mettait instinctivement de la recherche dans sa toilette et se disait en arrangeant sa coiffure : — Je ne veux cependant pas être à faire peur.

Monsieur de Nueil avait dans l'esprit, dans sa personne et dans les manières, cette tournure naïvement originale qui donne une sorte de saveur aux gestes et aux idées ordinaires, permet de tout dire et fait tout passer. Il était instruit, pénétrant, d'une physionomie heureuse et mobile comme son âme impressible. Il y avait de la passion, de la tendresse dans ses yeux vifs ; et son cœur, essentiellement bon, ne les démentait pas. La résolution qu'il prit en entrant à Courcelles fut donc en harmonie avec la nature de son caractère franc et de son imagination ardente. Malgré l'intrépidité de l'amour, il ne put cependant se défendre d'une violente palpitation quand, après avoir traversé une grande cour dessinée en jardins anglais, il arriva dans une salle où un valet de chambre, lui ayant demandé son nom, disparut et revint pour l'introduire.

— Monsieur le baron de Nueil.

Gaston entra lentement, mais d'assez bonne grâce, chose plus difficile encore dans un salon où il n'y a qu'une femme que dans celui où il y en a vingt. A l'angle de la cheminée, où malgré la saison, brillait un grand foyer, et sur laquelle se trouvaient deux candélabres allumés jetant de molles lumières, il aperçut une jeune femme assise dans cette moderne bergère à dossier très-élevé, dont le siége bas lui permettait de donner à sa tête des poses variées pleines de grâce et d'élégance, de l'incliner, de la pencher, de la re-

dresser languissamment, comme si c'était un fardeau pesant;
puis de plier ses pieds, de les montrer ou de les rentrer sous
les longs plis d'une robe noire. La vicomtesse voulut placer
sur une petite table ronde le livre qu'elle lisait; mais ayant
en même temps tourné la tête vers monsieur de Nueil, le
livre, mal posé, tomba dans l'intervalle qui séparait la table
de la bergère. Sans paraître surprise de cet accident, elle se
rehaussa et s'inclina pour répondre au salut du jeune homme,
mais d'une manière imperceptible et presque sans se lever
de son siége où son corps resta plongé. Elle se courba pour
s'avancer, remua vivement le feu; puis elle se baissa, ramassa un gant qu'elle mit avec négligence à sa main gauche,
en cherchant l'autre par un regard promptement réprimé;
car de sa main droite, main blanche, presque transparente,
sans bagues, fluette, à doigts effilés et dont les ongles roses
formaient un ovale parfait, elle montra une chaise comme
pour dire à Gaston de s'asseoir. Quand son hôte inconnu
fut assis, elle tourna la tête vers lui par un mouvement in-
terrogant et coquet dont la finesse ne saurait se peindre; il
appartenait à ces intentions bienveillantes, à ces gestes gracieux, quoique précis, que donnent l'éducation première et
l'habitude constante des choses de bon goût. Ces mouvements multipliés se succédèrent rapidement en un instant,
sans saccades ni brusquerie, et charmèrent Gaston par ce
mélange de soin et d'abandon qu'une jolie femme ajoute aux
manières aristocratiques de la haute compagnie. Madame de
Beauséant contrastait trop vivement avec les automates
parmi lesquels il vivait depuis deux mois d'exil au fond de
la Normandie, pour ne pas lui personnifier la poésie de ses
rêves; aussi ne pouvait-il en comparer les perfections à aucune de celles qu'il avait jadis admirées. Devant cette femme
et dans ce salon meublé comme l'est un salon du faubourg
Saint-Germain, plein de ces riens si riches qui traînent sur
les tables, en apercevant des livres et des fleurs, il se retrouva dans Paris. Il foulait un vrai tapis de Paris, revoyait
le type distingué, les formes frêles de la Parisienne, sa grâce
exquise, et sa négligence des effets cherchés qui nuisent tant
aux femmes de province.

lame la vicomtesse de Beauséant était blonde, blanche
e une blonde, et avait les yeux bruns. Elle présentait
nent son front, un front d'ange déchu qui s'enorgueil-
sa faute et ne veut point de pardon. Ses cheveux,
et tressés en hauteur au-dessus de deux bandeaux
ent sur ce front de larges courbes, ajoutaient
a la majesté de sa tête. L'imagination retrouvait,
es spirales de cette chevelure dorée, la couronne du-
le Bourgogne; et, dans les yeux brillants de cette
dame, tout le courage de sa maison; le courage d'une
forte seulement pour repousser le mépris ou l'audace,
leine de tendresse pour les sentiments doux. Les con-
de sa petite tête, admirablement posée sur un long col
les traits de sa figure fine, ses lèvres déliées et sa
nomie mobile gardaient une expression de prudence
e, une teinte d'ironie affectée qui ressemblait à de la
t à de l'impertinence. Il était difficile de ne pas lui
ner ces deux péchés féminins en pensant à ses mal-
à la passion qui avait failli lui coûter la vie, et qu'at-
nt soit les rides qui, par le moindre mouvement, sil-
ent son front, soit la douloureuse éloquence de ses
yeux souvent levés vers le ciel. N'était-ce pas un spec-
mposant, et encore agrandi par la pensée, de voir
un immense salon silencieux cette femme séparée du
entier, et qui, depuis trois ans, demeurait au fond
petite vallée, loin de la ville, seule avec les souvenirs
jeunesse brillante, heureuse, passionnée, jadis remplie
s fêtes, par de constants hommages, mais maintenant
aux horreurs du néant? Le sourire de cette femme
çait une haute conscience de sa valeur. N'étant ni
ni épouse, repoussée par le monde; privée du seul
qui pût faire battre le sien sans honte, ne tirant d'au-
ntiment les secours nécessaires à son âme chancelante,
vait prendre sa force sur elle-même, vivre de sa propre
n'avoir d'autre espérance que celle de la femme
onnée; attendre la mort, en hâter la lenteur malgré
ux jours qui lui restaient encore. Se sentir destinée
, et périr sans le recevoir, sans le donner?... une

femme! Quelles douleurs! Monsieur de Nueil fit ces r
avec la rapidité de l'éclair, et se trouva bien honteux œe :
personnage en présence de la plus grande poésie dont pui
s'envelopper une femme. Séduit par le triple éclat de .
beauté, du malheur et de la noblesse, il demeura pre
béant, songeur, admirant la vicomtesse, mais ne trouva
rien à lui dire.

Madame de Beauséant, à qui cette surprise ne déplut
doute point, lui tendit la main par un geste doux, ı ɜ m
pératif, puis, rappelant un sourire sur ses lèvres pâlie
comme pour obéir encore aux grâces de son ı ɩe, elle
dit : — Monsieur de Champignelles m'a prévenue,
du message dont vous vous êtes si complaisamı ıt
pour moi. Serait-ce de la part de...

En entendant cette terrible phrase, Gaston comprit encor
mieux le ridicule de sa situation, le mauvais goût, la dé
loyauté de son procédé envers une femme et si noble et ɛ
malheureuse. Il rougit. Son regard, empreint de mille
sées, se troubla; mais tout à coup, avec cette force que œ
jeunes cœurs savent puiser dans le sentiment de leurɛ
il se rassura; puis, interrompant madame de E
non sans faire un geste plein de soumission, il lui
d'une voix émue : — Madame, je ne mérite pas le ɒɔ
de vous voir; je vous ai indignement trompée. Le ser
auquel j'ai obéi, si grand qu'il puisse être, ne saurail
excuser le misérable subterfuge qui m'a servi pour æ
jusqu'à vous. Mais, madame, si vous aviez la bonté œ
permettre de vous dire...

La vicomtesse lança sur monsieur de Nueil un c
plein de hauteur et de mépris; leva la main pour ɛ
cordon de sa sonnette, sonna; le valet de cha ɛ
elle lui dit, en regardant le jeune homme avec ʋ
Jacques, éclairez monsieur.

Elle se leva fière, salua Gaston, et se baissa pour
ser le livre tombé. Ses mouvements furent aussi secs,
froids que ceux par lesquels elle l'accueillit avaient
lement élégants et gracieux. Monsieur de Nueil s'
mais il restait debout. Madame de Beauséant lui jeu

veau un regard comme pour lui dire : — Eh bien ! vous ne sortez pas ?

Ce regard fut empreint d'une moquerie si perçante, que Gaston devint pâle comme un homme prêt de défaillir. Quelques larmes roulèrent dans ses yeux ; mais il les retint, les sécha dans les feux de la honte et du désespoir ; puis, il regarda madame de Beauséant avec une sorte d'orgueil qui exprimait tout ensemble et de la résignation et une certaine conscience de sa valeur, la vicomtesse avait le droit de le punir, mais le devait-elle ? Puis il sortit. En traversant l'antichambre, la perspicacité de son esprit et de son intelligence aiguisée par la passion lui firent comprendre tout le danger de sa situation. — Si je quitte cette maison, se dit-il, je n'y pourrai jamais rentrer ; je serai toujours un sot pour la vicomtesse. Il est impossible à une femme, et elle est femme ! de ne pas deviner l'amour qu'elle inspire ; elle ressent peut-être un regret vague et involontaire de m'avoir si brusquement congédié, mais elle ne doit pas, elle ne peut pas révoquer son arrêt ; c'est à moi de la comprendre.

A cette réflexion, Gaston s'arrête sur le perron, laisse échapper une exclamation, se retourne vivement et dit : — J'ai oublié quelque chose ! Et il revint vers le salon, suivi du valet de chambre qui, plein de respect pour un baron et pour les droits sacrés de la propriété, fut complétement abusé par le ton naïf avec lequel cette phrase fut dite. Gaston entra doucement sans être annoncé. Quand la vicomtesse, pensant peut-être que l'intrus était son valet de chambre, leva la tête, elle trouva devant elle monsieur de Nueil.

— Jacques m'a éclairé, dit-il en souriant. Son sourire, empreint d'une grâce à demi triste, ôtait à ce mot tout ce qu'il avait de plaisant, et l'accent avec lequel il était prononcé devait aller à l'âme.

Madame de Beauséant fut désarmée.

— Eh bien ! asseyez-vous, dit-elle.

Gaston s'empara de la chaise par un mouvement avide. Ses yeux, animés par la félicité, jetèrent un éclat si vif que la comtesse ne put soutenir ce jeune regard, baissa l sur son livre et savoura le plaisir toujours nouveau u pour un homme le principe de son bonheur, sentiment impérissable chez la femme. Puis, madame de Beauséant avait été devinée. La femme est si reconnaissante de trouver un homme au fait des caprices si logiques de son cœur, qui comprenne les allures en apparence contradictoires de son esprit, les fugitives pudeurs de ses sensations tantôt timides, tantôt hardies, étonnant mélange de coquetterie et de naïveté !

— Madame, s'écria doucement Gaston, vous connaissez ma faute, mais vous ignorez mes crimes. Si vous saviez avec quel bonheur j'ai...

— Ah ! prenez garde, dit-elle en levant un de ses doigts d'un air mystérieux à la hauteur de son nez, qu'elle effleura ; puis, de l'autre main, elle fit un geste pour prendre le cordon de la sonnette.

Ce joli mouvement, cette gracieuse menace provoquèrent sans doute une triste pensée, un souvenir de sa vie heureuse, du temps où elle pouvait être tout charme et toute gentillesse, où le bonheur justifiait les caprices de son esprit comme il donnait un attrait de plus aux moindres mouvements de sa personne. Elle amassa les rides de son front entre ses deux sourcils ; son visage, si doucement éclairé par les bougies, prit une sombre expression ; elle regarda monsieur de Nueil avec une gravité dénuée de froideur, et lui dit en femme profondément pénétrée par le sens de ses paroles : — Tout ceci est bien ridicule ! Un temps a été, monsieur, où j'avais le droit d'être follement gaie, où j'aurais pu rire avec vous et vous recevoir sans crainte ; mais aujourd'hui, ma vie est bien changée, je ne suis plus maîtresse de mes actions, et suis forcée d'y réfléchir. A quel sentiment dois-je votre visite ? Est-ce curiosité ? je paye bien cher un fragile instant de bonheur. Aimeriez-vous déjà *passionnément* une femme infailliblement calomniée et que vous n'avez jamais vue ? Vos sentiments seraient donc fondés sur la mésestime, sur une faute à laquelle le hasard a donné de la célébrité. Elle jeta son livre sur la table avec dépit. —Eh quoi ! reprit-elle après avoir lancé un regard terrible sur Gaston, parce que j'ai été faible, le monde veut donc que

je le sois toujours? Cela est affreux, dégradant. Venez-vous
chez moi pour me plaindre? Vous êtes bien jeune pour sympathiser avec des peines de cœur. Sachez-le bien, monsieur,
je préfère le mépris à la pitié; je ne veux subir la compassion de personne. Il y eut un moment de silence.—Eh bien!
vous voyez, monsieur, reprit-elle en levant la tête vers lui
d'un air triste et doux, quel que soit le sentiment qui vous
ait porté à vous jeter étourdiment dans ma retraite, vous
me blessez. Vous êtes trop jeune pour être tout à fait dénué
de bonté, vous sentirez donc l'inconvenance de votre démarche; je vous la pardonne, et vous en parle maintenant sans
amertume. Vous ne reviendrez plus ici, n'est-ce pas? Je vous
prie quand je pourrais ordonner. Si vous me faisiez une nouvelle visite, il ne serait ni en votre pouvoir ni au mien d'empêcher toute la ville de croire que vous devenez mon amant,
et vous ajouteriez à mes chagrins un chagrin bien grand.
Ce n'est pas votre volonté, je pense.

Elle se tut en le regardant avec une dignité vraie qui le
rendit confus.

— J'ai eu tort, madame, répondit-il d'un ton pénétré;
mais l'ardeur, l'irréflexion, un vif besoin de bonheur sont à
mon âge des qualités et des défauts. Maintenant, reprit-il,
je comprends que je n'aurais pas dû chercher à vous voir,
et cependant mon désir était bien naturel...

Il tâcha de raconter avec plus de sentiment que d'esprit
les souffrances auxquelles l'avait condamné son exil nécessaire. Il peignit l'état d'un jeune homme dont les feux brûlaient sans aliment, en faisant penser qu'il était digne d'être
aimé tendrement, et néanmoins n'avait jamais connu les délices d'un amour inspiré par une femme jeune, belle, pleine
de goût, de délicatesse. Il expliqua son manque de convenance sans vouloir le justifier. Il flatta madame de Beauséant en lui prouvant qu'elle réalisait pour lui le type de la
maîtresse incessamment mais vainement appelée par la plupart des jeunes gens. Puis, en parlant de ses promenades
matinales autour de Courcelles, et des idées vagabondes qui
le saisissaient à l'aspect du pavillon où il s'était enfin introduit, il excita cette indéfinissable indulgence que la

femme trouve dans son cœur pour les folies qu'elle inspire.
Il fit entendre une voix passionnée dans cette froide solitude,
où il apportait les chaudes inspirations du jeune âge et les
charmes d'esprit qui décèlent une éducation soignée. Madame
de Beauséant était privée depuis trop longtemps des émotions
que donnent les sentiments vrais finement exprimés pour
ne pas en sentir vivement les délices. Elle ne put s'empêcher de regarder la figure expressive de monsieur de Nueil,
et d'admirer en lui cette belle confiance de l'âme qui n'a
encore été ni déchirée par les cruels enseignements de la
vie du monde, ni dévorée par les perpétuels calculs de
l'ambition ou de la vanité. Gaston était le jeune homme
dans sa fleur, et se reproduisait en homme de caractère qui
méconnaît encore ses hautes destinées. Ainsi tous deux
faisaient à l'insu l'un de l'autre les réflexions les plus
dangereuses pour leur repos, et tâchaient de se les cacher.
Monsieur de Nueil reconnaissait dans la vicomtesse une de
ces femmes si rares, toujours victimes de leur propre perfection et de leur inextinguible tendresse, dont la beauté
gracieuse est le moindre charme quand elles ont une fois
permis l'accès de leur âme où les sentiments sont infinis,
où tout est bon, où l'instinct du beau s'unit aux expressions
les plus variées de l'amour pour purifier les voluptés et les
rendre presque saintes ; admirable secret de la femme, présent exquis si rarement accordé par la nature. De son
côté, la vicomtesse, en écoutant l'accent vrai avec lequel
Gaston lui parlait des malheurs de sa jeunesse, devinait les
souffrances imposées par la timidité aux grands enfants de
vingt-cinq ans, lorsque l'étude les a garantis de la corruption et du contact des gens du monde dont l'expérience
raisonneuse corrode les belles qualités du jeune âge. Elle
trouvait en lui le rêve de toutes les femmes, un homme chez
lequel n'existaient encore ni cet égoïsme de famille et de
fortune, ni ce sentiment personnel qui finissent par tuer,
dans leur premier élan, le dévouement, l'honneur, l'abnégation, l'estime de soi-même, fleurs d'âme sitôt fanées qui
enrichissent la vie d'émotions délicates quoique fortes, et
ravivent en l'homme la probité du cœur. Une fois lancés

dans les vastes espaces du sentiment, ils arrivèrent très-loin en théorie, sondèrent l'un et l'autre la profondeur de leurs âmes, s'informèrent de la vérité de leurs expressions. Cet examen, involontaire chez Gaston, était prémédité chez madame de Beauséant. Usant de sa finesse naturelle ou acquise, elle exprimait, sans se nuire à elle-même, des opinions contraires aux siennes pour connaître celles de monsieur de Nueil. Elle fut si spirituelle, si gracieuse, elle fut si bien elle-même avec un jeune homme qui ne réveillait point sa défiance, en croyant ne plus le revoir, que Gaston s'écria naïvement à un mot délicieux dit par elle-même : — Eh ! madame, comment un homme a-t-il pu vous abandonner ?

La vicomtesse resta muette. Gaston rougit, il pensait l'avoir offensée. Mais cette femme était surprise par le premier plaisir profond et vrai qu'elle ressentait depuis le jour de son malheur. Le roué le plus habile n'eût pas fait à force d'art le progrès que monsieur de Nueil dut à ce cri parti du cœur. Ce jugement arraché à la candeur d'un homme jeune la rendait innocente à ses yeux, condamnait le monde, accusait celui qui l'avait quittée, et justifiait la solitude où elle était venue languir. L'absolution mondaine, les touchantes sympathies, l'estime sociale, tant souhaitées, si cruellement refusées, enfin ses plus secrets désirs étaient accomplis par cette exclamation qu'embellissaient encore les plus douces flatteries du cœur et cette admiration toujours avidement savourée par les femmes. Elle était donc entendue et comprise, monsieur de Nueil lui donnait tout naturellement l'occasion de se grandir de sa chute. Elle regarda la pendule.

— Oh ! madame, s'écria Gaston, ne me punissez pas de mon étourderie. Si vous ne m'accordez qu'une soirée, daignez ne pas l'abréger encore.

Elle sourit du compliment.

— Mais, dit-elle, puisque nous ne devons plus nous revoir, qu'importe un moment de plus ou de moins ? Si je vous plaisais, ce serait un malheur.

— Un malheur tout venu, répondit-il tristement

— Ne me dites pas cela, reprit-elle gravement.

toute autre position je vous recevrais avec plaisir. Je vais
vous parler sans détour, vous comprendrez pourquoi je ne
veux pas, pourquoi je ne dois pas vous revoir. Je vous crois
l'âme trop grande pour ne pas sentir que si j'étais seulement soupçonnée d'une seconde faute, je deviendrais, pour
tout le monde, une femme méprisable et vulgaire, je res-
semblerais aux autres femmes. Une vie pure et sans tache
donnera donc du relief à mon caractère. Je suis trop fière
pour ne pas essayer de demeurer au milieu de la société
comme un être à part, victime des lois par mon mariage,
victime des hommes par mon amour. Si je ne restais pas
fidèle à ma position, je mériterais tout le blâme qui m'accable et perdrais ma propre estime. Je n'ai pas eu la haute
vertu sociale d'appartenir à un homme que je n'aimais pas.
J'ai brisé, malgré les lois, les liens du mariage ; c'était un
tort, un crime, ce sera tout ce que vous voudrez; mais pour
moi cet état équivalait à la mort. J'ai voulu vivre. Si j'eusse
été mère, peut-être aurais-je trouvé des forces pour supporter le supplice d'un mariage imposé par les convenances.
A dix-huit ans, nous ne savons guère, pauvres jeunes
filles, ce que l'on nous fait faire. J'ai violé les lois du
monde, le monde m'a punie; nous étions justes l'un et
l'autre. J'ai cherché le bonheur. N'est-ce pas une loi de
notre nature que d'être heureuses? J'étais jeune, j'étais
belle... J'ai cru rencontrer un être aussi aimant qu'il paraissait passionné. J'ai été bien aimée pendant un moment !...

Elle fit une pause.

— Je pensais, reprit-elle, qu'un homme ne devait jamais
abandonner une femme dans la situation où je me trouvais.
J'ai été quittée, j'aurai déplu. Oui, j'ai manqué sans doute à
quelque loi de nature : j'aurai été trop aimante, trop dévouée
ou trop exigeante, je ne sais. Le malheur m'a éclairée.
Après avoir été longtemps l'accusatrice, je me suis résignée
à être la seule criminelle. J'ai donc absous à mes dépens
celui de qui je croyais avoir à me plaindre. Je n'ai pas été
assez adroite pour le conserver ; la destinée m'a fortement
punie de ma maladresse. Je ne sais qu'aimer, le moyen de
penser à soi quand on aime ? J'ai donc été l'esclave quand

j'aurais dû me faire tyran. Ceux qui me connaîtront pourront me condamner, mais ils m'estimeront. Mes souffrances m'ont appris à ne plus m'exposer à l'abandon. Je ne comprends pas comment j'existe encore, après avoir subi les douleurs des huit premiers jours qui ont suivi cette crise, la plus affreuse dans la vie d'une femme. Il faut avoir vécu pendant trois ans seule pour avoir acquis la force de parler comme je le fais en ce moment de cette douleur. L'agonie se termine ordinairement par la mort, eh bien ! monsieur, c'était une agonie sans le tombeau pour dénoûment. Oh ! j'ai bien souffert !

La vicomtesse leva ses beaux yeux vers la corniche à laquelle sans doute elle confia tout ce que ne devait pas entendre un inconnu. Une corniche est bien la plus douce, la plus soumise, la plus complaisante confidente que les femmes puissent trouver dans les occasions où elles n'osent regarder leur interlocuteur. La corniche d'un boudoir est une institution. N'est-ce pas un confessionnal, moins le prêtre ? En ce moment, madame de Beauséant était éloquente et belle ; il faudrait dire coquette, si ce mot n'était pas trop fort. En se rendant justice, en mettant entre elle et l'amour les plus hautes barrières, elle aiguillonnait tous les sentiments de l'homme ; et, plus elle élevait le but, mieux elle l'offrait aux regards. Enfin elle abaissa ses yeux sur Gaston, après leur avoir fait perdre l'expression trop attachante que leur avait communiquée le souvenir de ses peines.

— Avouez que je dois rester froide et solitaire ? lui dit-elle d'un ton calme.

Monsieur de Nueil se sentait une violente envie de tomber aux pieds de cette femme alors sublime de raison et de folie, il craignait de lui paraître ridicule ; il réprima donc et son exaltation et ses pensées ; il éprouvait à la fois et la crainte de ne point réussir à les bien exprimer, et la peur de quelque terrible refus ou d'une moquerie dont l'appréhension glace les âmes les plus ardentes. La réaction des sentiments qu'il refoulait au moment où ils s'élançaient de son cœur lui causa cette douleur profonde que connaissent les gens timides et les ambitieux, souvent forcés de dévorer leurs désirs. Cependant il ne put s'empêcher de rompre le silence pour dire d'une voix tremblante : — Permettez-moi, madame, de me livrer à une des plus grandes émotions de ma vie, en vous avouant ce que vous me faites éprouver. Vous m'agrandissez le cœur ! je sens en moi le désir d'occuper ma vie à vous faire oublier vos chagrins, à vous aimer pour tous ceux qui vous ont haïe ou blessée. Mais c'est une effusion de cœur bien soudaine, qu'aujourd'hui rien ne justifie et que je devrais...

— Assez, monsieur, dit madame de Beauséant. Nous sommes allés trop loin l'un et l'autre. J'ai voulu dépouiller de toute dureté le refus qui m'est imposé, vous en expliquer les tristes raisons, et non m'attirer des hommages. La coquetterie ne va bien qu'à la femme heureuse. Croyez-moi, restons étrangers l'un à l'autre. Plus tard, vous saurez qu'il ne faut point former de liens quand ils doivent nécessairement se briser un jour.

Elle soupira légèrement, et son front se plissa pour reprendre aussitôt la pureté de sa forme.

— Quelles souffrances pour une femme, reprit-elle, de ne pouvoir suivre l'homme qu'elle aime dans toutes les phases de sa vie ! Puis, ce profond chagrin ne doit-il pas horriblement retentir dans le cœur de cet homme, si elle en est bien aimée ? N'est-ce pas un double malheur ?

Il y eut un moment de silence, après lequel elle dit en souriant et en se levant pour faire lever son hôte :

— Vous ne vous doutiez pas, en venant à Courcelles, d'y entendre un sermon ?

Gaston se trouvait en ce moment plus loin de cette femme extraordinaire qu'à l'instant où il l'avait abordée. Attribuant le charme de cette heure délicieuse à la coquetterie d'une maîtresse de maison jalouse de déployer son esprit, il salua froidement la vicomtesse, et sortit désespéré. Chemin faisant, le baron cherchait à surprendre le vrai caractère de cette créature souple et dure comme un ressort ; mais il lui avait vu prendre tant de nuances, qu'il lui fut impossible d'asseoir sur elle un jugement vrai. Puis les intonations de sa voix lui retentissaient encore aux oreilles, et le souvenir

prêtait tant de charmes aux gestes, aux airs de tête, au jeu
des yeux, qu'il s'éprit davantage à cet examen. Pour lui, la
beauté de la vicomtesse reluisait encore dans les ténèbres ;
les impressions qu'il en avait reçues se réveillaient attirées
l'une par l'autre, pour de nouveau le séduire en lui révélant
des grâces de femme et d'esprit inaperçues d'abord. Il
tomba dans une de ces méditations vagabondes pendant
lesquelles les pensées les plus lucides se combattent, se
brisent les unes contre les autres, et jettent l'âme dans un
court accès de folie. Il faut être jeune pour révéler et pour
comprendre les secrets de ces sortes de dithyrambes, où le
cœur, assailli par les idées les plus justes et les plus folles,
cède à la dernière qui le frappe, à une pensée d'espérance
ou de désespoir, au gré d'une puissance inconnue. A l'âge
de vingt-trois ans, l'homme est presque toujours dominé
par un sentiment de modestie ; les timidités, les troubles
de la jeune fille l'agitent ; il a peur de mal exprimer son
amour ; il ne voit que des difficultés et s'en effraye ; il
tremble de ne pas plaire ; il serait hardi s'il n'aimait pas
tant ; plus il sent le prix du bonheur, moins il croit que sa
maîtresse puisse le lui facilement accorder ; d'ailleurs, peut-
être se livre-t-il trop entièrement à son plaisir, et craint-il
de n'en point donner ; lorsque, par malheur, son idole est
imposante, il l'adore en secret et de loin ; s'il n'est pas
deviné, son amour expire. Souvent cette passion hâtive,
morte dans son jeune cœur, y reste brillante d'illusions.
Quel homme n'a pas plusieurs de ces vierges souvenirs qui,
plus tard, se réveillent, toujours plus gracieux, et apportent
l'image d'un bonheur parfait ? souvenirs semblables à ces
enfants perdus à la fleur de l'âge, et dont les parents n'ont
connu que les sourires. Monsieur de Nueil revint donc de
Courcelles, en proie à un sentiment gros de résolutions
extrêmes. Madame de Beauséant était déjà devenue pour lui
la condition de son existence ; il aimait mieux mourir que
de vivre sans elle. Encore assez jeune pour ressentir ces
cruelles fascinations que la femme parfaite exerce sur les
âmes neuves et passionnées, il dut passer une de ces nuits
orageuses pendant lesquelles les jeunes gens vont du bonheur

au suicide, du suicide au bonheur, dévorent toute une vie
heureuse et s'endorment impuissants. Nuits fatales, où le
plus grand malheur qui puisse arriver est de se réveiller
philosophe. Trop véritablement amoureux pour dormir,
monsieur de Nueil se leva, se mit à écrire des lettres dont
aucune ne le satisfit, et les brûla toutes.

Le lendemain, il alla faire le tour du petit enclos de
Courcelles; mais à la nuit tombante, car il avait peur d'être
aperçu par la vicomtesse. Le sentiment auquel il obéissait
alors appartient à une nature d'âme si mystérieuse, qu'il
faut être encore jeune homme, ou se trouver dans une situation semblable, pour en comprendre les muettes félicités
et les bizarreries; toutes choses qui feraient hausser les
épaules aux gens assez heureux pour toujours voir le *positif* de la vie. Après des hésitations cruelles, Gaston écrivit
à madame de Beauséant la lettre suivante, qui peut passer
pour un modèle de la phraséologie particulière aux amoureux, et se comparer aux dessins faits en cachette par les
enfants pour la fête de leurs parents; présents détestables
pour tout le monde, excepté pour ceux qui les reçoivent :

« MADAME,

» Vous exercez un si grand empire sur mon cœur, sur
» mon âme et ma personne, qu'aujourd'hui ma destinée dé-
» pend entièrement de vous Ne jetez pas ma lettre au feu.
» Soyez assez bienveillante pour la lire. Peut-être me par-
» donnerez-vous cette première phrase en vous apercevant
» que ce n'est pas une déclaration vulgaire ni intéressée,
» mais l'expression d'un fait naturel. Peut-être serez-vous
» touchée par la modestie de mes prières, par la résigna-
» tion que m'inspire le sentiment de mon infériorité, par l'in-
» fluence de votre détermination sur ma vie. A mon âge,
» madame, je ne sais qu'aimer, j'ignore entièrement et ce
» qui peut plaire à une femme et ce qui la séduit; mais je
» me sens au cœur, pour elle, d'enivrantes adorations. Je
» suis irrésistiblement attiré vers vous par le plaisir im-
» mense que vous me faites éprouver, et pense à vous avec
» tout l'égoïsme qui nous entraîne là où, pour nous, est

» chaleur vitale. Je ne me crois pas digne de vous. Non, il
» me semble impossible, à moi, jeune, ignorant, timide, de
» vous apporter la millième partie du bonheur que j'aspi-
» rais en vous entendant, en vous voyant. Vous êtes pour moi
» la seule femme qu'il y ait dans le monde. Ne concevant
» point la vie sans vous, j'ai pris la résolution de quitter la
» France et d'aller jouer mon existence jusqu'à ce que je la
» perde dans quelque entreprise impossible, aux Indes, en
» Afrique, je ne sais où. Ne faut-il pas que je combatte un
» amour sans bornes par quelque chose d'infini? Mais si
» vous voulez me laisser l'espoir, non pas d'être à vous,
» mais d'obtenir votre amitié, je reste. Permettez-moi de
» passer près de vous, rarement même si vous l'exigez,
» quelques heures semblables à celles que j'ai surprises. Ce
» frêle bonheur, dont les vives jouissances peuvent m'être
» interdites à la moindre parole trop ardente, suffira pour
» me faire endurer les bouillonnements de mon sang. Ai-je
» trop présumé de votre générosité en vous suppliant de
» souffrir un commerce où tout est profit pour moi seule-
» ment? Vous saurez bien faire voir à ce monde, auquel
» vous sacrifiez tant, que je ne vous suis rien. Vous êtes si
» spirituelle et si fière! Qu'avez-vous à craindre? Mainte-
» nant je voudrais pouvoir vous ouvrir mon cœur, afin de
» persuader que mon humble demande ne cache aucune
» arrière-pensée. Je ne vous aurais pas dit que mon amour
» était sans bornes en vous priant de m'accorder de l'ami-
» tié, si j'avais l'espoir de vous faire partager le sentiment
» profond enseveli dans mon âme. Non, je serai près de
» vous ce que vous voudrez que je sois, pourvu que j'y sois.
» Si vous me refusiez, et vous le pouvez, je ne murmurerai
» point, je partirai. Si plus tard une femme autre que vous
» entre pour quelque chose dans ma vie, vous aurez eu rai-
» son; mais si je meurs fidèle à mon amour, vous concevrez
» quelque regret peut-être! L'espoir de vous causer ce re-
» gret adoucira mes angoisses, et sera toute la vengeance
» de mon cœur méconnu... »

Il faut n'avoir ignoré aucun des excellents malheurs

jeune âge, il faut avoir grimpé sur toutes les chimères aux
doubles ailes blanches qui offrent leur croupe féminine à de
brûlantes imaginations, pour comprendre le supplice auquel Gaston de Nueil fut en proie quand il supposa son premier *ultimatum* entre les mains de madame de Beauséant.
Il voyait la vicomtesse froide, rieuse et plaisantant de l'a-
mour comme les êtres qui n'y croient plus. Il aurait voulu
reprendre sa lettre, il la trouvait absurde, il lui venait dans
l'esprit mille et une idées infiniment meilleures, ou qui eussent été plus touchantes que ses froides phrases, ses mau-
dites phrases alambiquées, sophistiques, prétentieuses, mais
heureusement assez mal ponctuées et fort bien écrites de
travers. Il essayait de ne pas penser, de ne pas sentir;
mais il pensait, il sentait et souffrait. S'il avait eu trente
ans, il se serait enivré; mais ce jeune homme encore naïf
ne connaissait ni les ressources de l'opium, ni les expédients
de l'extrême civilisation. Il n'avait pas là, près de lui, un de ces
bons amis de Paris, qui savent si bien vous dire : — *Poete,
non dolet!* en vous tendant une bouteille de vin de Champagne,
ou vous entraînent à une orgie pour vous adoucir les douleurs de l'incertitude. Excellents amis, toujours ruinés lorsque vous êtes riche, toujours aux eaux quand vous les
cherchez, ayant toujours perdu leur dernier louis au jeu
quand vous leur en demandez un, mais ayant toujours un
mauvais cheval à vous vendre; au demeurant, les meilleurs
enfants de la terre, et toujours prêts à s'embarquer avec
vous pour descendre une de ces pentes rapides sur lesquelles se dépensent le temps, l'âme et la vie !

Enfin monsieur de Nueil reçut des mains de Jacques une
lettre ayant un cachet de cire parfumée aux armes de Bourgogne, écrite sur un petit papier vélin, et qui sentait la jolie
femme.

Il courut aussitôt s'enfermer pour lire et relire sa lettre.

« Vous me punissez bien sévèrement, monsieur, et de la
» bonne grâce que j'ai mise à vous sauver la rudesse d'un
» refus, et de la séduction que l'esprit exerce toujours sur
» moi. J'ai eu confiance en la noblesse du jeune âge, et

» vous m'avez trompée. Cependant je vous ai parlé sinon à
» cœur ouvert, ce qui eût été parfaitement ridicule, du
» moins avec franchise, et vous ai dit ma situation, afin de
» faire concevoir ma froideur à une âme jeune. Plus vous
» m'avez intéressée, plus vive a été la peine que vous m'a-
» vez causée. Je suis naturellement tendre et bonne; mais
» les circonstances me rendent mauvaise. Une autre femme
» eût brûlé votre lettre sans la lire; moi je l'ai lue, et j'y
» réponds. Mes raisonnements vous prouveront que, si je
» ne suis pas insensible à l'expression d'un sentiment que
» j'ai fait naître, même involontairement, je suis loin de le
» partager, et ma conduite vous démontrera bien mieux
» encore la sincérité de mon âme. Puis, j'ai voulu, pour
» votre bien, employer l'espèce d'autorité que vous me don-
» nez sur votre vie, et désire l'exercer une seule fois pour
» faire tomber le voile qui vous couvre les yeux.

» J'ai bientôt trente ans, monsieur, et vous en avez vingt-
» deux à peine. Vous ignorez vous-même ce que seront vos
» pensées quand vous arriverez à mon âge. Les serments
» que vous jurez si facilement aujourd'hui pourront alors
» vous paraître bien lourds. Aujourd'hui, je veux bien le
» croire, vous me donneriez sans regret votre vie entière,
» vous sauriez mourir même pour un plaisir éphémère,
» mais à trente ans, l'expérience vous ôterait la force de
» me faire chaque jour des sacrifices, et moi, je serais pro-
» fondément humiliée de les accepter. Un jour, tout vous
» commandera, la nature elle-même vous ordonnera de me
» quitter; je vous l'ai dit, je préfère la mort à l'abandon.
» Vous le voyez, le malheur m'a appris à calculer. Je rai-
» sonne, je n'ai point de passion. Vous me forcez à vous
» dire que je ne vous aime point, que je ne dois, ne peux,
» ni ne veux vous aimer. J'ai passé le moment de la vie où
» les femmes cèdent à des mouvements de cœur irréfléchis,
» et ne saurais plus être la maîtresse que vous quêtez. Mes
» consolations, monsieur, viennent de Dieu, non des hommes.
» D'ailleurs je lis trop clairement dans les cœurs à la triste
» lumière de l'amour trompé, pour accepter l'amitié que vous
» demandez, que vous offrez. Vous êtes la dupe de vo

» cœur, et vous espérez bien plus en ma faiblesse qu'en
» votre force. Tout cela est un effet d'instinct. Je vous par-
» donne cette ruse d'enfant, vous n'en êtes pas encore com-
» plice. Je vous ordonne, au nom de cet amour passager, au
» nom de votre vie, au nom de ma tranquillité, de rester
» dans votre pays, de ne pas y manquer une vie honorable
» et belle pour une illusion qui s'éteindra nécessairement.
» Plus tard, lorsque vous aurez, en accomplissant votre véri-
» table destinée, développé tous les sentiments qui atten-
» dent l'homme, vous aprécierez ma réponse, que vous
» accusez peut-être en ce moment de sécheresse. Vous re-
» trouverez alors avec plaisir une vieille femme dont l'amitié
» vous sera certainement douce et précieuse ; car elle n'aura
» été soumise ni aux vicissitudes de la passion, ni aux dés-
» enchantements de la vie ; enfin de nobles idées, des idées
» religieuses la conserveront pure et sainte. Adieu, mon-
» sieur, obéissez-moi en pensant que vos succès jetteront
» quelque plaisir dans ma solitude, et ne songez à moi que
» comme on songe aux absents. »

Après avoir lu cette lettre, Gaston de Nueil écrivit ces
mots :

« Madame, si je cessais de vous aimer en acceptant les
» chances que vous m'offrez d'être un homme ordinaire, je
» mériterai bien mon sort, avouez-le ? Non, je ne vous
» obéirai pas, et je vous jure une fidélité qui ne se déliera
» que par la mort. Oh ! prenez ma vie, à moins cependant
» que vous ne craigniez de mettre un remords dans le
» vôtre... »

Quand le domestique de monsieur de Nueil revint de
Courcelles, son maître lui dit : — A qui as-tu remis mon
billet ?

— A madame la vicomtesse elle-même ; elle était en voiture, et partait...

— Pour venir en ville ?

— Monsieur, je ne le pense pas. La berline de madame
la vicomtesse était attelée avec des chevaux de poste.

— Ah! elle s'en va, dit le baron.

— Oui, monsieur, répondit le valet de chambre.

Aussitôt Gaston fit ses préparatifs pour suivre madame de Beauséant, et elle le mena jusqu'à Genève sans se savoir accompagnée par lui. Entre les mille réflexions qui l'assaillirent pendant ce voyage, celle-ci : — Pourquoi s'en est-elle allée? l'occupa plus spécialement. Ce mot fut le texte d'une multitude de suppositions, parmi lesquelles il choisit naturellement la plus flatteuse, et que voici : — Si la vicomtesse veut m'aimer, il n'y a pas de doute qu'en femme d'esprit, elle préfère la Suisse où personne ne nous connaît, à la France où elle rencontrerait des censeurs.

Certains hommes passionnés n'aimeraient pas une femme assez habile pour choisir son terrain, c'est des raffinés. D'ailleurs, rien ne prouve que la supposition de Gaston fût vraie.

La vicomtesse prit une petite maison sur le lac. Quand elle fut installée, Gaston s'y présenta par une belle soirée, à la nuit tombante. Jacques, valet de chambre essentiellement aristocratique, ne s'étonna point de voir M. de Nueil, et l'annonça en valet habitué à tout comprendre. En entendant ce nom, en voyant le jeune homme, madame de Beauséant laissa tomber le livre qu'elle tenait; sa surprise donna le temps à Gaston d'arriver à elle, et de lui dire d'une voix qui lui parut délicieuse : — Avec quel plaisir je prenais les chevaux qui vous avaient menée!

Être si bien obéie dans ses vœux secrets! Où est la femme qui n'eût pas cédé à un tel bonheur? Une Italienne, une de ces divines créatures dont l'âme est à l'antipode de celle des Parisiennes, et que de ce côté des Alpes on trouverait profondément immorale, disait en lisant les romans français : « Je ne vois pas pourquoi ces pauvres amoureux passent autant de temps à arranger ce qui doit être l'affaire d'une matinée. » Pourquoi le narrateur ne pourrait-il pas, à l'exemple de cette bonne Italienne, ne pas trop faire languir ses auditeurs ni son sujet? Il y aurait bien quelques scènes de coquetterie charmante à dessiner, doux retards que madame de Beauséant voulait apporter au bonheur de Gaston pour tomber avec grâce comme les vierges de l'antiquité ; peut-être aussi pour jouir des voluptés chastes d'un premier amour, et le faire arriver à sa plus haute expression de force et de puissance. Monsieur de Nueil était encore dans l'âge où un homme est la dupe de ces caprices, de ces jeux qui affriandent tant les femmes, et qu'elles prolongent, soit pour bien stipuler leurs conditions, soit pour jouir plus long-temps de leur pouvoir dont la prochaine diminution est instinctivement devinée par elles. Mais ces petits protocoles de boudoir, moins nombreux que ceux de la conférence de Londres, tiennent trop peu de place dans l'histoire d'une passion vraie pour être mentionnés.

Madame de Beauséant et monsieur de Nueil demeurèrent pendant trois années dans la villa située sur le lac de Genève que la vicomtesse avait louée. Ils y restèrent seuls, sans voir personne, sans faire parler d'eux, se promenant en bateau, se levant tard, enfin heureux comme nous rêvons tous de l'être. Cette petite maison était simple, à persiennes vertes, entourée de larges balcons ornés de tentes, une véritable maison d'amants, maison à canapés blancs, à tapis muets, à tentures fraîches, où tout reluisait de joie. A chaque fenêtre le lac apparaissait sous des aspects différents; dans le lointain, les montagnes et leurs fantaisies nuageuses, colorées, fugitives ; au-dessus d'eux un beau ciel ; puis, devant eux une longue nappe d'eau capricieuse, changeante! Les choses semblaient rêver pour eux, et tout leur souriait.

Des intérêts graves rappelèrent monsieur de Nueil en France : son frère et son père étaient morts, il fallut quitter Genève. Les deux amants achetèrent cette maison, ils auraient voulu briser les montagnes et faire enfuir l'eau du lac en ouvrant une soupape, afin de tout emporter avec eux. Madame de Beauséant suivit monsieur de Nueil. Elle réalisa sa fortune, acheta, près de Manerville, une propriété considérable qui joignait les terres de Gaston, et où ils demeurèrent ensemble. Monsieur de Nueil abandonna très-gracieusement à sa mère l'usufruit des domaines de Manerville, en retour de la liberté qu'elle lui laissa de vivre garçon. La
le madame de Beauséant était située près d'une petite

ville, dans une des plus jolies positions de la vallée d'Auge. Là, les deux amants mirent entre eux et le monde des barrières que ni les idées sociales, ni les personnes ne pouvaient franchir, et retrouvèrent leurs bonnes journées de la Suisse. Pendant neuf années entières, ils goûtèrent un bonheur qu'il est inutile de décrire; le dénoûment de cette aventure en fera sans doute deviner les délices à ceux dont l'âme peut comprendre, dans l'infini de leurs modes, la poésie et la prière.

Cependant, monsieur le marquis de Beauséant (son père et son frère aîné étaient morts), le mari de madame de Beauséant, jouissait d'une parfaite santé. Rien ne nous aide mieux à vivre que la certitude de faire le bonheur d'autrui par notre mort. Monsieur de Beauséant était un de ces gens ironiques et entêtés qui, semblables à des rentiers viagers, trouvent un plaisir de plus que n'en ont les autres à se lever bien portants chaque matin. Galant homme du reste, un peu méthodique, cérémonieux, et calculateur capable de déclarer son amour à une femme aussi tranquillement qu'un laquais dit : — Madame est servie.

Cette petite notice biographique sur le marquis de Beauséant a pour objet de faire comprendre l'impossibilité dans laquelle était la marquise d'épouser monsieur de Nueil.

Or, après ces neuf années de bonheur, le plus doux bail qu'une femme ait jamais pu signer, monsieur de Nueil et madame de Beauséant se trouvèrent dans une situation tout aussi naturelle et tout aussi fausse que celle où ils étaient restés depuis le commencement de cette aventure ; crise fatale néanmoins, de laquelle il est impossible de donner une idée, mais dont les termes peuvent être posés avec une exactitude mathématique.

Madame la comtesse de Nueil, mère de Gaston, n'avait jamais voulu voir madame de Beauséant. C'était une personne roide et vertueuse, qui avait très-légalement accompli le bonheur de monsieur de Nueil le père. Madame de Beauséant comprit que cette honorable douairière devait être son ennemie, et tenterait d'arracher Gaston à sa vie immorale et antireligieuse. La marquise aurait bien voulu vendre

sa terre, et retourner à Genève. Mais c'eût été se défier de
monsieur de Nueil, elle en était incapable. D'ailleurs, il
avait précisément pris beaucoup de goût pour la terre de
Valleroy, où il faisait force plantations, force mouvements
de terrains. N'était-ce pas l'arracher à une espèce de bonheur mécanique que les femmes souhaitent toujours à leurs
maris et même à leurs amants? Il était arrivé dans le pays
une demoiselle de La Rodière, âgée de vingt-deux ans, et
riche de quarante mille livres de rente. Gaston rencontrait
cette héritière à Manerville toutes les fois que son devoir
l'y conduisait. Ces personnages étant ainsi placés comme les
chiffres d'une proportion arithmétique, la lettre suivante,
écrite et remise un matin à Gaston, expliquera maintenant
l'affreux problème que, depuis un mois, madame de Beauséant tâchait de résoudre.

« Mon ange aimé, t'écrire quand nous vivons cœur à cœur,
» quand rien ne nous sépare, quand nos caresses nous ser-
» vent si souvent de langage, et que les paroles sont aussi
» des caresses, n'est-ce pas un contre-sens? Eh bien! non,
» mon amour. Il est de certaines choses qu'une femme ne
» peut dire en présence de son amant; la seule pensée de
» ces choses lui ôte la voix, lui fait refluer tout son sang
» vers le cœur; elle est sans force et sans esprit Être ainsi
» près de toi me fait souffrir, et souvent j'y suis ainsi. Je
» sens que mon cœur doit être tout vérité pour toi, ne te
» déguiser aucune de ses pensées, même les plus fugitives,
» et j'aime trop ce doux laisser-aller qui me sied si bien,
» pour rester si longtemps gênée, contrainte. Aussi vais-je
te confier mon angoisse : oui, c'est une angoisse. Écoute-
moi! ne fais pas ce petit *ta-ta ta...* par lequel tu me fais taire
avec une impertinence que j'aime, parce que de toi tout
me plaît. Cher ange du ciel, laisse-moi te dire que tu as
effacé tout souvenir des douleurs sous le poids desquelles
jadis ma vie allait succomber. Je n'ai connu l'amour que
par toi. Il a fallu la candeur de ta belle jeunesse, la pureté
» de ta grande âme pour satisfaire aux exigences d'un cœur
» de femme exigeante. Ami, j'ai bien souvent palpité de

» joie en pensant que, durant ces neuf années, si rapides et
» si longues, ma jalousie n'a jamais été réveillée. J'ai eu
» toutes les fleurs de ton âme, toutes tes pensées. Il n'y a
» pas eu le plus léger nuage dans notre ciel, nous n'avons
» pas su ce qu'était un sacrifice, nous avons toujours obéi
» aux inspirations de nos cœurs. J'ai joui d'un bonheur sans
» bornes pour une femme. Les larmes qui mouillent cette
» page te diront-elles bien toute ma reconnaissance? j'aurais
» voulu l'avoir écrite à genoux. Eh bien! cette félicité m'a
» fait connaître un supplice plus affreux que ne l'était celui
» de l'abandon. Cher, le cœur d'une femme a des replis
» bien profonds! J'ai ignoré moi-même jusqu'aujourd'hui
» l'étendue du mien, comme j'ignorais l'étendue de l'amour.
» Les misères les plus grandes qui puissent nous accabler
» sont encore légères à porter en comparaison de la seule
» idée du malheur de celui que nous aimons. Et si nous le
» causions, ce malheur, n'est-ce pas à en mourir?... Telle
» est la pensée qui m'oppresse. Mais elle en traîne après elle
» une autre beaucoup plus pesante; celle-là dégrade la gloire
» de l'amour, elle le tue, elle en fait une humiliation qui ternit
» à jamais la vie. Tu as trente ans et j'en ai quarante. Combien
» de terreurs cette différence d'âge n'inspire-t-elle pas à une
» femme aimante? Tu peux avoir d'abord involontairement,
» puis sérieusement senti les sacrifices que tu m'as faits, en
» renonçant à tout au monde pour moi. Tu as pensé peut-
» être à ta destinée sociale, à ce mariage qui doit augmenter
» nécessairement ta fortune, te permettre d'avouer ton bon-
» heur, tes enfants, de transmettre tes biens, de reparaître
» dans le monde et d'y occuper ta place avec honneur. Mais
» tu auras réprimé ces pensées, heureux de me sacrifier,
» sans que je le sache, une héritière, une fortune et un bel
» avenir. Dans ta générosité de jeune homme, tu auras voulu
» rester fidèle aux serments qui ne nous lient qu'à la face de
» Dieu. Mes douleurs passées te seront apparues, et j'aurai
» été protégée par le malheur d'où tu m'as tirée. Devoir ton
» amour à ta pitié! cette pensée m'est plus horrible encore
» que la crainte de te faire manquer ta vie. Ceux qui ont
» poignarder leurs maîtresses sont bien charita

» ils les tuent heureuses, innocentes, et dans la gloire de
» leurs illusions... Oui, la mort est préférable aux deux pen-
» sées qui, depuis quelques jours, attristent secrètement mes
» heures. Hier, quand tu m'as demandé si doucement:
» Qu'as-tu? ta voix m'a fait frissonner. J'ai cru que, selon
» ton habitude, tu lisais dans mon âme, et j'attendais tes
» confidences, imaginant avoir eu de justes pressentiments
» en devinant les calculs de ta raison. Je me suis alors sou-
» venue de quelques attentions qui te sont habituelles, mais
» où j'ai cru apercevoir cette sorte d'affectation par laquelle
» les hommes trahissent une loyauté pénible à porter. En ce
» moment, j'ai payé bien cher mon bonheur, j'ai senti que
» la nature nous vend toujours les trésors de l'amour. En
» effet, le sort ne nous a-t-il pas séparés? Tu te seras dit:
» — Tôt ou tard, je dois quitter la pauvre Claire, pourquoi
» ne pas m'en séparer à temps? Cette phrase était écrite au
» fond de ton regard. Je t'ai quitté pour aller pleurer loin
» de toi. Te dérober des larmes! voilà les premières que le
» chagrin m'ait fait verser depuis dix ans, et je suis trop
» fière pour te les montrer; mais je ne t'ai point accusé.
» Oui, tu as raison, je ne dois point avoir l'égoïsme d'assu-
» jettir ta vie brillante et longue à la mienne bientôt usée...
» Mais si je me trompais ?... si j'avais pris une de tes mé-
» lancolies d'amour pour une pensée de raison ?... ah! mon
» ange, ne me laisse pas dans l'incertitude, punis ta jalouse
» femme; mais rends-lui la conscience de son amour et du
» tien; toute la femme est dans ce sentiment, qui sanctifie
» tout. Depuis l'arrivée de ta mère, et depuis que tu as vu
» chez elle mademoiselle de La Rodière, je suis en proie à
» des doutes qui nous déshonorent. Fais-moi souffrir, mais
» ne me trompe pas : je veux tout savoir, et ce que ta mère
» te dit et ce que tu penses ! Si tu as hésité entre quelque
» chose et moi, je te rends ta liberté... Je te cacherai ma
» destinée, je saurai ne pas pleurer devant toi ; seulement,
» je ne veux plus te revoir... Oh ! je m'arrête, mon cœur se
» brise. . . . .

. . . .

» Je suis restée morne et stupide pendant quelques in-

» stants. Ami, je ne me trouve point de fierté contre toi, tu
» es si bon, si franc ! tu ne saurais ni me blesser ni me
» tromper; mais tu me diras la vérité, quelque cruelle
» qu'elle puisse être. Veux-tu que j'encourage tes aveux?
» Eh bien! cœur à moi, je serai consolée par une pensée de
» femme. N'aurai-je pas possédé de toi l'être jeune et pu-
» dique, toute grâce, toute beauté, toute délicatesse, un
» Gaston que nulle femme ne peut plus connaître et de qui
» j'ai délicieusement joui ?... Non, tu n'aimeras plus comme
» tu m'as aimée, comme tu m'aimes; non, je ne saurais
» avoir de rivale. Mes souvenirs seront sans amertume en
» pensant à notre amour, qui fait toute ma pensée. N'est-il
» pas hors de ton pouvoir d'enchanter désormais une femme
» par les agaceries enfantines, par les jeunes gentillesses
» d'un cœur jeune, par ces coquetteries d'âme, ces grâces
» du corps et ces rapides ententes de volupté, enfin par l'a-
» dorable cortége qui suit l'amour adolescent? Ah! tu es
» homme, maintenant, tu obéiras à ta destinée en calculant
» tout. Tu auras des soins, des inquiétudes, des ambitions,
» des soucis qui *la* priveront de ce sourire constant et inal-
» térable par lequel tes lèvres étaient toujours embellies
» pour moi. Ta voix, pour moi toujours si douce, sera par-
» fois chagrine. Tes yeux, sans cesse illuminés d'un éclat
» céleste en me voyant, se terniront souvent pour *elle*. Puis,
» comme il est impossible de t'aimer comme je t'aime, cette
» femme ne te plaira jamais autant que je t'ai plu. Elle
» n'aura pas ce soin perpétuel que j'ai eu de moi-même et
» cette étude continuelle de ton bonheur dont jamais l'in-
» telligence ne m'a manqué. Oui, l'homme, le cœur, l'âme
» que j'aurai connus n'existeront plus ; je les ensevelirai
» dans mon souvenir pour en jouir encore, et vivre heu-
» reuse de cette belle vie passée, mais inconnue à tout ce
» qui n'est pas nous.

» Mon cher trésor, si cependant tu n'as pas conçu la plus
» légère idée de liberté, si mon amour ne te pèse pas, si
» mes craintes sont chimériques, si je suis toujours pour toi
» ton ÈVE, la seule femme qu'il y ait dans le monde, cette
» lettre lue, viens! accours! Ah! je t'aimerai dans

» stant plus que je ne t'ai aimé, je crois, pendant ces neuf
» années. Après avoir subi le supplice inutile de ces soup-
» çons dont je m'accuse, chaque jour ajouté à notre amour,
» oui, un seul jour, sera toute une vie de bonheur. Ainsi,
» parle! sois franc : ne me trompe pas, ce serait un crime.
» Dis? veux-tu ta liberté? As-tu réfléchi à ta vie d'homme?
» As-tu un regret? Moi, te causer un regret! j'en mourrais.
» Je te l'ai dit : j'ai assez d'amour pour préférer ton bonheur
» au mien, ta vie à la mienne. Quitte, si tu le peux, la riche
» mémoire de nos neuf années de bonheur pour n'en être
» pas influencé dans ta décision; mais parle! je te suis sou-
» mise, comme à Dieu, à ce seul consolateur qui me reste
» si tu m'abandonnes. »

Quand madame de Beauséant sut la lettre entre les mains de
monsieur de Nueil, elle tomba dans un abattement si profond,
et dans une méditation si engourdissante, par la trop grande
abondance de ses pensées, qu'elle resta comme endormie.
Certes, elle souffrit de ces douleurs dont l'intensité n'a pas
toujours été proportionnée aux forces de la femme, et que
les femmes seules connaissent. Pendant que la malheureuse
marquise attendait son sort, monsieur de Nueil était, en lisant sa lettre, fort *embarrassé*, selon l'expression employée
par les jeunes gens dans ces sortes de crises. Il avait alors
presque cédé aux instigations de sa mère et aux attraits de
mademoiselle de La Rodière, jeune personne assez insignifiante, droite comme un peuplier, blanche et rose, muette à
demi, suivant le programme prescrit à toutes les jeunes filles
à marier; mais ses quarante mille livres de rente en fonds
de terre parlaient suffisamment pour elle. Madame de Nueil,
aidée par sa sincère affection de mère, cherchait à embau-
cher son fils pour la vertu. Elle lui faisait observer ce qu'il
y avait pour lui de flatteur à être préféré par mademoiselle
de La Rodière, lorsque tant de riches partis lui étaient pro-
posés; il était bien temps de songer à son sort, une si belle
occasion ne se retrouverait plus; il aurait un jour quatre-
vingt mille livres de rente en biens-fonds; la fortune con-
solait de tout; si madame de Beauséant l'aimait pour lui,

elle devait être la première à l'engager à se marier. Enfin
cette bonne mère n'oubliait aucun des moyens d'action par
lesquels une femme peut influer sur la raison d'un homme.
Aussi avait-elle amené son fils à chanceler. La lettre de madame de Beauséant arriva dans un moment où l'amour de
Gaston luttait contre toutes les séductions d'une vie arrangée
convenablement et conforme aux idées du monde; mais
cette lettre décida le combat. Il résolut de quitter la marquise et de se marier.

— Il faut être homme dans la vie! se dit-il.

Puis il soupçonna les douleurs que sa résolution causerait
à sa maîtresse. Sa vanité d'homme autant que sa conscience
d'amant les lui grandissant encore, il fut pris d'une sincère
pitié. Il ressentit tout d'un coup cet immense malheur, et
crut nécessaire, charitable d'amortir cette mortelle blessure.
Il espéra pouvoir amener madame de Beauséant à un état
calme, et se faire ordonner par elle ce cruel mariage, en
l'accoutumant par degrés à l'idée d'une séparation nécessaire, en laissant toujours entre eux mademoiselle de La
Rodière comme un fantôme, et en la lui sacrifiant d'abord
pour se la faire imposer plus tard. Il allait, pour réussir dans
cette compatissante entreprise, jusqu'à compter sur la noblesse, la fierté de la marquise, et sur les belles qualités de
son âme. Il lui répondit alors afin d'endormir ses soupçons.

Répondre! pour une femme qui joignait à l'intuition de
l'amour vrai les perceptions les plus délicates de l'esprit féminin, la lettre était un arrêt. Aussi, quand Jacques entra,
qu'il s'avança vers madame de Beauséant pour lui remettre
un papier plié triangulairement, la pauvre femme tressaillit-
elle comme une hirondelle prise. Un froid inconnu tomba
de sa tête à ses pieds, en l'enveloppant d'un linceul de glace.
S'il n'accourait pas à ses genoux, s'il n'y venait pas pleurant, pâle, amoureux, tout était dit. Cependant il y a tant
d'espérances dans le cœur des femmes qui aiment! il faut
bien des coups de poignard pour les tuer, elles aiment et
saignent jusqu'au dernier.

— Madame a-t-elle besoin de quelque chose? demanda
Jacques d'une voix douce en se retirant.

— Non, dit-elle.

— Pauvre homme! pensa-t-elle en essuyant une larme, il me devine, lui, un valet!

Elle lut : *Ma bien-aimée, tu tu crées des chimères...* En apercevant ces mots, un voile épais se répandit sur les yeux de la marquise, la voix secrète de son cœur lui criait : — Il ment. Puis, sa vue embrassant toute la première page avec cette espèce d'avidité lucide que communique la passion, elle avait lu en bas ces mots : *Rien n'est arrêté...* Tournant la page avec une vivacité convulsive, elle vit distinctement l'esprit qui avait dicté les phrases entortillées de cette lettre où elle ne retrouva plus les jets impétueux de l'amour; elle la froissa, la déchira, la roula, la mordit, la jeta dans le feu, et s'écria : — Oh! l'infâme! il m'a possédée ne m'aimant plus!... Puis, demi-morte, elle alla se jeter sur son canapé.

Monsieur de Nueil sortit après avoir écrit sa lettre. Quand il revint, il trouva Jacques sur le seuil de la porte, et Jacques lui remit une lettre en lui disant : — Madame la marquise n'est plus au château.

Monsieur de Nueil étonné brisa l'enveloppe et lut : « Ma- » dame, si je cessais de vous aimer en acceptant les chances » que vous m'offrez d'être un homme ordinaire, je mérite- » rais bien mon sort, avouez-le? Non, je ne vous obéirai » pas, et je vous jure une fidélité qui ne se déliera que par » la mort. Oh! prenez ma vie, à moins cependant que vous » ne craigniez de mettre un remords dans la vôtre... » C'était le billet qu'il avait écrit à la marquise au moment où elle partait pour Genève. Au-dessous, Claire de Bourgogne avait ajouté : *Monsieur, vous êtes libre.*

Monsieur de Nueil retourna chez sa mère, à Manerville. Vingt jours après, il épousa mademoiselle Stéphanie de La Rodière.

Si cette histoire d'une vérité vulgaire se terminait là, ce serait presque une mystification. Presque tous les hommes n'en ont-ils pas une plus intéressante à se raconter? Mais la célébrité du dénoûment, malheureusement vrai; mais tout ce qu'il pourra faire naître de souvenirs au cœur de ceux qui ont connu les célestes délices d'une passion infinie, et l'ont brisée eux-mêmes ou perdue par quelque fatalité cruelle, mettront peut-être ce récit à l'abri des critiques.

Madame la marquise de Beauséant n'avait point quitté son château de Valleroy lors de sa séparation avec monsieur de Nueil. Par une multitude de raisons qu'il faut laisser ensevelies dans le cœur des femmes, et d'ailleurs chacune d'elles devinera celles qui lui sont propres, Claire continua d'y demeurer après le mariage de monsieur de Nueil. Elle vécut dans une retraite si profonde que ses gens, sa femme de chambre et Jacques exceptés, ne la virent point. Elle exigeait un silence absolu chez elle, et ne sortait de son appartement que pour aller à la chapelle de Valleroy, où un prêtre du voisinage venait lui dire la messe tous les matins.

Quelques jours après son mariage, le comte de Nueil tomba dans une espèce d'apathie conjugale qui pouvait faire supposer le bonheur tout aussi bien que le malheur. Sa mère disait à tout le monde : — Mon fils est parfaitement heureux. — Madame Gaston de Nueil, semblable à beaucoup de jeunes femmes, était un peu terne, douce, patiente ; elle devint enceinte après un mois de mariage. Tout cela se trouvait conforme aux idées reçues. Monsieur de Nueil était très-bien pour elle, seulement il fut, deux mois après avoir quitté la marquise, extrêmement rêveur et pensif. — Mais il avait toujours été sérieux, disait sa mère.

Après sept mois de ce bonheur tiède, il arriva quelques événements légers en apparence, mais qui comportent trop de larges développements de pensées, et accusent de trop grands troubles d'âme, pour n'être pas rapportés simplement, et abandonnés au caprice des interprétations de chaque esprit. Un jour, pendant lequel monsieur de Nueil avait chassé sur les terres de Manerville et de Valleroy, il revint par le parc de madame de Beauséant, fit demander Jacques, l'attendit ; et quand le valet de chambre fut venu : — La marquise aime-t-elle toujours le gibier ? lui demai

Sur la réponse affirmative de Jacques, Gaston lui offi
somme assez forte accompagnée de raisonnements trè
cieux, afin d'obtenir de lui le léger service de réserve
la marquise le produit de sa chasse. Il parut fort pe
portant à Jacques que sa maîtresse mangeât une perdr
par son garde ou par monsieur de Nueil, puisque c
désirait que la marquise ne sût pas l'origine du gibie
a été tué sur ses terres, dit le comte. Jacques se prêt
dant quelques jours à cette innocente tromperie. Mc
de Nueil partait dès le matin pour la chasse, et ne re
chez lui que pour dîner, n'ayant jamais rien tué. U
maine entière se passa ainsi. Gaston s'enhardit asse
écrire une lettre à la marquise et la lui fit parvenir,
lettre lui fut renvoyée sans avoir été ouverte. Il étai
que nuit quand le valet de chambre de la marquise
rapporta. Soudain le comte s'élança hors du salon où
raissait écouter un caprice d'Hérold écorché sur le
par sa femme, et courut chez la marquise avec la r
d'un homme qui vole à un rendez-vous. Il sauta dans
par une brèche qui lui était connue, marcha lente
travers les allées en s'arrêtant par moments comm
essayer de réprimer les sonores palpitations de son
puis, arrivé près du château, il en écouta les bruits
et présuma que tous les gens étaient à table. Il alla
l'appartement de madame de Beauséant. La marqu
quittait jamais sa chambre à coucher ; monsieur de Nt
en atteindre la porte sans avoir fait le moindre bruit
vit à la lueur de deux bougies la marquise maigre e
assise dans un grand fauteuil, le front incliné, les mai
dantes, les yeux arrêtés sur un objet qu'elle parais
point voir. C'était la douleur dans son expression l
complète. Il y avait dans cette attitude une vague esp
mais on ne savait si Claire de Bourgogne regardait
tombe ou dans le passé. Peut-être les larmes de m
de Nueil brillèrent-elles dans les ténèbres, peut-être
piration eut-elle un léger retentissement, peut-ê
échappa-t-il un tressaillement involontaire, ou peut-
présence était-elle impossible sans le phénomène d

susception dont l'habitude est à la fois la gloire, le bonheur et la preuve du véritable amour. Madame de Beauséant tourna lentement son visage vers la porte et vit son ancien amant. Le comte fit alors quelques pas.

— Si vous avancez, monsieur, s'écria la marquise en pâlissant, je me jette par cette fenêtre !

Elle sauta sur l'espagnolette, l'ouvrit, et se tint un pied sur l'appui extérieur de la croisée, la main au balcon et la tête tournée vers Gaston.

— Sortez ! sortez ! cria-t-elle, ou je me précipite.

A ce mot terrible, monsieur de Nueil, entendant les gens en émoi, se sauva comme un malfaiteur.

Revenu chez lui, le comte écrivit une lettre très-courte, et chargea son valet de chambre de la porter à madame de Beauséant, en lui recommandant de faire savoir à la marquise qu'il s'agissait de vie ou de mort pour lui. Le messager parti, monsieur de Nueil rentra dans le salon et y trouva sa femme qui continuait à déchiffrer le caprice. Il s'assit en attendant la réponse. Une heure après, le caprice fini, les deux époux étaient l'un devant l'autre, silencieux, chacun d'un côté de la cheminée, lorsque le valet de chambre revint de Valleroy, et remit à son maître la lettre qui n'avait pas été ouverte. Monsieur de Nueil passa dans un boudoir attenant au salon où il avait mis son fusil en revenant de la chasse et se tua.

Ce prompt et fatal dénoûment si contraire à toutes les habitudes de la jeune France est naturel.

Les gens qui ont bien observé, ou délicieusement éprouvé les phénomènes auxquels l'union parfaite de deux êtres donne lieu, comprendront parfaitement ce suicide. Une femme ne se forme pas, ne se plie pas en un jour aux caprices de la passion. La volupté, comme une fleur rare, demande les soins de la culture la plus ingénieuse ; le temps, l'accord des âmes, peuvent seuls en révéler toutes les ressources, faire naître ces plaisirs tendres, délicats, pour lesquels nous sommes imbus de mille superstitions et que nous croyons inhérents à la personne dont le cœur nous les prodigue. Cette admirable entente, cette croyance religieuse, et la certitude féconde de ressentir un bonheur particulier ou excessif près de la personne aimée, sont en partie le secret des attachements durables et des longues passions. Près d'une femme qui possède le génie de son sexe, l'amour n'est jamais une habitude ; son adorable tendresse sait revêtir des formes si variées, elle est si spirituelle et si aimante tout ensemble, elle met tant d'artifices dans sa nature, ou de naturel dans ses artifices, qu'elle se rend aussi puissante par le souvenir qu'elle l'est par sa présence. Auprès d'elle toutes les femmes pâlissent. Il faut avoir eu la crainte de perdre un amour si vaste, si brillant, ou l'avoir perdu pour en connaître tout le prix. Mais si, l'ayant connu, un homme s'en est privé pour tomber dans quelque mariage froid, si la femme avec laquelle il a espéré rencontrer les mêmes félicités lui prouve, par quelques-uns de ces faits ensevelis dans les ténèbres de la vie conjugale, qu'elles ne renaîtront plus pour lui ; s'il a encore sur les lèvres le goût d'un amour céleste, et qu'il ait blessé mortellement sa véritable épouse au profit d'une chimère sociale, alors il faut mourir ou avoir cette philosophie matérielle, égoïste, froide, qui fait horreur aux âmes passionnées.

Quant à madame de Beauséant, elle ne crut sans doute pas que le désespoir de son ami allât jusqu'au suicide, après l'avoir largement abreuvé d'amour pendant neuf années. Peut-être pensait-elle avoir seule à souffrir. Elle était d'ailleurs bien en droit de se refuser au plus avilissant partage qui existe, qu'une épouse peut subir par de hautes raisons sociales, mais qu'une maîtresse doit avoir en haine, parce que dans la pureté de son amour en réside toute la justification.

LA GRENADIÈRE

A CAROLINE

A la poésie du voyage, le voyageur reconnaissant

La Grenadière est une petite habitation située sur la rive droite de la Loire, en aval et à un mille environ du pont de Tours. En cet endroit, la rivière, large comme un lac, est parsemée d'îles vertes et bordée par une roche sur laquelle sont assises plusieurs maisons de campagne toutes bâties en pierre blanche, entourées de clos de vigne et de jardins où les plus beaux fruits du monde mûrissent à l'exposition du midi. Patiemment terrassés par plusieurs générations, les creux du rocher réfléchissent les rayons du soleil, et permettent de cultiver en pleine terre, à la faveur d'une température factice, les productions des plus chauds climats. Dans une des moins profondes anfractuosités qui découpent cette colline s'élève la flèche aiguë de Saint-Cyr, petit village duquel dépendent toutes ces maisons éparses. Puis, un peu plus loin, la Choisille se jette dans la Loire par une grasse vallée qui interrompt ce long coteau. La Grenadière, sise à mi-côte du rocher, à une centaine de pas de l'église, est un de ces vieux logis âgés de deux ou trois cents ans qui se rencontrent en Touraine dans chaque jolie situation. Une cassure de roc a favorisé la construction d'une rampe qui arrive en pente douce sur la *levée*, nom donné dans le pays à la digue établie au bas de la côte pour maintenir la Loire dans son lit, et sur laquelle passe la grande route de Paris à Nantes. En haut de la rampe est une porte, où commence un petit chemin pierreux, ménagé entre deux

rasses, espèces de fortifications garnies de treilles et d'espaliers, destinées à empêcher l'éboulement des terres. Ce
sentier pratiqué au pied de la terrasse supérieure, et presque
caché par les arbres de celle qu'il couronne, mène à la maison par une pente rapide, en laissant voir la rivière dont
l'étendue s'agrandit à chaque pas. Ce chemin creux est terminé par une seconde porte de style gothique, cintrée, chargée
de quelques ornements simples, mais en ruines, couverte
de giroflées sauvages, de lierres, de mousses et de parié-
taires. Ces plantes indestructibles décorent les murs de
toutes les terrasses, d'où elles sortent par la fente des assises, en dessinant à chaque nouvelle saison de nouvelles
guirlandes de fleurs.

En franchissant cette porte vermoulue, un petit jardin,
conquis sur le rocher par une dernière terrasse dont la
vieille balustrade noire domine toutes les autres, offre à la
vue son gazon orné de quelques arbres verts et d'une multitude de rosiers et de fleurs. Puis, en face du portail, à
l'autre extrémité de la terrasse, est un pavillon de bois appuyé sur le mur voisin, et dont les poteaux sont cachés par
des jasmins, des chèvrefeuilles, de la vigne et des clématites. Au milieu de ce dernier jardin, s'élève la maison sur
un perron voûté, couvert de pampres, et sur lequel se trouve
la porte d'une vaste cave creusée dans le roc. Le logis est
entouré de treilles et de grenadiers en pleine terre, de là
vient le nom donné à cette closerie. La façade est compo-
sée de deux larges fenêtres séparées par une porte bâtarde
très-rustique, et de trois mansardes prises sur un toit d'une
élévation prodigieuse relativement au peu de hauteur du
rez-de-chaussée. Ce toit à deux pignons est couvert en ardoises. Les murs du bâtiment principal sont peints en jaune;
et la porte, les contrevents d'en bas, les persiennes des
mansardes sont verts.

En entrant, vous trouverez un petit palier où commence
un escalier tortueux, dont le système change à chaque tournant; il est en bois presque pourri; sa rampe creusée en
forme de vis a été brunie par un long usage. A droite est
une vaste salle à manger boisée à l'antique, dallée en car-

reau blanc fabriqué à Château-Regnault; puis, à gauche,
un salon de pareille dimension, sans boiseries, mais tendu
d'un papier aurore à bordure verte. Aucune des deux pièces
n'est plafonnée; les solives sont en bois de noyer et les interstices remplis d'un torchis blanc fait avec de la bourre. Au
premier étage, il y a deux grandes chambres dont les murs
sont blanchis à la chaux; les cheminées en pierre y sont
moins richement sculptées que celles du rez-de-chaussée.
Toutes les ouvertures sont exposées au midi. Au nord il n'y
a qu'une seule porte, donnant sur les vignes et pratiquée
derrière l'escalier. A gauche de la maison, est adossée une
construction en colombage, dont les bois sont extérieurement
garantis de la pluie et du soleil par des ardoises qui dessi-
nent sur les murs de longues lignes bleues, droites ou trans-
versales. La cuisine, placée dans cette espèce de chaumière,
communique intérieurement avec la maison, mais elle a
néanmoins une entrée particulière, élevée de quelques marches, au bas desquelles se trouve un puits profond, sur-
monté d'une pompe champêtre enveloppée de sabines, de
plantes aquatiques et de hautes herbes. Cette bâtisse récente
prouve que la Grenadière était jadis un simple *vendangeoir.*
Les propriétaires y venaient de la ville, dont elle est séparée
par le vaste lit de la Loire, seulement pour faire leur ré-
colte, ou quelque partie de plaisir. Ils y envoyaient dès le
matin leurs provisions et n'y couchaient guère que pendant
le temps des vendanges. Mais les Anglais sont tombés comme
un nuage de sauterelles sur la Touraine, et il a bien fallu
compléter la Grenadière pour la leur louer. Heureusement
ce moderne appendice est dissimulé sous les premiers tilleuls
d'une allée plantée dans un ravin au bas des vignes. Le vi-
gnoble, qui peut avoir deux arpents, s'élève au-dessus de
la maison, et la domine entièrement par une pente si rapide qu'il est très difficile de la gravir. A peine y a-t-il entre
la maison et cette colline verdie par des pampres traînants
un espace de cinq pieds, toujours humide et froid, espèce de
fossé plein de végétations vigoureuses où tombent, par les
temps de pluie, les engrais de la vigne qui vont enrichir le
sol des jardins soutenus par la terrasse à balustrade. La mai-

son du closier chargé de faire les façons de la vigne est adossée au pignon de gauche ; elle est couverte en chaume et fait en quelque sorte le pendant de la cuisine. La propriété est entourée de murs et d'espaliers ; la vigne est plantée d'arbres fruitiers de toute espèce ; enfin pas un pouce de ce terrain précieux n'est perdu pour la culture. Si l'homme néglige un aride quartier de roche, la nature y jette soit un figuier, soit des fleurs champêtres, ou quelques fraisiers abrités par des pierres.

En aucun lieu du monde vous ne rencontreriez une demeure tout à la fois si modeste et si grande, si riche en fructifications, en parfums, en points de vue. Elle est, au cœur de la Touraine, une petite Touraine où toutes les fleurs, tous les fruits, toutes les beautés de ce pays sont complétement représentés. Ce sont les raisins de chaque contrée, les figues, les pêches, les poires de toutes les espèces, et des melons en plein champ aussi bien que la reglisse, les genêts d'Espagne, les lauriers-roses de l'Italie et les jasmins des Açores. La Loire est à vos pieds. Vous la dominez d'une terrasse élevée de trente toises au-dessus de ses eaux capricieuses. Le soir vous respirez ses brises venues fraîches de la mer et parfumées dans leur route par les fleurs des longues levées. Un nuage errant qui, à chaque pas dans l'espace, change de couleur et de forme, sous un ciel parfaitement bleu, donne mille aspects nouveaux à chaque détail des paysages magnifiques qui s'offrent aux regards, en quelque endroit que vous vous placiez. De là, les yeux embrassent d'abord la rive de la Loire depuis Amboise ; la fertile plaine où s'élèvent Tours, ses foubourgs, ses fabriques, le Plessis ; puis une partie de la rive gauche qui, depuis Vouvray jusqu'à Saint-Symphorien, décrit un demi-cercle de rochers plein de joyeux vignobles. La vue n'est bornée que par les riches coteaux du Cher, horizon bleuâtre, chargé de parcs et de châteaux. Enfin, à l'ouest, l'âme se perd dans le fleuve immense sur lequel naviguent à toute heure les bateaux à voiles blanches enflées par les vents qui règnent presque toujours dans ce vaste bassin. Un prince peut faire sa *villa* de la Grenadière, mais certes un poëte en fera toujours son logis ; deux amants y verront le plus doux refuge, elle est la demeure d'un bon bourgeois de Tours ; elle a des poésies pour toutes les imaginations ; pour les plus humbles et les plus froides, comme pour les plus élevées et les plus passionnées ; personne n'y reste sans y sentir l'atmosphère du bonheur, sans y comprendre toute une vie tranquille, dénuée d'ambition, de soins. La rêverie est dans l'air et dans le murmure des flots ; les sables parlent, ils sont tristes ou gais, dorés ou ternes ; tout est mouvement autour du possesseur de cette vigne, immobile au milieu de ses fleurs vivaces et de ses fruits appétissants. Un Anglais donne mille francs pour habiter pendant six mois cette humble maison, mais il s'engage à en respecter les récoltes ; s'il veut les fruits, il en double le loyer ; si le vin lui fait envie, il double encore la somme. Que vaut donc la Grenadière avec sa rampe, son chemin creux, sa triple terrasse, ses deux arpents de vigne, ses balustrades de rosiers fleuris, son vieux perron, sa pompe, ses clématites échevelées et ses arbres cosmopolites ? N'offrez pas de prix ! La Grenadière ne sera jamais à vendre. Achetée une fois en 1690, et laissée à regret pour quarante mille francs, comme un cheval favori abandonné par l'Arabe du désert, elle est restée dans la même famille, elle en est l'orgueil, le joyau patrimonial, le Régent. Voir, n'est pas avoir ? a dit un poëte. De là vous voyez trois vallées de la Touraine et sa cathédrale suspendue dans les airs comme un ouvrage en filigrane. Peut-on payer de tels trésors ? Pourrez-vous jamais payer la santé que vous recouvrez là sous les tilleuls ?

Au printemps d'une des plus belles années de la Restauration, une dame, accompagnée d'une femme de chambre et de deux enfants, dont le plus jeune paraissait avoir huit ans, et l'autre environ treize, vint à Tours y chercher une habitation. Elle vit la Grenadière et la loua. Peut-être la distance qui la séparait de la ville la décida-t-elle à s'y loger. Le salon lui servit de chambre à coucher ; elle mit chaque enfant dans une des pièces du premier étage, et la femme de chambre coucha dans un petit cabinet ménagé au-dessus de la cuisine. La salle à manger devint le salon

commun à la petite famille et le lieu de réception. La maison
fut meublée très-simplement, mais avec goût ; il n'y eut
rien d'inutile ni rien qui sentît le luxe. Les meubles choisis
par l'inconnue étaient en noyer, sans aucun ornement. La
propreté, l'accord régnant entre l'intérieur et l'extérieur du
logis en firent tout le charme.

Il fut donc assez difficile de savoir si madame Willemsens
(nom que prit l'étrangère) appartenait à la riche bourgeoisie,
à la haute noblesse, ou à certaines classes équivoques de
l'espèce féminine. Sa simplicité donnait matière aux suppositions les plus contradictoires, mais ses manières pouvaient
confirmer celles qui lui étaient favorables. Aussi, peu de
temps après son arrivée à Saint-Cyr, sa conduite réservée
excita-t-elle l'intérêt des personnes oisives, habituées à
observer en province tout ce qui semble devoir animer la
sphère étroite où elles vivent. Madame Willemsens était une
femme d'une taille assez élevée, mince et maigre, mais délicatement faite. Elle avait de jolis pieds, plus remarquables
par la grâce avec laquelle ils étaient attachés que par leur
étroitesse, mérite vulgaire ; puis des mains qui semblaient
belles sous le gant. Quelques rougeurs foncées et mobiles
coupéresaient son teint blanc, jadis frais et coloré. Des
rides précoces flétrissaient un front de forme élégante, couronné par de beaux cheveux châtains, bien plantés et toujours tressés en deux nattes circulaires, coiffure de vierge
qui seyait à sa physionomie mélancolique. Ses yeux noirs,
fortement cernés, creusés, pleins d'une ardeur fiévreuse,
affectaient un calme menteur ; et par moments, si elle
oubliait l'expression qu'elle s'était imposée, il s'y peignait
de secrètes angoisses. Son visage ovale était un peu long ;
mais peut-être autrefois le bonheur et la santé lui donnaient-
ils de justes proportions. Un faux sourire, empreint d'une
tristesse douce, errait habituellement sur ses lèvres pâles ;
néanmoins sa bouche s'animait et son sourire exprimait les
délices du sentiment maternel quand les deux enfants, par
lesquels elle était toujours accompagnée, la regardaient ou
lui faisaient une de ces questions intarissables et oiseuses,
qui toutes ont un sens pour une mère. Sa démarche était

lente et noble. Elle conserva la même mise avec une constance qui annonçait l'intention formelle de ne plus s'occuper de sa toilette et d'oublier le monde, par qui elle voulait sans doute être oubliée. Elle avait une robe noire très-longue, serrée par un ruban de moire, et par-dessus, en guise de châle, un fichu de batiste à large ourlet dont les deux bouts étaient négligemment passés dans sa ceinture. Chaussée avec un soin qui dénotait des habitudes d'élégance, elle portait des bas de soies noirs qui complétaient la teinte de deuil répandue dans ce costume de convention. Enfin son chapeau, de forme anglaise et invariable, était en étoffe grise et orné d'un voile noir. Elle paraissait être d'une extrême faiblesse et très-souffrante. Sa seule promenade consistait à aller de la Grenadière au pont de Tours, où, quand la soirée était calme, elle venait avec les deux enfants respirer l'air frais de la Loire et admirer les effets produits par le soleil couchant dans ce paysage aussi vaste que l'est celui de la baie de Naples ou du lac de Genève. Durant le temps de son séjour à la Grenadière, elle ne se rendit que deux fois à Tours, ce fut d'abord pour prier le principal du collége de lui indiquer les meilleurs maîtres de latin, de mathématiques et de dessin ; puis pour déterminer avec les personnes qui lui furent désignées soit le prix de leurs leçons, soit les heures auxquelles ces leçons pourraient être données aux enfants. Mais il lui suffisait de se montrer une ou deux fois par semaine, le soir, sur le pont, pour exciter l'intérêt de presque tous les habitants de la ville, qui s'y promènent habituellement. Cependant, malgré l'espèce d'espionnage innocent que créent en province le désœuvrement et l'inquiète curiosité des principales sociétés, personne ne put obtenir de renseignements certains sur le rang que l'inconnue occupait dans le monde, ni sur sa fortune, ni même sur son état véritable. Seulement le propriétaire de la Grenadière apprit à quelques-uns de ses amis le nom, sans doute vrai, sous lequel l'inconnue avait contracté son bail. Elle s'appelait Augusta Willemsens, comtesse de Brandon. Ce nom devait être celui de son mari. Plus tard les derniers événements de cette histoire confirmèrent la véracité de cette révélation ; mais elle n'eut de publicité que dans le monde de commerçants fréquenté par le propriétaire. Aussi madame Willemsens demeura constamment un mystère pour les gens de la bonne compagnie, et tout ce qu'elle leur permit de deviner en elle fut une nature distinguée, des manières simples, délicieusement naturelles, et un son de voix d'une douceur angélique. Sa profonde solitude, sa mélancolie et sa beauté si passionnément obscurcie, à demi flétrie même, avaient tant de charmes que plusieurs jeunes gens s'éprirent d'elle ; mais plus leur amour fut sincère, moins il fut audacieux ; puis elle était imposante, il était difficile d'oser lui parler. Enfin, si quelques hommes hardis lui écrivirent, leurs lettres durent être brûlées sans avoir été ouvertes. Madame Willemsens jetait au feu toutes celles qu'elle recevait, comme si elle eût voulu passer sans le plus léger souci le temps de son séjour en Touraine. Elle semblait être venue dans sa ravissante retraite pour se livrer tout entière au bonheur de vivre. Les trois maîtres auxquels l'entrée de la Grenadière fut permise parlèrent avec une sorte d'admiration respectueuse du tableau touchant que présentait l'union intime et sans nuages de ces enfants et de cette femme.

Les deux enfants excitèrent également beaucoup d'intérêt, et les mères ne pouvaient pas les regarder sans envie. Tous deux ressemblaient à madame Willemsens, qui était en effet leur mère. Ils avaient l'un et l'autre ce teint transparent et ces vives couleurs, ces yeux purs et humides, ces longs cils, cette fraîcheur de formes qui impriment tant d'éclat aux beautés de l'enfance. L'aîné, nommé Louis-Gaston, avait les cheveux noirs et un regard plein de hardiesse. Tout en lui dénotait une santé robuste, de même que son front large et haut, heureusement bombé, semblait trahir un caractère énergique. Il était leste, adroit dans ses mouvements, bien découplé, n'avait rien d'emprunté, ne s'étonnant de rien, et paraissait réfléchir sur tout ce qu'il voyait. L'autre, nommé Marie-Gaston, était presque blond, quoique parmi ses cheveux quelques mèches fussent déjà cendrées et prissent la couleur des cheveux de sa mère. Marie avait les formes grêles, la délicatesse de traits, la finesse gracieuse, qui

charmaient tant dans madame Willemsens. Il paraissait
maladif ; ses yeux gris lançaient un regard doux, ses couleurs étaient pâles. Il y avait de la femme en lui. Sa mère
lui conservait encore la collerette brodée, les longues boucles
frisées et la petite veste ornée de brandebourgs et d'olives
qui revêt un jeune garçon d'une grâce indicible, et trahit ce
plaisir de parure tout féminin dont s'amuse la mère autant
que l'enfant peut-être. Ce joli costume contrastait avec la
veste simple de l'aîné, sur laquelle se rabattait le col tout
uni de sa chemise. Les pantalons , les brodequins, la couleur des habits étaient semblables et annonçaient deux frères
aussi bien que leur ressemblance. Il était impossible en les
voyant de n'être pas touché des soins de Louis pour Marie.
L'aîné avait pour le second quelque chose de paternel dans
le regard ; et Marie, malgré l'insouciance du jeune âge, se
montrait pénétré de reconnaissance pour Louis. Ces deux
petites fleurs à peine séparées de leur tige semblaient agi-
tées par la même brise, éclairées par le même rayon de
soleil, l'une colorée, l'autre étiolée à demi. Un mot, un
regard, une inflexion de voix suffisait pour les rendre attentifs, leur faire tourner la tête, écouter, entendre un ordre,
une prière, une recommandation, et obéir. Madame Willemsens leur faisait toujours comprendre ses désirs, sa
volonté, comme s'il y eût eu entre eux une pensée commune. Quand ils étaient, pendant la promenade, occupés à
jouer en avant d'elle, cueillant une fleur, examinant un
insecte, elle les contemplait avec un attendrissement si profond que le passant le plus indifférent se sentait ému, s'arrêtait pour voir les enfants, leur sourire, et saluer la mère
par un coup d'œil d'ami. Qui n'eût pas admiré l'exquise
propreté de leurs vêtements, leur joli son de voix, la grâce
de leurs mouvements, leur physionomie heureuse et l'instinctive noblesse qui révélait en eux une éducation soignée
dès le berceau ! Ces enfants semblaient n'avoir jamais ni
crié ni pleuré. Leur mère avait comme une prévoyance
électrique de leurs désirs, de leurs douleurs, les prévenant,
les calmant sans cesse. Elle paraissait craindre une de leurs
plaintes plus que sa condamnation éternelle. Tout dans (

16

enfants était un éloge pour leur mère ; et le tableau de leur
triple vie, qui semblait une même vie, faisait naître des
demi-pensées vagues et caressantes, image de ce bonheur
que nous rêvons de goûter dans un monde meilleur. L'existence intérieure de ces trois créatures si harmonieuses s'accordait avec les idées que l'on concevait à leur aspect ;
c'était la vie d'ordre, régulière et simple qui convient à
l'éducation des enfants. Tous deux se levaient une heure
après la venue du jour, récitaient d'abord une courte prière,
habitude de leur enfance, paroles vraies, dites pendant sept
ans sur le lit de leur mère, commencées et finies entre deux
baisers. Puis les deux frères, accoutumés sans doute à ces
soins minutieux de la personne, si nécessaires à la santé
du corps, à la pureté de l'âme, et qui donnent en quelque
sorte la conscience du bien-être, faisaient une toilette aussi
scrupuleuse que peut l'être celle d'une jolie femme. Ils ne
manquaient à rien, tant ils avaient peur l'uu et l'autre d'un
reproche, quelque tendrement qu'il leur fût adressé par
leur mère quand, en les embrassant, elle leur disait au déjeuner, suivant la circonstance : — Mes chers anges où donc
avez-vous pu déjà vous noircir les ongles? Tous deux
descendaient alors au jardin, y secouaient les impressions
de la nuit dans la rosée et la fraîcheur, en attendant que la
femme de chambre eût préparé le salon commun, où ils
allaient étudier leurs leçons jusqu'au lever de leur mère.
Mais de moment en moment ils en épiaient le réveil, quoiqu'ils ne dussent entrer dans sa chambre qu'à une heure
convenue. Cette irruption matinale, toujours faite en con-
travention au pacte primitif, était toujours une scène délicieuse et pour eux et pour madame Willemsens. Marie
sautait sur le lit pour passer ses bras autour de son idole,
tandis que Louis, agenouillé au chevet, prenait la main de
sa mère. C'était alors des interrogations inquiètes, comme
un amant en trouve pour sa maîtresse; puis des rires d'anges,
des caresses tout à la fois passionnées et pures, des silences
éloquents, des bégayements, des histoires enfantines interrompues et reprises par des baisers, rarement achevées
toujours écoutées....

— Avez-vous bien travaillé ? demandait la mère, mais
d'une voix douce et amie, près de plaindre la fainéantise
comme un malheur, prête à lancer un regard mouillé de
larmes à celui qui se trouvait content de lui-même. Elle
savait que ses enfants étaient animés par le désir de lui
plaire ; eux savaient que leur mère ne vivait que pour eux,
les conduisait dans la vie avec toute l'intelligence de l'amour,
et leur donnait toutes ses pensées, toutes ses heures. Un
sens merveilleux, qui n'est encore ni l'égoïsme ni la raison,
qui est peut-être le sentiment dans sa première candeur,
apprend aux enfants s'ils sont ou non l'objet de soins exclu-
sifs, et si l'on s'occupe d'eux avec bonheur. Les aimez-vous
bien ? ces chères créatures, tout franchise et tout justice,
sont alors admirablement reconnaissantes. Elles aiment
avec passion, avec jalousie, ont les délicatesses les plus
gracieuses, trouvent à dire les mots les plus tendres ; elles
sont confiantes, elles croient en tout à vous. Aussi peut-
être n'y a-t-il pas de mauvais enfants sans mauvaises mères ;
car l'affection qu'ils ressentent est toujours en raison de
celle qu'ils ont éprouvée, des premiers soins qu'ils ont reçus, des premiers mots qu'ils ont entendus, des premiers
regards où ils ont cherché l'amour et la vie. Tout devient alors
attrait ou tout est répulsion. Dieu a mis les enfants au sein
de la mère pour lui faire comprendre qu'ils devaient y rester longtemps. Cependant il se rencontre des mères cruellement méconnues, de tendres et sublimes tendresses constamment froissées, effroyables ingratitudes, qui prouvent
combien il est difficile d'établir des principes absolus en fait
de sentiment. Il ne manquait dans le cœur de cette mère et
dans ceux de ses fils aucun des mille liens qui devaient les
attacher les uns aux autres. Seuls sur la terre, ils y vivaient
de la même vie et se comprenaient bien. Quand au matin
madame Willemsens demeurait silencieuse, Louis et Marie se
taisaient en respectant tout d'elle, même les pensées qu'ils
ne partageaient pas. Mais l'aîné, doué d'une pensée déjà
forte, ne se contentait jamais des assurances de bonne santé
que lui donnait sa mère ; il en étudiait le visage avec une
sombre inquiétude, ignorant le danger, mais le pressentant

lorsqu'il voyait autour de ses yeux cernés des teintes vio-
lettes, lorsqu'il apercevait leurs orbites plus creuses et les
rougeurs du visage plus enflammées. Plein d'une sensibilité vraie, il devinait quand les jeux de Marie commençaient
à la fatiguer, et il savait alors dire à son frère : — Viens,
Marie, allons déjeuner, j'ai faim.

Mais en atteignant la porte, il se retournait pour saisir
l'expression de la figure de sa mère qui, pour lui, trouvait
encore un sourire ; et souvent même des larmes roulaient
dans ses yeux, quand un geste de son enfant lui révélait un
sentiment exquis, une précoce entente de la douleur.

Le temps destiné au premier déjeuner de ses enfants et à
leur récréation était employé par madame Willemsens à sa
toilette ; car elle avait de la coquetterie pour ses chers petits, elle voulait leur plaire, leur agréer en toute chose, être
pour eux gracieuse à voir, être pour eux attrayante comme un
doux parfum auquel on revient toujours. Elle se tenait toujours prête pour les répétions qui avaient lieu entre dix et
trois heures, mais qui étaient interrompues à midi par un
second déjeuner fait en commun sous le pavillon du jardin.
Après ce repas, une heure était accordée aux jeux, pendant
laquelle l'heureuse mère, la pauvre femme restait couchée
sur un long divan placé dans ce pavillon d'où l'on décou-
vrait cette douce Touraine incessamment changeante, sans
cesse rajeunie par les mille accidents du jour, du ciel, de la
saison. Ses deux enfants trottaient à travers le clos, grim-
paient sur les terrasses, couraient après les lézards, groupés eux-mêmes et agiles comme le lézard ; ils admiraient
des graines, des fleurs, étudiaient des insectes, et venaient
demander raison de tout à leur mère. C'était alors des allées et venues perpétuelles au pavillon. A la campagne, les
enfants n'ont pas besoin de joujets, tout leur est occupation.
Madame Willemsens assistait aux leçons en faisant de la
tapisserie. Elle restait silencieuse, ne regardait ni les maîtres ni les enfants, elle écoutait avec attention comme pour
tâcher de saisir le sens des paroles et savoir vaguement si
Louis acquérait de la force ; embarrassait-il son maître par
une question, et accusait-il ainsi un progrès ? les yeux de la

mère s'animaient alors, elle souriait, elle lui lançait un regard empreint d'espérance. Elle exigeait peu de chose de Marie ; ses vœux étaient pour l'aîné auquel elle témoignait une sorte de respect, employant tout son tact de femme et de mère à lui élever l'âme, à lui donner une haute idée de lui-même. Cette conduite cachait une pensée secrète que l'enfant devait comprendre un jour et qu'il comprit. Après chaque leçon, elle reconduisait les maîtres jusqu'à la première porte, et là, leur demandait consciencieusement compte des études de Louis. Elle était si affectueuse et si engageante que les répétiteurs lui disaient la vérité, pour l'aider à faire travailler Louis sur les points où il leur paraissait faible. Le dîner venait ; puis, le jeu, la promenade ; enfin, le soir, les leçons s'apprenaient.

Telle était leur vie, vie uniforme, mais pleine, où le travail et les distractions heureusement mêlés ne laissaient aucune place à l'ennui. Les découragements et les querelles étaient impossibles. L'amour sans bornes de la mère rendait tout facile. Elle avait donné de la discrétion à ses deux fils en ne leur refusant jamais rien, du courage en les louant à propos, de la résignation en leur faisant apercevoir la nécessité sous toutes ses formes ; elle en avait développé, fortifié l'angélique nature avec un soin de fée. Parfois, quelques larmes humectaient ses yeux ardents, quand, en les voyant jouer, elle pensait qu'ils ne lui avaient pas causé le moindre chagrin. Un bonheur étendu, complet, ne nous fait ainsi pleurer que parce qu'il est une image du ciel duquel nous avons tous de confuses perceptions. Elle passait des heures délicieuses couchée sur son canapé champêtre, voyant un beau jour, une grande étendue d'eau, un pays pittoresque, entendant la voix de ses enfants, leurs rires renaissant dans le rire même, et leurs petites querelles où éclataient leur union, le sentiment paternel de Louis pour Marie, et l'amour de tous deux pour elle. Tous deux a   ent leur première enfance, une bonne an   ,   bien le français et l'anglais ; au   eur   alternativement des deux la   dirigeait admirablement bien leurs j

entrer dans leur entendement aucune idée fausse, dans le
cœur aucun principe mauvais. Elle les gouvernait par la
douceur, ne leur cachant rien, leur expliquant tout. Lorsque
Louis désirait lire, elle avait soin de lui donner des livres
intéressants, mais exacts. C'était la vie des marins célèbres,
les biographies des grands hommes, des capitaines illustres,
trouvant dans les moindres détails de ces sortes de livres
mille occasions de lui expliquer prématurément le monde et
la vie; insistant sur les moyens dont s'étaient servis les gens
obscurs, mais réellement grands, partis, sans protecteurs,
des derniers rangs de la société, pour parvenir à de nobles
destinées. Ces leçons, qui n'étaient pas les moins utiles, se
donnaient le soir, quand le petit Marie s'endormait sur les
genoux de sa mère, dans le silence d'une belle nuit, quand
la Loire réfléchissait les cieux ; mais elles redoublaient toujours la mélancolie de cette adorable femme, qui finissait
toujours par se taire et par rester immobile, songeuse, les
yeux pleins de larmes.

— Ma mère, pourquoi pleurez-vous? lui demanda Louis
par une riche soirée du mois de juin, au moment où les demi-
teintes d'une nuit doucement éclairée succédaient à un jour
chaud.

— Mon fils, répondit-elle en attirant par le cou l'enfant
dont l'émotion cachée la toucha vivement, parce que le sort
pauvre d'abord de Jameray Duval, parvenu sans secours, est
le sort que je t'ai fait à toi et à ton frère. Bientôt, mon cher
enfant, vous serez seuls sur la terre, sans appui, sans protection. Je vous y laisserai, petits encore, et je voudrais
cependant te voir assez fort, assez instruit pour servir de
guide à Marie. Et je n'en aurai pas le temps. Je vous aime
trop pour ne pas être bien malheureuse par ces pensées.
Chers enfants, pourvu que vous ne me maudissiez pas un
jour...

— Et pourquoi vous maudirais-je un jour, ma mère ?

— Un jour, pauvre petit, dit-elle en le baisant au front, tu
reconnaîtras que j'ai eu des torts envers vous. Je vous aban-
donnerai, ici, sans fortune, sans... Elle hésita. — Sans un
père, reprit-elle.

A ce mot elle fondit en larmes, repoussa doucement son fils qui, par une sorte d'intuition, devina que sa mère voulait être seule, et il emmena Marie à moitié endormi. Puis, une heure après, quand son frère fut couché, Louis revint à pas discrets vers le pavillon où était sa mère. Il entendit alors ces mots, prononcés par une voix délicieuse à son cœur:
— Viens, Louis.

L'enfant se jeta dans les bras de sa mère, et ils s'embrassèrent presque convulsivement.

— Ma chérie, dit-il enfin, car il lui donnait souvent ce nom, le trouvant même trop faible pour exprimer toute sa tendresse; ma chérie, pourquoi crains-tu donc de mourir?

— Je suis malade, pauvre ange aimé, chaque jour mes forces se perdent, et mon mal est sans remède, je le sais.

— Quel est donc votre mal?

— Je dois l'oublier; et toi, tu ne dois jamais savoir la cause de ma mort.

L'enfant resta silencieux pendant un moment, jetant à la dérobée des regards sur sa mère, qui, les yeux levés au ciel, en contemplait les nuages. Moment de douce mélancolie! Louis ne croyait pas à la mort prochaine de sa mère, mais il en ressentait les chagrins sans les deviner. Il respecta cette longue rêverie. Moins jeune, il aurait lu sur ce visage sublime quelques pensées de repentir mêlées à des souvenirs heureux, toute une vie de femme; une enfance insouciante, un mariage froid, une passion terrible, des fleurs nées dans un orage, abîmées par la foudre, dans un gouffre d'où rien ne saurait revenir.

— Mère adorée, dit enfin Louis, pourquoi me cachez-vous vos souffrances?

— Mon fils, répondit-elle, nous devons ensevelir nos peines aux yeux des étrangers, leur montrer un visage riant, ne jamais leur parler de nous, enfin, ne nous occuper que d'eux; ces maximes pratiquées en famille y sont une des causes du bonheur. Tu auras à souffrir beaucoup un jour! Eh bien! souviens-toi de ta pauvre mère qui se mourait devant toi en te souriant toujours, et te cachait ses douleurs;

tu te trouveras alors du courage pour supporter les maux
de la vie.

En ce moment, dévorant ses larmes, elle tâcha de révéler
à son fils le mécanisme de l'existence, la valeur, l'assiette,
la consistance des fortunes, les rapports sociaux, les moyens
honorables d'amasser l'argent nécessaire aux besoins de la
vie, et la nécessité de l'instruction. Puis elle lui apprit une
des causes de sa tristesse habituelle et de ses pleurs, en lui
disant que, le lendemain de sa mort, lui et Marie seraient
dans le plus grand dénûment, ne possédant à eux deux
qu'une faible somme, n'ayant plus d'autre protecteur que
Dieu.

— Comme il faut que je me dépêche d'apprendre! s'é-
cria l'enfant en lançant à sa mère un regard plaintif et profond.

— Ah! que je suis heureuse, dit-elle en couvrant son fils
de baisers et de larmes. Il me comprend! — Louis, ajouta-
t-elle, tu seras le tuteur de ton frère, n'est-ce pas? tu me
le promets? Tu n'es plus un enfant.

— Oui, répondit-il; mais vous ne mourrez pas encore,
dites?

— Pauvres petits, répondit-elle, mon amour pour vous
me soutient? Puis ce pays est si beau, l'air y est si bienfai-
sant, peut-être...

— Vous me faites encore mieux aimer la Touraine, dit
l'enfant tout ému.

Depuis ce jour où madame Willemsens, prévoyant sa mort
prochaine, avait parlé à son fils aîné de son sort à venir,
Louis, qui avait achevé sa quatorzième année, devint moins
distrait, plus appliqué, moins disposé à jouer qu'auparavant.
Soit qu'il sût persuader à Marie de lire au lieu de se livrer
à des distractions bruyantes, les deux enfants firent moins
de tapage à travers les chemins creux, les jardins, les terrasses étagées de la Grenadière. Ils conformèrent leur vie à
la pensée mélancolique de leur mère dont le teint pâlissait
de jour en jour, en prenant des teintes jaunes, dont le front
se creusait aux tempes, dont les rides devenaient plus profondes de nuit en nuit.

Au mois d'août, cinq mois après l'arrivée de la petite famille à la Grenadière, tout y avait changé. Observant les symptômes encore légers de la lente dégradation qui minait le corps de sa maîtresse soutenue seulement par une âme passionnée et un excessif amour pour ses enfants, la vieille femme de chambre était devenue sombre et triste; elle paraissait posséder le secret de cette mort anticipée. Souvent, lorsque sa maîtresse, belle encore, plus coquette qu'elle ne l'avait jamais été, parant son corps éteint et mettant du rouge, se promenait sur la haute terrasse, accompagnée de ses deux enfants, la vieille Fanny passait la tête entre les deux sabines de la pompe, oubliait son ouvrage commencé, gardait son linge à la main, et retenait à peine ses larmes en voyant une madame Willemsens si peu semblable à la ravissante femme qu'elle avait connue.

Cette jolie maison, d'abord si gaie, si animée, semblait être devenue triste; elle était silencieuse, les habitants en sortaient rarement, madame Willemsens ne pouvait plus aller se promener au pont de Tours sans de grands efforts. Louis, dont l'imagination s'était tout à coup développée, et qui s'était identifié pour ainsi dire à sa mère, en ayant deviné la fatigue et les douleurs sous le rouge, inventait toujours des prétextes pour ne pas faire une promenade devenue trop longue pour sa mère. Les couples joyeux qui allaient alors à Saint-Cyr, la petite Courtille de Tours, et les groupes de promeneurs voyaient au-dessus de la levée, le soir, cette femme pâle et maigre, tout en deuil, à demi consumée, mais encore brillante, passant comme un fantôme le long des terrasses. Les grandes souffrances se devinent. Aussi le ménage du closier était-il devenu silencieux. Quelquefois le paysan, sa femme et ses deux enfants, se trouvaient groupés à la porte de leur chaumière, Fanny lavait au puits; madame et ses enfants étaient sous le pavillon, mais on n'entendait pas le moindre bruit dans ces gais jardins, et, sans que madame Willemsens s'en aperçut, tous les yeux attendris la contemplaient. Elle était si bonne, si prévoyante, si imposante pour ceux qui l'approchaient! Quant à elle, depuis le commencement de l'automne, si beau, si brillant en Touraine, et dont les bienfaisantes influences, les raisins, les bons fruits devaient prolonger la vie de cette mère au delà du terme fixé par les ravages d'un mal inconnu, elle ne voyait plus que ses enfants, et en jouissait à chaque heure comme si c'eût été la dernière.

Depuis le mois de juin jusqu'à la fin de septembre, Louis travailla pendant la nuit à l'insu de sa mère, et fit d'énormes progrès; il était arrivé aux équations du second degré en algèbre, avait appris la géométrie descriptive, dessinait à merveille; enfin, il aurait pu soutenir avec succès l'examen imposé aux jeunes gens qui veulent entrer à l'École poly-technique. Quelquefois, le soir, il allait se promener sur le pont de Tours, où il avait rencontré un lieutenant de vais-seau mis en demi-solde; la figure mâle, la décoration, l'al-lure de ce marin de l'empire avaient agi sur son imagination. De son côté, le marin s'était pris d'amitié pour un jeune homme dont les yeux petillaient d'énergie. Louis, avide de récits militaires et curieux de renseignements, venait flâner dans les eaux du marin pour causer avec lui. Le lieutenant en demi-solde avait pour ami et pour compagnon un colonel d'infanterie, proscrit comme lui des cadres de l'armée; le jeune Gaston pouvait donc tour à tour apprendre la vie des camps et la vie des vaisseaux. Aussi accablait-il de ques-tions les deux militaires. Puis, après avoir, par avance, épousé leurs malheurs et leur rude existence, il demandait à sa mère la permission de voyager dans le canton pour se distraire. Or, comme les maîtres étonnés disaient à madame Willemsens que son fils travaillait trop, elle accueillait cette demande avec un plaisir infini. L'enfant faisait donc des courses énormes. Voulant s'endurcir à la fatigue, il grim-pait aux arbres les plus élevés avec une incroyable agilité; il apprenait à nager; il veillait. Il n'était plus le même en-fant, c'était un jeune homme sur le visage duquel le soleil avait jeté son hâle brun, et où je ne sais quelle pensée pro-fonde apparaissait déjà.

Le mois d'octobre vint; madame Willemsens ne pouvait plus se lever qu'à midi, quand les rayons du soleil, réfléchis par les eaux de la Loire et concentrés dans les terrasse produisaient à la Grenadière cette température égale à celle des chaudes et tièdes journées de la baie de Naples, qui font recommander son habitation par les médecins du pays. Elle venait alors s'asseoir sous un des arbres verts, et ses deux fils ne s'écartaient plus d'elle. Les études cessèrent, les maîtres furent congédiés. Les enfants et la mère voulurent vivre au cœur les uns des autres, sans soins, sans distractions. Il n'y avait plus ni pleurs ni cris joyeux. L'aîné, couché sur l'herbe près de sa mère, restait sous son regard comme un amant, et lui baisait les pieds. Marie, inquiet, allait lui cueillir des fleurs, les lui apportait d'un air triste, et s'élevait sur la pointe des pieds pour prendre sur ses lèvres un baiser de jeune fille. Cette femme blanche, aux grands yeux noirs, tout abattue, lente dans ses mouvements, ne se plaignant jamais, souriant à ses deux enfants bien vivants, d'une belle santé, formaient un tableau sublime auquel ne manquaient ni les pompes mélancoliques de l'automne avec ses feuilles jaunies et ses arbres à demi dépouillés, ni la lueur adoucie du soleil et les nuages blancs du ciel de la Touraine.

Enfin madame Willemsens fut condamnée par un médecin à ne pas sortir de sa chambre. Sa chambre fut chaque jour embellie des fleurs qu'elle aimait, et ses enfants y demeurèrent. Dans les premiers jours de novembre, elle toucha du piano pour la dernière fois. Il y avait un paysage de Suisse au-dessus du piano. Du côté de la fenêtre, ses deux enfants, groupés l'un sur l'autre, lui montrèrent leurs têtes confondues. Ses regards allèrent alors constamment de ses enfants au paysage et du paysage à ses enfants. Son visage se colora, ses doigts coururent avec passion sur les touches d'ivoire. Ce fut sa dernière fête, fête inconnue, fête célébrée dans les profondeurs de son âme par le génie des souvenirs. Le médecin vint, et lui ordonna de garder le lit. Cette sentence effrayante fut reçue par la mère et par les deux fils dans un silence presque stupide.

Quand le médecin s'en alla : — Louis, dit-elle, conduis-moi sur la terrasse, que je voie encore mon pays.

A cette parole proférée simplement, l'enfant donna le bras

à sa mère et l'amena au milieu de la terrasse. Là ses yeux
se portèrent, involontairement peut-être, plus sur le ciel que
sur la terre ; mais il eût été difficile de décider en ce moment où étaient les plus beaux paysages, car les nuages re-
présentaient vaguement les plus majestueux glaciers des
Alpes. Son front se plissa violemment, ses yeux prirent une
expression de douleur et de remords, elle saisit les deux
mains de ses enfants et les appuya sur son cœur violemment agité : — *Père et mère inconnus !* s'écria-t-elle en
leur jetant un regard profond. Pauvres anges ! que devien-
drez-vous ? Puis, à vingt ans, quel compte sévère ne me
demanderez-vous pas de ma vie et de la vôtre ?

Elle repoussa ses enfants, se mit les deux coudes sur la
balustrade, se cacha le visage dans les mains, et resta là
pendant un moment seule avec elle-même, craignant de se
laisser voir. Quand elle se réveilla de sa douleur, elle trouva
Louis et Marie agenouillés à ses côtés comme deux anges ;
ils épiaient ses regards, et tous deux lui sourirent doucement.

— Que ne puis-je emporter ce sourire ! dit-elle en essuyant ses larmes.

Elle rentra pour se mettre au lit, et n'en devait sortir que
couchée dans le cercueil.

Huit jours se passèrent, huit jours tout semblables les
uns aux autres. La vieille femme de chambre et Louis restaient chacun à leur tour pendant la nuit auprès de madame
Willemsens, les yeux attachés sur ceux de la malade. C'é-
tait à toute heure ce drame profondément tragique, et qui
a lieu dans toutes les familles lorsqu'on craint, à chaque respiration trop forte d'une malade adorée, que ce ne soit la
dernière. Le cinquième jour de cette fatale semaine, le médecin proscrivit les fleurs. Les illusions de la vie s'en allaient
une à une.

Depuis ce jour, Marie et son frère trouvèrent du feu sous
leurs lèvres quand ils venaient baiser leur mère au front.
Enfin le samedi soir, madame Willemsens ne pouvant supporter aucun bruit, il fallut laisser sa chambre en désordre.
Ce défaut de soin fut un commencement d'agonie pour cette

femme élégante, amoureuse de grâce. Louis ne voulut plus quitter sa mère. Pendant la nuit du dimanche, à la clarté d'une lampe et au milieu du silence le plus profond, Louis, qui croyait sa mère assoupie, lui vit écarter le rideau d'une main blanche et moite.

— Mon fils, dit-elle.

L'accent de la mourante eut quelque chose de si solennel que son pouvoir venu d'une âme agitée réagit violemment sur l'enfant; il sentit une chaleur exorbitante dans la moelle de ses os.

— Que veux-tu, ma mère?

— Ecoute-moi. Demain, tout sera fini pour moi. Nous ne nous verrons plus. Demain, tu seras un homme, mon enfant. Je suis donc obligée de faire quelques dispositions qui soient un secret entre nous deux. Prends la clef de ma petite table. Bien! Ouvre le tiroir. Tu trouveras à gauche deux papiers cachetés. Sur l'un, il y a: — Louis. Sur l'autre : Marie.

— Les voici, ma mère.

— Mon fils chéri, c'est vos deux actes de naissance : ils vous seront nécessaires. Tu les donneras à garder à ma pauvre vieille Fanny, qui vous les rendra quand vous en aurez besoin.

Maintenant, reprit-elle, n'y a-t-il pas au même endroit un papier sur lequel j'ai écrit quelques lignes?

— Oui, ma mère.

Et Louis commençant à lire : *Marie-Augusta Willemsens, née à...*

— Assez, dit-elle vivement. Ne continue pas. Quand je serai morte, mon fils, tu remettras encore ce papier à Fanny et tu lui diras de le donner à la mairie de Saint-Cyr, où il doit servir à faire dresser exactement mon acte de décès. Prends ce qu'il faut pour écrire une lettre que je vais te dicter.

Quand elle vit son fils prêt, et qu'il se tourna vers elle comme pour l'écouter, elle dit d'une voix calme : *Monsieur le comte, votre femme lady Brandon est morte à Saint-Cyr, près de Tours, département d'Indre-et-Loire. Elle vous a pardonné.*

— Signe.

Elle s'arrêta, indécise, agitée.

— Souffrez-vous davantage? demanda Louis.

— Signe : *Louis-Gaston.*

Elle soupira, puis reprit : — Cachette la lettre, et écris l'adresse suivante: A lord Brandon. Brandon-Square, Hyde-Park. Londres. Angleterre.

— Bien, reprit-elle. Le jour de ma mort tu feras affranchir cette lettre à Tours.

— Maintenant, dit-elle après une pause, prends le petit portefeuille que tu connais, et viens près de moi, mon cher enfant.

— Il y a là, dit-elle quand Louis eut repris sa place, douze mille francs. Ils sont bien à vous, hélas ! Vous eussiez été plus riches, si votre père...

— Mon père, s'écria l'enfant, où est-il?

— Mort, dit-elle en mettant un doigt sur ses lèvres, mort pour me sauver l'honneur et la vie.

Elle leva les yeux au ciel. Elle eût pleuré, si elle avait encore eu des larmes pour les douleurs.

— Louis, reprit-elle, jurez-moi là, sur ce chevet, d'oublier ce que vous avez écrit et ce que je vous ai dit.

— Oui, ma mère.

— Embrasse-moi, cher ange.

Elle fit une longue pause, comme pour puiser du courage en Dieu, et mesurer ses paroles aux forces qui lui restaient.

— Écoute. Ces douze mille francs sont toute votre fortune ; il faut que tu les gardes sur toi, parce que quand je serai morte il viendra des gens justice qui fermeront tout ici. Rien ne vous y appartiendra, pas même votre mère ! Et vous n'aurez plus, pauvres orphelins, qu'à vous en aller, Dieu sait où. J'ai assuré le sort de Fanny. Elle aura cent écus tous les ans, et restera sans doute à Tours. Mais que feras-tu de toi et de ton frère ?

Elle se mit sur son séant et regarda l'enfant intrépide, qui, la sueur au front, pâle d'émotions, les yeux à demi voilés par les pleurs, restait debout devant son lit.

— Mère, répondit-il, d'un son de voix profond, j'y ai

pensé. Je conduirai Marie au collége de Tours. Je donnerai dix mille francs à la vieille Fanny en lui disant de les mettre en sûreté et de veiller sur mon frère. Puis, avec les cent louis qui resteront, j'irai à Brest, je m'embarquerai comme novice. Pendant que Marie étudiera, je deviendrai lieutenant de vaisseau. Enfin, meurs tranquille, ma mère, va ! je reviendrai riche, je ferai entrer notre petit à l'École polytechnique, où je le dirigerai suivant ses goûts.

Un éclair de joie brilla dans les yeux à demi éteints de la mère, deux larmes en sortirent, roulèrent sur ses joues enflammées ; puis, un grand soupir s'échappa de ses lèvres, et elle faillit mourir victime d'un accès de joie, en trouvant l'âme du père dans celle de son fils devenu homme tout à coup.

— Ange du ciel, dit-elle en pleurant, tu as effacé par un mot toutes mes douleurs. Ah ! je puis souffrir. — C'est mon fils, reprit-elle, j'ai fait, j'ai élevé cet homme !

Elle leva ses mains en l'air et les joignit comme pour exprimer une joie sans bornes ; puis elle se coucha.

— Ma mère, vous pâlissez, s'écria l'enfant.

— Il faut aller chercher un prêtre, répondit-elle d'une voix mourante.

Louis réveilla la vieille Fanny qui, tout effrayée, courut au presbytère de Saint-Cyr.

Dans la matinée, madame Willemsens reçut les sacrements au milieu du plus touchant appareil. Ses enfants, Fanny et la famille du closier, gens simples déjà devenus de la famille, était agenouillés. La croix d'argent, portée par un humble enfant de chœur, un enfant de chœur de village ! s'élevait devant le lit, et un vieux prêtre administrait le viatique à la mère mourante. Le viatique ! mot sublime, idée plus sublime encore que le mot, et que possède seule la religion apostolique de l'Église romaine.

— Cette femme a bien souffert ! dit le curé dans son simple langage.

Marie Willemsens n'entendait plus ; mais ses yeux restaient attachés sur ses deux enfants. Chacun, en proie à la terreur, écoutait dans le plus profond silence les aspira-

tions de la mourante, qui déjà s'étaient ralenties. Puis, par
intervalles, un soupir profond annonçait encore la vie en
trahissant un débat intérieur. Enfin, la mère ne respira plus.
Tout le monde fondit en larmes, excepté Marie. Le pauvre
enfant était encore trop jeune pour comprendre la mort.
Fanny et la closière fermèrent les yeux à cette adorable
créature dont alors la beauté reparut dans tout son éclat.
Elles renvoyèrent tout le monde, ôtèrent les meubles de la
chambre, mirent la morte dans son linceul, la couchèrent,
allumèrent des cierges autour du lit, disposèrent le béni-
tier, la branche de buis et le crucifix, suivant la coutume du
pays, poussèrent les volets, étendirent les rideaux; puis le
vicaire vint plus tard passer la nuit en prières avec Louis,
qui ne voulut point quitter sa mère. Le mardi matin l'enterrement se fit. La vieille Fanny, les deux enfants, accompa-
gnés de la closière, suivirent seuls le corps d'une femme
dont l'esprit, la beauté, les grâces avaient une renommée
européenne, et dont à Londres le convoi eût été une nouvelle pompeusement enregistrée dans les journaux, une sorte
de solennité aristocratique, si elle n'eût pas commis le plus
doux des crimes, un crime toujours puni sur cette terre, afin
que ces anges pardonnés entrent dans le ciel. Quand la
terre fut jetée sur le cercueil de sa mère, Marie pleura,
comprenant alors qu'il ne la verrait plus.

Une simple croix de bois, plantée sur sa tombe, porta
cette inscription due au curé de Saint-Cyr:

CY GIT

UNE FEMME MALHEUREUSE

morte a trente-six ans,

AYANT NOM AUGUSTA DANS LES CIEUX

Priez pour elle!

Lorsque tout fut fini, les deux enfants vinrent à la Grenadière, jetèrent sur l'habitation un dernier regard, puis,
se tenant par la main, ils se disposèrent à la quitter avec
Fanny, confiant tout aux soins du closier. et le chargeant de
répondre à la justice.

Ce fut alors que la vieille femme de chambre appela
Louis sur les marches de la pompe, le prit à part et lui dit :

— Monsieur Louis, voici l'anneau de madame !

L'enfant pleura, tout ému de retrouver un vivant souvenir de sa mère morte. Dans sa force, il n'avait point songé
à ce soin suprême. Il embrassa la vieille femme. Puis ils
partirent tous trois par le chemin creux, descendirent la
rampe et allèrent à Tours sans détourner la tête.

—Maman venait par là, dit Marie en arrivant au pont.

Fanny avait une vieille cousine, ancienne couturière reti-
rée à Tours, rue de la Guerche. Elle mena les deux enfants
dans la maison de sa parente avec laquelle elle pensait à
vivre en commun. Mais Louis lui expliqua ses projets, lui
remit l'acte de naissance de Marie et les dix mille francs ;
puis accompagné de la vieille femme, il conduisit le lendemain son frère au collège. Il mit le principal au fait de sa
situation, mais fort succinctement, et sortit en emmenant
son frère jusqu'à la porte. Là, il lui fit solennellement les
recommandations les plus tendres en lui annonçant sa solitude dans le monde, et, après l'avoir contemplé pendant un
moment, il l'embrassa, le regarda encore, essuya une larme,
et partit en se retournant à plusieurs reprises pour voir jusqu'au dernier moment son frère resté sur le seuil du collège.

Un mois après, Louis-Gaston était en qualité de novice à
bord d'un vaisseau de l'Etat, et sortait de la rade de Ro-
chefort. Appuyé sur le bastingage de la corvette l'*Iris*, il
regardait les côtes de France qui fuyaient rapidement et s'ef-
façaient dans la ligne bleuâtre de l'horizon. Bientôt il se
trouva seul et perdu au milieu de l'Océan, comme il l'était
dans le monde et dans la vie.

— Il ne faut pas pleurer, jeune homme ! il y a un Dieu
pour tout le monde, lui dit un vieux matelot de sa grosse
voix tout à la fois rude et bonne.

L'enfant remercia cet homme par un regard plein de
fierté. Puis il baissa la tête en se résignant à la vie des marins. Il était devenu père.

                                        Angoulême, août 1832.

17

LE MESSAGE

A MONSIEUR LE MARQUIS DAMASO PARETO

J'ai toujours eu le désir de raconter une histoire simple
et vraie, au récit de laquelle un jeune homme et sa maîtresse fussent saisis de frayeur et se réfugiassent au cœur
l'un de l'autre, comme deux enfants qui se serrent en rencontrant un serpent sur le bord d'un bois. Au risque de di-
minuer l'intérêt de ma narration ou de passer pour un fat,
je commence par vous annoncer le but de mon récit. J'ai
joué un rôle dans ce drame presque vulgaire ; s'il ne vous
intéresse pas, ce sera ma faute autant que celle de la vérité
historique. Beaucoup de choses véritables sont souverainement ennuyeuses. Aussi est-ce la moitié du talent que de
choisir dans le vrai ce qui peut devenir poétique.

En 1819, j'allais de Paris à Moulins. L'état de ma bourse
m'obligeait à voyager sur l'impériale de la diligence. Les
Anglais, vous le savez, regardent les places situées dans
cette partie aérienne de la voiture comme les meilleures.
Durant les premières lieues de de la route, j'ai trouvé mille
excellentes raisons pour justifier l'opinion de nos voisins.
Un jeune homme, qui me parut être un peu plus riche que
je ne l'étais, monta, par goût, près de moi, sur la banquette.
Il accueillit mes arguments par des sourires inoffensifs.
Bientôt une certaine conformité d'âge, de pensée, notre mu-
tuel amour pour le grand air, pour les riches aspects des
pays que nous découvrions à mesure que la lourde voiture
avançait ; puis, je ne sais quelle attraction magnétique, impossible à expliquer, firent naître entre nous cette espèce
d'intimité momentanée à laquelle les voyageurs s'abandonnent avec d'autant plus de complaisance que ce sentiment

éphémère paraît devoir cesser promptement et n'engager
à rien pour l'avenir. Nous n'avions pas fait trente lieues que
nous parlions des femmes et de l'amour. Avec toutes les
précautions oratoires voulues en semblable occurrence, il
fut naturellement question de nos maîtresses. Jeunes tous
deux, nous n'en étions encore, l'un et l'autre, qu'à la *femme
d'un certain âge*, c'est-à-dire à la femme qui se trouve entre
trente-cinq et quarante ans. Oh ! un poëte qui nous eût
écoutés de Montargis à je ne sais quel relais ; aurait recueilli des expressions bien enflammées, des portraits ravissants et de bien douces confidences ! Nos craintes pudiques,
nos interjections silencieuses et nos regards encore rougis-
sants étaient empreints d'une éloquence dont le charme
naïf ne s'est plus retrouvé pour moi. Sans doute il faut rester jeune pour comprendre la jeunesse. Ainsi, nous nous
comprîmes à merveille sur tous les points essentiels de la
passion. Et, d'abord, nous avions commencé à poser en fait
et en principe qu'il n'y avait rien de plus sot au monde
qu'un acte de naissance ; que bien des femmes de quarante
ans étaient plus jeunes que certaines femmes de vingt ans
et qu'en définitive les femmes n'avaient réellement que l'âge
qu'elle paraissaient avoir. Ce système ne mettait pas de
terme à l'amour, et nous nagions, de bonne foi, dans un
océan sans bornes. Enfin, après avoir fait nos maîtresses
jeunes, charmantes, dévouées, comtesses, pleines de goût,
spirituelles, fines ; après leur avoir donné de jolis pieds,
une peau satinée et même doucement parfumée, nous nous
avouâmes, lui, que *madame une telle* avait trente-huit ans,
et moi, de mon côté, que j'adorais une quadragénaire. Là-
dessus, délivrés l'un et l'autre d'une espèce de crainte vague, nous reprîmes nos confidences de plus belle en nous
trouvant confrères en amour. Puis ce fut à qui, de nous deux,
accuserait le plus de sentiment. L'un avait fait une fois deux
cents lieues pour voir sa maîtresse pendant une heure.
L'autre avait risqué de passer pour un loup et d'être fusillé
dans un parc, afin de se trouver à un rendez-vous nocturne.
Enfin, toutes nos folies ! S'il y a du plaisir à se rappeler
les dangers passés, n'y a-t-il pas aussi bien des délices à se

souvenir des plaisirs évanouis? n'est-ce pas en jouir deux fois? Les périls, les grands et les petits bonheurs, nous nous disions tout, même les plaisanteries. La comtesse de mon ami avait fumé un cigare pour lui plaire; la mienne me faisait mon chocolat et ne passait pas un jour sans m'écrire ou me voir; la sienne était venue demeurer chez lui pendant trois jours au risque de se perdre; la mienne avait fait encore mieux, ou pis si vous voulez. Nos maris adoraient d'ailleurs nos comtesses; ils vivaient esclaves sous le charme que possèdent toutes les femmes aimantes; et, plus niais que l'ordonnance ne le porte, ils ne nous faisaient tout juste de péril que ce qu'il en fallait pour augmenter nos plaisirs. Oh! comme le vent emportait vite nos paroles et nos douces risées!

En arrivant à Pouilly, j'examinai fort attentivement la personne de mon nouvel ami. Certes, je crus facilement qu'il devait être très-sérieusement aimé. Figurez-vous un jeune homme de taille moyenne, mais très-bien proportionnée, ayant une figure heureuse et pleine d'expression. Ses cheveux étaient noirs et ses yeux bleus; ses lèvres étaient faiblement rosées; ses dents, blanches et bien rangées; une pâleur gracieuse décorait encore ses traits fins, puis un léger cercle de bistre cernait ses yeux, comme s'il eût été convalescent. Ajoutez à cela qu'il avait des mains blanches, bien modelées, soignées comme doivent l'être celles d'une jolie femme, qu'il paraissait fort instruit, était spirituel, et vous n'aurez pas de peine à m'accorder que mon compagnon pouvait faire honneur à une comtesse. Enfin, plus d'une jeune fille l'eût envié pour mari, car il était vicomte, et possédait environ douze à quinze mille livres de rente *sans compter les espérances.*

A une lieue de Pouilly, la diligence versa. Mon malheureux camarade jugea devoir, pour sa sûreté, s'élancer sur les bords d'un champ fraîchement labouré au lieu de se cramponner à la banquette comme je le fis, et de suivre le mouvement de la diligence. Il prit mal son élan ou glissa, je ne sais comment l'accident eut lieu, mais il fut écrasé par la voiture, qui tomba sur lui. Nous le transportâmes dans une maison de paysan. A travers les gémissements que lui ar-

rachaient d'atroces douleurs, il put me léguer un de ces
soins à remplir auxquels les derniers vœux d'un mourant
donnent un caractère sacré. Au milieu de son agonie, le
pauvre enfant se tourmentait, avec toute la candeur dont on
est souvent victime à son âge, de la peine que ressentirait
sa maîtresse si elle apprenait brusquement sa mort par un
journal. Il me pria d'aller moi-même la lui annoncer. Puis il
me fit chercher une clef suspendue à un ruban qu'il portait
en sautoir sur la poitrine. Je la trouvai à moitié enfoncée
dans les chairs. Le mourant ne proféra pas la moindre
plainte lorsque je la retirai, le plus délicatement qu'il me fut
possible, de la plaie qu'elle y avait faite. Au moment où il
achevait de me donner toutes les instructions nécessaires
pour prendre chez lui, à la Charité-sur-Loire, les lettres
d'amour que sa maîtresse lui avait écrites, et qu'il me conjura de lui rendre, il perdit la parole au milieu d'une phrase;
son dernier geste me fit comprendre que la fatale clef serait un gage de ma mission auprès de sa mère. Affligé de ne
pouvoir formuler un seul mot de remercîment, car il ne
doutait pas de mon zèle, il me regarda d'un œil suppliant
pendant un instant, me dit adieu en me saluant par un mouvement de cils, puis il pencha la tête et mourut. Sa mort
fut le seul accident funeste que causa la chute de la voiture. — Encore y eut-il un peu de sa faute, me disait le
conducteur.

A la Charité, j'accomplis le testament verbal de ce pauvre
voyageur. Sa mère était absente; ce fut une sorte de bonheur pour moi. Néanmoins, j'eus a essuyer la douleur d'une
vieille servante, qui chancela lorsque je lui racontai la mort
de son jeune maître ; elle tomba demi-morte sur une chaise
en voyant cette clef encore empreinte de sang; mais comme
j'étais tout préoccupé d'une plus haute souffrance, celle
d'une femme à laquelle le sort arrachait son dernier amour.
je laissai la vieille femme de charge poursuivant le cours de
ses prosopopées, et j'emportai la précieuse correspondance,
soigneusement cachetée par mon ami d'un jour.

Le château où demeurait la comtesse se trouvait à huit
s de Moulins, et encore fallait-il, pour y arriver, faire

A ce bruit, une grosse servante accourut, et quand je lui eus dit que je voulais parler à madame la comtesse, elle me montra, par un geste de main, les massifs d'un parc à l'anglaise qui serpentait autour du château, et me répondit : — Madame est par là...

— Merci! dis-je d'un air ironique. Son *par là* pouvait me faire errer pendant deux heures dans le parc.

Une jolie petite fille à cheveux bouclés, à ceinture rose, à robe blanche, à pèlerine plissée, arriva sur ces entrefaites, entendit ou saisit la demande et la réponse. A mon aspect, elle disparut en criant d'un petit accent fin : — Maman, voilà un monsieur qui veut te parler! Et moi de suivre, à travers les détours des allées, les sauts et les bonds de la pèlerine blanche, qui, semblable à un feu follet, me montrait le chemin que prenait la petite fille.

Il faut tout dire. Au dernier buisson de l'avenue, j'avais rehaussé mon col, brossé mon mauvais chapeau et mon pantalon avec les parements de mon habit, mon habit avec ses manches, et mes manches l'une par l'autre ; puis je l'avais boutonné soigneusement pour montrer le drap des revers, toujours un peu plus neuf que ne l'est le reste ; enfin, j'avais fait descendre mon pantalon sur mes bottes, artistement frottées dans l'herbe. Grâce à cette toilette de Gascon, j'espérais ne pas être pris pour l'ambulant de la sous-préfecture; mais quand aujourd'hui je me reporte par la pensée à cette heure de ma jeunesse, je ris parfois de moi-même.

Tout à coup, au moment où je composais mon maintien, au détour d'une verte sinuosité, au milieu de mille fleurs éclairées par un chaud rayon de soleil, j'aperçus Juliette et son mari. La jolie petite fille tenait sa mère par la main, et il était facile de s'apercevoir que la comtesse avait hâté le pas en entendant la phrase ambiguë de son enfant. Étonnée à l'aspect d'un inconnu, qui la saluait d'un air assez gauche, elle s'arrêta, me fit une mine froidement polie et une adorable moue qui, pour moi, révélait toutes ses espérances trompées. Je cherchai, mais vainement, quelques-unes de mes belles phrases si laborieusement préparées. Pendant ce moment d'hésitation mutuelle, le mari put alors arriver en scène. Des myriades de pensées passèrent dans ma cervelle. Par contenance, je prononçai quelques mots assez insignifiants, demandant si les personnes présentes étaient bien réellement monsieur le comte et madame la comtesse de Montpersan. Ces niaiseries me permirent de juger d'un seul coup d'œil, et d'analyser, avec une perspicacité rare à l'âge que j'avais, les deux époux dont la solitude allait être si violemment troublée. Le mari semblait être le type des gentilshommes qui sont actuellement le plus bel ornement des provinces. Il portait de grands souliers à grosses semelles; je les place en première ligne, parce qu'ils me frappèrent plus vivement encore que son habit noir fané, son pantalon usé, sa cravate lâche et son col de chemise recroquevillé. Il y avait dans cet homme un peu du magistrat, beaucoup plus du conseiller de préfecture, toute l'importance d'un maire de canton auquel rien ne résiste, et l'aigreur d'un candidat éligible périodiquement refusé depuis 1816; incroyable mélange de bon sens campagnard et de sottise; point de manières, mais la morgue de la richesse; beaucoup de soumission pour sa femme, mais se croyant le maître, et prêt à se regimber dans les petites choses, sans avoir nul souci des affaires importantes; du reste, une figure flétrie, très-ridée, hâlée, quelques cheveux gris, longs et plats, voilà l'homme. Mais la comtesse! ah! quelle vive et brusque opposition ne faisait-elle pas auprès de son mari! C'était une petite femme à taille plate et gracieuse, ayant une tournure ravissante, mignonne et si délicate, que vous eussiez eu peur de lui briser les os en la touchant; elle portait une robe de mousseline blanche; elle avait sur la tête un joli bonnet à rubans roses, une ceinture rose, une guimpe remplie si délicieusement par ses épaules et par les plus beaux contours, qu'en les voyant il naissait au fond du cœur une irrésistible envie de les posséder. Ses yeux étaient vifs, noirs, expressifs, ses mouvements doux, son pied charmant. Un vieil homme à bonnes fortunes ne lui eût pas donné plus de trente années, tant il y avait de jeunesse dans son front et dans les détails les plus fragiles de sa tête. Quant au caractère, elle me parut tenir tout à la fois de la comtesse de Lignolles et

de la marquise de B..., deux types de femme toujours frais
dans la mémoire d'un jeune homme, quand il a lu le roman
de Louvet. Je pénétrai soudain dans tous les secrets de ce
ménage, et pris une résolution diplomatique digne d'un vieil
ambassadeur. Ce fut peut-être la seule fois de ma vie que
j'eus du tact et que je compris en quoi consistait l'adresse
des courtisans et des gens du monde.

Depuis ces jours d'insouciance, j'ai eu trop de batailles à
livrer pour distiller les moindres actes de la vie et ne rien
faire qu'en accomplissant les cadences de l'étiquette et du
bon ton qui sèchent les émotions les plus généreuses.

— Monsieur le comte, je voudrais vous parler en particulier, dis-je d'un air mystérieux et en faisant quelques pas en
arrière.

Il me suit. Juliette nous laissa seuls et s'éloigna négligemment en femme certaine d'apprendre les secrets de son mari
au moment où elle voudra les savoir. Je racontai brièvement
au comte la mort de mon compagnon de voyage. L'effet que
cette nouvelle produisit sur lui me prouva qu'il portait une
affection assez vive à son jeune collaborateur, et cette dé-
couverte me donna la hardiesse de répondre ainsi dans le
dialogue qui s'ensuivit entre nous deux.

— Ma femme va être au désespoir, s'écria-t-il, et je serai
obligé de prendre bien des précautions pour l'instruire de ce
malheureux événement.

— Monsieur, en m'adressant d'abord à vous, lui dis-je,
j'ai rempli un devoir. Je ne voulais pas m'acquitter de cette
mission donnée par un inconnu près de madame la comtesse
sans vous en prévenir; mais il m'a confié une espèce de
fidéicommis honorable, un secret dont je n'ai pas le pouvoir
de disposer. D'après la haute opinion qu'il m'a donnée de
votre caractère, j'ai pensé que vous ne vous opposeriez
pas à ce que j'accomplisse ses derniers vœux. Madame la
comtesse sera libre de rompre le silence qui m'est imposé.

En entendant son éloge, le gentilhomme balança très-
agréablement la tête. Il me répondit par un compliment assez
entortillé, et finit en me laissant le champ libre. Nous re-
vînmes sur nos pas. En ce moment, la cloche annonça le

dîner ; je fus invité à le partager. En nous retrouvant graves
et silencieux, Juliette nous examina furtivement. Étrangement surprise de voir son mari prenant un prétexte frivole
pour nous procurer un tête-à-tête, elle s'arrêta en me lançant un de ces coups d'œil qu'il n'est donné qu'aux femmes
de jeter. Il y avait dans son regard toute la curiosité permise
à une maîtresse de maison qui reçoit un étranger tombé chez
elle comme des nues ; il y avait toutes les interrogations que
méritaient ma mise, ma jeunesse et ma physionomie,
contrastes singuliers ! puis tout le dédain d'une maîtresse
idolâtrée aux yeux de qui les hommes ne sont rien, hormis
un seul ; il y avait des craintes involontaires, de la peur, et
l'ennui d'avoir un hôte inattendu, quand elle venait, sans
doute, de ménager à son amour tous les bonheurs de la
solitude. Je compris cette éloquence muette, et j'y répondis
par un triste sourire plein de pitié, de compassion. Alors, je
la contemplai pendant un instant dans tout l'éclat de sa
beauté, par un jour serein, au milieu d'une étroite allée
bordée de fleurs. En voyant cet admirable tableau, je ne
pus retenir un soupir.

— Hélas ! madame, je viens de faire un bien pénible
voyage, entrepris... pour vous seule.

— Monsieur ! me dit-elle.

— Oh ! repris-je, je viens au nom de celui qui vous nomme
Juliette. — Elle pâlit. — Vous ne le verrez pas aujourd'hui.

— Il est malade ? dit-elle à voix basse.

— Oui, lui répondis-je. Mais, de grâce, modérez-vous. Je
suis chargé par lui de vous confier quelques secrets qui vous
concernent, et croyez que jamais messager ne sera ni plus
discret ni plus dévoué.

— Qu'y a-t-il ?

— S'il ne vous aimait plus ?

— Oh ! cela est impossible ! s'écria-t-elle en laissant
échapper un léger sourire qui n'était rien moins que franc.

Tout à coup elle eut une sorte de frisson, me jeta un regard fauve et prompt, rougit et dit : — Il est vivant ?

Grand Dieu ! quel mot terrible ! j'étais trop jeune pour en

soutenir l'accent, je ne répondis pas, et regardai cette malheureuse femme d'un air hébété.

— Monsieur! monsieur, une réponse ! s'écria-t-elle.

— Oui, madame.

— Cela est-il vrai? oh ! dites-moi la vérité, je puis l'entendre. Dites. Toute douleur me sera moins poignante que ne l'est mon incertitude.

Je répondis par deux larmes que m'arrachèrent les étranges accents par lesquels ces phrases furent accompagnées.

Elle s'appuya sur un arbre en jetant un faible cri.

— Madame, lui dis-je, voici votre mari!

— Est-ce que j'ai un mari ?

A ce mot, elle s'enfuit et disparut.

— Eh bien ! le dîner refroidit, s'écria le comte. Venez, monsieur.

Là-dessus, je suivis le maître de la maison qui me conduisit dans une salle à manger où je vis un repas servi avec tout le luxe auquel les tables parisiennes nous ont accoutumés. Il y avait cinq couverts : ceux des deux époux et celui de la petite fille ; le *mien*, qui devait être le *sien;* le dernier était celui d'un chanoine de Saint-Denis qui, les grâces dites, demanda : — Où donc est notre chère comtesse?

— Oh! elle va venir, répondit le comte qui, après nous avoir servi avec empressement le potage, s'en donna une très-ample assiettée et l'expédia merveilleusement vite.

— Oh! mon neveu, s'écria le chanoine, si votre femme était là, vous seriez plus raisonnable.

— Papa se fera mal, dit la petite fille d'un air malin.

Un instant après ce singulier épisode gastronomique, et au moment où le comte découpait avec empressement je ne sais quelle pièce de venaison, une femme de chambre entra et dit : — Monsieur, nous ne trouvons point madame !

A ces mots, je me levai par un mouvement brusque en redoutant quelque malheur, et ma physionomie exprima si vivement mes craintes, que le vieux chanoine me suivit au jardin. Le mari vint par décence jusqu'au seuil de la porte.

— Restez! restez! n'ayez aucune inquiétude, nous cria-
t-il.

Mais il ne nous accompagna point. Le chanoine, la femme
de chambre et moi nous parcourûmes les sentiers et les
boulingrins du parc, appelant, écoutant, et d'autant plus
inquiets que j'annonçai la mort du jeune vicomte. En courant, je racontai les circonstances de ce fatal événement, et
m'aperçus que la femme de chambre était extrêmement attachée à sa maîtresse ; car elle entra bien mieux que le chanoine dans les secrets de ma terreur. Nous allâmes aux pièces
d'eau, nous visitâmes tout sans trouver la comtesse, ni le
moindre vestige de son passage. Enfin, en revenant le long
d'un mur, j'entendis des gémissements sourds et profondément étouffés qui semblaient sortir d'une espèce de grange.
A tout hasard, j'y entrai. Nous y découvrîmes Juliette, qui,
mue par l'instinct du désespoir, s'y était ensevelie au milieu du foin. Elle avait caché là sa tête afin d'assourdir ses
horribles cris, obéissant à une invincible pudeur ; c'étaient
des sanglots, des pleurs d'enfant, mais plus pénétrants, plus
plaintifs. Il n'y avait plus rien dans le monde pour elle. La
femme de chambre dégagea sa maîtresse, qui se laissa faire
avec la flasque insouciance de l'animal mourant. Cette fille
ne savait rien dire autre chose que : — Allons, madame,
allons...

Le vieux chanoine demandait : — Mais qu'a-t-elle?
Qu'avez-vous ma nièce ?

Enfin, aidé par la femme de chambre, je transportai
Juliette dans sa chambre ; je recommandai soigneusement
de veiller sur elle et de dire à tout le monde que la comtesse avait la migraine. Puis, nous redescendîmes, le chanoine et moi, dans la salle à manger. Il y avait déjà quelque
temps que nous avions quitté le comte, je ne pensai guère
à lui qu'au moment où je me trouvai sous le péristyle, son
indifférence me surprit ; mais mon étonnement augmenta
quand je le trouvai philosophiquement assis à table ; il avait
mangé presque tout le dîner, au grand plaisir de sa fille qui
souriait de voir son père en flagrante désobéissance aux
ordres de la comtesse. La singulière insouciance de ce mari

me fut expliquée par la légère altercation qui s'éleva soudain entre le chanoine et lui. Le comte était soumis à une diète sévère que les médecins lui avaient imposée pour le guérir d'une maladie grave dont le nom m'échappe ; et, poussé par cette gloutonnerie féroce, assez familière aux convalescents, l'appétit de la bête l'avait emporté chez lui sur toutes les sensibilités de l'homme. En un moment j'avais vu la nature dans toute sa vérité, sous deux aspects bien différents qui mettaient le comique au sein même de la plus horrible douleur. La soirée fut triste. J'étais fatigué. Le chanoine employait toute son intelligence à deviner la cause des pleurs de sa nièce. Le mari digérait silencieusement, après s'être contenté d'une assez vague explication que la comtesse lui fit donner de son malaise par sa femme de chambre, et qui fut, je crois, empruntée aux indispositions naturelles à la femme. Nous nous couchâmes tous de bonne heure. En passant devant la chambre de la comtesse pour aller au gîte où me conduisit un valet, je demandai timidement de ses nouvelles. En reconnaissant ma voix, elle me fit entrer, voulut me parler ; mais, ne pouvant rien articuler, elle inclina la tête, et je me retirai. Malgré les émotions cruelles que je venais de partager avec la bonne foi d'un jeune homme, je dormis accablé par la fatigue d'une marche forcée. A une heure avancée de la nuit, je fus réveillé par les aigres bruissements que produisirent les anneaux de mes rideaux violemment tirés sur leurs tringles de fer. Je vis la comtesse assise sur le pied de mon lit. Son visage recevait toute la lumière d'une lampe posée sur ma table.

— Est-ce toujours bien vrai, monsieur ? me dit-elle. Je ne sais comment je puis vivre après l'horrible coup qui vient de me frapper ; mais en ce moment j'éprouve du calme. Je veux tout apprendre.

— Quel calme ! me dis-je en apercevant l'effrayante pâleur de son teint qui contrastait avec la couleur brune de sa chevelure, en entendant les sons gutturaux de sa voix, en restant stupéfait des ravages dont témoignaient tous ses traits altérés. Elle était étiolée déjà comme une feuille dépouillée des dernières teintes qu'y imprime l'automne. Ses

yeux rouges et gonflés, dénués de toutes leurs beautés, ne
réfléchissaient qu'une amère et profonde douleur : vous eussiez dit d'un nuage gris, là où naguère petillait le soleil.

Je lui redis simplement, sans trop appuyer sur certaines
circonstances trop douloureuses pour elle, l'événement rapide qui l'avait privée de son ami. Je lui racontai la première
journée de notre voyage, si remplie par les souvenirs de leur
amour. Elle ne pleura point, elle écoutait avec avidité, la
tête penchée vers moi, comme un médecin zélé qui épie un
mal. Saisissant un moment où elle me parut avoir entièrement ouvert son cœur aux souffrances et vouloir se plonger
dans son malheur avec toute l'ardeur que donne la première
fièvre du désespoir, je lui parlai des craintes qui agitèrent
le pauvre mourant, et lui dis comment et pourquoi il m'avait
chargé de ce fatal message. Ses yeux se séchèrent alors sous
le feu sombre qui s'échappa des plus profondes régions de
l'âme. Elle put pâlir encore. Lorsque je lui tendis les lettres
que je gardais sous mon oreiller, elle les prit machinalement ; puis elle tressaillit violemment, et me dit d'une voix
creuse : — Et moi qui brûlais les siennes ! Je n'ai rien de
lui ! rien ! rien !

Elle se frappa fortement au front.

— Madame, lui dis-je. Elle me regarda par un mouvement
convulsif. — J'ai coupé sur sa tête, dis-je en continuant,
une mèche de cheveux que voici.

Et je lui présentai ce dernier, cet incorruptible lambeau
de celui qu'elle aimait. Ah ! si vous aviez reçu comme moi
les larmes brûlantes qui tombèrent alors sur mes mains,
vous sauriez ce qu'est la reconnaissance quand elle est si
voisine du bienfait ! Elle me serra les mains, et d'une voix
étouffée, avec un regard brillant de fièvre, un regard où son
frêle bonheur rayonnait à travers d'horribles souffrances :

— Ah ! vous aimez ! dit-elle. Soyez toujours heureux ! ne
perdez pas celle qui vous est chère !

Elle n'acheva pas, et s'enfuit avec son trésor.

Le lendemain, cette scène nocturne, confondue dans mes
rêves, me parut être une fiction. Il fallut, pour me con-
vaincre de la douloureuse vérité, que je cherchasse infruc-

tueusement les lettres sous mon chevet. Il serait inutile de
vous raconter les événements du lendemain. Je restai plusieurs heures encore avec la Juliette que m'avait tant vantée
mon pauvre compagnon de voyage. Les moindres paroles,
les gestes, les actions de cette femme me prouvèrent la noblesse d'âme, la délicatesse de sentiment qui faisaient d'elle
une de ces chères créatures d'amour et de dévouement si
rares semées sur cette terre. Le soir, le comte de Montpersan me conduisit lui-même jusqu'à Moulins. En y arrivant,
il me dit avec une sorte d'embarras : — Monsieur, si ce n'est
pas abuser de votre complaisance, et agir bien indiscrète-
ment avec un inconnu auquel nous avons déjà des obliga-
tions, voudriez-vous avoir la bonté de remettre, à Paris,
puisque vous y allez, chez monsieur de... (j'ai oublié le nom),
rue du Sentier, une somme que je lui dois, et qu'il m'a prié
de lui faire promptement passer ?

— Volontiers, dis-je.

Et dans l'innocence de mon âme, je pris un rouleau de
vingt-cinq louis, qui me servit à revenir à Paris, et que je
rendis fidèlement au correspondant, soi-disant créancier, de
monsieur de Montpersan.

A Paris seulement, et en portant cette somme dans la
maison indiquée, je compris l'ingénieuse adresse avec laquelle Juliette m'avait obligé. La manière dont me fut prêté
cet or, la discrétion gardée sur une pauvreté facile à deviner, ne révèlent-elles pas tout le génie d'une femme aimante ?

Quelles délices d'avoir pu raconter cette aventure à une
femme qui, peureuse, vous a serré, vous a dit : — Oh ! cher
ne meurs pas, toi !

                                        Paris, janvier 1832.

née, une demoiselle Goriot qui jadis a fait beaucoup
d'elle. Elle s'est si mal comportée avec son père qu'e
mérite certes pas d'avoir un si bon fils. Le jeune c
dore et la soutient avec une piété filiale digne des plus g
éloges; il a surtout de son frère et de sa sœur un s
trême. — Quelque admirable que soit cette conduite,
la comtesse d'un air fin, tant que sa mère existera,
les familles trembleront de confier à ce petit Restaud l'
et la fortune d'une jeune fille.

— J'ai entendu quelques mots qui me donnent envie
tervenir entre vous et mademoiselle de Grandlieu, s
l'ami de la famille. — J'ai gagné, monsieur le comte,
en s'adressant à son adversaire. Je vous laisse pour
au secours de votre nièce.

— Voilà ce qui s'appelle avoir des oreilles d'avoué, s
la vicomtesse. Mon cher Derville, comment avez-vo
entendre ce que je disais tout bas à Camille?

— J'ai compris vos regards, répondit Derville en
seyant dans une bergère au coin de la cheminée.

L'oncle se mit à côté de sa nièce, et madame de G
lieu prit place sur une chauffeuse, entre sa fille et Der

— Il est temps, madame la vicomtesse, que je vous
une histoire qui vous fera modifier le jugement que
portez sur la fortune du comte Ernest de Restaud.

— Une histoire? s'écria Camille. Commencez donc
monsieur.

Derville jeta sur madame de Grandlieu un regard
fit comprendre que ce récit devait l'intéresser. La vicon
de Grandlieu était, par sa fortune et par l'antiquité d
nom, une des femmes les plus remarquables du fa
Saint-Germain; et, s'il ne semble pas naturel qu'un
de Paris pût lui parler si familièrement et se comporté
elle d'une manière si cavalière, il est néanmoins facile
pliquer ce phénomène. Madame de Grandlieu, rentr
France avec la famille royale, était venue habiter P
elle n'avait d'abord vécu que de secours accor
Louis XVIII sur les fonds de la liste civile, situati
supportable. L'avoué eut l'occasion de découvrir ou

vices de forme dans la vente que la république avait jadis
faite de l'hôtel de Grandlieu, et prétendit qu'il devait être
restitué à la vicomtesse. Il entreprit ce procès moyennant
un forfait, et le gagna. Encouragé par ce succès, il chicana
si bien je ne sais quel hospice, qu'il en obtint la restitution de la forêt de Liceney. Puis, il fit encore recouvrer
quelques actions sur le canal d'Orléans et certains immeu-
bles assez importants que l'empereur avait donnés en dot à
des établissements publics. Ainsi rétablie par l'habileté du
jeune avoué, la fortune de madame de Grandlieu s'était
élevée à un revenu de soixante mille francs environ, lors
de la loi sur l'indemnité qui lui avait rendu des sommes
énormes. Homme de haute probité, savant, modeste et de
bonne compagnie, cet avoué devint alors l'ami de la famille.
Quoique sa conduite envers madame de Grandlieu lui eût
mérité l'estime et la clientèle des meilleures maison du faubourg Saint-Germain, il ne profitait pas de cette faveur
comme en aurait pu profiter un homme ambitieux. Il résis-
tait aux offres de la vicomtesse qui voulait lui faire vendre
sa charge et le jeter dans la magistrature, carrière où, par
ses protections, il aurait obtenu le plus rapide avancement.
A l'exception de l'hôtel de Grandlieu, où il passait quelquefois la soirée, il n'allait dans le monde que pour y entrete-
nir ses relations. Il était fort heureux que ses talents eussent
été mis en lumière par son dévouement à madame de Grandlieu, car il aurait couru le risque de laisser périr son étude.
Derville n'avait pas une âme d'avoué. Depuis que le comte
Ernest de Restaud s'était introduit chez la vicomtesse, et que
Derville avait découvert la sympathie de Camille pour ce
jeune homme, il était devenu aussi assidu chez madame de
Grandlieu que l'aurait été un dandy de la Chaussée-d'Antin
nouvellement admis dans les cercles du noble faubourg.
Quelques jours auparavant, il s'était trouvé dans un bal auprès de Camille, et lui avait dit en montrant le jeune comte ·
— Il est dommage que ce garçon-là n'ait pas deux ou trois
millions, n'est-ce pas? — Est-ce un malheur? Je ne le crois
pas, avait-elle répondu. Monsieur de Restaud a beaucoup
de talent, il est instruit, et bien vu du ministre auprès du

quel il a été placé. Je ne doute pas qu'il ne devienne homme très-remarquable. *Ce garçon-là* trouvera tout autant de fortune qu'il en voudra, le jour où il sera parvenu au pouvoir. — Oui, mais s'il était déjà riche ? — S'il était ric dit Camille en rougissant. Mais toutes les jeunes perso qui sont ici se le disputeraient, ajouta-t-elle en montran les quadrilles. — Et alors, avait répondu l'avoué, mademoiselle de Grandlieu ne serait plus la seule vers laquelle il tournerait les yeux. Voilà pourquoi vous rougissez ! Vou vous sentez du goût pour lui, n'est-ce pas ? Allons, dites.. — Camille s'était brusquement levée. — Elle l'aime, avai pensé Derville. Depuis ce jour, Camille avait eu pour l'avoué des attentions inaccoutumées en s'apercevant qu'il approuvait son inclination pour le jeune comte Ernest de Restaud. Jusque-là, quoiqu'elle n'ignorât aucune des obligation de sa famille envers Derville, elle avait eu pour lui plu d'égards que d'amitié vraie, plus de politesse que de sentiment ; ses manières aussi bien que le ton de sa voix lu avaient toujours fait sentir la distance que l'étiquette mettai entre eux. La reconnaissance est une dette que les enfant n'acceptent pas toujours à l'inventaire.

— Cette aventure, dit Derville après une pause, me rappelle les seules circonstances romanesques de ma vie. Vou riez déjà, reprit-il, en entendant un avoué vous parler d'ur roman dans sa vie ! Mais j'ai eu vingt-cinq ans comme tou le monde, et à cet âge j'avais déjà vu d'étranges choses. Je dois commencer par vous parler d'un personnage que vou ne pouvez pas connaître. Il s'agit d'un usurier. Saisirezvous bien cette figure pâle et blafarde, à laquelle je voudrai que l'Académie me permît de donner le nom de face lunaire ? elle ressemblait à du vermeil dédoré. Les cheveu de mon usurier étaient plats, soigneusement peignés et d gris cendré. Les traits de son visage, impassible autant celui de Talleyrand, paraissaient avoir été coulés en bronze. Jaunes comme ceux d'une fouine, ses petits yeux n'avaien presque point de cils et craignaient la lumière ; mais l'abatjour d'une vieille casquette les en garantissait. Son ne pointu était si grêlé dans le bout, que vous l'eussiez com

é à une vrille. Il avait les lèvres minces de ces alchi-
stes et de ces petits vieillards peints par Rembrandt ou
Metzu. Cet homme parlait bas, d'un ton doux, et ne
nportait jamais. Son âge était un problème : on ne pou-
t pas savoir s'il était vieux avant le temps, ou s'il avait
nagé sa jeunesse afin qu'elle lui servît toujours. Tout était
pre et râpé dans sa chambre, pareille, depuis le drap
t du bureau jusqu'au tapis de lit, au froid sanctuaire de
vieilles filles qui passent la journée à frotter leurs
ubles. En hiver, les tisons de son foyer, toujours enterrés
is un talus de cendres, y fumaient sans flamber. Ses ac-
is, depuis l'heure de son lever jusqu'à ses accès de toux
soir, étaient soumises à la régularité d'une pendule. C'était
quelque sorte un *homme-modèle* que le sommeil remon-
. Si vous touchez un cloporte cheminant sur un papier,
arrête et fait le mort ; de même, cet homme s'interrom-
t au milieu de son discours et se taisait au passage d'une
ture, afin de ne pas forcer sa voix. À l'imitation de Fon-
elle, il économisait le mouvement vital, et concentrait
s les sentiments humains dans le moi. Aussi sa vie s'é-
lait-elle sans faire plus de bruit que le sable d'une hor-
e antique. Quelquefois ses victimes criaient beaucoup,
mportaient ; puis après il se faisait un grand silence,
nme dans une cuisine où l'on égorge un canard. Vers le
r, l'homme-billet se changeait en homme ordinaire, et ses
taux se métamorphosaient en cœur humain. S'il était con-
t de sa journée, il se frottait les mains en laissant échap-
· par les rides crevassées de son visage une fumée de
cté, car il est impossible d'exprimer autrement le jeu muet
ses muscles, où se peignait une sensation comparable au
c à vide de *Bas-de-Cuir*. Enfin, dans ses plus grands accès
joie, sa conversation restait monosyllabique, et sa conte-
nce était toujours négative. Tel est le voisin que le hasard
avait donné dans la maison que j'habitais rue des Grès, quand
n'étais encore que second clerc et que j'achevais ma troisième
née de droit. Cette maison, qui n'a pas de cour, est hu-
de et sombre. Les appartements n'y tirent leur jour que
la rue. La distribution claustrale qui divise le bâtiment

en chambre d'égale grandeur, en ne leur laissant d'autre
issue qu'un long corridor éclairé par des jours de souffrance, annonce que la maison a jadis fait partie d'un couvent. A ce triste aspect, la gaieté d'un fils de famille expi-
rait avant qu'il entrât chez mon voisin : sa maison et lui se
ressemblaient. Vous eussiez dit de l'huître et son rocher.
Le seul être avec lequel il communiquait, socialement parlant, était moi ; il venait me demander du feu, m'emprun-
tait un livre, un journal, et me permettait le soir d'entrer
dans sa cellule, où nous causions quand il était de bonne
humeur. Ces marques de confiance étaient le fruit d'un voisinage de quatre années et de ma sage conduite, qui, faute
d'argent, ressemblait beaucoup à la sienne. Avait-il des parents, des amis ? était-il riche ou pauvre ? Personne n'aurait
pu répondre à ces questions. Je ne voyais jamais d'argent
chez lui. Sa fortune se trouvait sans doute dans les caves de
la Banque. Il recevait lui-même ses billets en courant dans
Paris d'une jambe sèche comme celle d'un cerf. Il é
d'ailleurs martyr de sa prudence. Un jour, par hasard, il
portait de l'or ; un double napoléon se fit jour, on ne
comment, à travers son gousset ; un locataire qui le suivait
dans l'escalier ramassa la pièce et la lui présenta. — C
ne m'appartient pas, répondit-il avec un geste de surprise.
A moi de l'or ! Vivrais-je comme je vis si j'étais riche ? —
Le matin il apprêtait lui-même son café sur un réchaud de
tôle, qui restait toujours dans l'angle noir de sa cheminée ;
un rôtisseur lui apportait à dîner. Notre vieille portière
montait à une heure fixe pour approprier la chambre. Enfin
par une singularité que Sterne appellerait une prédes
tion, cet homme se nommait Gobseck. Quand plus tard je
ses affaires, j'appris qu'au moment où nous nous conn
il avait environ soixante-seize ans. Il était né vers l'au
dans les faubourgs d'Anvers, d'une juive et d'un Hollandais
et se nommait Jean-Esther Van Gobseck. Vous savez combien Paris s'occupa de l'assassinat d'une femme nommée la
belle *Hollandaise ?* Quand j'en parlai par hasard à mon ancien voisin, il me dit, sans exprimer ni le moindre intérêt
ni la plus légère surprise : — C'est ma petite nièce. Cette

parole fut tout ce que lui arracha la mort de sa seule et
unique héritière, la petite-fille de sa sœur. Les débats m'ap-
prirent que la belle Hollandaise se nommait en effet Sara
Van Gobseck. Lorsque je lui demandai par quelle bizarrerie
sa petite nièce portait son nom : — Les femmes ne se sont
jamais mariées dans notre famille, me répondit-il en souriant. Cet homme singulier n'avait jamais voulu voir une
seule personne des quatre générations femelles où se trouvaient ses parents. Il abhorrait ses héritiers et ne concevait
pas que sa fortune pût jamais être possédée par d'autres que
lui, même après sa mort. Sa mère l'avait embarqué dès l'âge
de dix ans en qualité de mousse pour les possesions hol-
landaises dans les grandes Indes, où il avait roulé pendant
vingt années. Aussi les rides de son front jaunâtre gardaient-
elles les secrets d'événements horribles, de terreurs soudaines, de hasards inespérés, de traverses romanesques, de
joies infinies ; la faim supportée, l'amour foulé aux pieds, la
fortune compromise, perdue, retrouvée, la vie maintes fois
en danger, et sauvée peut-être par ces déterminations dont
la rapide urgence excuse la cruauté. Il avait connu M. de
Lally, l'amiral Simeuse, M. de Kergarouët, M. d'Estaing, le
bailli de Suffren, M. de Portenduère, lord Cornwallis, lord
Hastings, le père de Tippo-Saeb et Tippo-Saeb lui-même.
Ce Savoyard, qui servit Madhadji-Sindiah, le roi de Delhy,
et contribua tant à fonder la puissance des Mahrattes, avait
fait des affaires avec lui. Il avait eu des relations avec Victor
Hughes et plusieurs célèbres corsaires, car il avait longtemps séjourné à Saint-Thomas. Il avait si bien tout tenté
pour faire fortune qu'il avait essayé de découvrir l'or de
cette tribu de sauvages si célèbres aux environs de Buénos-
Ayres. Enfin il n'était étranger à aucun des événements de
la guerre de l'indépendance américaine. Mais quand il parlait des Indes ou de l'Amérique, ce qui ne lui arrivait avec
personne, et fort rarement avec moi, il semblait que ce fût
une indiscrétion, il paraissait s'en repentir. Si l'humanité,
si la sociabilité sont une religion, il pouvait être considéré
comme un athée. Quoique je me fusse proposé de l'examiner, je dois avouer à ma honte que jusqu'au dernier mo-

ment son cœur fut impénétrable. Je me suis quelquefois demandé à quel sexe il appartenait. Si tous les usuriers ressemblent à celui-là, je crois qu'ils sont du genre neutre. Était-il resté fidèle à la religion de sa mère, et regardait-il les chrétiens comme sa proie? s'était-il fait catholique, mahométan, brahme ou luthérien? Je n'ai jamais rien su de ses opinions religieuses. Il me paraissait être plus idifférent qu'incrédule. Un soir j'entrai chez cet homme qui s'était fait or, et que, par antiphrase ou par raillerie, ses victimes, qu'il nommait ses clients, appelaient papa Gobseck. Je le trouvai sur son fauteuil, immobile comme une statue, les yeux arrêtés sur le manteau de la cheminée où il semblait relire ses bordereaux d'escompte. Une lampe fumeuse dont le pied avait été vert jetait une lueur qui, loin de colorer ce visage, en faisait ressortir la pâleur. Il me regarda silencieusement et me montra ma chaise qui m'attendait. — A quoi cet être-là pense-il? me dis-je. Sait-il s'il existe un Dieu, un sentiment, des femmes, un bonheur? Je le plaignit comme j'aurais plaint un malade. Mais je comprenais bien aussi que, s'il avait des millions à la Banque, il pouvait posséder par la pensée la terre qu'il avait parcourue, fouillée, soupesée, évaluée, exploitée. — Bonjour, papa Gobseck, lui dis-je. Il tourna la tête vers moi, ses gros sourcils noirs se rapprochèrent légèrement; chez lui, cette inflexion caractéristique équivalait au plus gai sourire d'un méridional. — Vous êtes aussi sombre que le jour où l'on est venu vous annoncer la faillite de ce libraire de qui vous avez tant admiré l'adresse, quoique vous en ayez été la victime. — Victime? dit-il d'un air étonné. — Afin d'obtenir son concordat, ne vous a-t-il pas réglé votre créance en billets signés de la raison de commerce en faillite; et quand il a été rétabli, ne vous les a-t-il pas soumis à la réduction voulue par le concordat? — Il était fin, répondit-il, mais je l'ai repincé. — Avez-vous donc quelques billets à protester? nous sommes le trente, je crois. — Je lui parlais d'argent pour la première fois. Il leva sur moi ses yeux par un mouvement railleur; puis, de sa voix douce dont les accents ressemblaient aux sons que tire de sa flûte un élève

qui n'en a pas l'embouchure : — Je m'amuse, me dit-il. —
Vous vous amusez donc quelquefois ? — Croyez-vous qu'il
n'y ait de poëtes que ceux qui impriment des vers, me demanda-t-il en haussant les épaules et me jetant un regard
de pitié. — De la poésie dans cette tête ! pensai-je, car je
ne connaissais encore rien de sa vie. — Quelle existence
pourrait être aussi brillante que l'est la mienne ? dit-il en
continuant, et son œil s'anima. Vous êtes jeune, vous avez
les idées de votre sang, vous voyez des figures de femme
dans vos tisons, moi je n'aperçois que des charbons dans
les miens. Vous croyez à tout, moi je ne crois à rien. Gardez vos illusions, si vous le pouvez. Je vais vous faire le
décompte de la vie. Soit que vous voyagiez, soit que vous
restiez au coin de votre cheminée et de votre femme, il
arrive toujours un âge auquel la vie n'est plus qu'une habitude exercée dans un certain milieu préféré. Le bonheur
consiste alors dans l'exercice de nos facultés appliquées à
des réalités. Hors ces deux préceptes, tout est faux. Mes
principes ont varié comme ceux des hommes, j'en ai dû
changer à chaque latitude. Ce que l'Europe admire, l'Asie
le punit. Ce qui est un vice à Paris, est une nécessité quand
on a passé les Açores. Rien n'est fixe ici-bas, il n'y existe
que des conventions qui se modifient suivant les climats.
Pour qui s'est jeté forcément dans tous les moules sociaux,
les convictions et les morales ne sont plus que des mots
sans valeur. Reste en nous le seul sentiment vrai que la nature y ait mis : l'instinct de notre conservation. Dans vos
sociétés européennes, cet instinct se nomme *intérêt personnel.* Si vous aviez vécu autant que moi vous sauriez qu'il
n'est qu'une seule chose matérielle dont la valeur soit assez
certaine pour qu'un homme s'en occupe. Cette chose... c'est
L'OR. L'or représente toutes les forces humaines. J'ai voyagé,
j'ai vu qu'il y avait partout des plaines ou des montagnes :
les plaines ennuient, les montagnes fatiguent ; les lieux ne
signifient donc rien. Quant aux mœurs, l'homme est le même
partout ; partout le combat entre le pauvre et le riche est
établi, partout il est inévitable ; il vaut donc mieux être
l'exploitant que d'être l'exploité ; partout il se rencontre des

gens musculeux qui travaillent et des gens lymphatiques qui
se tourmentent; partout les plaisirs sont les mêmes, car
partout les sens s'épuisent, et il ne leur survit qu'un seul
sentiment, la vanité! La vanité, c'est toujours le *moi*. La
vanité ne se satisfait que par des flots d'or. Nos fantaisies
veulent du temps, des moyens physiques ou des soins. Eh
bien! l'or contient tout en germe, et donne tout en réalité.
Il n'y a que des fous ou des malades qui puissent trouver du
bonheur à battre les cartes tous les soirs pour savoir s'ils
gagneront quelques sous. Il n'y a que des sots qui puissent
employer leur temps à se demander ce qui se passe, si madame une telle s'est couchée sur son canapé seule ou en
compagnie, si elle a plus de sang que de lymphe, plus de
tempérament que de vertu. Il n'y a que des dupes qui puissent se croire utiles à leurs semblables en s'occupant à tracer
des principes politiques pour gouverner des événements
toujours imprévus. Il n'y a que des niais qui puissent aimer
à parler des acteurs et à répéter leurs mots; à faire tous les
jours, mais sur un plus grand espace, la promenade que fait
un animal dans sa loge; à s'habiller pour les autres, à manger pour les autres; à se glorifier d'un cheval ou d'une voiture que le voisin ne peut avoir que trois jours après eux.
N'est-ce pas la vie de vos Parisiens traduite en quelques
phrases? Voyons l'existence de plus haut qu'ils ne la voient.
Le bonheur consiste ou en émotions fortes qui usent la vie,
ou en occupations réglées qui en font une mécanique anglaise fonctionnant par temps réguliers. Au-dessus de ces
bonheurs, il existe une curiosité, prétendue noble, de connaître les secrets de la nature ou d'obtenir une certaine
imitation de ses effets. N'est-ce pas, en deux mots, l'art ou
la science, la passion ou le calme? Eh bien! toutes les passions humaines agrandies par le jeu de vos intérêts sociaux
viennent parader devant moi qui vis dans le calme. Puis,
votre curiosité scientifique, espèce de lutte où l'homme a
toujours le dessous, je la remplace par la pénétration de tous
les ressorts qui font mouvoir l'humanité. En un mot, je possède le monde sans fatigue, et le monde n'a pas la moindre
prise sur moi. Écoutez-moi, reprit-il, par le récit des évé-

nements de la matinée, vous devinerez mes plaisirs. — Il
se leva, alla pousser le verrou de sa porte, tira un rideau
de vieille tapisserie dont les anneaux crièrent sur la tringle,
et revint s'asseoir. — Ce matin, me dit-il, je n'avais que
deux effets à recevoir, les autres avaient été donnés la veille
comme comptant à mes pratiques. Autant de gagné ! car, à
l'escompte, je déduis la course que me nécessite la recette,
en prenant quarante sous pour un cabriolet de fantaisie. Ne
serait-il pas plaisant qu'une pratique me fît traverser Paris
pour six francs d'escompte, moi qui n'obéis à rien, moi qui
ne paye que sept francs de contributions ! Le premier billet,
valeur de mille francs présentée par un jeune homme, beau
fils à gilets pailletés, à lorgnon, à tilbury, cheval anglais, etc.,
était signé par l'une des plus jolies femmes de Paris, mariée
à quelque riche propriétaire, un comte. Pourquoi cette
comtesse avait-elle souscrit une lettre de change, nulle en
droit, mais excellente en fait ; car ces pauvres femmes crai-
gnent le scandale que produirait un protêt dans leur ménage
et se donneraient en payement plutôt que de ne pas payer ?
Je voulais connaître la valeur secrète de cette lettre de
change. Était-ce bêtise, imprudence, amour ou charité ? Le
second billet, d'égale somme, signé Jenny Malvaut, m'avait
été présenté par un marchand de toiles en train de se ruiner. Aucune personne, ayant quelque crédit à la Banque, ne
vient dans ma boutique, où le premier pas fait de ma porte
à mon bureau dénonce un désespoir, une faillite près d'é-
clore, et surtout un refus d'argent éprouvé chez tous les
banquiers. Aussi ne vois-je que des cerfs aux abois, traqués
par la meute de leurs créanciers. La comtesse demeurait
rue du Helder, et ma Jenny rue Montmartre. Combien de
conjectures n'ai-je pas faites en m'en allant d'ici ce matin ?
Si ces deux femmes n'étaient pas en mesure, elles allaient
me recevoir avec plus de respect que si j'eusse été leur propre père. Combien de singeries la comtesse ne me jouerait-
elle pas pour mille francs ? Elle allait prendre un air affectueux, me parler de cette voix dont les câlineries sont
réservées à l'endosseur du billet, me prodiguer des paroles
caressantes, me supplier peut-être, et moi... Là, le vieillard

me jeta son regard blanc. — Et moi, inébranlable! reprit-il. Je suis là comme un vengeur, j'apparais comme un remords. Laissons les hypothèses. J'arrive.— Madame la comtesse est couchée, me dit une femme de chambre. — Quand sera-t-elle visible ?—A midi.—Madame la comtesse serait-elle malade ? — Non, monsieur; mais elle est rentrée du bal à trois heures. — Je m'appelle Gobseck, dites-lui mon nom, je serai ici à midi. Et je m'en vais en signant ma présence sur le tapis qui couvrait les dalles de l'escalier. J'aime à crotter les tapis de l'homme riche, non par petitesse, mais pour leur faire sentir la griffe de la nécessité. Parvenu rue Montmartre, à une maison de peu d'apparence, je pousse une vieille porte cochère, et je vois une de ces cours obscures où le soleil ne pénètre jamais. La loge du portier était noire, le vitrage ressemblait à la manche d'une douillette trop longtemps portée, il était gras, brun, lézardé.— Mademoiselle Jenny Malvaut?—Elle est sortie; mais si vous venez pour un billet, l'argent est là. — Je reviendrai, dis-je. Du moment où le portier avait la somme, je voulais connaître la jeune fille; je me figurais qu'elle était jolie. Je passe la matinée à voir les gravures étalées sur le boulevard; puis, à midi sonnant, je traversais le salon qui précède la chambre de la comtesse. — Madame me sonne à l'instant, me dit la femme de chambre, je ne crois pas qu'elle soit visible. — J'attendrai, répondis-je en m'asseyant sur un fauteuil. Les persiennes s'ouvrent, la femme de chambre accourt et me dit : — Entrez, monsieur. A la douceur de sa voix, je devinai que sa maîtresse ne devait pas être en mesure. Combien était belle la femme que je vis alors! Elle avait jeté à la hâte sur ses épaules nues un châle de cachemire dans lequel elle s'enveloppait si bien que ses formes pouvaient se deviner dans leur nudité. Elle était vêtue d'un peignoir garni de ruches blanches comme neige et qui annonçait une dépense annuelle d'environ deux mille francs chez la blanchisseuse en fin. Ses cheveux noirs s'échappaient en grosses boucles d'un joli madras négligemment noué sur sa tête à la manière des créoles. Son lit offrait le tableau d'un désordre produit sans doute par un sommeil agité. Un peintre aurait

payé pour rester pendant quelques moments au milieu de
cette scène. Sous des draperies voluptueusement attachées,
un oreiller enfoncé sur un édredon de soie bleue, et dont
les garnitures en dentelle se détachaient vivement sur ce
fond d'azur, offrait l'empreinte des formes indécises qui réveillaient l'imagination. Sur une large peau d'ours, étendue
aux pieds des lions ciselés dans l'acajou du lit, brillaient des
souliers de satin blanc, jetés avec l'incurie que cause la lassitude d'un bal. Sur une chaise était une robe froissée dont
les manches touchaient à terre. Des bas que le moindre
souffle d'air aurait emportés, étaient entortillés dans le pied
d'un fauteuil. De blanches jarretières flottaient le long d'une
causeuse. Un éventail de prix, à moitié déplié, reluisait sur
la cheminée. Les tiroirs de la commode restaient ouverts.
Des fleurs, des diamants, des gants, un bouquet, une ceinture gisaient çà et là. Je respirais une vague odeur de parfums. Tout était luxe et désordre, beauté sans harmonie.
Mais déjà pour elle ou pour son adorateur, la misère, tapie
là-dessous, dressait la tête et leur faisait sentir ses dents
aiguës. La figure fatiguée de la comtesse ressemblait à cette
chambre parsemée des débris d'une fête. Ces brimborions
épars me faisaient pitié ; rassemblés, ils avaient causé la
veille quelque délire. Ces vestiges d'un amour foudroyé par
le remords, cette image d'une vie de dissipation, de luxe et
de bruit, trahissaient des efforts de Tantale pour embrasser
de fuyants plaisirs. Quelques rougeurs semées sur le visage
de la jeune femme attestaient la finesse de sa peau ; mais ses
traits étaient comme grossis, et le cercle brun qui se dessinait sous ses yeux semblait être plus fortement marqué qu'à
l'ordinaire. Néanmoins la nature avait assez d'énergie en elle
pour que ces indices de folie n'altérassent pas sa beauté.
Ses yeux étincelaient. Semblable à l'une de ces Hérodiades
dues au pinceau de Léonard de Vinci (j'ai brocanté les tableaux), elle était magnifique de vie et de force ; rien de
mesquin dans ses contours ni dans ses traits ; elle inspirait
l'amour, et me semblait devoir être plus forte que l'amour.
Elle me plut. Il y avait longtemps que mon cœur n'avait
battu. J'étais donc déjà payé ! je donnerais mille francs d'une

sensation qui me ferait souvenir de ma jeunesse. — Monsieur, me dit-elle en me présentant une chaise, auriez-vous la complaisance d'attendre? — Jusqu'à demain midi, madame, répondis-je en repliant le billet que je lui avait présenté, je n'ai le droit de protester qu'à cette heure-là. — Puis, en moi-même, je me disais : — Paye ton luxe, paye ton nom, paye ton bonheur, paye le monopole dont tu jouis. Pour se garantir leurs biens, les riches ont inventé des tribunaux, des juges, et cette guillotine, espèce de bougie où viennent se brûler les ignorants. Mais, pour vous qui couchez sur la soie et sous la soie, il est des remords, des grincements de dents cachés sous un sourire, et des gueules de lions fantastiques qui vous donnent un coup de dent au cœur. — Un protêt! y pensez-vous? s'écria-t-elle en me regardant, vous auriez si peu d'égards pour moi? — Si le roi me devait, madame, et qu'il ne me payât pas, je l'assignerais encore plus promptement que tout autre débiteur. — En ce moment nous entendîmes frapper doucement à la porte de la chambre. — Je n'y suis pas! dit impérieusement la jeune femme. — Anastasie, je voudrais cependant bien vous voir. — Pas en ce moment, mon cher, répondit-elle d'une voix moins dure, mais néanmoins sans douceur. — Quelle plaisanterie! vous parlez à quelqu'un, répondit en entrant un homme qui ne pouvait être que le comte. La comtesse me regarda, je la compris, elle devint mon esclave. Il fut un temps, jeune homme, où j'aurais été peut-être assez bête pour ne pas protester. En 1763, à Pondichéry, j'ai fait grâce à une femme qui m'a joliment roué. Je le méritais, pourquoi m'étais-je fié à elle? — Que veut monsieur, me demanda le comte. Je vis la femme frissonnant de la tête aux pieds, la peau blanche et satinée de son cou devint rude; elle avait, suivant un terme familier, la chaire de poule. Moi, je riais sans qu'aucun de mes muscles tressaillît. — Monsieur est un de mes fournisseurs, dit-elle. Le comte me tourna le dos, je tirai le billet à moitié hors de ma poche. A ce mouvement inexorable, la jeune femme vint à moi, me présenta un diamant : — Prenez, dit-elle, et allez-vous-en. — Nous échangeâmes les deux valeurs, et je sortis en la saluant. Le diamant valait bien une douzaine de cents francs pour moi. Je trouvai dans la cour une nuée de valets qui brossaient leurs livrées, ciraient leurs bottes ou nettoyaient de somptueux équipages. — Voilà, me dis-je, ce qui amène ces gens-là chez moi. Voilà ce qui les pousse à voler décemment des millions, à trahir leur patrie. Pour ne pas se crotter en allant à pied, le grand seigneur ou celui qui le singe, prend une bonne fois un bain de boue !— En ce moment, la grande porte s'ouvrit, et livra passage au cabriolet du jeune homme qui m'avait présenté le billet.— Monsieur, lui dis-je quand il fut descendu, voici deux cents francs que je vous prie de rendre à madame la comtesse, et vous lui ferez observer que je tiendrai à sa disposition le gage qu'elle m'a remis ce matin. — Il prit les deux cents francs, et laissa échapper un sourire moqueur, comme s'il eût dit : —Ah ! elle a payé. Ma foi, tant mieux !— J'ai lu sur cette physionomie l'avenir de la comtesse. Ce jolie monsieur blond, froid, joueur sans âme, se ruinera, la ruinera, ruinera le mari, ruinera les enfants, mangera leurs dots, et causera plus de ravages à travers les salons que n'en causerait une batterie d'obusiers dans un régiment.—Je me rendis rue Montmartre, chez mademoiselle Jenny. Je montai un petit escalier bien roide. Arrivé au cinquième étage, je fus introduit dans un appartement composé de deux chambres où tout était propre comme un ducat neuf. Je n'aperçus pas la moindre trace de poussière sur les meubles de la première pièce où me reçut mademoiselle Jenny, jeune fille parisienne, vêtue simplement : tête élégante et fraîche, air avenant, des cheveux châtains bien peignés, qui, retroussés en deux arcs sur les tempes, donnaient de la finesse à des yeux bleus, purs comme le cristal. Le jour, passant à travers de petits rideaux tendus aux carreaux, jetait une lueur douce sur sa modeste figure. Autour d'elle, de nombreux morceaux de toile taillés me dénoncèrent ses occupations habituelle, elle ouvrait du linge. Elle était là comme le génie de la solitude. Quand je lui présentai le billet, je lui dis que je ne l'avais pas trouvée le matin. — Mais, dit-elle, les fonds étaient chez la portière. — Je feignis de ne pas entendre.

—Mademoiselle sort de bonne heure, à ce qu'il paraît ? — Je
suis rarement hors de chez moi ; mais quand on travaille la
nuit, il faut bien quelquefois se baigner. — Je la regardai.
D'un coup d'œil, je devinai tout. C'était une fille condamnée au travail par le malheur, et qui appartenait à quelque
famille d'honnête fermiers, car elle avait quelques-uns de
ces grains de rousseur particuliers aux personnes née à la
campagne. Je ne sais quel air de vertu respirait dans ses
traits. Il me sembla que j'habitais une atmosphère de sincérité, de candeur, où mes poumons se rafraîchissaient. Pauvre
innocente ! elle croyait à quelque chose ; sa simple cou-
chette en bois peint était surmontée d'un crucifix orné de
deux branches de buis. Je fus quasi touché. Je me sentais
disposé à lui offrir de l'argent à douze pour cent seulement,
afin de lui faciliter l'achat de quelque bon établissement. —
Mais, me dis-je, elle a peut-être un petit cousin qui se ferait
de l'argent avec sa signature, et grugerait la pauvre fille.
— Je m'en suis donc allé, me mettant en garde contre mes
idées généreuses, car j'ai souvent eu l'occasion d'observer
que quand la bienfaisance ne nuit pas au bienfaiteur, elle
tue l'obligé. Lorsque vous êtes entré, je pensais que Jenny
Malvaut serait une bonne petite femme ; j'opposais sa vie
pure et solitaire à celle de cette comtesse qui, déjà tombée
dans la lettre de change, va rouler jusqu'au fond des abîmes
du vice ! — Eh bien ! reprit-il après un moment de silence
profond pendant lequel je l'examinais, croyez-vous que ce
ne soit rien que de pénétrer ainsi dans les plus secrets replis du cœur humain, d'épouser la vie des autres, et de la
voir à nu ? Des spectacles toujours variés, des plaies hi-
deuses, des chagrins mortels, des scènes d'amour, des misères que les eaux de la Seine attendent, des joies de jeune
homme qui mènent à l'échafaud, des rires de désespoir et
des fêtes somptueuses. Hier, une tragédie ; quelque bonhomme de père qui s'asphyxie parce qu'il ne peut plus nour-
rir ses enfants. Demain, une comédie ; un jeune homme
essayera de me jouer la scène de monsieur Dimanche, avec
les variantes de notre époque. Vous avez entendu vanter
l'éloquence des derniers prédicateurs, je suis allé parfois

perdre mon temps à les écouter, ils m'ont fait changer
d'opinion, mais de conduite, comme disait je ne sais qui,
jamais. Eh bien, ces bons prêtres, votre Mirabeau, Ver-
gniaud et les autres ne sont que des bègues auprès de mes
orateurs. Souvent une jeune fille amoureuse, un vieux négociant sur le penchant de sa faillite, une mère qui veut
cacher la faute de son fils, un artiste sans pain, un grand
sur le déclin de la faveur, et qui, faute d'argent, va perdre
le fruit de ses efforts, m'ont fait frissonner par la puissance
de leur parole. Ces sublimes acteurs jouaient pour moi
seul, et sans pouvoir me tromper. Mon regard est comme
celui de Dieu, je vois dans les cœurs. Rien ne m'est caché.
On ne refuse rien à qui lie et délie les cordons du sac. Je
suis assez riche pour acheter les consciences de ceux qui
font mouvoir les ministres, depuis leurs garçons de bureau
jusqu'a leurs maîtresses : n'est-ce pas le pouvoir ? Je puis
avoir les plus belles femmes et les plus tendres caresses,
n'est-ce pas le plaisir ? Le pouvoir et le plaisirs ne résument-
ils pas tout votre ordre social ? Nous sommes dans Paris
une dizaine ainsi, tous rois silencieux et inconnus, les ar-
bitres de vos destinées. La vie n'est-elle pas une machine
à laquelle l'argent imprime le mouvement. Sachez-le, les
moyens se confondent avec les résultats ; vous n'arriverez
jamais à séparer l'âme des sens, l'esprit de la matière. L'or
est le spiritualisme de vos sociétés actuelles. Liés par le même
intérêt, nous nous rassemblons à certain jour de la semaine
au café Thémis, près le pont Neuf. Là nous révélons les
mystères de la finance. Aucune fortune ne peut nous mentir, nous possédons les secrets de toutes les familles. Nous
avons une espèce de *livre noir* où s'inscrivent les notes les
plus importantes sur le crédit public, sur la banque, sur
le commerce. Casuistes de la Bourse, nous formons un saint-
office où se jugent et s'analysent les actions les plus indifférentes de tous les gens qui possèdent une fortune quelconque, et nous devinons toujours vrai. Celui-ci, surveille
la masse judiciaire, celui-ci là la masse financière ; l'un la
masse administrative, l'autre la masse commeriale. Moi, j'ai
l'œil sur les fils de famille, les artistes, les gens du monde,

19

et sur les joueurs, la partie la plus émouvante de Paris.
Chacun nous dit les secrets du voisin. Les passions trompées,
les vanités froissées sont bavardes. Les vices, les désappoin-
tements, les vengeances sont les meilleurs agents de police.
Comme moi, tous mes confrères ont joui de tout, se sont
rassasié de tout, et sont arrivés à n'aimer le pouvoir et l'argent
que pour le pouvoir et l'argent même. Ici, dit-il en me montrant sa chambre nue et froide, l'amant le plus fougueux qui
s'irrite ailleurs d'une parole et tire l'épée pour un mot, prie
à mains jointes ! Ici le négociant le plus orgueilleux, ici
la femme la plus vaine de sa beauté, ici le militaire le plus
fier, prient tous, la larme à l'œil ou de rage ou de douleur.
Ici prient l'artiste le plus célèbre et l'écrivain dont les noms
sont promis à la postérité. Ici enfin, ajouta-t-il en portant
la main à son front, se trouve une balance dans laquelle
se pèsent les successions et les intérêts de Paris tout entier.
Croyez-vous maintenant qu'il n'y ait pas de jouissances sous
ce masque blanc dont l'immobilité vous a si souvent étonné ?
dit-il en me tendant son visage blême qui sentait l'argent.
Je retournai chez moi stupéfait. Ce petit vieillard sec avait
grandi. Il s'était changé à mes yeux en une image fantastique où se personnifiait le pouvoir de l'or. La vie, les
hommes me faisaient horreur. — Tout doit-il donc se résoudre par l'argent ? me demandais-je. Je me souviens de
ne m'être endormi que très-tard. Je voyais des monceaux d'or
autour de moi. La belle comtesse m'occupa. J'avouerai à ma
honte qu'elle éclipsait complétement l'image de la simple et
chaste créature vouée au travail et à l'obscurité ; mais le
lendemain matin, à travers les nuées de mon réveil, la
douce Jenny m'apparut dans toute sa beauté, je ne pensais
plus qu'à elle.

— Voulez-vous un verre d'eau sucrée? dit la vicomtesse
en interrompant Derville.

— Volontiers, répondit-il.

— Mais je ne vois là dedans rien qui puisse nous concer-
ner, dit madame de Grandlieu en sonnant.

— Sardanapale ! s'écria Derville en lâchant son juron, je
vais bien réveiller mademoiselle Camille en lui disant que

son bonheur dépendait naguère du papa Gobseck; mais comme le bonhomme est mort à l'âge de quatre-vingt-neuf ans, monsieur de Restaud entrera bientôt en possession d'une belle fortune. Ceci veut des explications. Quant à Jenny Malvaut, vous la connaissez, c'est ma femme !

— Le pauvre garçon, répliqua la vicomtesse, avouerait cela devant vingt personnes avec sa franchise ordinaire.

— Je le crierais à tout l'univers, dit l'avoué.

— Buvez, buvez, mon pauvre Derville. Vous ne serez jamais rien, que le plus heureux et le meilleur des hommes.

— Je vous ai laissé rue du Helder, chez une comtesse, s'écria l'oncle en relevant sa tête légèrement assoupie. Qu'en avez-vous fait?

— Quelques jours après la conversation que j'avais eue avec le vieux Hollandais, je passai ma thèse, reprit Derville. Je fus reçus licencié en droit, et puis avocat. La confiance que le vieil avare avait en moi s'accrut beaucoup. Il me consultait gratuitement sur les affaires épineuses dans lesquelles il s'embarquait d'après des données sûres, et qui eussent semblé mauvaises à tous les praticiens. Cet homme, sur lequel personne n'aurait pu prendre le moindre empire, écoutait mes conseils avec une sorte de respect. Il est vrai qu'il s'en trouvait toujours très-bien. Enfin, le jour où je fus nommé maître clerc de l'étude où je travaillais depuis trois ans, je quittai la maison de la rue des Grès, et j'allai demeurer chez mon patron, qui me donna la table, le logement et cent cinquante francs par mois. Ce fut un beau jour! Quand je fis mes adieux à l'usurier, il ne me témoigna ni amitié ni déplaisir, il ne m'engagea pas à le venir voir; il me jeta seulement un de ces regards qui, chez lui, semblaient en quelque sorte trahir le don de seconde vue. Au bout de huit jours, je reçus la visite de mon ancien voisin, il m'apportait une affaire assez difficile, une expropriation; il continua ses consultations gratuites avec autant de liberté que s'il me payait. A la fin de la seconde année, de 1818 à 1819, mon patron, homme de plaisir et fort dépensier, se trouva dans une gêne considérable et fut obligé de vendre sa charge. Quoique en ce moment les études n'eus-

sent pas acquis la valeur exorbitante à laquelle elles sont
montées aujourd'hui, mon patron donnait la sienne, en n'en
demandant que cent cinquante mille francs. Un homme ac-
tif, instruit, intelligent, pouvait vivre honorablement, payer
les intérêts de cette somme et s'en libérer en dix années
pour peu qu'il inspirât de confiance. Moi, le septième enfant d'un petit bourgeois de Noyon, je ne possédais pas une
obole, et ne connaissais dans le monde d'autre capitaliste
que le papa Gobseck. Une pensée ambitieuse et je ne sais
quelle lueur d'espoir me prêtèrent le courage d'aller le trouver. Un soir donc, je cheminai lentement jusqu'à la rue des
Grès. Le cœur me battit fortement quand je frappai à la
sombre maison. Je me souvenais de tout ce que m'avait dit
autrefois le vieil avare dans un temps où j'étais bien loin
de soupçonner la violence des angoisses qui commençaient
au seuil de cette porte. J'allais donc le prier comme tant
d'autres.—Eh bien! non, me dis-je, un honnête homme doit
partout garder sa dignité. La fortune ne vaut pas une lâ-
cheté, montrons-nous positif autant que lui. Depuis mon départ, le papa Gobseck avait loué ma chambre pour ne pas
avoir de voisin; il avait aussi fait poser une petite chatière
grillée au milieu de sa porte, et il ne m'ouvrit qu'après avoir
reconnu ma figure. — Eh bien! me dit-il de sa petite voix
flûtée, votre patron vend son étude.—Comment savez-vous
cela? Il n'en a encore parlé qu'à moi.—Les lèvres du vieillard se tirèrent vers les coins de sa bouche absolument comme
des rideaux, et ce sourire muet fut accompagné d'un regard
froid.—Il fallait cela pour que je vous visse chez moi, ajouta-t-il d'un ton sec et après une pause pendant laquelle je
demeurai confondu. — Écoutez-moi, monsieur Gobseck, repris-je avec autant de calme que je pus en affecter devant
ce vieillard qui fixait sur moi des yeux impassibles dont l
feu clair me troublait. Il fit un geste comme pour me dire
—Parlez.—Je sais qu'il est fort difficile de vous émouvoir
Aussi ne perdrai-je pas mon éloquence à essayer de vous
peindre la situation d'un clerc sans le sou, qui n'espère qu'en
vous, et n'a dans le monde d'autre cœur que le vôtre dans
lequel il puisse trouver l'intelligence de son avenir. Laissons

le cœur, les affaires se font comme des affaires, et non comme
des romans, avec de la sensiblerie. Voici le fait. L'étude de
mon patron rapporte annuellement entre ses mains une ving-
taine de mille francs ; mais je crois qu'entre les miennes elle
en vaudra quarante. Il veut la vendre cinquante mille écus.
'e sens là, dis-je en me frappant le front, que si vous pouviez
me prêter la somme nécessaire à cette acquisition, je serais li-
béré dans dix ans.—Voilà parler, répondit le papa Gobseck
qui me tendit la main et serra la mienne. Jamais, depuis que
je suis dans les affaires, reprit-il, personne ne m'a déduit plus
clairement les motifs de sa visite. Des garanties? dit-il en
me toisant de la tête aux pieds. Néant, ajouta-t-il après une
pause. Quel âge avez-vous?—Vingt-cinq ans dans dix jours,
répondis-je ; sans cela, je ne pourrais traiter. — Juste. —
Eh bien ? — Possible. — Ma foi, il faut aller vite ; sans
cela, j'aurai des enchérisseurs.—Apportez-moi demain matin votre extrait de naissance, et nous parlerons de votre
affaire : j'y songerai. — Le lendemain, à huit heures, j'étais
chez le vieillard. Il prit le papier officiel, mit ses lunettes,
toussa, cracha, s'enveloppa dans sa houppelande noire, et
lut l'extrait des registres de la mairie tout entier. Puis il le
tourna, le retourna, me regarda, retoussa, s'agita sur sa
chaise, et il me dit : — C'est une affaire que nous allons tâcher d'arranger. — Je tressaillis. — Je tire cinquante pour
cent de mes fonds, reprit-il, quelquefois cent, deux cents,
cinq cents pour cent. — A ces mots, je pâlis. — Mais, en faveur de notre connaissance, je me contenterai de douze et
demi pour cent d'intérêt par... Il hésita. — Eh bien ! oui,
pour vous je me contenterai de treize pour cent par an. Cela
vous va-t-il?—Oui, répondis-je.—Mais si c'est trop, répli-
qua-t-il, défendez-vous, Grotius!—Il m'appelait Grotius en
plaisantant. — En vous demandant treize pour cent, je fais
mon métier ; voyez si vous pouvez les payer. Je n'aime pas
un homme qui tope à tout. Est-ce trop? — Non, dis-je, je
serai quitte pour prendre un peu plus de mal. — Parbleu !
dit-il en me jetant son malicieux regard oblique, vos clients
payeront. — Non, de par tous les diables ! m'écriai-je, ce
sera moi. Je me couperais la main plutôt que d'écorcher le

monde !—Bonsoir, me dit le papa Gobseck.—Mais les honoraires sont tarifés, repris-je.—Ils ne le sont pas, reprit-il, pour les
transactions, pour les attermoiements, pour les conciliations.
Vous pouvez alors compter des mille francs, des six mille
francs même, suivant l'importance des intérêts, pour vos
conférences, vos courses, vos projets d'actes, vos mémoires
et votre verbiage. Il faut savoir rechercher ces sortes d'affaires. Je vous recommanderai comme le plus savant et le
plus habile des avoués, je vous enverrai tant de procès de
ce genre-là, que vous ferez crever vos confrères de jalousie.
Werbrust, Palma, Gigonnet, mes confrères, vous donneront
leurs expropriations ; et Dieu sait s'ils en ont ! Vous aurez ainsi
deux clientèles, celle que vous achetez et celle que je vous
ferai. Vous devriez presque me donner quinze pour cent de
mes cent cinquante mille francs.—Soit, mais pas plus, dis-
je avec la fermeté d'un homme qui ne voulait plus rien accorder au delà. Le papa Gobseck se radoucit et parut content de moi. — Je payerai moi-même, reprit-il, la charge à
votre patron, de manière à m'établir un privilége bien so-
lide sur le prix et le cautionnement.—Oh ! tout ce que vous
voudrez pour les garanties.— Puis, vous m'en représenterez
la valeur en quinze lettres de change acceptées en blanc,
chacune pour une somme de dix mille francs.—Pourvu que
cette double valeur soit constatée. — Non ! s'écria Gobseck
en m'interrompant. Pourquoi voulez-vous que j'aie plus de
confiance en vous que vous n'en avez en moi ? — Je gardai
le silence. — Et puis vous ferez, dit-il en continuant avec
un ton de bonhomie, mes affaires sans exiger d'honoraires
tant que je vivrai, n'est-ce pas ?—Soit, pourvu qu'il n'y ait
pas d'avances de fonds. — Juste ! dit-il. Ah çà, reprit le
vieillard dont la figure avait peine à prendre un air de bonhomie, vous me permettrez d'aller vous voir ? — Vous me
ferez toujours plaisir. — Oui, mais le matin, cela sera bien
difficile. Vous aurez vos affaires, et j'ai les miennes. — Venez le soir. — Oh ! non, répondit-il vivement, vous devez
aller dans le monde, voir vos clients. Moi, j'ai mes amis, à
mon café. —Ses amis ! Eh bien ! dis-je, pourquoi ne pas
prendre l'heure du dîner ? — C'est cela, dit Gobseck. Après

la Bourse, à cinq heures. Eh bien! vous me verrez tous les
mercredis et les samedis. Nous causerons de nos affaires
comme un couple d'amis. Ah! ah! je suis gai quelquefois.
Donnez-moi une aile de perdrix et un verre de vin de Champagne, nous causerons. Je sais bien des choses qu'aujour-
d'hui on peut dire, et qui vous apprendront à connaître les
hommes et surtout les femmes. — Va pour la perdrix et le
verre de vin de Champagne. — Ne faites pas des folies, autrement vous perdriez ma confiance. Ne prenez pas un grand
train de maison. Ayez une vieille bonne, une seule. J'irai
vous visiter pour m'assurer de votre santé. J'aurai un capital placé sur votre tête, hé! hé! je dois m'informer de vos
affaires. Allons, venez ce soir avec votre patron.—Pourriez-
vous me dire, s'il n'y a pas d'indiscrétion à le demander,
dis-je au petit vieillard quand nous atteignîmes au seuil de
la porte, de quelle importance était mon extrait de baptême
dans cette affaire? — Jean-Esther Van Gobseck haussa les
épaules, sourit malicieusement et me répondit : — Combien
la jeunesse est sotte! Apprenez donc, monsieur l'avoué, car
il faut que vous le sachiez pour ne pas vous laisser prendre,
qu'avant trente ans la probité et le talent sont encore des
espèces d'hypothèques. Passé cet âge, on ne peut plus compter sur un homme. Et il ferma sa porte. Trois mois après, j'étais
avoué. Bientôt j'eus le bonheur, madame, de pouvoir entreprendre les affaires concernant la restitution de vos propriétés. Le gain de ce procès me fit connaître. Malgré les intérêts énormes que j'avais à payer à Gobseck, en moins de
cinq ans je me trouvai libre d'engagements. J'épousai Jenny
Malvaut que j'aimais sincèrement. La conformité de nos destinées, de nos travaux, de nos succès augmentaient la force
de nos sentiments. Un de ses oncles, fermier devenu riche,
était mort en lui laissant soixante-dix mille francs qui m'ai-
dèrent à m'acquitter. Depuis ce jour ma vie ne fut que bonheur et prospérité. Ne parlons donc plus de moi, rien n'est
insupportable comme un homme heureux. Revenons à nos
personnages. Un après l'acquisition de mon étude, je fus
entraîné, presque malgré moi, dans un déjeuner de garçon.
Ce repas était la suite d'une gageure perdue par un de mes

camarades contre un jeune homme alors fort en vogue dans le monde élégant. Monsieur de Trailles, la fleur du *dandysme* de ce temps-là, jouissait d'une immense réputation.

— Mais il en jouit encore, dit le comte de Born, en interrompant l'avoué. Nul ne porte mieux un habit, ne conduit un *tandem* mieux que lui. Maxime a le talent de jouer, de manger et de boire avec plus de grâce que qui que ce soit au monde. Il se connaît en chevaux, en chapeaux, en tableaux. Toutes les femmes raffolent de lui. Il dépense toujours environ cent mille francs par an sans qu'on lui connaisse une seule propriété, ni un seul coupon de rente. Type de la chevalerie errante de nos salons, de nos boudoirs, de nos boulevards, espèce amphibie qui tient autant de l'homme que de la femme, le comte Maxime de Trailles est un être singulier, bon à tout et propre à rien, craint et méprisé, sachant et ignorant tout, aussi capable de commettre un bienfait que de résoudre un crime, tantôt lâche et tantôt noble, plutôt couvert de boue que taché de sang, ayant plus de soucis que de remords, plus occupé de bien digérer que de penser, feignant des passions et ne ressentant rien. Anneau brillant qui pourrait unir le bagne à la haute société, Maxime de Trailles est un homme qui appartient à une classe éminemment intelligente d'où s'élancent parfois un Mirabeau, un Pitt, un Richelieu, mais qui le plus souvent fournit des comtes de Horne, des Fouquier-Tinville et des Coignard.

— Eh bien! reprit Derville, après avoir écouté le frère de la vicomtesse, j'avais beaucoup entendu parler de ce personnage par ce pauvre père Goriot, l'un de mes clients, mais j'avais évité déjà plusieurs fois le dangereux honneur de sa connaissance quand je le rencontrais dans le monde. Cependant mon camarade me fit de telles instances pour obtenir de moi d'aller à son déjeuner, que je ne pouvais m'en dispenser sans être taxé de *bégueulisme*. Il vous serait difficile de concevoir un déjeuner de garçon, madame. C'est une magnificence et une recherche rares, le luxe d'un avare qui par vanité devient fastueux pour un jour. En entrant, on est surpris de l'ordre qui règne sur une table éblouissante d'argent, de cristaux, de linge damassé. La vie est là dans sa

fleur ; les jeunes gens sont gracieux, ils sourient, parlent
bas et ressemblent à de jeunes mariés, autour d'eux tout est
vierge. Deux heures après, vous diriez d'un champ de bataille après le combat ; partout des verres brisés, des ser-
viettes foulées, chiffonnées ; des mets entamés qui répugnent
à voir ; puis, ce sont des cris à fendre la tête, des toasts
plaisants, un feu d'épigrammes et de mauvaises plaisanteries,
des visages empourprés, des yeux enflammés qui ne disent
plus rien, des confidences involontaires qui disent tout. Au
milieu d'un tapage infernal, les uns cassent des bouteilles,
d'autres entonnent des chansons ; on se porte des défis, on
s'embrasse ou l'on se bat ; il s'élève un parfum détestable
composé de cent odeurs et de cris composés de cent voix ;
personne ne sait plus ce qu'il mange, ce qu'il boit, ni ce
qu'il dit ; les uns sont tristes, les autres babillent ; celui-ci
est monomane et répète le même mot comme une cloche
qu'on a mise en branle ; celui-là veut commander au tumulte ; le plus sage propose une orgie. Si quelque homme
de sang-froid entrait, il se croirait à quelque bacchanale.
Ce fut au milieu d'un tumulte semblable que monsieur de
Trailles essaya de s'insinuer dans mes bonnes grâces. J'a-
vais à peu près conservé ma raison, j'étais sur mes gardes.
Quant à lui, quoiqu'il affectât d'être décemment ivre, il
était plein de sang-froid et songeait à ses affaires. En
effet, je ne sais comment cela se fit, mais en sortant des
salons de Grignon, sur les neuf heures du soir, il m'avait
entièrement ensorcelé, je lui avais promis de l'emmener le
lendemain chez notre papa Gobseck. Les mots : honneur,
vertu, comtesse, femme honnête, femme adorée, malheur,
désespoir, s'étaient, grâce à sa langue dorée, placés comme
par magie dans ses discours. Lorsque je me réveillai le lendemain matin, et que je voulus me souvenir de ce que j'a-
vais fait la veille, j'eus beaucoup de peine à lier quelques
idées. Enfin, il me sembla que la fille d'un de mes clients
était en danger de perdre sa réputation, l'estime et l'amour
de son mari, si elle ne trouvait pas une cinquantaine de
mille francs dans la matinée. Il y avait des dettes de jeu,
des mémoires de carrossier, de l'argent perdu je ne sais à

quoi. Mon prestigieux convive m'avait assuré qu'elle étai
assez riche pour réparer par quelques années d'économi
l'échec qu'elle allait faire à sa fortune. Seulement alors j
commençai à deviner les instances de mon camarade. J'a-
voue, à ma honte, que je ne me doutais nullement de l'importance qu'il y avait pour le papa Gobseck à se raccommo
avec ce dandy. Au moment où je me levais, monsieur
Trailles entra. — Monsieur le comte, lui dis-je après r
être adressés les compliments d'usage, je ne vois pas
vous ayez besoin de moi pour vous présenter chez Van G
seck, le plus poli, le plus anodin de tous les capitalistes. u
vous donnera de l'argent s'il en a, ou plutôt si vous lu
présentez des garanties suffisantes. — Monsieur, me répondit-il, il n'entre pas dans ma pensée de vous forcer l
me rendre un service, quand même vous me l'auriez promis.
— Sardanapale ! me dis-je en moi-même, laisserai-je croire
à cet homme-là que je lui manque de parole ? — J'ai eu
l'honneur de vous dire hier que je m'étais fort mal à propos
brouillé avec le papa Gobseck, dit-il en continuant. Or,
comme il n'y a guère que lui à Paris qui puisse cracher en
un moment, et le lendemain d'une fin de mois, une centaine de mille francs, je vous avais prié de faire ma paix
avec lui. Mais n'en parlons plus... — Monsieur de Trailles
me regarda d'un air poliment insultant et se disposait à s'en
aller. — Je suis prêt à vous conduire, lui dis-je. Lo
nous arrivâmes rue des Grès, le dandy regardait au
lui avec une attention et une inquiétude qui m'étonn
Son visage devenait livide, rougissait, jaunissait tour à
et quelques gouttes de sueur parurent sur son front
il aperçut la porte de la maison de Gobseck. Au momen
nous descendîmes de cabriolet, un fiacre entra dans la
des Grès. L'œil de faucon du jeune homme lui per
distinguer une femme au fond de cette voiture. Une expr
de joie presque sauvage anima sa figure ; il appela un
garçon qui passait et lui donna son cheval à tenir. Nou
âmes chez le vieil escompteur.—Monsieur Gobseck, lu
je, je vous amène un de mes plus intimes amis (do qui
défie autant que du diable, ajoutai-je à l'oreille du v

A ma considération, vous lui rendrez vos bonnes grâces (au taux ordinaire), et vous le tirerez de peine (si cela vous convient).— Monsieur de Trailles s'inclina devant l'usurier, s'assit, et prit pour l'écouter une de ces attitudes courtisanesques dont la gracieuse bassesse vous eût séduit; mais mon Gobseck resta sur sa chaise, au coin de son feu, immobile, impassible. Gobseck ressemblait à la statue de Voltaire vue le soir sous le péristyle du Théâtre-Français; il souleva légèrement, comme pour saluer, la casquette usée avec laquelle il se couvrait le chef, et le peu de crâne jaune qu'il montra achevait sa ressemblance avec le marbre.— Je n'ai d'argent que pour mes pratiques, dit-il. — Vous êtes donc bien fâché que je sois allé me ruiner ailleurs que chez vous? répondit le comte en riant. — Ruiner! reprit Gobseck d'un ton d'ironie. — Allez-vous dire que l'on ne peut pas ruiner un homme qui ne possède rien? Mais je vous défie de trouver à Paris un plus beau *capital* que celui-ci, s'écria le fashionable en se levant et tournant sur ses talons. Cette bouffonnerie presque sérieuse n'eut pas le don d'émouvoir Gobseck. — Ne suis-je pas l'ami intime des Ronquerolles, des de Marsay, des Franchessini, des deux Vandenesse, des Ajuda-Pinto, enfin, de tous les jeunes gens les plus à la mode dans Paris? Je suis au jeu l'allié d'un prince et d'un ambassadeur que vous connaissez. J'ai mes revenus à Londres, à Carlsbad, à Baden, à Bath, à Spa. N'est-ce pas la plus brillante des industries?—Vrai.—Vous faites une éponge de moi, mordieu! et vous m'encouragez à me gonfler au milieu du monde, pour me presser dans des moments de crise; mais vous êtes aussi des éponges, et la mort vous pressera. — Possible. — Sans les dissipateurs, que deviendriez-vous? Nous sommes à nous deux l'âme et le corps. — Juste. — Allons, une poignée de main, mon vieux papa Gobseck, et de la magnanimité, si cela est vrai, juste et possible.—Vous venez à moi, répondit froidement l'usurier, parce que Girard, Palma, Werbrust et Gigonnet ont le ventre plein de vos lettres de change, qu'ils offrent partout à cinquante pour cent de perte; or, comme ils n'ont probablement fourni que moitié de la valeur, elles ne valent pas vingt-cinq. Servi-

teur! Puis-je décemment, dit Gobseck en continuant, pr
ter une seule obole à un homme qui doit trente mille fra
et ne possède pas un denier? Vous avez perdu dix m
francs avant-hier au bal chez le baron de Nucingen.
Monsieur, répondit le comte avec une rare impudence
toisant le vieillard, mes affaires ne vous regardent pas. Q
a terme, ne doit rien. — Vrai! — Mes lettres de cha
seront acquittées. — Possible! — Et dans ce moment,
question entre nous se réduit à savoir si je vous prés
des garanties suffisantes pour la somme que je viens vo
emprunter. — Juste. — Le bruit que faisait le fiacre e
s'arrêtant à la porte retentit dans la chambre. — Je va
aller chercher quelque chose qui vous satisfera peut-êtr
s'écria le jeune homme. — O mon fils! s'écria Gobseck a
se levant et me tendant les bras, quand l'emprunteur es
disparu, s'il a de bons gages, tu me sauves la vie! J'en se
rais mort. Werbrust et Gigonnet ont cru me faire une
farce. Grâce à toi, je vais bien rire ce soir à leurs dépen.
— La joie du vieillard avait quelque chose d'effrayant. Ce
fut le seul moment d'expansion qu'il eut avec moi.
la rapidité de cette joie, elle ne sortira jamais de m
venir. — Faites-moi le plaisir de rester ici, ajouta-t-il.
que je sois armé, sûr de mon coup, comme un hom
jadis a chassé le tigre et fait sa partie sur un tillac q
fallait vaincre ou mourir, je me défie de cet élégant co
— Il alla se rasseoir sur un fauteuil, devant son bureau. Sa
figure redevint blême et calme. — Oh! oh! reprit-il en
tournant vers moi, vous allez sans doute voir la belle
ture de qui je vous ai parlé jadis, j'entends dans le c
dor un pas aristocratique. — En effet, le jeune hon
vint en donnant la main à une femme en qui je re
cette comtesse dont le lever m'avait autrefois été o
par Gobseck, l'une des deux filles du bonhomme Gorioi. La
comtesse ne me vit pas d'abord, je me tenais dans l'embrasure
de la fenêtre, le visage à la vitre. En entrant dans la chambre humide et sombre de l'usurier, elle jeta un regard de
défiance sur Maxime. Elle était si belle que, malgré ses
fautes, je la plaignis. Quelque terrible angoisse agitait son

cœur, ses traits nobles et fiers avaient une expression convulsive, mal déguisée. Ce jeune homme était devenu pour
elle un mauvais génie. J'admirai Gobseck, qui, quatre ans
plus tôt avait compris la destinée de ces deux êtres sur une
première lettre de change. — Probablement, me dis-je, ce
monstre à visage d'ange la gouverne par tous les ressorts
po ol   la vanité, la jalousie, le plaisir, l'entraînement
du nae.

— Mais, s'écria la vicomtesse, les vertus mêmes de cette
femme ont été pour lui des armes; il lui a fait verser des
larmes de dévouement, il a su exalter en elle la générosité
naturelle à notre sexe, et il a abusé de sa tendresse pour
lui vendre bien cher de criminels plaisirs.

— Je vous l'avoue, dit Derville, qui ne comprit pas les
nes que lui fit madame de Grandlieu, je ne pleurai pas
sur le sort de cette malheureuse créature si brillante aux
yeux du monde et si épouvantable pour qui lisait dans son
cœur; non, je frémissais d'horreur en contemplant son assassin, ce jeune homme dont le front était si pur, la bouche
si fraîche, le sourire si gracieux, les dents si blanches, et
qui ressemblait à un ange. Ils étaient en ce moment tous
deux devant leur juge, qui les examinait comme un vieux
dominicain du seizième siècle devait épier les tortures de
deux Maures, au fond des souterrains du saint-office. —
nsieur, existe-t-il un moyen d'obtenir le prix des diamants que voici, mais en me réservant le droit de les rache-
er? dit-elle d'une voix tremblante en lui tendant un écrin.
— Oui, madame, répondis-je en intervenant et me montrant.
Elle me regarda, me reconnut, laissa échapper un frisson,
et me lança ce coup d'œil qui signifie en tout pays : *Taisez-
vous !* — Ceci, dis-je en continuant, constitue un acte que
nous appelons vente à réméré, convention qui consiste à
céder et transporter une propriété mobilière ou immobilière
pour un temps déterminé, à l'expiration duquel on peut
rentrer dans l'objet en litige, moyennant une somme fixée.
— Elle respira plus facilement. Le comte Maxime fronça le
sourcil, il se doutait bien que l'usurier donnerait alors une
plus faible somme des diamants, valeur sujette à des baisses.

Gobseck, immobile, avait saisi sa loupe et contem
lencieusement l'écrin. Vivrais-je cent ans, je n'oub
pas le tableau que nous offrit sa figure. Ses joues pâl
taient colorées; ses yeux, où les scintillements des
semblaient se répéter, brillaient d'un feu surnaturel
leva, alla au jour, tint les diamants près de sa bouc
meublée, comme s'il eût voulu les dévorer. Il mari
de vagues paroles, en soulevant tour à tour les bra
les girandoles, les colliers, les diadèmes, qu'il prései
la lumière pour en juger l'eau, la blancheur, la taille
sortait de l'écrin, les y remettait, les y reprenait enco
faisait jouer en leur demandant tous leurs feux, plus
que vieillard, ou plutôt enfant et vieillard tout ensem
Beaux diamants! Cela aurait valu trois cent mille
avant la révolution. Quelle eau! Voilà de vrais di
d'Asie venus de Golconde ou de Visapour! En con
vous le prix? Non, non, Gobseck est le seul à Pa
sache les apprécier. Sous l'empire il aurait encore fa
de deux cent mille francs pour faire une parure sem
—Il fit un geste de dégoût et ajouta : — Maintenant
mant perd tous les jours, le Brésil nous en accable
la paix, et jette sur les places des diamants moins
que ceux de l'Inde. Les femmes n'en portent plus
cour. Madame y va? — Tout en lançant ces terribl
roles, il examinait avec une joie indicible les pierre
après l'autre : — Sans tache, disait-il. Voici une
Voici une paille. Beau diamant. — Son visage blêm
si bien illuminé par les feux de ces pierreries, qu
comparais à ces vieux miroirs verdâtres qu'on trouv
les auberges de province, qui acceptent les reflets lum
sans les répéter, et donnent la figure d'un homme to
en apoplexie au voyageur assez hardi pour s'y regard
Eh bien! dit le comte en frappant sur l'épaule de Go
Le vieil enfant tressaillit. Il laissa ses hochets, les n
son bureau, s'assit et redevint usurier, dur, froid
comme une colonne de marbre : — Combien vous
—Cent mille francs pour trois ans, dit le comte. —
sible! dit Gobseck en tirant d'une boîte d'acajou des

ces inestimables pour leur justesse, son écrin à lui! Il pesa
les pierres en évaluant à vue de pays (et Dieu sait comme!)
le poids des montures. Pendant cette opération, la figure de
l'escompteur luttait entre la joie et la sévérité. La comtesse
était plongée dans une stupeur dont je lui tenais compte;
il me sembla qu'elle mesurait la profondeur du précipice
où elle tombait. Il y avait encore des remords dans cette
âme de femme; il ne fallait peut-être qu'un effort, une main
charitablement tendue pour la sauver, je l'essayai. — Ces
diamants sont à vous, madame? lui demandai-je d'une voix
claire. — Oui, monsieur, répondit-elle en me lançant un
regard d'orgueil. — Faites le réméré, bavard, me dit Gobseck en se levant et me montrant sa place au bureau. —
Madame est sans doute mariée? demandai je encore. Elle
inclina vivement la tête. — Je ne ferai pas l'acte! m'écriai-
je. — Et pourquoi? dit Gobseck. — Pourquoi? repris-je en
entraînant le vieillard dans l'embrasure de la fenêtre pour
lui parler à voix basse. Cette femme étant en puissance de
mari, le réméré sera nul, vous ne pourriez opposer votre
ignorance d'un fait constaté par l'acte même. Vous seriez
donc tenu de représenter les diamants qui vont vous être
déposés, et dont le poids, les valeurs ou la taille seront dé-
crits. — Gobseck m'interrompit par un signe de tête et se
tourna vers les deux coupables : — Il a raison, dit-il. Tout
est changé. Quatre-vingt mille francs comptant, et vous me
laisserez les diamants, ajouta-t-il d'une voix sourde et flûtée.
En fait de meubles, la possession vaut titre. — Mais... répliqua le jeune homme. — A prendre ou à laisser, reprit
Gobseck en remettant l'écrin à la comtesse, j'ai trop de ris-
ques à courir. — Vous feriez mieux de vous jeter aux pieds de
votre mari, lui dis-je à l'oreille en me penchant vers elle.
L'usurier comprit sans doute mes paroles au mouvement de
mes lèvres, et me jeta un regard froid. La figure du jeune
homme devint livide. L'hésitation de la comtesse était pal-
pable. Le comte s'approcha d'elle, et quoiqu'il parlât très-
bas, j'entendis : — Adieu, chère Anastasie, sois heureuse!
Quant à moi, demain je n'aurai plus de soucis. — Monsieur,
s'écria la jeune femme en s'adressant à Gobseck, j'accepte

vos offres. — Allons donc! répondit le vieillard, vous êtes
bien difficile à confesser, ma belle dame. — Il signa un bon
de cinquante mille francs sur la Banque, et le remit à la
comtesse. — Maintenant, dit-il avec un sourire qui ressemblait assez à celui de Voltaire, je vais vous compléter votre
somme par trente mille francs de lettres de change dont la
bonté ne me sera pas contestée. C'est de l'or en barres. Monsieur vient de me dire : *Mes lettres de change seront acquittées*, ajouta-t il en présentant des traites souscrites par le
comte, toutes protestées la veille à la requête de celui de ses
confrères qui probablement les lui avait vendues à bas prix.
Le jeune homme poussa un rugissement au milieu duquel domina le mot : — Vieux coquin! — Le papa Gobseck ne sourcilla pas, il tira d'un carton sa paire de pistolets, et dit froidement : — En ma qualité d'insulté, je tirerai
le premier. — Maxime, vous devez des excuses à monsieur,
s'écria doucement la tremblante comtesse. — Je n'ai pas eu
l'intention de vous offenser, dit le jeune homme en balbu-
tiant. — Je le sais bien, répondit tranquillement Gobseck,
votre intention était seulement de ne pas payer vos lettres
de change.—La comtesse se leva, salua et disparut en proie
sans doute à une profonde horreur. Monsieur de Trailles fut
forcé de la suivre; mais avant de sortir :—S'il vous échappe
une indiscrétion, messieurs, dit-il, j'aurai votre sang ou vous
aurez le mien.— *Amen,* lui répondit Gobseck en serrant ses
pistolets. Pour jouer son sang, faut en avoir, mon petit, et
tu n'as que de la boue dans les veines.—Quand la porte fut
fermée et que les deux voitures partirent, Gobseck se leva,
se mit à danser en répétant : — J'ai les diamants! j'ai les
diamants! Les beaux diamants! quels diamants! et pas cher.
Ah! ah! Werbrust et Gigonnet, vous avez cru attraper le
vieux papa Gobseck! *Ego sum papa!* je suis votre maître à
tous! Intégralement payé! Comme il seront sots, ce soir,
quand je leur conterai l'affaire, entre deux parties de do-
mino!—Cette joie sombre, cette férocité de sauvage, excitées par la possession de quelques cailloux blancs, me firent
tressaillir. J'étais muet et stupéfait.—Ah! ah! te voilà, mon
garçon, dit-il. Nous dînerons ensemble. Nous nous amuse-

rons chez lci, je n'ai pas de ménage. Tous ces restaurateurs,
avec leurs coulis, leurs sauces, leurs vins, empoisonneraient
le diable.—L'expression de mon visage lui rendit subitement
sa froide impassibilité. — Vous ne concevez pas cela, me
dit-il en s'asseyant au coin de son foyer où il mit son poê-
lon de fer-blanc plein de lait sur le réchaud. Voulez-vous
déjeuner avec moi? reprit-il, il y en aura peut-être assez pour
deux.—Merci, répondis-je, je ne déjeune qu'à midi.—En ce
moment des pas précipités retentirent dans le corridor.
L'inconnu qui survenait s'arrêta sur le palier de Gobseck,
et frappa plusieurs coups qui eurent un caractère de fureur.
L'usurier alla reconnaître par la chatière, et ouvrit à un
homme de trente-cinq ans environ, qui sans doute lui parut
inoffensif, malgré cette colère. Le survenant, simplement
vêtu, ressemblait au feu duc de Richelieu; c'était le comte
que vous avez dû rencontrer et qui avait, passez-moi cette
expression, la tournure aristocratique des hommes d'Etat de
votre faubourg.—Monsieur, dit-il, en s'adressant à Gobseck
redevenu calme, ma femme sort d'ici?—Possible.—Eh bien,
monsieur, ne me comprenez-vous pas?—Je n'ai pas l'honneur de connaître madame votre épouse, répondit l'usurier.
J'ai reçu beaucoup de monde ce matin : des femmes, des
hommes, des demoiselles qui ressemblaient à des jeunes
gens, et des jeunes gens qui ressemblaient à des demoiselles. Il me serait bien difficile de...—Trêve de plaisanterie,
monsieur, je parle de la femme qui sort à l'instant de chez
vous.—Comment puis-je savoir si elle est votre femme, demanda l'usurier, je n'ai jamais eu l'avantage de vous voir?
—Vous vous trompez, monsieur Gobseck, dit le comte avec
un profond accent d'ironie. Nous nous sommes rencontrés
dans la chambre de ma femme, un matin. Vous veniez toucher un billet souscrit par elle, un billet qu'elle ne devait
pas. — Ce n'était pas mon affaire de rechercher de quelle
manière elle en avait reçu la valeur, répliqua Gobseck en
lançant un regard malicieux au comte. J'avais escompté l'effet à l'un de mes confrères. D'ailleurs, monsieur, dit le capitaliste sans s'émouvoir ni presser son débit et en ver
du café dans sa jatte de lait. vous me permettrez de v

faire observer qu'il ne m'est pas prouvé que vous ayez le
droit de me faire des remontrances chez moi ; je suis ma-
jeur depuis l'an soixante et un du siècle dernier. — Monsieur, vous venez d'acheter à vil prix des diamants de famille
qui n'appartenaient pas à ma femme.—Sans me croire obligé
de vous mettre dans le secret de mes affaires, je vous dirai,
monsieur le comte, que si vos diamants vous ont été pris
par madame la comtesse, vous auriez dû prévenir, par une
circulaire, les joailliers de ne pas les acheter, elle a pu les
vendre en détail. — Monsieur ! s'écria le comte, vous con-
nussiez ma femme.—Vrai?—Elle est en puissance de mari.
— Possible. — Elle n'avait pas le droit de disposer de ces
diamants. — Juste. — Eh bien ! monsieur?—Eh bien ! monsieur, je connais votre femme, elle est en puissance de mari,
je le veux bien, elle est sous bien des puissances ; mais—je
—ne—connais pas—vos diamants. Si madame la comtesse
signe des lettres de change, elle peut sans doute faire le
commerce, acheter des diamants, en recevoir pour les vendre, ça s'est vu !—Adieu, monsieur, s'écria le compte pâle
de colère, il y a des tribunaux !—Juste.—Monsieur que voici,
ajouta-t-il en me montrant, a été témoin de la vente.—Possible.—Le comte allait sortir. Tout à coup, sentant l'importance de cette affaire, je m'interposai entre les parties belli-
gérantes. — Monsieur le comte, dis-je, vous avez raison, et
monsieur Gobseck est sans aucun tort. Vous ne sauriez
poursuivre l'acquéreur sans faire mettre en cause votre
femme, et l'odieux de cette affaire ne retomberait pas sur
elle seulement. Je suis avoué, je me dois à moi-même encore plus qu'à mon caractère officiel, de vous déclarer que
les diamants dont vous parlez ont été achetés par monsieur
Gobseck en ma présence ; mais je crois que vous auriez tort
de contester la légalité de cette vente dont les objets sont
d'ailleurs peu reconnaissables. En équité, vous auriez raison ; en justice, vous succomberiez. Monsieur Gobseck est
trop honnête homme pour nier que cette vente ait été effec-
tuée à son profit, surtout quand ma conscience et mon devoir me forcent a l'avouer. Mais intentassiez-vous un procès, monsieur le comte, l'issue en serait douteuse. Je vous

conseille donc de transiger avec monsieur Gobseck, qui peut
exciper de sa bonne foi, mais auquel vous devrez toujours
rendre le prix de la vente. Consentez à un réméré de sept
à huit mois, d'un an même, laps de temps qui vous permettra de rendre la somme empruntée par madame la comtesse, à moins que vous ne préfériez les racheter dès aujourd'hui en donnant des garanties pour le payement. —
L'usurier trempait son pain dans la tasse et mangeait avec
une parfaite indifférence; mais au mot de transaction, il me
regarda comme s'il disait : — Le gaillard! comme il profite
de mes leçons. De mon côté, je lui ripostai par une œillade
qu'il comprit à merveille. L'affaire était fort douteuse, igno-
ble; il devenait urgent de transiger. Gobseck n'aurait pas
eu la ressource de la dénégation. j'aurais dit la vérité. Le
comte me remercia par un bienveillant sourire. Après un
débat dans lequel l'adresse et l'avidité de Gobseck auraient
mis en défaut toute la diplomatie d'un congrès, je préparai
un acte par lequel le comte reconnut avoir reçu de l'usurier
une somme de quatre-vingt-cinq mille francs, intérêts compris, et moyennant la reddition de laquelle Gobseck s'enga-
geait à remettre les diamants au comte.—Quelle dilapida-
tion! s'écria le mari en signant. Comment jeter un pont sur
cet abîme? —Monsieur, dit gravement Gobseck, avez-vous
beaucoup d'enfants?—Cette demande fit tressaillir le comte
comme si, semblable à un savant médecin, l'usurier eût mis
tout à coup le doigt sur le siége du mal. Le mari ne répondit pas.—Eh bien! reprit Gobseck en comprenant le dou-
loureux silence du comte, je sais votre histoire par cœur.
Cette femme est un démon que vous aimez peut-être encore;
je le crois bien, elle m'a ému. Peut-être voudriez-vous sauver votre fortune, la réserver à un ou deux de vos enfants.
Eh bien! jetez-vous dans le tourbillon du monde, jouez,
perdez cette fortune, venez trouver souvent Gobseck. Le
monde dira que je suis un juif, un arabe, un usurier, un corsaire, que je vous aurai ruiné! Je m'en moque! Si l'on m'in-
sulte; je mets mon homme à bas, personne ne tire aussi
bien le pistolet et l'épée que votre serviteur. On le sait!
Puis, ayez un ami, si vous pouvez en rencontrer un, auquel

vous ferez une vente simulée de vos biens. — N'appelez-vous pas cela un fidéicommis ? me demanda-t-il en se tournant vers moi. Le comte parut entièrement absorbé dans ses pensées, et nous quitta en nous disant :—Vous aurez votre argent demain, monsieur, tenez les diamants prêts.—Ça m'a l'air d'être bête comme un honnête homme, me dit froidement Gobseck quand le comte fut parti.—Dites plutôt bête comme un homme passionné.—Le comte vous doit les frais de l'acte, s'écria-t-il en me voyant prendre congé de lui. Quelques jours après cette scène qui m'avait initié aux terribles mystères de la vie d'une femme à la mode, je vis entrer le comte, un matin, dans mon cabinet. — Monsieur, dit-il, je viens vous consulter sur des intérêts graves, en vous déclarant que j'ai en vous la confiance la plus entière, et j'espère vous en donner des preuves. Votre conduite envers madame de Grandlieu, dit le comte, est au-dessus de tout éloge.

— Vous voyez, madame, dit l'avoué à la vicomtesse, que j'ai mille fois reçu de vous le prix d'une action bien simple. Je m'inclinai respectueusement, et répondis que je n'avais fait que remplir un devoir d'honnête homme. — Eh bien! monsieur, j'ai pris beaucoup d'informations sur le singulier personnage auquel vous devez votre état, me dit le comte. D'après tout ce que j'en sais, je reconnais en Gobseck un philosophe de l'école cynique. Que pensez-vous de sa probité ? — Monsieur le comte, répondis-je, Gobseck est mon bienfaiteur... à quinze pour cent, ajoutai-je en riant. Mais son avarice ne m'autorise pas à le peindre ressemblant au profit d'un inconnu. — Parlez, monsieur ! votre franchise ne peut nuire ni à Gobseck ni à vous. Je ne m'attends pas à trouver un ange dans un prêteur sur gages. — Le papa Gobseck, repris-je, est intimement convaincu d'un principe qui domine sa conduite. Selon lui, l'argent est une marchandise que l'on peut, en toute sûreté de conscience, vendre cher ou bon marché, suivant les cas. Un capitaliste est à ses yeux un homme qui entre, par le fort denier qu'il réclame de son argent, comme associé par anticipation dans les entreprises et les spéculations lucratives. A part ses principes

financiers et ses observations philosophiques sur la nature
humaine qui lui permettent de se conduire en apparence
comme un usurier, je suis intimement persuadé que, sorti
de ses affaires, il est l'homme le plus délicat et le plus probe
qu'il y ait à Paris. Il existe deux hommes en lui : il est avare
et philosophe, petit et grand. Si je mourais en laissant des
enfants, il serait leur tuteur. Voilà, monsieur, sous quel
aspect l'expérience m'a montré Gobseck. Je ne connais rien
de sa vie passée. Il peut avoir été corsaire, il a peut-être
traversé le monde entier en trafiquant des diamants ou des
hommes, des femmes ou des secrets d'État, mais je jure
qu'aucune âme humaine n'a été ni plus fortement trempée
ni mieux éprouvée. Le jour où je lui ai porté la somme qui
m'acquittait envers lui, je lui demandai, non sans quelques
précautions oratoires, quel sentiment l'avait poussé à me
faire payer de si énormes intérêts, et par quelle raison, voulant m'obliger, moi son ami, il ne s'était pas permis un bienfait complet.—Mon fils, je t'ai dispensé de la reconnaissance
en te donnant le droit de croire que tu ne me devais rien;
aussi sommes-nous les meilleurs amis du monde. — Cette
réponse, monsieur, vous expliquera l'homme mieux que
toutes les paroles possibles. — Mon parti est irrévocablement
pris, me dit le comte. Préparez les actes nécessaires pour
transporter à Gobseck la propriété de mes biens. Je ne me
fie qu'à vous, monsieur, pour la rédaction de la contre-lettre
par laquelle il déclarera que cette vente est simulée, et
prendra l'engagement de remettre ma fortune administrée
par lui comme il sait administrer, entre les mains de mon
fils aîné, à l'époque de sa majorité. Maintenant, monsieur,
il faut vous le dire : je craindrais de garder cet acte précieux chez moi. L'attachement de mon fils pour sa mère me
fait redouter de lui confier cette contre-lettre. Oserais-je
vous prier d'en être le dépositaire ? En cas de mort, Gobseck vous instituerait légataire de mes propriétés. Ainsi,
tout est prévu. — Le comte garda le silence pendant un
moment et parut très-agité. — Mille pardons, monsieur, me
dit-il, je souffre beaucoup, et ma santé me donne les plus
vives craintes. Des chagrins récents ont troublé ma vie d'une

manière cruelle, et nécessitent la grande mesure que je
prends. — Monsieur, lui dis-je, permettez-moi de vous remercier d'abord de la confiance que vous avez en moi. Mais
je dois la justifier en vous faisant observer que par ces mesures vous exhérédez complétement vos... autres enfants.
Ils portent votre nom. Ne fussent-ils que les enfants d'une
femme autrefois aimée, maintenant déchue, ils ont droit à une
certaine existence. Je vous déclare que je n'accepte point la
charge dont vous voulez bien m'honorer, si leur sort n'est
pas fixé. — Ces paroles firent tressaillir violemment le
comte. Quelques larmes lui vinrent aux yeux, il me serra
la main en me disant : — Je ne vous connaissais pas encore
tout entier. Vous venez de me causer à la fois de la joie et
de la peine. Nous fixerons la part de ces enfants par les dispositions de la contre-lettre. — Je le reconduisis jusqu'à la
porte de mon étude, et il me sembla voir ses traits épanouis
par le sentiment de satisfaction que lui causait cet acte de
justice.

— Voilà, Camille, comment de jeunes femmes s'embar-
quent sur des abîmes. Il suffit quelquefois d'une contredanse,
d'un air chanté au piano, d'une partie de campagne, pour
décider d'effroyables malheurs. On y court à la voix pré-
somptueuse de la vanité, de l'orgueil, sur la foi d'un sourire,
ou par folie, par étourderie! La Honte, le Remords et la
Misère sont trois Furies entre les mains desquelles doivent
infailliblement tomber les femmes aussitôt qu'elles franchis-
sent les bornes...

— Ma pauvre Camille se meurt de sommeil, dit la
vicomtesse en interrompant l'avoué. Va, ma fille, va dormir,
ton cœur n'a pas besoin de tableaux effrayants pour rester
pur et vertueux.

Camille de Grandlieu comprit sa mère, et sortit.

— Vous êtes allé un peu trop loin, cher monsieur Derville,
dit la vicomtesse, les avoués ne sont ni mères de famille ni
prédicateurs.

— Mais les gazettes sont mille fois plus...

— Pauvre Derville! dit la vicomtesse en interrompant
l'avoué, je ne vous reconnais pas. Croyez-vous donc que ma

un mouvement brusque, vint à ma rencontre, et s'assit sans
mot dire en m'indiquant de la main un fauteuil vacant auprès du feu. Elle mit sur sa figure ce masque impénétrable
sous lequel les femmes du monde savent si bien cacher
leurs passions. Les chagrins avaient déjà fané ce visage ;
les lignes merveilleuses qui en faisaient autrefois le mérite,
restaient seules pour témoigner de sa beauté, — Il est très-
essentiel, madame, que je puisse parler à monsieur le
comte... — Vous seriez donc plus favorisé que je ne le suis,
répondit-elle en m'interrompant. Monsieur de Restaud ne
veut voir personne, il souffre à peine que son médecin vienne
le voir, et repousse tous les soins, même les miens. Les
malades ont des fantaisies si bizarres ! ils sont comme des
enfants, ils ne savent ce qu'ils veulent. — Peut-être, comme
les enfants, savent-ils très-bien ce qu'ils veulent. — La
comtesse rougit. Je me repentis presque d'avoir fait cette
réplique digne de Gobseck. — Mais, repris-je pour changer
de conversation, il est impossible, madame, que monsieur
de Restaud demeure perpétuellement seul. — Il a son fils
aîné près de lui, dit-elle. J'eus beau regarder la comtesse,
cette fois elle ne rougit plus, et il me parut qu'elle s'était
affermie dans la résolution de ne pas laisser pénétrer ses secrets. — Vous devez comprendre, madame, que ma démarche n'est point indiscrète, repris-je. Elle est fondée sur
des intérêts puissants... Je me mordis les lèvres, en sentant
que je m'embarquais dans une fausse route. Aussi, la comtesse profita-t-elle sur-le-champ de mon étourderie. — Mes
intérêts ne sont point séparés de ceux de mon mari, monsieur,
dit-elle. Rien ne s'oppose à ce que vous vous adressiez à
moi... — L'affaire qui m'amène ne concerne que monsieur
le comte, répondis-je avec fermeté. — Je le ferai prévenir
du désir que vous avez de le voir. — Le ton poli, l'air qu'elle
prit pour prononcer cette phrase ne me trompèrent pas, je
devinai qu'elle ne me laisserait jamais parvenir jusqu'à son
mari. Je causai pendant un moment de choses indifférentes
afin de pouvoir observer la comtesse ; mais, comme toutes
les femmes qui se sont faites un plan, elle savait dissimuler
avec cette rare perfection qui, chez les personnes de votre

permet d'épouser mademoiselle Camille, tout en constituant à la comtesse de Restaud sa mère, à son frère et à sa sœur, des dots et des parts suffisantes.

— Eh bien ! cher monsieur Derville, nous y penserons, répondit madame de Grandlieu. Monsieur Ernest doit être bien riche pour faire accepter sa mère par une famille comme la nôtre. Songez que mon fils sera quelque jour duc de Grandlieu, et réunira la fortune des deux maisons de Grandlieu, je lui veux un beau-frère de son goût.

— Mais, dit le comte de Borne, Restaud *porte de gueules a la traverse d'argent, accompagné de quatre écussons d'or chargés chacun d'une croix de sable*, et c'est un très-vieux blason.

— C'est vrai, dit la vicomtesse ; d'ailleurs, Camille pourra ne pas voir sa belle-mère, qui a fait mentir le *res tuta*, la devise du blason dont vous nous parliez, mon frère.

— Madame de Beauséant recevait madame de Restaud, dit le vieil oncle.

— Oh ! dans ses routs, répliqua la vicomtesse.

Paris, janvier 1830.

sexe, est le dernier degré de la perfidie. Oserai-je le dire, j'appréhendais tout d'elle, même un crime. Ce sentiment provenait d'une vue de l'avenir qui se révélait dans ses gestes, dans ses regards, dans ses manières, et jusque dans les intonations de sa voix. Je la quittai. Maintenant je vais vous raconter les scènes qui terminent cette aventure, en y joignant les circonstances que le temps m'a révélées, et les détails que la perspicacité de Gobseck ou la mienne m'ont fait deviner. Du moment où le comte de Restaud parut se plonger dans un tourbillon de plaisirs, et vouloir dissiper sa fortune, il se passa entre les deux époux des scènes dont le secret a été impénétrable et qui permirent au comte de juger sa femme encore plus défavorablement qu'il ne l'avait fait jusqu'alors. Aussitôt qu'il tomba malade, et qu'il fut obligé de s'aliter, se manifesta son aversion pour la comtesse et pour ses deux derniers enfants ; il leur interdit l'entrée de sa chambre, et quand ils essayèrent d'éluder cette consigne, leur désobéissance amena des crises si dangereuses pour monsieur de Restaud, que le médecin conjura la comtesse de ne pas enfreindre les ordres de son mari. Madame de Restaud ayant vu successivement les terres, les propriétés de la famille, et même l'hôtel où elle demeurait, passer entre les mains de Gobseck qui semblait réaliser, quant à leur fortune, le personnage fantastique d'un ogre, comprit sans doute les desseins de son mari. Monsieur de Trailles, un peu trop vivement poursuivi par ses créanciers, voyageait alors en Angleterre. Lui seul aurait pu apprendre à la comtesse les précautions secrètes que Gobseck avait suggérées à monsieur de Restaud contre elle. On dit qu'elle résista longtemps à donner sa signature, indispensable aux termes de nos lois pour valider la vente des biens, et néanmoins le comte l'obtint. La comtesse croyait que son mari capitalisait sa fortune, et que le petit volume de billets qui la représentait serait dans une cachette, chez un notaire, ou peut-être à la Banque. Suivant ses calculs, monsieur de Restaud devait posséder nécessairement un acte quelconque pour donner à son fils aîné la facilité de recouvrer ceux de ses biens auxquels il tenait. Elle prit donc le parti d'établir au

tour de la chambre de son mari la plus exacte surveillance
Elle régna despotiquement dans sa maison, qui fut sou
mise à.son espionnage de femme. Elle restait toute la journée assise dans le salon attenant à la chambre de son mari,
et d'où elle pouvait entendre ses moindres paroles et ses
plus légers mouvements. La nuit, elle faisait tendre un lit
dans cette pièce, et la plupart du temps elle ne dormait
pas. Le médecin fut entièrement dans ses intérêts. Ce dévouement parut admirable. Elle savait, avec cette finesse
naturelle aux personnes perfides, déguiser la répugnance
que monsieur de Restaud manifestait pour elle, et jouait
si parfaitement la douleur, qu'elle obtint une sorte de
célébrité. Quelques prudes trouvèrent même qu'elle rache-
tait ainsi ses fautes. Mais elle avait toujours devant les yeux
la misère qui l'attendait à la mort du comte, si elle manquait de présence d'esprit. Ainsi cette femme, repoussée du
lit de douleur où gémissait son mari, avait tracé un cercle
magique à l'entour. Loin de lui et près de lui, disgraciée et
toute-puissante, épouse dévouée en apparence, elle guettait
la mort et la fortune, comme cet insecte des champs qui
au fond du précipice de sable qu'il a su arrondir en spirale,
y attend son inévitable proie en écoutant chaque grain de
poussière qui tombe. Le censeur le plus sévère ne pouvait
s'empêcher de reconnaître que la comtesse portait loin le
sentiment de la maternité. La mort de son père fut, dit-on,
une leçon pour elle. Idolâtre de ses enfants, elle leur avait
dérobé le tableau de ses désordres, leur âge lui avait permis
d'atteindre à son but et de s'en faire aimer, elle leur a donné
la meilleur et la plus brillante éducation. J'avoue que je ne
puis me défendre pour cette femme d'un sentiment admi-
ratif et d'une compatissance sur laquelle Gobseck me plaisante encore. A cette époque, la comtesse, qui reconnaissait
la bassesse de Maxime, expiait par des larmes de sang les
fautes de sa vie passée. Je le crois. Quelque odieuses que
fussent les mesures qu'elle prenait pour reconquérir la fortune de son mari, ne lui étaient-elles pas dictées par son
amour maternel et par le désir de réparer ses torts envers
ses enfants? Puis, comme plusieurs femmes qui ont subi les

orages d'une passion, peut-être éprouvait-elle le besoin de
redevenir vertueuse. Peut-être ne connut-elle le prix de la
vertu qu'au moment où elle recueillit la triste moisson se-
mée par ses erreurs. Chaque fois que le jeune Ernest sortait
de chez son père, il subissait un interrogatoire inquisitorial
sur tout ce que le comte avait fait et dit. L'enfant se prêtait
complaisamment aux désirs de sa mère qu'il attribuait à un
tendre sentiment, et il allait au-devant de toutes les questions. Ma visite fut un trait de lumière pour la comtesse qui
voulut voir en moi le ministre des vengeances du comte, et
résolut de ne pas me laisser approcher du moribond. Mû
par un pressentiment sinistre, je désirais vivement me procurer un entretien avec monsieur de Restaud, car je n'étais
pas sans inquiétude sur la destinée des contre-lettres; si
elles tombaient entre les mains de la comtesse, elle pouvait
les faire valoir, et il se serait élevé des procès interminables
entre elle et Gobseck. Je connaissais assez l'usurier pour
savoir qu'il ne restituerait jamais les biens à la comtesse, et
il y avait de nombreux éléments de chicane dans la con-
texture de ces titres dont l'action ne pouvait être exercée
que par moi. Je voulus prévenir tant de malheurs, et j'allai
chez la comtesse une seconde fois.

— J'ai remarqué, madame, dit Derville à la vicomtesse
de Grandlieu en prenant le ton d'une confidence, qu'il existe
certains phénomènes moraux auxquels nous ne faisons pas
assez attention dans le monde. Naturellement observateur,
j'ai porté dans les affaires d'intérêt que je traite, et où les
passions sont vivement mises en jeu, un esprit d'analyse
involontaire. Or, j'ai toujours admiré avec une surprise nouvelle que les intentions secrètes et les idées que portent en
eux deux adversaires sont presque toujours réciproquement
devinées. Il se rencontre parfois entre deux ennemis la
même lucidité de raison, la même puissance de vue intellectuelle qu'entre deux amants qui lisent dans l'âme l'un
de l'autre. Ainsi, quand nous fûmes tous deux en présence, la comtesse et moi, je compris tout à coup la cause
de l'antipathie qu'elle avait pour moi, quoiqu'elle déguisât
ses sentiments sous les formes les plus gracieuses de la po-

litesse et de l'aménité. J'étais un confident imposé, et il
impossible qu'une femme ne haïsse pas un homme (
qui elle est obligée de rougir. Quant à elle, elle devina (
si j'étais l'homme en qui son mari plaçait sa confi
ne m'avait pas encore remis sa fortune. Notre convers:
dont je vous fais grâce, est restée dans mon souvenir com.
une des luttes les plus dangereuses que j'ai subies. La
tesse, douée par la nature des qualités nécessaires pour
cer d'irrésistibles séductions, se montra tour à tour
.fière, caressante, confiante ; elle alla même jusqu'à (
d'allumer ma curiosité, d'éveiller l'amour dans mon c
afin de me dominer; elle échoua. Quand je pris congé d'eu
je surpris dans ses yeux une expression de haine et de fl
qui me fit trembler. Nous nous séparâmes enn
aurait voulu pouvoir m'anéantir, et moi je me seu
pitié pour elle, sentiment qui, pour certains caractères,
vaut à la plus cruelle injure. Ce sentiment perça (
dernières considérations que je lui présentai. Je lui
je crois, une profonde terreur dans l'âme en lui dé
que, de quelque manière qu'elle pût s'y prendre elle
nécessairement ruinée. — Si je voyais monsieur le c
au moins le bien de vos enfants... — Je serais à votre
dit-elle en m'interrompant par un geste de dégoût. Une
les questions posées entre nous d'une manière si fr
résolus de sauver cette famille de la misère qui l'atten
Déterminé à commettre des illégalités judiciaires, si
étaient nécessaires pour parvenir à mon but, voici (
furent mes préparatifs. Je fis poursuivre monsieur le (
de Restaud pour une somme due fictivement à Gobse
j'obtins des condamnations. La comtesse cacha néc
ment cette procédure, mais j'acquérais ainsi le droit de
apposer les scellés à la mort du comte. Je corrompis :
un des gens de la maison, et j'obtins de lui la pr
qu'au moment même où son maître serait sur le point d
pirer, il viendrait me prévenir, fût-ce au milieu de la nui
afin que je pusse intervenir tout à coup, effrayer la comt
en la menaçant d'une subite apposition de scellés, et sau.
ver ainsi les contre-lettres. J'appris plus tard que ce

femme étudiait le Code en entendant les plaintes de son
mari mourant. Quels effroyables tableaux ne présenteraient
pas les âmes de ceux qui environnent les lits funèbres, si l'on
pouvait en peindre les idées ! Et toujours la fortune est le
mobile des intrigues qui s'élaborent, des plans qui se forment, des trames qui s'ourdissent ! Laissons maintenant de
côté ces détails assez fastidieux de leur nature, mais qui ont
pu vous permettre de deviner les douleurs de cette femme,
celles de son mari, et qui vous dévoilent les secrets de quelques intérieurs semblables à celui-ci. Depuis deux mois,
le comte de Restaud, résigné à son sort, demeurait couché,
seul, dans sa chambre. Une maladie mortelle avait lentement
affaibli son corps et son esprit. En proie à ces fantaisies de
malade dont la bizarrerie semble inexplicable, il s'opposait
à ce qu'on appropriât son appartement, il se refusait à
toute espèce de soin, et même à ce qu'on fît son lit. Cette
extrême apathie s'était empreinte autour de lui : les meubles
de sa chambre restaient en désordre; la poussière, les toiles
d'araignées couvraient les objets les plus délicats. Jadis riche et recherché dans ses goûts, il se complaisait alors dans
le triste spectacle que lui offrait cette pièce où la cheminée, le secrétaire et les chaises étaient encombrés des
objets que nécessite une maladie; des fioles vides ou pleines, presque toutes sales ; du linge épars, des assiettes bri-
sées, une bassinoire ouverte devant le feu, une baignoire
encore pleine d'eau minérale. Le sentiment de la destruction était exprimé dans chaque détail de ce chaos disgra-
cieux. La mort apparaissait dans les choses avant d'envahir
la personne. Le comte avait horreur du jour, les persiennes
des fenêtres étaient fermées, et l'obscurité ajoutait encore à
la sombre physionomie de ce triste lieu. Le malade avait
considérablement maigri. Ses yeux, où la vie semblait s'être
réfugiée, étaient restés brillants. La blancheur livide de son
visage avait quelque chose d'horrible, que rehaussait encore la longueur extraordinaire de ses cheveux qu'il n'avait
jamais voulu laisser couper, et qui descendaient en longues
mèches plates le long de ses joues. Il ressemblait aux fa-
natiques habitants du désert. Le chagrin éteignait tous les

sentiments humains en cet homme à peine âgé de cinquante
ans, que tout Paris avait connu si brillant et si heureux. Au
commencement du mois de décembre de l'année 1824, un
matin, il regarda son fils Ernest qui était assis au pied de
son lit, et qui le contemplait douloureusement. — Souffrez-
vous? lui avait demandé le jeune vicomte. — Non! dit-il
avec un effrayant sourire, tout est *ici et autour du cœur!*
Et après avoir montré sa tête, il pressa ses doigts déchar-
nés sur sa poitrine creuse, par un geste qui fit pleurer Ernest. — Pourquoi donc ne vois-je pas venir monsieur
Derville? demanda-t-il à son valet de chambre qu'il croyait
lui être attaché, mais qui était tout à fait dans les intérêts
de la comtesse. — Comment, Maurice, s'écria le moribond
qui se mit sur son séant et parut avoir recouvré toute sa
présence d'esprit, voici sept ou huit fois que je vous envoie
chez mon avoué, depuis quinze jours, et il n'est pas venu?
Croyez-vous que l'on puisse se jouer de moi? Allez le chercher sur-le-champ, à l'instant, et ramenez-le. Si vous n'exé-
cutez pas mes ordres, je me lèverai moi-même et j'irai...
— Madame, dit le valet en sortant, vous avez entendu monsieur le comte, que dois-je faire? — Vous feindrez d'aller
chez l'avoué, et vous reviendrez dire à monsieur que son
homme d'affaires est allé à quarante lieu d'ici pour un procès important. Vous ajouterez qu'on l'attend à la fin de la
semaine. — Les malades s'abusent toujours sur leur sort,
pensa la comtesse, et il attendra le retour de cet homme.
— Le médecin avait déclaré la veille qu'il était difficile que
le comte passât la journée. Quand, deux heures après, le
valet de chambre vint faire à son maître cette réponse désespérante, le moribond parut très-agité. — Mon Dieu!
mon Dieu! répéta-t-il à plusieurs reprises, je n'ai confiance
qu'en vous. — Il regarda son fils pendant longtemps, et lui
dit enfin d'une voix affaiblie : — Ernest, mon enfant, tu es
bien jeune ; mais tu as un bon cœur et tu comprends sans
doute la sainteté d'une promesse faite à un mourant, à un
père. Te sens-tu capable de garder un secret, de l'ensevelir en toi-même de manière que ta mère elle-même ne s'en
doute pas? Aujourd'hui, mon fils, il ne reste que toi dans

e maison à qui je puisse me fier. Tu ne trahiras pas ma
iance ? — Non, mon père. — Eh bien! Ernest, je te re-
trai, dans quelques moments, un paquet cacheté qui ap-
.ient à monsieur Derville, tu le conserveras de manière
personne ne sache que tu le possèdes, tu t'échapperas
'hôtel et tu le jetteras à la petite poste qui est au bout
a rue. — Oui, mon père. — Je puis compter sur toi?
)ui, mon père. — Viens m'embrasser. Tu me rends ainsi
iort moins amère, mon cher enfant. Dans six ou sept
ées tu comprendras l'importance de ce secret, et
s tu seras bien récompensé de ton adresse et de ta
lité, alors tu sauras combien je t'aime. Laisse-moi
un moment et empêche qui que ce soit d'entrer ici. —
est sortit, et vit sa mère debout dans le salon. — Ernest,
lit-elle, viens ici. — Elle s'assit en prenant son fils entre
deux genoux, et le pressant avec force sur son cœur,
l'embrassa. — Ernest, ton père vient de te parler. —
, maman. — Que t'a-t-il dit ? — Je ne puis pas le répé-
maman. — Oh ! mon cher enfant, s'écria la comtesse
l'embrassant avec enthousiasme, combien de plaisir me
ta discrétion! Ne jamais mentir et rester fidèle à sa
)le, sont deux principes qu'il ne faut jamais oublier. —
! que tu es belle, maman! Tu n'as jamais menti, toi! j'en
. bien sûr. — Quelquefois, mon cher Ernest, j'ai menti.
, j'ai manqué à ma parole en des circonstances devant
juelles cèdent toutes les lois. Écoute, mon Ernest, tu es
'z grand, assez raisonnable pour t'apercevoir que ton
e me repousse, ne veut pas de mes soins, et cela n'est
naturel, car tu sais combien je l'aime. — Oui, maman.
Mon pauvre enfant, dit la comtesse en pleurant, ce mal-
r est le résultat d'insinuations perfides. De méchantes
s ont cherché à me séparer de ton père, dans le but de
sfaire leur avidité. Ils veulent nous priver de notre fortune
.e l'approprier. Si ton père était bien portant, la division
existe entre nous cesserait bientôt, il m'écouterait; et
ime il est bon, aimant, il reconnaîtrait son erreur ; mais
'aison s'est altérée, et les préventions qu'il avait contre
i sont devenues une idée fixe, une espèce de folie, l'effet

de sa maladie. La prédilection que ton père a pour t
une nouvelle preuve du dérangement de ses facultés. '
t'es jamais aperçu qu'avant sa maladie il aimât moins
line et Georges que toi. Tout est caprice chez lui. L
dresse qu'il te porte pourrait lui suggérer l'idée de te d
des ordres à exécuter. Si tu ne veux pas ruiner ta fa
mon cher ange, et ne pas voir ta mère mendiant son
comme une pauvresse, il faut tout lui dire... — Ah
s'écria le comte, qui, ayant ouvert la porte, se montr
à coup presque nu, déjà même aussi sec, aussi déc
qu'un squelette. Ce cri sourd produisit un effet terrib
la comtesse, qui resta immobile et comme frappée d
peur. Son mari était si frêle et si pâle, qu'il semblait
de la tombe. — Vous avez abreuvé ma vie de chagri
vous voulez troubler ma mort, pervertir la raison de
fils, en faire un homme vicieux ! cria-t-il d'une voix ra
La comtesse alla se jeter aux pieds de ce mourant
dernières émotions de la vie rendaient presque hideu
versa un torrent de larmes. — Grâce ! grâce ! s'écria-t
— Avez-vous eu de la pitié pour moi ? demanda-t-il. Je
ai laissée dévorer votre fortune, voulez-vous maintenar
vorer la mienne, ruiner mon fils ? — Eh bien ! oui, p
pitié pour moi, soyez inflexible, mais les enfants ! Con
nez votre veuve à vivre dans un couvent, j'obéirai ; je
pour expier mes fautes envers vous tout ce qu'il vous
de m'ordonner ; mais que les enfants soient heureux !
les enfants ! les enfants ! — Je n'ai qu'un enfant, rép
le comte en tendant, par un geste désespéré, son b
charné vers son fils. — Pardon ! repentie ! repentie !...
la comtesse en embrassant les pieds humides de son
Les sanglots l'empêchaient de parler, et des mots va
incohérents, sortaient de son gosier brûlant. — .
ce que vous disiez à Ernest, vous osez parler de r
ti ! dit le moribond, qui renversa la comtesse en a
le pied. — Vous me glacez, ajouta-t-il avec un
diff.rence qui eut quelque chose d'effrayant. Vous
été mauvaise fille, vous avez été mauvaise femme,
serez mauvaise mère. — La malheureuse femme tomb

nouie. Le mourant regagna son lit, s'y coucha, et perdit connaissance quelques heures après. Les prêtres vinrent lui administrer les sacrements. Il était minuit quand il expira. La scène du matin avait épuisé le reste de ses forces. J'arrivai à minuit avec le papa Gobseck. A la faveur du désordre qui régnait, nous nous introduisîmes jusque dans le petit salon qui précédait la chambre mortuaire, et où nous trouvâmes les trois enfants en pleurs, entre deux prêtres qui devaient passer la nuit près du corps. Ernest vint à moi et me dit que sa mère voulait être seule dans la chambre du comte. — N'y entrez pas, dit-il avec une expression admirable dans l'accent et le geste; elle y prie ! — Gobseck se mit à rire, de ce rire muet qui lui était particulier. Je me sentais trop ému par le sentiment qui éclatait sur la jeune figure d'Ernest, pour partager l'ironie de l'avare. Quand l'enfant vit que nous marchions vers la porte, il alla s'y coller en criant : — Maman, voilà des messieurs noirs qui te cherchent ! — Gobseck enleva l'enfant comme si c'eût été une plume, et ouvrit la porte. Quel spectacle s'offrit à nos regards ! Un affreux désordre régnait dans cette chambre. Échevelée par le désespoir, les yeux étincelants, la comtesse demeura debout, interdite, au milieu de hardes, de papiers, de chiffons bouleversés. Confusion horrible à voir en présence de ce mort. A peine le comte était-il expiré, que sa femme avait forcé tous les tiroirs et le secrétaire; autour d'elle le tapis était couvert de débris, quelques meubles et plusieurs portefeuilles avaient été brisés, tout portait l'empreinte de ses mains hardies. Si d'abord ses recherches avaient été vaines, son attitude et son agitation me firent supposer qu'elle avait fini par découvrir les mystérieux papiers. Je jetai un coup d'œil sur le lit, et avec l'instinct que nous donne l'habitude des affaires, je devinai ce qui s'était passé. Le cadavre du comte se trouvait dans la ruelle du lit, presque en travers, le nez tourné vers les matelas, dédaigneusement jeté comme une des enveloppes de papier qui étaient à terre, car lui aussi n'était plus qu'une enveloppe. Ses membres roidis et inflexibles lui donnaient quelque chose de grotesquement horrible. Le mourant

avait sans doute caché la contre-lettre sous son oreiller,
comme pour la préserver de toute atteinte jusqu'à sa mort.
La comtesse avait deviné la pensée de son mari, qui d'ailleurs semblait être écrite dans le dernier geste, dans la con-
vulsion des doigts crochus. L'oreiller avait été jeté en bas
du lit, le pied de la comtesse y était encore imprimé ; à ses
pieds, devant elle, je vis un papier cacheté en plusieurs endroits aux armes du comte, je le ramassai vivement et j'y
lus une suscription indiquant que le contenu devait m'être
remis. Je regardai fixement la comtesse avec la perspicacité
sévère d'un juge qui interroge un coupable. La flamme du
foyer dévorait les papiers. En nous entendant venir, la comtesse les y avait lancés en croyant, à la lecture des premières
dispositions que j'avais provoquées en faveur de ses enfants,
anéantir un testament qui les privait de leur fortune. Une
conscience bourrelée et l'effroi involontaire inspiré par
un crime à ceux qui le commettent lui avaient ôté l'usage
de la réflexion. En se voyant surprise, elle voyait peut-
être l'échafaud et sentait le fer rouge du bourreau. Cette
femme attendait nos premiers mots en haletant, et nous regardait avec des yeux hagards. — Ah ! madame, dis-je en
retirant de la cheminée un fragment que le feu n'avait pas
atteint, vous avez ruiné vos enfants ! ces papiers étaient leurs
titres de propriété. — Sa bouche se remua, comme si elle
allait avoir une attaque de paralysie. — Hé ! hé ! s'écria
Gobseck dont l'exclamation nous fit l'effet du grincement
produit par un flambeau de cuivre quand on le pousse sur un
marbre. Après une pause, le vieillard me dit d'un ton calme :
— Voudriez-vous donc faire croire à madame la comtesse
que je ne suis pas le légitime propriétaire des biens que m'a
vendus monsieur le comte ? Cette maison m'appartient depuis un moment. — Un coup de massue appliqué soudain
sur ma tête, m'aurait moins causé de douleur et de surprise.
La comtesse remarqua le regard indécis que je jetai sur
l'usurier. — Monsieur ! monsieur ! lui dit-elle sans trouver
d'autres paroles. — Vous avez un fidéicommis ? lui demandai-je. — Possible. — Abuseriez-vous donc du crime commis par madame ? — Juste. — Je sortis, laissant la comtesse

assise auprès du lit de son mari et pleurant chaudes larmes. Gobseck me suivit. Quand nous nous trouvâmes dans la rue, je me séparai de lui ; mais il vint à moi, me lança un de ces regards profonds par lesquels il sonde les cœurs, et me dit de sa voix flûtée qui prit des tons aigus : — Tu te mêles de me juger ? — Depuis ce temps-là, nous nous sommes peu vus. Gobseck a loué l'hôtel du comte, il va passer les étés dans les terres, fait le seigneur, construit les fermes, répare les moulins, les chemins, et plante des arbres Un jour je le rencontrai dans une allée aux Tuileries. — La comtesse mène une vie héroïque, lui dis-je. Elle s'est consacrée à l'éducation de ses enfants qu'elle a parfaitement élevés. L'aîné est un charmant sujet... — Possible. — Mais, lui dis-je, ne devriez-vous pas aider Ernest ? — Aider Ernest ! s'écria Gobseck. Non, non ! Le malheur est notre plus grand maître, le malheur lui apprendra la valeur de l'argent, celle des hommes et celle des femmes. Qu'il navigue sur la mer parisienne ! quand il sera devenu bon pilote, nous lui donnerons un bâtiment. — Je le quittai sans vouloir m'expliquer le sens de ses paroles. Quoique monsieur de Restaud, auquel sa mère a donné de la répugnance pour moi, soit bien éloigné de me prendre pour conseil, je suis allé la semaine dernière chez Gobseck pour l'instruire de l'amour qu'Ernest porte à mademoiselle Camille en le pressant d'accomplir son mandat puisque le jeune comte arrive à sa majorité. Le vieil escompteur était depuis longtemps au lit et souffrait de la maladie qui devait l'emporter. Il ajourna sa réponse au moment où il pourrait se lever et s'occuper d'affaires, il voulait sans doute ne se défaire de rien tant qu'il aurait un souffle de vie ; sa réponse dilatoire n'avait pas d'autres motifs. En le trouvant beaucoup plus malade qu'il ne croyait l'être, je restai près de lui pendant assez de temps pour reconnaître les progrès d'une passion que l'âge avait convertie en une sorte de folie. Afin de n'avoir personne dans la maison qu'il habitait, il s'en était fait le principal locataire et il en laissait toutes les chambres inoccupées. Il n'y avait rien de changé dans celle où il demeurait. Les meubles, que je connaissais si bien depuis nettement sur son oreiller comme si elle eût été de bronze; il étendit son bras sec et sa main osseuse sur sa couverture, qu'il serra comme pour se retenir; il regarda son foyer, froid autant que l'était son œil métallique, et il mourut avec toute sa raison, en offrant à la portière, à l'invalide et à moi, l'image de ces vieux Romains attentifs que Lethière a peints derrière les consuls, dans son tableau de la *Mort des enfants de Brutus.*—A-t-il du toupet, le vieux Lascar! me dit l'invalide dans son language soldatesque. Moi j'écoutais encore la fantastique énumération que le moribond avait faite de ses richesses, et mon regard qui avait suivi le sien restait sur le monceau de cendres dont la grosseur me frappa. Je pris les pincettes, et, quand je les y plongeai, je frappai sur un amas d'or et d'argent, composé sans doute des recettes faites pendant sa maladie et que sa faiblesse l'avait empê- ché de cacher, ou que sa défiance ne lui avait pas permis d'envoyer à la Banque.—Courez chez le juge de paix, dis-je au vieil invalide, afin que les scellés soient promptement apposés ici! — Frappé des dernières paroles de Gobseck, et de ce que m'avait récemment dit la portière, je pris les clefs des chambres situées au premier et au second étage pour les aller visiter. Dans la première pièce que j'ouvris, j'eus l'ex- plication des discours que je croyais insensés, en voyant les effets d'une avarice à laquelle il n'était plus resté que cet instinct illogique dont tant d'exemples nous sont offerts par les avares de province. Dans la chambre voisine de celle où Gobseck était expiré, se trouvaient des pâtés pourris, une foule de comestibles de tout genre et même des coquillages, des poissons qui avaient de la barbe et dont les diverses puanteurs faillirent m'asphyxier. Partout fourmillaient des vers et des insectes. Ces présents, récemment faits, étaient mêlés à des boîtes de toutes formes, à des caisses de thé, à des balles de café. Sur la cheminée, dans une soupière d'ar- gent, étaient des avis d'arrivage de marchandises consignées en son nom au Havre: balles de coton, boucauts de sucre, tonneaux de rhum, cafés, indigos, tabacs, tout un bazar de denrées coloniales! Cette pièce était encombrée de meubles, d'argenterie, de lampes, de tableaux, de vases, de livres, de

puleux, depuis la vaisselle des riches jusqu'aux tabatières
d'or des spéculateurs. Personne ne savait ce que devenaient
ces présent faits au vieil usurier. Tout entrait chez lui, rien
n'en sortait. — Foi d'honnête femme, me disait la portière,
vieille connaissance à moi, je crois qu'il avale tout sans que
cela le rende plus gras, car il est sec et maigre comme
l'oiseau de mon horloge. — Enfin, lundi dernier, Gobseck
m'envoya chercher par l'invalide, qui me dit en entrant dans
mon cabinet : — Venez vite, monsieur Derville, le patron
va rendre ses derniers comptes; il a jauni comme un citron,
il est impatient de vous parler; la mort le travaille, et son
dernier hoquet lui grouille dans le gosier. — Quand j'entrai
dans la chambre du moribond, je le surpris à genoux devant
sa cheminée, où, s'il n'y avait pas de feu, il se trouvait un
énorme monceau de cendres. Gobseck s'y était traîné de son
lit, mais les forces pour revenir se coucher lui manquaient,
aussi bien que la voix pour se plaindre. — Mon vieil ami,
lui dis-je en le relevant et l'aidant à regagner son lit, vous
aviez froid, comment ne faites-vous pas de feu? — Je n'ai
point froid, dit-il, pas de feu! pas de feu! Je vais je ne sais
où, garçon, reprit-il en me jetant un dernier regard blanc
et sans chaleur, mais je m'en vais d'ici! J'ai la *carphologie,*
dit-il en se servant d'un terme qui annonçait combien son
intelligence était encore nette et précise. J'ai cru voir ma
chambre pleine d'or vivant, et je me suis levé pour en prendre. A qui tout le mien ira-t-il? Je ne le donne pas au gou-
vernement; j'ai fait un testament, trouve-le, Grotius. La belle
Hollandaise avait une fille que j'ai vue je ne sais où, dans la
rue Vivienne, un soir. Je crois qu'elle est surnommée *la
Torpille;* elle est jolie comme un amour, cherche-la,
Grotius. Tu es mon exécuteur testamentaire, prends ce
que tu voudras, mange : il y a des pâtés de foie gras, des
balles de café, des sucres, des cuillers d'or. Donne le service d'Odiot à ta femme. Mais à qui les diamants? Prises-
tu, garçon? j'ai des tabacs; vends-les à Hambourg,
ils gagnent *un demi.* Enfin j'ai de tout et il faut tout quitter! Allons, papa Gobseck, se dit-il, pas de faiblesse, sois
toi-même.—Il se dressa sur son séant, sa figure se dessina

nettement sur son oreiller comme si elle eût été de bronze;
il étendit son bras sec et sa main osseuse sur sa couverture,
qu'il serra comme pour se retenir; il regarda son foyer, froid
autant que l'était son œil métallique, et il mourut avec toute
sa raison, en offrant à la portière, à l'invalide et à moi,
l'image de ces vieux Romains attentifs que Lethière a peints
derrière les consuls, dans son tableau de la *Mort des enfants
de Brutus.*— A-t-il du toupet, le vieux Lascar ! me dit l'invalide dans son language soldatesque. Moi j'écoutais encore
la fantastique énumération que le moribond avait faite de ses
richesses, et mon regard qui avait suivi le sien restait sur
le monceau de cendres dont la grosseur me frappa. Je pris
les pincettes, et, quand je les y plongeai, je frappai sur un
amas d'or et d'argent, composé sans doute des recettes
faites pendant sa maladie et que sa faiblesse l'avait empê-
ché de cacher, ou que sa défiance ne lui avait pas permis
d'envoyer à la Banque.—Courez chez le juge de paix, dis-je
au vieil invalide, afin que les scellés soient promptement
apposés ici ! — Frappé des dernières paroles de Gobseck, et
de ce que m'avait récemment dit la portière, je pris les clefs
des chambres situées au premier et au second étage pour les
aller visiter. Dans la première pièce que j'ouvris, j'eus l'explication des discours que je croyais insensés, en voyant les
effets d'une avarice à laquelle il n'était plus resté que cet
instinct illogique dont tant d'exemples nous sont offerts par
les avares de province. Dans la chambre voisine de celle où
Gobseck était expiré, se trouvaient des pâtés pourris, une
foule de comestibles de tout genre et même des coquillages,
des poissons qui avaient de la barbe et dont les diverses
puanteurs faillirent m'asphyxier. Partout fourmillaient des
vers et des insectes. Ces présents, récemment faits, étaient
mêlés à des boîtes de toutes formes, à des caisses de thé, à
des balles de café. Sur la cheminée, dans une soupière d'argent, étaient des avis d'arrivage de marchandises consignées
en son nom au Havre: balles de coton, boucauts de sucre,
tonneaux de rhum, cafés, indigos, tabacs, tout un bazar de
denrées coloniales! Cette pièce était encombrée de meubles,
d'argenterie, de lampes, de tableaux, de vases, de livres, de

belles gravures roulées, sans cadres, et de curiosités. Peut-
être cette immense quantité de valeurs ne provenait pas entièrement de cadeaux et constituait des gages qui lui étaient
restés faute de payement. Je vis des écrins armoriés ou chif-
frés, des services en beau linge, des armes précieuses, mais
sans étiquettes. En ouvrant un livre qui me semblait avoir
été déplacé, j'y trouvai des billets de mille francs. Je me
promis de bien visiter les moindres choses, de sonder les
planchers, les plafonds, les corniches et les murs, afin de
trouver tout cet or dont était si passionnément avide ce
Hollandais digne du pinceau de Rembrandt. Je n'ai jamais
vu, dans le cours de ma vie judiciaire, pareils effets d'avarice et d'originalité. Quand je revins dans sa chambre, je
trouvai sur son bureau la raison du pêle-mêle progressif et
de l'entassement de ces richesses. Il y avait sous un serre-pa-
piers une correspondance entre Gobseck et les marchands
auxquels il vendait sans doute habituellement ses présents.
Or, soit que ces gens eussent été victimes de l'habileté de
Gobseck, soit que Gobseck voulût un trop grand prix de ses
denrées ou de ses valeurs fabriquées, chaque marché se
trouvait en suspens. Il n'avait pas vendu les comestibles à
Chevet, parce que Chevet ne voulait les reprendre qu'à trente
pour cent de perte. Gobseck chicanait pour quelques francs
de différence, et pendant la discussion les marchandises s'a-
variaient. Pour son argenterie, il refusait de payer les frais
de la livraison. Pour ses cafés, il ne voulait pas garantir les
déchets. Enfin chaque objet donnait lieu à des contestations
qui dénotaient en Gobseck les premiers symptômes de cet
enfantillage, de cet entêtement incompréhensible auxquels
arrivent tous les vieillards chez lesquels une passion forte
survit à l'intelligence. Je me dis, comme il se l'était dit à
lui-même : — A qui toutes ces richesses iront-elles?... En
pensant au bizarre renseignement qu'il m'avait fourni sur sa
seule héritière, je me vois obligé de fouiller toutes les maisons suspectes de Paris pour y jeter à quelque mauvaise
femme une immense fortune. Avant tout, sachez que, par
des actes en bonne forme, le comte Ernest de Restaud sera,
sous peu de jours, mis en possession d'une fortune qui lui

Lightning Source UK Ltd.
Milton Keynes UK
UKHW021855140219
337217UK00005B/183/P